给星星的悄悄话

西北大学创意写作儿童文学作品选

主　编　陈晓辉
副主编　张亚一　张嫣然
　　　　田斯嘉　许龚燕

西北大学出版社
·西安·

图书在版编目（CIP）数据

给星星的悄悄话：西北大学创意写作儿童文学作品选/陈晓辉主编. -- 西安：西北大学出版社，2019.11

ISBN 978-7-5604-4460-4

Ⅰ.①给… Ⅱ.①陈… Ⅲ.①儿童文学—作品综合集—中国—当代 Ⅳ.①I287

中国版本图书馆 CIP 数据核字（2019）第 283822 号

给星星的悄悄话——西北大学创意写作儿童文学作品选
GEI XINGXING DE QIAOQIAOHUA

主　　编	陈晓辉
出版发行	西北大学出版社
地　　址	西安市太白北路 229 号
邮　　编	710069
电　　话	029-88302825
经　　销	全国新华书店
印　　装	西安华新彩印有限责任公司
开　　本	787 毫米×1092 毫米　1/16
印　　张	21.75
字　　数	323 千字
版　　次	2019 年 11 月第 1 版
印　　次	2019 年 11 月第 1 次印刷
书　　号	ISBN 978-7-5604-4460-4
定　　价	58.00 元

本版图书如有印装质量问题，请拨打电话 029-88302966 予以调换。

序　言

　　本书是西北大学2013级到2017级创意写作班学生的儿童文学作品汇编。

　　尼尔·波兹曼在《童年的消逝》里讲道："童年是从阅读开始的。"印刷术的发展让拥有知识不再是少部分人的特权。为了理解字词的含义，人们需要掌握阅读的能力，这是从儿童跨入成人的一道门槛。但是对于儿童来说，他们无法理解太过复杂的东西。同时，成人和儿童的界限会让我们意识到，属于成人世界的一些东西不应该让儿童过早地接触到。所以，儿童文学的存在是必须的，也是必要的。

　　大众传媒的产生让成人和儿童之间的界限逐渐变得模糊了，在尼尔·波兹曼的时代，大众传媒的途径主要是电视和广播，然后才是互联网和手机。成人和儿童之间界限的消失表现在成人的儿童化和儿童的成人化。有一个单词叫"kidult"，翻译过来是"装嫩族"的意思，说的正是那些儿童化的成人。

　　一位儿童杂志的编辑朋友告诉我她选稿时遇到的一些有趣的事情：之一是有一篇文章，讲的是某位影视演员去沙漠旅游，途中遇到一棵野草，他就想给这棵野草浇水，但是他的司机告诉他，不能一次给草浇太多的水，还说了一些道理。我觉得我要是小孩子，是不会相信这种事情的，但是那篇文章不是一个人给她推荐了，而是五个人都给她推荐了，还是从不同的杂志上摘抄下来的。这不禁让我思考，我们到底应该给孩子们看怎样的文章？之二是她们收到一所初中寄来的校文学社自编的杂志。杂志每一页的下面都有一句名人名言，不过，前一页还是马克思说的某句名言，后一页就变成了某班学生的一句话，类似于"我们不要害怕失败"之类的，这样大胆的并列，不可谓不荒唐。

前几天帮亲戚的孩子改作文，他写的是《狼王梦》的读后感，最后得出的感悟是：现在的社会就是适者生存，我们必须要靠自己。我当时就受到了冲击，因为我小时候好像没有想过这么现实，这么"成人"的问题。我不禁想知道：现在的孩子们在思考什么，他们又是如何看待这个世界的呢？

儿童文学永远有存在的必要，这就是我们编写这本书的理由。"真正的儿童文学作家，不仅属于一个孩子的今天，也属于一个孩子的明天。是儿童世界和成人世界之间和解的说明书，是纯粹与驳杂的折中处。"

当然，学生们的习作总是稍显稚嫩，本书中收录的这些作品，与一流的儿童文学作品之间当然还有很大的距离。只是窃以为，这样的"赤子之心"不能够被忘记。不仅孩子们需要更好的儿童文学，我们也需要更好的儿童文学与坚持童心的这些未来作家们。

编　者
2019 年 8 月

目　　录

鲸歌星语

鲸歌星语夏长长　冯云莹／3
奶奶侠　张思沛／42

绿野仙踪

亲爱的菜青虫小姐　王梓童／107
阿芙拉　张丰恺／110
妈妈的厨房　朱怡蘅／112
妖怪光与三青瑜　刘之栋／115
小王子　翟聿佳／121
农夫、鹅和狐狸　边欣月／124
青青　徒　悦／126
后悔的小猴子　刘　欢／131
大树与小草　李蘅耘／136
老树发新芽　马　萍／138

成长印记

河畔　赵海涛／143
他的秘密　张　玮／147
小里的账本　邓光玥／153
荷花　张　壮／158

折得荷花浑忘却,空将荷叶盖头归　缑宇玉／161

毛毛　杨德煜／164

青梅　沈　楠／167

呜啦啦三部曲　何婉婷／170

酸奶　李雪雯／179

千纸鹤　冯　凭／182

陶瓷碗的秘密　朱斯韵／186

姐姐　彭一芃／189

老街　许龚燕／192

希望　郑田田／195

筐筐车　齐慧敏／202

洗砚写春光　苏湘怡／205

衣裳　董宇奇／207

王小四的新衣裳　田斯嘉／209

猫奶奶的后院　刘文欣／213

大德玛与小奥兰　李佳琦／216

摘星星的人　于蓝婷／221

蝴蝶标本　李嘉曦／227

美丽的陷阱　李　曼／231

山神祭　吕　悦／235

月牙　罗雪莲／238

有一千只舌头的男孩　陈　星／242

源源的困扰　曾　华／245

小野的鞋子　雒　茜／248

讲故事　刘贤佩／251

瓶中蝶　张煦琳／254

写信　王瑞雄／257

拜月亮的孩子　史美垚／259

爷爷睡着了　王　雅／262

老牛亦是知音者,横笛声中缓步行　党　玥／265

童言呓语

神奇的鼻子　鲁冰清／271

儿童诗　左　晨／272

夏夜　邓　茜／273

婚　胡雅洁／274

爸爸带我骑摩托　杜　舟／275

秋叶　杜昭月／277

我跑得很快　李冰音／278

丁零　李　靖／279

苹果树　孙妙玮／280

秋天　王清洋／281

蝌蚪在脚印里走丢　吴英林／282

别有洞天

壮壮奇遇记　李　璐／285

鲸鱼　柴　琴／288

绝对理性原则　程靖婷／292

小小奇遇记　陈　丹／295

变色龙　刘正龙／298

我和玩偶伙伴们　师　阳／302

镜幻空间　王　华／306

青森林　林振阳／311

鲸歌星语

鲸歌星语夏长长

冯云莹

2017级汉语言文学专业(创意写作)

海,是倒过来的天。

在那个不敢抬头仰望天空的时节,多么幸运地低头看到了海,看到了整片星空倒映在大海里。

第一章　以星辰命名

地上的萤火森森飞舞,天上的星星一闪一闪。有人说,夏天的萤火虫就像绿色的星光群。萤火之间可以相互碰撞,而密布的群星彼此之间却隔得很远。可以说,每一颗星星其实都是孤星。

富人的家里,永远有一些普通人不能理解的东西,贵而无用。比如,天文望远镜。谁会想要看清楚每个星星长什么样呢?但是,此刻确实有星星受到了来自地球的注视。一双澄澈的眼睛正透过望远镜搜寻着……巨大的落地窗玻璃上,温暖的地灯投射出一个修长的剪影,曲线最曼妙的组合都集中在了这身躯上,像是经过了科学严谨计算的比例,却又融合了艺术不可复制的描摹。褐色的卷发像极了柔软却又在海浪翻腾中不会断裂的海藻,嘴角上扬的弧度恰似即将满月时所唯独欠缺的那一抹小勾,如果不是腹部有着过于圆润的曲线,她简直就是一座来自神话中的女神像。她眨了眨眼睛,睫羽上下翻飞,脸上泛起了温柔的笑,一颗闪着微微蓝光的星星,正清晰地出现在望远镜中。

北落师门,这颗星星有着令人神往的名字,据说它美丽而孤单。它闪烁的频率忽快忽慢,如果它是在演奏,那么又是哪一颗星星在倾听呢?望远镜被轻轻地向左推动,这直线几厘米的微差,或许在星空中已是一条银河的距离。一个熟悉的闪频跃入眼前……望远镜被左右推动,在两颗星星之间来回切换。此闪彼烁,奇妙的密语在两颗遥遥相望的星星之间进行着。看似寂静的夜空,也许很热闹。窗前的身影款款走到书架前,熟练地翻开一本《星空鉴》,目光在纸页上穿梭,温润得像要浸透字里行间,许久之后终于落定在了某一页,土司空——鲸鱼星 β 座,与北落师门共同号称南方最孤独的两颗星。可是同样孤独的两颗星彼此遇见了,还会孤独吗?

望远镜被轻轻地合上,窗前的丽人像猫一样舒展了身躯,娇俏地说道:"孩子的名字就叫司落吧!"

"好。"正在浇花的男人显露出了十分的赞同。

第二章　柔软而坚硬的石心

咸咸的海风总是吹得人心痒痒,一波又一波的海浪不知疲倦地袭来退去,渔船飘摇不定,人却总是想寻觅一个温柔的港湾。因此,海边是一个容易让人心动的地方。

那个男人已经盯着那个写生的女画家很久了,服务员第三次举着已经融化的冰饮向他摇了摇头。三种口味都不是她喜欢的吗?男人表现得很失落，女画家连一个搭讪的机会也没有给他。他去过很多地方，见过许多名家的雕塑，知道那些可以拍出天价的珍宝有着怎样诱人的线条。但是这样一个会呼吸行走甚至还会画画的"珍宝"，他却是第一次见。那些严谨的从商之道能令他筑起财富的城堡，却不足以当一块通往女画家心头的铺路石。他虽然不懂艺术的价值，但是他知道艺术品的价格。一通电话后，秘书很快就带来了公司的新职员，据说是从意大利游学归来的美术生。这个男人放下了一贯的架子，倒像是虚心求教一般地问道："你能画出一个女人想要的爱情吗？如果你可以，我不仅给你一个月的假期，还会给你丰厚的待遇。"新职员愣住了，没有问为什么，充满朝气地点了点头。这样一份特殊的工作，有趣、轻松，且报酬喜人。

仅仅花了一个晚上，第二天一早，他就带着一幅画去见老板。隐约还未干透的画布上，蓝色海水包裹着一颗心，一颗石头心。他似乎是看出了老板眼中的茫然，连忙解释道："心可以是这世界上最坚硬的东西，也可以是这世界上最柔软的东西。若它遇到了温柔的海水，便会心甘情愿地凿开自己，让其源源不断地注入。"老板若有所思地点了点头，随后新职员就接到了休假的通知，与此同时，还收到了一条银行的短信，短信中，数字末尾的0像小鱼吐出的长串泡泡。

这个男人不懂艺术家，但他知道，艺术家懂艺术家。果然，这幅画令他心仪的女画家眼中漾起了涟漪。他出色的口才完美地复述了作画者的本意，并令它听起来如此得发自肺腑。那双倾倒他的双眼兴奋地眨了起来，如果之前像一汪清可见底的幽潭，那么此刻就是众鱼飞跃、浪卷欢腾的大海。他知道，他的决策生效了。

这比不真实的浪漫还要不真实的浪漫不仅发生了，而且还延续了，他们要结婚了。女画家的父母此时则感到担忧，但是看到她珍爱地捧着那幅画时，他们似乎也觉得这就是"精诚所至，金石为开"。

盛大的婚礼结束后，新郎带着新娘，新娘带着她的画来到了他们华丽的家。家中摆着各色藏品，女画家仔细欣赏着这些艺术品，却不知道这在丈夫眼中只不过是一堆升值品而已。看到她认真的模样，丈夫便洋洋自得地做起了介绍，介绍成交价格以及未来可能的价格。她发现丈夫对艺术价值的认知只有一个,那就是价格。她有些失落,转念一想,上学的时候自己也是靠卖画来赚取一次又一次旅行的费用的,这么一想,她又开心起来了,有些艺术品确实是有价格的。

不等进入客厅,楼道玄关处的香薰沉闷得令人连墙壁上精美的浮雕也不愿意多看,款款踏入客厅,一张完整的牛皮经过匠人反复捶打后油亮而柔软,踩在脚下柔软的感觉让一切疲劳都得到了消减,红色的沙发脚被雕刻得四面玲珑,茶几上的桌旗用丝线绣着浅浅的紫色祥云,上面摆着一尊琉璃兽……尽奢尽华的陈设在重瓣水晶灯下熠熠生辉。室内有暗香浮动,丈夫似乎看出了妻子的兴趣所在,他牵着妻子的手走向了窗边背阴的角落,红木架子上,素色陶盆中有一株稀世兰花,清逸高远,恍若遗世独立,丝毫不融于这室内的格调。"你知道吗?这是我花了大价钱买来的。空运的时候,特地给它买了头等舱的票。"丈夫自豪的口吻让她明白了,这株绝妙的兰花之所以出现在这里,并不是因为爱惜,而是因为它千金难求,而丈夫刚好有钱。她的热情似乎就是从那时候开始,一分分地消弭殆尽。

不懂艺术可以装懂,但是能装多久呢?一个整日忙于利润提升的决策者,在肖邦的乐章,凡·高的色彩中茫然无措。一开始搜肠刮肚的赞美,终于在艺术家日复一日敏感细腻的心思中变成了不耐烦。他请了高级保姆来照顾怀孕的她,莎士比亚的悲喜剧,或许有着大学学历的保姆更愿意倾听,而他更愿意谈及世界汇率。他给她买了昂贵的天文望远镜,用金钱满足她一切的爱好,却没空和她一起探索星辰。如果不是儿子司落的诞生,他连披星戴月的晚归也是没有的。他美丽的妻子,像极了一件行走的艺术品,安安静静地装点他成功的人生,为数不多的几次共同出席,已足够成为举着香槟的人士口耳相传间的艳羡。儿子司落从小展现出的聪慧令他惊喜,惊喜过后,他会给司落的幼儿园捐一笔丰厚的资金。司落更像他的母亲,喜欢缠着他问一些奇奇怪怪的问题。当母子俩拒绝他高价购入的意大利高定餐具而是使用自己动手做的陶碗时,他的内心觉得毫无意义。当他失手打碎了司落亲手给他做的陶碗时,他淡淡地说了一句:"没关系,明天去买个贵的。"母子俩的沉默以及失望令他再没有半分胃口,是的,司落像极了他的母亲,心思细腻到钱也无法摆平,如今再来上那么一个,令他有些厌烦。纸醉金迷里,又如何能绽放白色的栀子花呢?

这场表面看似完美的婚姻,终于在司落八岁的时候有了终结的象征,像是墙角那株稀世的兰花,在盛华之年,竟毫无征兆地过早凋零了。某天,司落的父亲回了家,同时还带回了一个女人和一个小男孩。司落的母亲清清楚楚地听到这个小男孩称呼她的丈夫为爸爸。"离婚"两个字,决绝而又不容反抗。

一颗水晶之心碎成粉末。小小的司落不明白大人之间的矛盾,他注意到带回来的那个小男孩穿着一双崭新的运动鞋,鞋带上粘了一粒很小的种子,他仿佛听到种子苦苦的哀求,请让它回到土壤中,完成它开花的梦想。于是,司落蹲下去将鞋带上的种子捏到手里。

离婚意味着什么,司落并不知道。母亲温润的双眼哭到干涸的时候,疯了一般地拽着司落往天台去。

第三章　寂寞的歌声在深海

风无法穿透钢筋水泥,精灵的歌声被囚禁在城市坚硬的角落。离开,是自由的寻觅。

这是外婆第六次把煎好的小鱼分给同村的孩子,希望他们能和司落一起玩耍。然而,司落还是一个人,独自把退潮后留在沙滩小水洼中的鱼送回海里,从早到晚,并且喋喋不休地自言自语。真的是个很奇怪的小孩,连外婆也忍不住叹气。自从司落被自己的父亲送来这个小渔村后,他既没有哭闹过,也没有嬉笑过。明明是女儿遗留在世的小外孙,却好像是最熟悉的陌生人。如果在天台上,你能像别的小孩那样哭一哭,你母亲就不会……司落不止一次在闭上眼睛的时候想起这句话以及那些哀恸,为什么自己竟然成了助长柔弱母亲在面对死亡时最关键的勇气?

每一条困在浅水滩的鱼,都在哭喊着鱼妈妈,海里的大鱼哭喊着它们的鱼宝宝。连鱼也有眼泪,将海水染成了苦涩味。为什么自己却没有朝着妈妈哭泣,司落觉得悲伤,原来村里的小伙伴说的是真的,自己就是一个奇怪的小孩。他害怕开口讲话,害怕自以为正确的话本身却是一个错误。就像他将沙滩上四脚朝天无法翻身一直叫嚷着口渴的乌龟送回海里喝水时,却被同村的孩子嘲笑。他们重新把乌龟翻过身来丢在沙滩上,让它像个陀螺一样旋转。这样的游戏对渔村的孩子而言,仿佛永远不会腻。乌龟才不需要喝水呢!他们像是龟族的同类一样,一遍又一遍地纠正司落。乌龟的叫喊那么真切,但是别人的充耳不闻又显得这声音更像是幻觉。最后,乌龟渴死在了壳里,被村里的孩子丢回了大海。因为"装死"的缩头乌龟令他们觉得无趣。司落又一次觉得难过,如果不是他坚持说自己听到了乌龟想要喝水的哀求,或许那些小孩子也不会为了反驳自己的话而去戏弄乌龟,直至乌龟无力挣扎,最后死去。

一个人如何在一群人中证明自己奇怪的观点是对的?跟外公说,但是外公耳朵不好使;跟外婆说,外婆笑着摸摸自己的头说司落真是好孩子,可是转过身却深深地叹气;跟其他孩子说,又怕害死另外一只乌龟,而村里的其他大人似乎没有人想听他说什么,他们忙于劳作。于是,司落只能和海洋里的鱼,沙滩上的虾蟹讲话,在别人看起来就像是自言自语。

总之,司落就是一个奇怪的小孩,没有人好奇他说的话。

夜里吹起了海风,有海底的浮游生物被不断地吹送到岸边。沙滩上的虾蟹们兴冲冲地前去饱餐一顿,于是司落也不能听小螃蟹们讲述海底的新闻了。他坐在礁石上望着远方出神,早已习惯了孤身一人。

"错误的分贝不是缄默的理由

一路追寻,海底有花也有歌

若是萍水能相逢

遇见就足够幸运……"

仿佛有歌声传来,在涌起的浪花的另一边,随着海风层层推进。司落睁大了眼睛在海面搜寻着,这歌声应该是一位晚归的渔夫的,可是过了很久,海面上并没有出现小小的、点着灯火的船只。而歌声也在即将抵达岸边的时候消失了,似乎风也静止了。

广阔的海面就像一面镜子,倒映着天上的星星,一颗又一颗此起彼伏地闪烁,有一颗散发着微蓝色光芒的星星隐匿在一个个光点间,像温柔的眼睛在凝视着,司落突然就想到了母亲,据说人死后就会变成星星。无数个夜晚,司落都想找一找母亲变成的星星,可是头颅那么沉重,无数的愧疚充斥在胸膛,令抬头这一动作无比艰巨。有眼泪轻轻落在手背上,司落赶紧擦了擦,害怕被海里的星星倒影看见。天空有乌云翻滚,海洋有巨浪滔滔,天空有风和日丽,海洋有澄明如镜,这一片静谧的海像极了天空。司落觉得这些海面上的星星十分亲切,环绕着水中他的倒影,另一个自己就在水中,有着一样被风吹乱的头发。他抬起小小的右手微笑着说道:

"嗨,我是司落。"

"你好,我是 Alice。"

像是一个猝不及防的拥抱袭来,海底有一股巨大的力量席卷而来,随之涌起了一股奇特的水柱,散落的水花割碎了明镜般的海面,每个星星的倒影都被波浪卷得变形,像舞者的裙摆在旋转中终于花一样地打开了。

"嗨,你刚刚是在跟我打招呼吗?"海面尚在晃动的星光下,有一个更为跳跃的声音传来,"咕噜咕噜"冒起的几个泡泡拍碎了海面平静的一角,好像有一个巨大的身躯在兴奋地翻滚,就像自己小时候得到了最爱吃的糖果,在母亲怀中一遍又一遍地撒着娇打滚。司落想起了小时候开心的时光,郑重

地对着那个星光下的影子点了点头,再次说道:"你好,我叫司落。"一阵更为壮观的水柱喷涌而出,司落像一颗接受了雨水洗礼的种子,全身湿漉漉的。

如果说沉默的种子终于开始发芽了,那么就在今夜。

第四章　大鱼的秘密

所有的鲸鱼天生都是歌唱家。它们用歌声彼此问候:嗨,你好……

悠长的声线在广阔的海底联系着附近的每一个同伴。这一天,鲸鱼们从四面八方汇聚到一片温暖的海域,迎接即将诞生的新成员。一条硕大的鲸鱼在轻轻摆动着尾巴,细小的鱼类惊慌地避开了。也许是身躯过于庞大,痛感神经传达变得缓慢,一团小肉球忽然蹦出来了,这是它第一次离开母亲的身体,来到水中。海水的包裹有着一种熟悉的惬意,像是一块干巴巴的小海绵吸足了水,开始舒展膨胀,本能的血缘亲近让它依偎在一条巨大的鲸鱼旁,这是妈妈。小鲸鱼看了又看,没错,妈妈就应该是长这个样子的,它在妈妈的脸颊旁吐了两个小小的泡泡,轻轻地破碎,像是两个痒痒的吻。鲸鱼妈妈也吐出了一个泡泡,巨大的泡泡,将小鲸鱼包裹了。于是小鲸鱼欢乐地翻了个身,用尾巴戳破了泡泡。这样看的话,妈妈倒过来了,像一座巨大的岛屿。

"欢迎来到海洋里,我亲爱的 Alice。"

"欢迎,"其他鲸鱼也异口同声地说道。

庞大的鲸鱼群聚集在深海,壮观得无与伦比。它们相互击打着尾巴,唱起了大鱼之歌——"来吧,和我们一起歌唱,用海神赋予你的美妙歌喉……"仿佛是身体中沉睡的引线被点燃了,Alice 用头顶了顶母亲的脸颊,高声地唱起了歌。没有任何羞涩,漫长生涯中的第一首歌谣就这么欢快地流淌着,像血液在迸发,天生的小歌唱家 Alice 故意把尾音拖得长长的,等候族类的赞美,夸赞它美妙的歌喉将在大鱼之歌中注入新的力量。哦……最后的尾音已经拖得足够长了,一口气吐尽,只剩下几个微弱的气泡。庞大的鲸鱼群开始变得沉默,仿佛看到了精美雕塑背后长长的刀痕,那是怎样令人叹惋的残缺。"是唱得不够好吗?"Alice 突然感到惶恐,自己听到喉咙里流淌出去的声音是那么美妙,可是母亲的眼神却充满了哀伤,它慈爱的大眼睛也许布满了泪水,只是身在水中,模糊了泪与水。

"哦,可怜的孩子,身为一条鲸鱼怎么能不会唱歌呢?"鱼群中发出了叹息。Alice睁大了双眼,不可置信地晃动着尾巴。"什么?自己是不会唱歌的鲸鱼?那刚才的歌声又是什么呢?"难道海水灌进了大伙的耳朵?可是鲸鱼没有耳朵。它焦急地喊道:"我会唱歌,我能唱最动听的歌。这难道是你们对我的考验吗?要怎样才能通过呢?"它看到自己每开口质问一次,母亲眼中的哀伤就多了一分,连周围的海水都似乎有了苦涩的味道。

鱼群开始议论纷纷,一条鲸鱼说:"或许再长大一点就好了,也许是过早生产,它的声带还没有发育完全。"

"不,它可比预计的晚出生了一个星期,也许是在肚子里憋坏了。"另一条鲸鱼反驳道。

一声又一声的叹气,一声又一声的同情让Alice感到身体在一点点僵硬,似乎自己不仅不会唱歌,甚至连水中游走也不会。海水变得很苦涩,没有了最初清新的味道。鲸鱼妈妈用庞大的身躯将它驼在背上温柔地说道:"我美丽的Alice,没关系,海神派你降生时,必然给你了最无与伦比的歌喉,只是歌声过于美妙,至今还留在了海神的耳畔。也许有一天会重新回来的,我们会听到你的歌声,那令深海折射星光的歌声。"

Alice像一块光滑的石头一样伏在母亲的背上,没有歌声的鲸鱼该如何与同伴交流,又该如何与这无际的大海沟通。

不是不会唱歌,而是没有其他鱼类能够听到它的歌声。虾米很小,鲸鱼很大,可是鲸鱼之于大海,是比虾米还要虾米的存在。大海的大,大到一旦游散了,可能穷尽一条鱼一生的游走也找不回失散的鱼群,特别是一条不会说话的鱼。于是,为了寻找被鲨鱼群冲散的Alice,母亲脱离了鲸鱼群。即使一遍又一遍地唱着大鱼之歌,也没有族群的回应。渐渐地,母亲仿佛觉得海神也收走了它的歌声,因为这偌大的深海竟得不到一丝丝的回应。后来,Alice就只剩下自己。它的歌声一遍又一遍地回荡在深海,却像是水滴融入大海中,消失了踪迹。从那时候起,时间变得很漫长。白日不尽,黑夜不来,但却足以寻遍每一个角落,只为得到一个呼应。从南往北,自东往西,海水从冰冻又到回暖,Alice遇见了许多海底的生物,听到了许多的故事。看渺小的鱼群团结勇斗剑鱼,看年长的飞鱼鼓励幼鱼冲出海面,感受与阳光混合的空气,甚至在依稀的梦境里看到了海洋的精灵,它掌心的兰花芬芳沁鼻,据说那兰花来自陆地上人迹罕至的山谷。海洋精灵告诉 Alice,跟着星星的指引,一定会找到期待已久的回应。

当一个人习惯了孤独,却在习以为常的孤独中找到了心灵的回应,漫长的孤独也就终结了。也许还会孤独,但不会孤单。司落看着海面上被拍碎的星光,猜测着那神秘的身影似乎大到不可思议。他一遍又一遍地抹去脸上被溅起的水花,看着 Alice 在水中不停地翻滚,搅得一海的星光碎影摇曳。

"你好,司落。"

"你好,Alice。"

第五章 蜜糖的约定

听说天上会掉下个林妹妹。司落不想要一个林妹妹,他想要一个朋友。然而天上不会掉下朋友。不过,海洋会有奇妙的际遇。

外婆依旧会把煎好的小鱼干分给同村的孩子,司落依旧一个人坐在海边自言自语,不同的是他脸上开始有了笑容,不同的是他不再每天捡潮汐过后留在沙滩水坑里的鱼。似乎这几天的海不大安静,一卷又一卷的海浪将沙滩上的小鱼带回了海里。

"Alice,你吃过糖果吗?"司落盯着海里一个又一个冒泡泡的地方问道。

"哦,那是什么?"Alice 眨着大眼睛,尾巴扫过海面露出小小的一角。

"喏,就是这个。"司落小心翼翼地撕掉糖纸,将一颗亮晶晶的糖果举在手中。

"这是一种甜蜜的东西,就像人类快乐时候的心情。就像我遇到了你,十分惊喜。"

一道漂亮的弧线划过,糖果被投入大海。一个旋涡卷着海水,将糖果带进了 Alice 的嘴巴。海里传来咔嗒声,司落能想象 Alice 正像个小孩子一样吧嗒着嘴。

"哦,抱歉,我把糖果吞到肚子里了,还没有尝到它的味道。"

"咕噜咕噜",海底跃起了一串泡泡,Alice小声说道,"糖果实在太小太小了。"司落蹙着眉,绒绒的眉毛像两条爬行的蚕宝宝挂在眼睛上面,他想起来了,鲸鱼是世界上最大的鱼,这小小的糖果也许就像狮子身上的虱子。一双乌黑的小鹿眼滴溜转个不停,忽然咧开了嘴巴一笑。他剥开了一把糖果,一个个投入大海,并告诉Alice等一等。粉色的、绿色的、蓝色的、紫色的糖果在水中慢慢融化,像一道漂浮的彩虹,一点一滴地融进大海。最后一点残余的绿色也消失了,Alice喷出了一道漂亮的水柱,它声音甜甜地说道:"我尝到了糖果的味道,在吸进海水的时候。""我也尝到了。"海面跃起了一条飞鱼,银色的鳞片折射着月光,像一枚象征幸运的硬币被抛入大海。"还有我,还有我。"一群红色的小虾在水面蹦蹦跶跶,显得欢快极了。闻声而来的水母带着一群半透明的小水母用触手拨开了兴奋不已的小虾米们,也想要尝尝糖果的味道,它们长长的触手在水里四处探了探,送进嘴里,然后又四处探了探,再次送进嘴里。"哦,我们来晚了。糖果已经没有了。"大水母摆了摆触手,将孩子们拢在身边遗憾地说道。司落赶紧把手伸进口袋,可惜只有窸窸窣窣的糖纸声。看着小水母们一脸期待的样子,司落有些不忍。

　　"那,我们明天还能来吃糖果吗?"一只小水母涌到海面上怯生生地问道。

　　"当然。"司落看着它可爱的模样郑重地点了点头。

　　"那,我们拉钩。"小水母扬起了一只触手,并用另一只触手指着Alice说道,"明天这条鲸鱼出现的时候,记得带糖果来哦。"

　　司落卷起了裤腿,走进没过膝盖的海水处,用指尖点了点那只小小的触手,惊异于这只经常在海边游荡的小水母居然学会了人类的拉钩。随着糖果味道在海水中扩散至消失,这场奇妙的聚会也逐渐结束了。如果不是Alice尾巴的一角像个小船的帆一样在海面时隐时现,这一切都好像只是一场梦,是美丽的月光在海面上折射出的一场梦。明天司落还要带着糖果来履行约定,可是明天Alice会不会离开呢,他忽然有些害怕,希望自己能够紧紧地抱住Alice——这长久以来唯一的朋友。

　　"Alice,你明天一定要再来!"

Alice像是看出了司落心中对离别的恐惧,它游得更近了一些。"抱歉,司落,鲸鱼之间会用彼此击打尾巴的方式许下承诺,但我不能靠岸太近,那样我会搁浅。不过,我们明天一定还会见的,我保证!"

司落觉得开心极了,像荒芜的心田忽然就长出了大树,树上开满了花。他回到家将两个口袋都塞满了糖果后才甜甜地睡去。

在那以后的许多个晚上,看似平静的海面,走近一看却是热闹非凡。大大小小的水母围着一颗红色的宝石在旋转,细细长长的触手在宝石周围探寻着,像水中芭蕾舞者一开一合的裙摆,甚至还有海龟驮着海蚌前来凑热闹,海水里神奇的甜蜜味道令它张大了嘴巴,"哇!"司落惊呆了,那一直紧闭的雪白蚌壳内藏着一颗巨大的珍珠!Alice吃了太多的酒心巧克力,在大家一起笑着看两条飞鱼撞到一起时突然睡着了。一个大呼噜把路过的可怜的水鸟吓得差点忘记了怎样飞翔。司落的生活从来没有这么热闹过,一群海洋朋友让他单调的生活有了颜色,有了热度。调皮的海豚用海草为Alice织了一条项链,正蹑手蹑脚地给它戴上时,它却忽然睁开了眼睛,说了一声谢谢。随后一个巨大的喷嚏冲起了一道浪花,另一只小小的海草花环被冲到了司落脚边,海豚们探出头眨了眨眼睛。

司落的糖果虽不足以改变整个大海的苦涩味,但却能令经过的鱼品尝到那一丝丝的甜。

第六章 弃壳的寄居蟹

外婆注意到,不知从什么时候起,一向安静的司落开始变得爱说话了。虽然说的是一些关于小鱼小虾的奇奇怪怪的故事,但是外婆还是觉得很开心。司落甚至还学会了游泳,他告诉外婆这是海豚教会他的。外婆感到很欣慰,看来司落交到了新朋友,她正寻思着这个叫"海豚"的孩子是谁家的。虽然渔村的孩子起一些和海有关的名字很正常,但是这名字好像是第一次听到。

司落学会了游泳,因为 Alice 不能上岸,否则它会搁浅,所以只能自己学会游泳才能去看看鲸鱼长什么样子。就连在海边住了一辈子的外婆也没有见过鲸鱼,只知道是很大很大的鱼。夏天暖暖的海水让司落觉得自己仿佛也变成了一条鱼,不远处的 Alice 正一点点地想要靠近他,却又害怕它庞大的身躯会掀起浪花,只能用鳍轻轻地挥舞,温柔的力度像为婴儿扇去夏日酷热的小小竹扇。近了,更近了……那水面露出的船帆一般的鱼尾下,是 Alice 整个庞大的身躯,比司落见过的轮船还要大,更像是一座岛屿。Alice 美丽的大眼睛像极了圣洁教堂前的许愿池,让人有着无尽美好的倾诉欲,暗色的皮肤近看才发现是一种近乎黑色的深沉幽蓝,如同夜晚的天空。

Alice 轻轻歪了下脑袋,看着司落一路游来的地方问道:"你也没有同伴吗?那些和你一起分享糖果的其他人类小孩呢?"听到 Alice 这样问,司落脸上的光彩像最后的晚霞般一点点地消失了。"没有同伴,也没有人愿意和我分享糖果……"声音越来越小,Alice 蜷起了尾巴,把小小的司落圈住,像一个守护者紧紧拥抱着他。

"那些人类小孩也听不到你说的话吗?就像我一样,我每天都在大海里歌唱,呼唤我的同类们。可是歌声从来只有我自己能听到。不过,我依然交到了许多朋友。"

司落伏在 Alice 巨大的身躯上,委屈地说道:"他们能听到我说的话,可是大家都觉得我是个奇怪的小孩子,没有人愿意和我做朋友,更没有人愿意听我说话……"

"怎么会这样呢?或许,你也可以尝试着和他们分享糖果。"司落摇了摇头。Alice像是看出了司落对这一切的恐惧,它温柔地说道:"你见过大螃蟹吗?"

"见过,这么大。"司落伸出手比画着,"像外婆用来盛汤的碗那么大。"

"那你一定没有见过那么大的螃蟹。"说着,Alice吐出了一个泡泡,足足有家里的锅那么大!

会有这么大的螃蟹吗?司落觉得不可思议,毕竟沙滩上的螃蟹很多只有半个手掌那么大,而那只碗状的螃蟹已经大到上了报纸。据说在市场展出后被一位素食主义者高价竞拍走了,他认为这只螃蟹也许成了精,便将它放了。如果是锅那么大的螃蟹,岂不是离成仙也不远了……这么一想,如果海神庙里供起一尊螃蟹大仙岂不是很有趣?

"可是,真的会有那么大的螃蟹吗?"司落看着Alice的眼睛,想从里面看出一丝玩笑的成分。

"当然,它叫老桥,海底的小鱼们喜欢叫它霸王老桥。我可以带你去见它。"Alice唱起了歌,歌声悠扬而又充满了一种奇特的力量,但是这一次司落却没有听懂,随着最后一个尾音落下,Alice吐出了一个金色的泡泡,然后晃了晃庞大的身躯对背上的司落说:"下来吧,它能够在深海保护你。"司落仰起脸,阳光微微有些刺眼,他深吸了一口气,纵身从鲸鱼的背上跃入海中,金色的泡泡包裹着他,让他觉得自己也像鱼儿一样可以在水下自由呼吸。自己将要和一条鲸鱼前去拜访一只巨大的螃蟹,一切都是如此得奇妙。海底的世界没有风,只有水在耳边不断地淌过,司落抬头看了下水面上的天空,在粼粼的水波下,太阳已经变成了一团柔和的光晕。一簇簇七彩的珊瑚正发出悠悠的呼吸声,摇摆着柔软的枝节,不断有形态各异的彩虹小鱼穿梭其中,仿佛在给珊瑚挠痒痒。忽然有一个白色的影子从珊瑚丛中跌落,仔细一看原来是一只贝壳,原本光洁的外壳布满了刮痕,锋利的棱角已经趋于平整,整个贝壳磨损得极为严重,司落猜测这可能是被那些在珊瑚中游蹿的小鱼挤得松动的一只贝壳化石。眼看着那个"化石"落到了白色的泥沙里,却打了个滚奔向了一株海藻。

"天呐!Alice你看到了吗?那个贝壳化石居然还活着。"

"哦,它不是化石,也不是贝壳。"Alice显得很神秘。

慢慢地，泥沙里冒出了各式各样的贝壳，快速地寻觅着周围的海藻，它们并不像普通的贝壳一样缓缓蠕动，而是飞快地，横着移动，并在走过的地方留下小小的足迹，原来这些贝壳都长了脚，数一数居然有八只脚。两只贝壳奔到了同一株海藻前，各自扯住一段互不相让，像小时候司落在游乐园里玩耍的碰碰车一样，用力地撞击对方。眼看就要大打出手了，另一只红色贝壳伸出了钳子将海藻从中间夹断，一分为二。于是一群奇特的、具有战斗力的贝壳又重新有序地觅食着。

忽然，礁石背后像箭一样弹出了一条潜藏已久的八爪鱼，长长的触手掳走了好几只贝壳，在挣扎中，贝壳脱落了，藏在壳内的小家伙们露出了真容，原来是寄居蟹！专门靠捡海底其他动物的壳来伪装自己的一种螃蟹。如今失去了保护壳的小螃蟹们显得惊慌失措，不断挥舞着八只脚，两只钳子。八爪鱼得意扬扬地在继续搜寻着其他藏在沙地里的寄居蟹，强有力的触手不断挖掘着泥沙，搅得一片浑浊。眼看又有一只藏在绿色鹦鹉螺中的寄居蟹被拽了出来，泥沙里突然拱起了一座小土丘，一只手掌大的钳子霸气地夹住了那只紧缠住寄居蟹不放的触手，显然是吃了一痛，那只触手一松，扔下了小螃蟹，看着同伴获救后飞一般地钻进了泥沙里，其他被困的小螃蟹挣扎得更厉害了。这个庞大的身躯有着八条被坚硬的壳全副武装的腿，看上去像铁钉一样牢牢扎在泥沙中，它抖了抖身上覆盖的沙子，泥沙簌簌地掉落，一双顶在一个红色光洁的甲壳上的黑溜溜的眼睛，发出威慑的目光，另一只大钳子毫不犹豫地狠狠夹住了八爪鱼的触手，真是一只巨大的螃蟹，蟹壳大得像家里的锅盖！司落惊得张大了嘴巴。

"那就是霸王老桥。"Alice 轻轻说道，"现在可以相信我没开玩笑了吧！"司落用力地点点头。

连番被钳子夹痛的八爪鱼显然是愤怒了，在猝不及防间喷出一大团墨汁，顿时黑压压的什么也看不见。只听见不停地有惊呼声传来。Alice 摇晃着尾巴，墨汁渐渐被驱散了，只见霸王老桥两只大钳子分别夹住了八爪鱼两条最有力的触手，稳稳地立在泥沙中不动，而八爪鱼辛苦猎获的小螃蟹只剩下一只被紧紧地裹在触手里，它奋力地想要向外游去，看上去就像一场拔河比赛，但是那只将自己的触手作为绳子而参赛的八爪鱼，愈用力痛感就愈明显,再这么下去恐怕触手会被夹断,于是它只好放开了最后一只寄居蟹表示求和。等最后一只寄居蟹也钻入泥沙中隐藏好后,老桥松开了钳子,八爪鱼溜一般地游走了。一只只小寄居蟹从泥沙中露出眼睛,崇敬地看着这个救命英雄。

"嘿,大家伙,你又来看热闹了,这次还带了小朋友。"老桥大口嚼着新鲜海草,对着 Alice 打招呼。Alice 眨了眨眼睛算是回应,带着司落游到老桥跟前。

"哦,人类的小孩。"老桥仔细打量着司落,却并不感到惊奇,"你一定是个奇怪的小家伙,不然怎么会遇上这个奇怪的大家伙呢?不会唱歌的鲸鱼,真是罕见啊!所以你是不会讲话的人类吗?"

"不是的,我……我能讲话。"司落觉得和一只这么大的螃蟹讲话也是一件奇怪的事,他结结巴巴地说,"还有,Alice 它……它会唱歌,我能听到。"

老桥转了转眼珠,两只大钳子像鼓掌一样拍在一起:"太好了,要不然大家伙得多么寂寞。好了,现在我也知道了,原来这条大鲸鱼叫 Alice。海里的许多鱼都认识它。"

"那么,你是从阿拉斯加来的吗?"司落看着那巨大的钳子,更觉得刚才被夹住的八爪鱼应该非常痛。

"什么?阿拉斯加?我没听过那地方,这片海里的居民大概也没有听过那地方……"老桥自信满满地说道。

"可是,据说阿拉斯加的帝王蟹是世界上最大的螃蟹,我想应该就像你这么大。不会再有比你更大的螃蟹了。"

"是吗?帝王蟹?名字倒是挺好听的,不过我并不是什么帝王蟹,而是和他们一样,是从小在这片海域里长大的寄居蟹。"老桥慈爱地扶起一只正在学横行的小螃蟹,告诉司落,"成长的秘诀在于勇气。"

老桥像一本海底百科全书,司落听它讲了许多海底的故事,许多路过的海洋动物也围了过来,静静地围成一圈。它们友好地冲着 Alice 打招呼,并向它询问远在另外几片海域的亲戚是否安好,如果 Alice 点了点头就代表它们过得很好;如果 Alice 摇了摇尾巴,那就说明它们遭遇了凶险。在漫长的岁月中,Alice 游过了太多的地方,这条不会唱歌的鲸鱼的故事,在海里传了很远很远。告别老桥,这一天的奇幻旅程也结束了,最后的渔船也已收网归了家。Alice 浮到水面上,像是晚霞沐浴下一座灿烂的孤岛,司落躺在 Alice 巨大的背上,任由海风吹干几缕湿发。这是司落第一次那么认真地看天空,那些沉重的负罪感好像变成了一朵云,轻飘飘地从脑子里升上了天空。隐约的星光在云层背后闪烁,有一种模糊的亲切感。

"Alice?"

"嗯?"

"老桥它真的是一只寄居蟹吗?"

"是的,在我最开始认识它的时候,它也像其他寄居蟹那么小,藏身在一只黑色的旧螺壳中。它就那么默默地躲在壳中,直到后来,它扔掉了螺壳,也就成了现在的霸王老桥。"

"为什么要扔掉壳呢?"

"因为……螃蟹本来就有坚硬的壳啊……"

这个世界上光与影总是并存的。对黑暗最大的恐惧其实是源于内心的不坚定。没有一个壳坚硬到可以抵挡所有的电闪雷鸣,因为一阵微风就能令胆小鬼们瑟瑟发抖,但是一场恶战也不能粉碎勇士的铠甲。选择了一个看似坚硬的壳,同时也就放弃了真正的勇士铠甲;选择了逃避,也就永远无法长大。

看着沙滩上司落离去的背影,Alice 觉得他越走越远的同时也越来越高大。"去吧,司落。丢掉你的螺壳,找回那些在岁月中失落的勇气。"

第七章　风吹不到的海谷

风大概走过这世界上最远的路,它吹拂着一朵云,从太阳的臂弯到月亮的怀抱,从清晨的鎏金到傍晚的赤红,从一匹马再幻化成一个磨坊;它吹拂着一朵云,可以从南到北,自春夏到秋冬。偶尔这朵云累了,风就轻轻环绕在山谷,吹过青翠刮喇的新叶,吹过桃花流水的杳然,吹过层林尽染的红枫,吹过冰洁香彻的蕊中雪,云朵恢复成最初顽皮的模样,忽明忽暗,缱绻慵懒成你可以猜想的任何形状。

风好像无所不在,耳畔的潮汐,发间的柳叶,肩上的鸟羽。它像个顽皮的孩子,让人无法预料到下一次它又会从哪个烟囱口蹿出。

在陆地上,风就是自由的精灵。但在海平面以下,那是风不曾到达的地方,甚至在深海,连光都不曾到达。没有光,一片漆黑;没有风,一片寂静。Alice 就是这样孤独地游走过深海,来到了海平面。

每个人的心底又何尝不是一片海,藏着风吹不到的密区。

Alice 突然消失了,最后一只见到它的海鸟说,Alice 在月光下翻了翻巨大的身子,白色的肚皮光洁耀眼,也布满了浅浅的疤痕。它闭上美丽的大眼睛,一点点地沉了下去,没有再游上来。明明知道鱼是不惧怕水的,司落还是满脸担忧。他游向了月亮倒影所在的地方,深吸一口气,轻巧地向水底游去。

光线越来越暗,脑袋越来越沉重,胸口像被狠狠地捶了几下。除了真实的压迫感,黑暗和静谧似乎令时间的流逝感消失,无边无际的空间感让司落觉得自己好像成了一个新的宇宙中心。"Alice,你在哪里?"司落突然觉得很害怕,在这幽深的海底,似乎庞大到像岛屿的 Alice 也显得那么渺小。就算没有海浪的冲击,也会无可避免地走散。

无法被听到声音的 Alice,你就是这样独自走过深海来到我身边的吗?一滴小小的眼泪从司落的眼角滑落,水溶于水,不见涟漪。司落看了一眼头顶几乎没落的光线,朝着更深处张开了手臂,四面八方的压力随之而来,几乎要把司落挤压成一条没有多余棱角的流线型鱼。

所有的意识开始涣散,像银耳在水中发胀开来,软软地伸展,司落的念头无比坚定:我要找回 Alice。

丁零……这声音像极了海神庙檐角的风铃,传说那是风神居住过的庙宇。所有心怀美好祈愿的人都会被庇佑,失散的人无论走得多远,都会在星辰交替的时候重新在海平面上相遇,沐浴着月光感受喜悦。可是深海怎么会有风铃声?是重重水压下的幻觉?司落晃了晃脑袋,像是要甩出耳朵里的积水。一团白色的光晕突然从海底深处游来,像一颗跳动的星星。许多珍珠般的气泡四散开来,闪着微润的光芒,近了,更近了,司落睁大了眼睛。那团白色如焰火的光晕中裹挟着一条海豚,一条白色的海豚。圣洁如白玉的身躯像是能在时空的缝隙中自由流转,眼眸是一半紫一半蓝,它来到司落的胸口亲昵地蹭了蹭,轻轻地游弋了几圈,吐出一个泡泡,顽皮地用脑袋将泡泡一顶,碎裂成大大小小的珍珠气泡,将司落围了一圈,周围的海水像是有了温度,暖暖的,胸口的沉重感也消失了。这条白色的海豚欢乐地游动着,像仙女的魔杖被挥舞时留下的星星点点的光亮,它停在司落面前,歪着脑袋像是很好奇,司落看着它美丽的眼眸,蓝紫色中像是藏满了金色的星辰。

"你是谁?为什么到这里来?"海豚说话的时候像是在微笑。

"我叫司落,我是来找回 Alice 的。你又是谁?"

"很久之前,我有一个名字叫塔拉。那时候,我还是海底的大明星,我参加过许许多多的海底宴会,海马们用最红的珊瑚给我做王冠,带鱼用七色的海草给我织裙摆,我躺在粉色的巨型扇贝上歌唱。那些海底的居民们都喜欢我的歌声,不过,后来我就离开了。"

"为什么呀?"

"因为我想去更多的地方,让更多的人听到我的歌声。"

"那你一定游了很远吧。"

"嗯……让我想一想。我去过尼罗河畔,那里的鳄鱼很凶猛,但占卜师们总会在河边架着火堆,听着我的歌声为前来许愿的少女作洗礼;我也去过荷兰的湖泊,人们为我撒下橙色的郁金香花瓣,让我像是永远沐浴在灿烂的晚霞中;我还去过印度,那里的孩子敲打着手鼓,我用尾巴拍击着水面,有个红衣服的小女孩就一直旋转着,像旋风里开出的花。我离开的时候,她伏在水边任由我亲吻了她的额头,并用红色的丝带轻轻地给我系了一个蝴蝶结。"

"那后来呢?"

"后来一场暴风雨将我吹向了布满暗礁的索马里海域,我只好离开海平面,潜入海底。一直游啊游,最后顺着一条河底的暗道,游到了一座英国巨型庄园的许愿池,然后我遇到了我最好的朋友。"

"最好的朋友?"

"是的,它是一只夜莺,它的歌声能令寒冬时节春回大地;能让枯萎的藤蔓开出赤焰般的红色玫瑰。"

司落眨了眨眼睛,好奇极了,那是怎样动人的歌声啊!

海豚像是陷入了沉思,微闭的眼眸如同灯下扑闪翅膀的蝴蝶。"那是一座巨大的庄园,我游到了许愿池中,池中有一座七位天使的白色雕像,庄园主的小女儿前来许愿时发现了我,许愿池底大大小小的金币全是她许过的愿望。她有着一头茂密卷曲的金发,樱桃般的小嘴唇总是说一些动人的话:

"'瞧,你这白色的小海豚,简直就是上帝派来拯救我的小精灵。在你奇幻迷离的大眼睛里,我看见了我自己。一个之前我从没见过的自己,原来我也可以如此美丽。'

"她总会给我带一些皇室的熏鱼,有一个晚上,我吃饱了鱼,像往常一样亲吻了小主人羊脂玉般的手。正打算潜到池底休息,一个灰色的小身影突然掠过,扔下一尾鲜活的小鱼。皇室的熏鱼固然很美味,但我的确更喜欢吃新鲜的鱼。我打量着这个突然出现的小家伙,它安安静静地立在光之天使雕像的右手掌心上,灰色的羽毛,翅尖和眼周围是一圈鹅黄色的羽毛,额头一抹长长的黄色羽毛在风中向后飘去,像极了古代将军头盔上的盔缨。滴溜溜的小眼睛像阿巴拉契亚山脉象征着永恒的黑曜石。它踮起小小的爪子,在风中扬了扬翅膀,轻轻地在天使的手臂上跳跃着,像一个活动的音符。我听懂了它的旋律,真是令人满心欢喜的曲子呀,我跟着它的节奏唱道:

闻见秋田金黄谷粒饱满的麦香

听到清泉空谷林涧溪水的流淌

你立于山野间

渲染了张扬

仅你一个就形成了整个秋季

……

"我的朋友小夜莺赞美我的歌声,而我又多么惊异于它美妙绝伦的歌喉。"大概是陷入了一段极其美好的回忆,小海豚的眼中闪着幸福的光芒。它温柔地吐了一个泡泡,形状是一只半展翅的小鸟。司落伸出双手想要捧在掌心,它却破碎了。

"那后来呢?"像是预感到了一阵悲伤,司落小心翼翼地问道。

"后来啊……它去追寻了一朵玫瑰。"

"玫瑰?"

"是的,那是一朵为生命之歌在隆冬中绽放的玫瑰。"小海豚缓缓地向前游去,洁白莹润的身躯让它像极了一颗流星,照亮了黑暗的海底。司落静静地跟上去,那些珍珠气泡环绕在他身边,驱散了寒冷和巨大的水压。这一路,好像游了很久很久,司落看到了许多奇奇怪怪的深海动物,比如浑身透明却骨骼发亮的巨型水母,脑袋像顶着探照灯的大马哈鱼,模样像蜘蛛触角且会发光的浮游生物。在没有光亮的深海,这些深海动物活得自带光芒。终于,海豚停在了一丛红色的珊瑚礁上,它在上面轻轻地打着滚,"这是属于我的玫瑰。"司落坐到了海豚的身旁,小心翼翼地触摸着如同花瓣层层簇拥的珊瑚群。

海豚叹了一口气,继续说道:"我最好的朋友小夜莺,它总是在月光下唱着柔美的歌,我吐出一圈又一圈的泡泡,它喜欢用尖尖的嘴巴一个个戳破,然后咯咯咯地笑个不停。这样的游戏,我们总是乐此不疲地进行着。庄园主的小女儿也常来许愿池和我们一起玩耍,后来她来得越来越频繁,每次都捧着小小的金币,虔诚地对着七位天使雕塑许愿。红红的小脸像盛开的两朵花,她不再只顾无忧地嬉耍,每当我哼着歌,她就会格外认真地提起裙摆练习舞步,我知道,她的成年舞会就快到来了。时间越来越近,她来的次数也越来越频繁,舞步已经熟练到挑不出错,可是她脸上却满是焦虑。我知道,那位迷人的王子殿下也会来参加舞会,小夜莺告诉我,庄园主的小女儿总是打开一把藏在抽屉的扇子,对着扇面发呆,那上面就画着那位英俊的王子。舞会的前一夜,她又来到了许愿池边,红色的斗篷衬得她美艳非凡。她叹了口气说道:'明天王子就要来参加舞会了,全城美丽的姑娘们也都会来,要是我能有一朵红色的玫瑰和礼服相配,那王子一定会注意到我,可惜冬天的大雪让树木都陷入了沉睡,更何况娇嫩的玫瑰花。哎……'她垂下眼眸,吹飞了掌心的雪花,'晚安,我的小海豚。'她像猫咪一样一深一浅地踮着脚回了房间,生怕踩重了,满地的白雪也会痛。

"'我们得帮帮她。'小夜莺说道。

"'可是,这个时节到哪里去找玫瑰,况且还是鲜艳的红玫瑰!'我看着小夜莺,它一脸的慎重。

"'庄园里有一座大花园,我想,总会有尚未完全沉睡、等待春天的玫瑰。'说完,小夜莺飞走了。我想起花园地下的暗渠是相互连接的,我顺着管道游啊游,终于游到了花园后面的池塘,我听到小夜莺摇晃着一株藤蔓,雪花扑簌簌地抖落了一地。

"'醒醒,醒醒,你是红玫瑰吗?'藤蔓没有半点反应,小夜莺展了展双翅,唱起了歌,那歌声那么欢快,像是一个小女孩提着果篮,在丰收的果园中摘到了最大最红的苹果。

"我看到那藤蔓开始舒展,一个慵懒的声音说道:'真是美妙的歌声,让我以为春天来了呢?'小夜莺问道:'你是红玫瑰吗?'

"藤蔓遗憾地说道:'可爱的小夜莺,我是一株蔷薇,虽然我们长得有些相似,但是玫瑰是带刺的。'

"我在池塘里仔细地看着周围的草木,有高的、矮的、有笔直的、有弯曲的,在那里我看到了一片丛生的植物,生着勾刺,我用尾巴击打着水面,'快看那儿!'小夜莺朝我眨了眨眼睛,避开勾刺,小心翼翼地停在最高的一株枝条上。

"'醒醒,醒醒,你是红玫瑰吗?'没有任何反应,小夜莺展了展翅膀,又一次唱起了歌,歌声华丽,就像舞会开场,所有嘉宾带着假面入场,等候最心仪的舞伴和自己在金色的舞池中跳一支圆舞曲。最后一个高音婉转悠扬,如同螺旋的水晶梯。

"我看到那株带刺的枝条摇晃了一下,那些勾刺也开始收敛,一个清亮

的声音说道:'这歌喉真是无与伦比得美妙,你在春天的暖阳到来之前就唤醒了我,需要我为你做点什么吗?'

"小夜莺雀跃着说道:'我需要一朵花园里最鲜艳的红玫瑰。'

"'哦,我的确是玫瑰,不过我是白玫瑰。你可以问问我的其他姐妹们,它们如同我之前一直在沉睡一样,我相信你的歌声是有魔力的。'玫瑰枝条有些遗憾地说道。

"'没关系,我将和你一起,我的朋友。'小夜莺飞到我身边,我们一起朝着那片玫瑰丛歌唱:

祈祷吧,歌唱吧,春天尚未降临

值得吟咏的,是寒冬中的勇气

为爱绽放吧

用芬芳点缀真心

为爱绽放吧

用热烈迎接霜雪

为爱绽放吧

用温柔征服一切

醒来吧,快醒来吧!

"周围的鸟儿听到了我们的歌声也都飞了过来,在池塘边环成一圈,一起唱道:'醒来吧,快醒来吧,红色的玫瑰,这个冬天一点也不冷。'那片看似枯萎的玫瑰地开始活跃了,一根根枝条开始舒展,一些小小的花苞攀上了枝头。

"小夜莺激动地飞过去问道:'红玫瑰,你在哪儿?'那些看起来好像都一样的花苞回答道:'我是紫玫瑰,我是粉玫瑰,我是黄玫瑰……'最后,一朵小小的藏在刺里的花苞说道:'我就是你们要找的红玫瑰。'小夜莺激动地飞到它面前说道:'好花儿,庄园主的小女儿正需要你呢,有了你,王子一定会和她跳舞。'玫瑰叹了口气说道:'我当然乐意,只是我每一次的绽放都需要积蓄很久的力量,我虽然提前苏醒了,但是还没足够的力量去绽放。除非……除非用最真挚的鲜血浇灌,否则没有一朵红玫瑰能在寒冬里绽放。'

"我有些哀伤,想到庄园主的小女儿每次来祈祷,都充满了期许。突然,一阵凄美的歌声震起了水面点点涟漪,我看到小夜莺将胸口一点点扎进玫瑰的刺里,鲜红的血液顺着枝条流进了玫瑰扎根的土地,我听见了玫瑰们在风中的叹息。月光照得冰晶闪耀,像琉璃打磨的纯净土地,只是童话世界里不应该有鲜血的味道。

"'小夜莺,你想好了吗?要用你的生命让我提前绽放。春天,已经不远了。你可以等一等。'红玫瑰的花枝在颤抖,像是在为夜莺哭泣。

"那是我一生中听过的最凄美的歌声,我的朋友小夜莺,如此得坚强、勇敢。玫瑰花的刺穿透了它幼小的心脏,鲜血穿透了整个大地。所有的玫瑰都绽放了,它们饱满、鲜活,香气傲然凛冽。夜莺的歌声逐渐微弱了,那是生命的流逝。所有的玫瑰向它低头致敬。最后一滴血也没入了土地,一瞬间,红色的玫瑰绽开出了层层花瓣,花蕊间含着一滴晶莹的泪珠,宛若钻石,永恒闪耀。小夜莺沉睡在了土地上,红色的玫瑰在它头顶,那是黑暗中无法忽视的存在,它不会再醒来了。风吹散了雪花,将它的歌声带到很远的远方,如果恰好遇到一个红玫瑰遍布的山谷,那就让歌声一直徘徊在那里吧,让路过的万物都聆听到夜莺的声音。

"这是一场为夜莺举办的葬礼,玫瑰却又是为不朽的歌声而绽放的。

"红玫瑰请求一只猫头鹰将它送到我身旁,我衔住玫瑰的嫩枝,重新游回到许愿池,将它放在天使的手掌中,我看见天使露出了温柔的笑容,那一刻,我的尾巴上出现了一个玫瑰花的烙印,花蕊是一只沉睡的夜莺。我想:我该走了,去歌唱,去追寻我生命中的红玫瑰。"

司落看了看海豚的尾巴,红色的玫瑰印迹仿佛下一秒就会活过来。

夜莺为了唤醒沉睡的红玫瑰,不惜用生命完成最后的绝唱。而我的Alice,它孤寂地在海底歌唱,漫长永久,得不到半点回应。司落看着小海豚吐出一圈圈泡泡,然后挨个戳破,再吐,再戳破,这样的游戏,不知道独自玩过多少遍。司落摸了摸海豚的头顶,问道:"你有没有看到我的朋友Alice?它是一条爱唱歌的大鲸鱼。"

"哦,对了,你说过你来海底是找寻你最好的朋友的。谢谢你听我讲完我的故事,现在,我要去往下一个地方了。"

"你要去哪里呀?"

"听说,有一片月亮形的海湾,亲密地环绕着一片山谷,那山谷里开满了红色的玫瑰。我想,风神一定到过那里,将夜莺的歌声送达到玫瑰的天堂。亲爱的人类小孩,不要恐惧黑暗,所有星辰皆因暗夜而闪耀,而你的双眼是用来在黑暗中寻找光明的。你所需要的,是独自面对黑暗并战胜自己的勇气。去吧,去找你的朋友 Alice,顺着它的歌声,歌声就在风中。"海豚围着司落游了一圈,然后像一颗忽闪而过的流星,消失在了深海,只留下星星点点的光斑。

一切仿佛又回到了开始,无尽的黑暗中,司落想起了和 Alice 在一起的那些欢乐时光,想起它假装睡着,一个喷嚏把天上的海鸟吓得差点忘了怎么飞;想起它第一次吃到糖果时,兴奋地在水中打滚,一阵又一阵的浪花汹涌地翻滚不休;想起它像一座小岛似的停在海面,远远看着就很心安。Alice……Alice……司落想起曾经有那么一段时间,自己独自面对黑暗,闭上眼就是扑面而来的恐惧感,就像深海世界的压迫,让人无力抵抗,向更深更暗的地方沉沦,仿佛永远得不到救赎。小的时候,司落刚刚离开母亲,在自己的房间睡觉,一个人,却并不害怕,因为他知道需要的时候,母亲就会来为自己开一盏灯。母亲走后,本以为那盏灯再也不会亮起。但是 Alice 的出现,让司落心里的灯重新亮了起来。为了找回 Alice,司落有了独自面对黑暗的勇气。隐约有歌声传来,没有方向可辨别,司落向着头顶的那一点点的星光游去,海豚说过,歌声在风中。

近了,更近了,司落身边的珍珠气泡浮到了海平面上,像一条珍珠项链。星光倒映在水面上,湿漉漉的海风吹过,粼粼的波光像许愿池中洒满的金币,天上有一轮圆月,皎洁而明亮,水中也有一轮圆月,模糊了光晕后,温柔而神秘。一根水柱凭空而出,像是从海底涌上了一座岛屿,一阵海浪翻腾而起,将沙滩冲洗了一遍。"Alice!"司落激动地喊道。他奋力地游去,将脸紧紧地贴住 Alice,看着它美丽的大眼睛落满月的光辉。

"司落,我听到了一阵美妙的歌声,一直追到了海底,可是那声音消失了。"Alice 似乎有心事,不停地吐着泡泡。

"歌声就在风中,用心去听。"

"嗯……"

心怀美好祈愿的人,即便走散了,也一定会在星光交汇的时候重逢,用灵魂歌唱的人,风一定会将他的歌声带向远方,使听过的人都知晓他的故事。不要恐惧黑暗,黑暗更能使你看清发光的是什么。

第八章 树洞里的秘密

海底有一颗巨大的神木,没人知道一棵树为什么会长在海底,或许千百万年前,这里是一片陆地,后来海水淹没了它,这里就成了一个全新的地方。树的枝干上挂满了海带,上面有螃蟹的爪印,有鱼类的鳞片,还有一些无从分辨的齿痕。许许多多的海洋居民带着它们所认为的最长的一根海带来到这里,留下自己的爪印、鳞片、齿痕来寻求海神的庇佑,就像人类喜欢往高山的松树上挂红丝带向天人许愿一样。树是空心的,树干上有一个三角形的洞,如果有心事,那就说给树洞听。树只是听一听,做最忠实完美的听众,却不会回答任何问题。司落有许许多多的心事,他收集了沙滩上五颜六色的海螺,开心的,不开心的,他都对着海螺讲,然后将海螺一个个扔进海底的树洞,再大的心事到了大海,似乎也变得很小,如同扔掉了行囊里的石头,走起来会轻松很多。白色代表忧伤,彩色代表欢乐,司落以前总是扔一些白色的海螺,彩色的偶尔也有,但是很少。后来,司落扔进树洞的几乎全是彩色的海螺,唯一一个白色,是害怕失去在彩色海螺中所说起的那条大鱼。

这些承载着心事的海螺,从树洞一直往下沉,最后从盘根错节的树根里蹿出,被仔细地收藏好。那些不能说出口的情绪,被在意着、呵护着。瞧,总有人希望看见你的笑容。鲸鱼在海底起舞,头顶的星光随着海水的旋涡而律动,守护着司落的Alice愿意成为司落的树洞。

那些令人讨厌的事,要写在沙滩上,让起伏的海水抚平它;那些令人感动的事,要刻在石头上,让岁月无法淡去。司落,我和你的故事,要镌刻在石头上,那些善意的人会看到,你是我最好的朋友。

奇怪的小孩,司落。继承了来自母亲作为艺术家敏感的天性,总会看到这个世界不一样的地方,比如,树木向阳生长所弯曲的枝丫,草籽落地时抱怨风没有把它带到肥沃的土地,而是石缝;再比如,猫咪总是觉得人类像猫族高大忠诚的仆役,接受来自猫咪的一切傲娇,只需要偶尔温柔的撒娇就能解决一切问题,而狗却以为人类是要活千年的精灵,守护自己的后代一直繁衍下去。

奇怪的小孩,司落。内心充满了对这个世界的好奇,想知道没有脚的蛇为什么可以用肚皮走路,斑马家族一身黑白条纹,是不是大家长得都一样,还想知道金鱼睡觉不闭眼睛,到底能不能做个好梦。

奇怪的小孩,司落。用小小的善意去温暖他所理解的世界。海滩小水洼中搁浅的鱼,会被他用手捧着送回海里,没有人在意这些生命可能会被太阳烤焦,而失去成长为大鱼的机会,但是司落知道,这条鱼在乎,它有自己要游完的海岸线,有自己要过完的一生。

奇怪的小孩,司落。并不能被理解。他学会了用树叶给父亲拼一张画像,但父亲只想看到他获得A的成绩单,他抱着一只烈日下因为翻不了身无法爬回水中的海龟,却被渔村的孩子推倒,他们抢走了海龟,像陀螺一样不停地把它放在地上旋转。小孩子的恶作剧有时候对于另一个小孩子而言,就是真的恶。害怕伤害,害怕交流,司落的内心像一只受伤的小兽,找到一个岩洞悄悄躲起来,日复一日地舔舐着伤口。岩洞阴冷,潮湿,不透风,不透光,伤口愈合得极慢。

奇怪的小孩不该被讨厌,只需要换一个角度接纳他的不一样,就会看到一片美好的心灵世界。然后,奇怪会变成独特,是万千中令你显得如此不凡的不一样。有时候,我们都是奇怪的小孩,有着自己不为人知的各种想法。天马行空的世界里,没有既定的轨道,翅膀向往哪片云,就可以拥抱哪片云,轻轻地将它捏成自己理想的模样,然后告诉全世界,这是属于我的云。我们有权利决定自己要做什么,每一个认真的想法都值得被尊重。

亲爱的司落,因为你的奇怪,我更喜欢你。

海岸边的礁岩上,司落将采集好的紫菜摊晒在上面,顺带自己也躺在石头上和紫菜一起晒太阳。等到傍晚,落日的余晖从金色变成红色和紫色,Alice就会从这梦幻的海面出现。夏天,总觉得时光过得无比漫长,司落用手挡住了头顶的太阳,光线从指缝中漏下,斑驳细碎,烤得眼皮都是暖暖的,海浪溅起的小水花浇在脚丫子上,凉凉的,混着海风睡个咸咸的午觉似乎刚刚好。一觉醒来,太阳依旧挂在头顶,没有半点要落到地平线下的意思。司落看了看远处的海面,没有看见那移动的岛屿,他拿起一根树枝在沙滩上画画,是外公在灯下看报的模样,外公老花眼,总喜欢把报纸凑得很近。身体向前倾,读到快意的地方,一定要喝口茶,咳嗽几声,然后外婆就会问:"看着什么好玩的了?"外公就会放下报纸,躺在椅背上,给外婆讲一讲报纸上的内容,等外婆嘟囔一句:"这有什么好玩的?"外公一脸笑意,又接着看报纸。想起外公外婆,司落下笔就更柔和了,再画一个小烟斗就完成了,然而不等司落给画像上的外公添上小烟斗,一阵海浪就将沙滩上的画抚平了。有些无可奈何,司落耸了耸肩。那就重新画吧,这一次,不等画完外公微驼的背,海浪又一次冲刷了一切。司落只好扔掉树枝,坐在地上发呆。

突然,他灵感一闪,既然画在沙滩上会被海水抚平,那刻在石头上总不会了吧。他拿出小小的刀,这是平时用来割绳子用的。司落找到了一块白色的平整的岩石,用刀刻着线条,一道道痕迹组合成刚才在沙滩上被抹去的画面,画里的外公聚精会神地看报纸,画里的外婆仔细梳着头发,眼神柔和。司落望着自己的杰作,又看了看尚早的天色,在另一块石头上画了起来,那是一艘渔船,船上有一盏渔灯,船头挂着一个虎头帽,船尾拖着渔网,似乎是满载而归。村里的人只要一看,就知道这是阿张的渔船,阿张的儿子长得虎头虎脑,可爱极了,因此小名叫虎子。阿张是村里的捕鱼能手,最早出海,最晚回来。只要阿张的渔灯一灭,海面上就是一片宁静,所有出海的人都回到了家里,和亲朋在灯下闲坐。

司落画呀画,画了村里许许多多的人和事。路过的孩子都被他的画吸引,一圈一圈地围着他。"哎呀,这是我!""你看你看,那是我和妈妈!"孩子们兴奋地在画面里寻找着和自己有关的一切。几个孩子找了几圈没有看到自己,有些失落,轻轻拽着司落的衣角说道:"司落哥哥,你的画真好看,你也帮我画一个吧!"司落摸了摸他们的小脑袋,笑着应允了。一个扎辫子的小女孩眨着水汪汪的大眼睛,奶声奶气地抱着怀里的小狗对司落说:"司落哥哥,这是我的朋友小花,你能帮我把小花加上去吗?"小狗舔了舔司落的腿,司落拿起刻画的刀,画面上奔跑的女孩身后多了一只吐舌头的小狗,还有一串小脚印。小女孩高兴极了,拉着司落的手要让司落去自己家吃饭。看着石头上的一幅幅画,司落想,Alice,我要把我们的故事也全都画下来。

在等候 Alice 的那些时光里,司落画过了一片又一片的礁岩,从相遇到相识、相知、相熟,到成为最好的朋友。村里的大人和孩子总会在海边的岩石上不经意地看到司落的画作,神态安详动人,要是刚好看到了自己的画面,就会仔细地看上一遍又一遍,那些自己都忽略了的美好瞬间,被司落记在了脑海中,刻在了石头上。这些温暖,因为寻常从没有被重视,因为日久的相处已经变成了习惯。如果不是司落的画,还要这么一直被漠视下去吗?

一直想要的美好,其实就像小狗的尾巴,始终在自己身后不离不弃。晚归的渔夫,在努力捕鱼的同时,更尽力想早一点回家;顽皮的孩子,一边扮着鬼脸,一边帮妈妈把院里的衣服晾好;小狗在沙滩上奔跑,脖子上戴着花环,这是小女孩送给司落哥哥的。每当司落在石头上画画的时候,她就安静地在一旁看,然后在沙滩上用树枝有模有样地学着。后来,司落收到了一块奶奶带回的巧克力,外面的锡纸上画了一个小男孩蹲在石头上。司落咬了一口巧克力,觉得很甜,他藏在口袋中,想要等晚上带给 Alice。

司落每天都在画,一帧帧画面,一幕幕经历,一个个故事。全都从脑海里刻到了石头上,在记忆深处印刻得比刀痕更深。Alice,我最好的朋友,往后路过的人,一定都会看到我和你的故事。

第九章 白色山茶花

据说每个人出生的时候就对应了天上的一颗星星。Alice 仿佛是上天派给司落的守护神,司落一直在想,自己的星座一定是鲸鱼座。

每当有人来到这个世界,就会有一颗星星降临凡尘;有人离开这个世界,就会有一颗星星升上天空。密密麻麻的星空,每个人所看到的那颗最亮的星星都是不一样的。就像司落看到的那一颗,周围的星星连起来像是一条大鲸鱼,而最亮的那一颗在眼睛的位置。司落长得像极了母亲,尤其是那一双温润的眼,像是常年被水润泽,如同浸了一片海。透过海水看到的世界,都被模糊了棱角,投射了温柔吧!

海岸边的礁岩连成了长长的卷轴,那上面刻满了一个人类小男孩和一条鲸鱼的故事。那些原本嶙峋突兀的石头,在海水常年的冲刷下开始圆润了。司落沿着礁岩群一直走,一边走一边想,能一直这样画下去就好了,只要一直画下去,故事就永远不会完结。不远处有块石头孤零零地立着,像一个独特的符号,有自己存在的价值。司落走近一看,惊讶地发现,竟然是一块心形的石头。中间有一条深深的裂痕,应该是长年累月风化后碎裂的。司落抚摸着这块石头,有些难过。母亲生前最喜欢的画并不是什么名家手笔,而是父亲送给她的那一幅,上面画的就是一块心形的石头被海水包裹着、灌溉着。想起了母亲,司落的眼睛酸酸的,他努力地眨着眼睛不想让眼泪掉下来,慢慢地向家走去,外公外婆一定正在等着自己吃饭。

远处的晚霞赤红一片,整个海面像是火焰在灼烧,那些飞旋的海鸟都被镀上了一层金光,村里的大公鸡也变成了一只油亮亮的金鸡,顶着高大的鸡冠悠闲地踱来踱去,村口的福叔正在给圈养的两只小猪喂食,哎呀,落霞一照,两只粉粉嫩嫩的小猪仔也变成了小金猪。村里的两位老爷爷聊着家长里短,此刻头发胡须都是金灿灿的,像两位多福多寿的老神仙。回家推开门一看,外公外婆也沐浴在一片金光中,司落觉得开心极了。落霞往往令人哀叹,人们往往更喜欢蓬勃的朝阳,因为它代表着新的一天的来临。不过,外公总对司落说,万物相生相克,有日出就有日落,有潮来就有潮往。不必为失去的难过,要永远珍惜所拥有的东西,为自己所拥有的东西而感到幸福快乐。所以外公说的是"但得夕阳无限好，何须惆怅近黄昏"吧！司落觉得外公说得很对，所以他看到的晚霞，是一种怒放的美丽，它用最绚丽的色彩送别白昼，迎来星辰的璀璨。而星星亮起的时候，海边会喷起一道水柱，Alice会等待着它最好的朋友——司落。

一起数过的星辰，每一颗都收进心底。

司落照例来到了海边，迎接他的是一阵海浪，这就是Alice表达拥抱的独特方式：以浪花亲吻你，我亲爱的司落。逆着海浪游到Alice身边，轻轻躺在它的背上，能听到它的心跳，和自己的脉搏出奇得一致。Alice去过很多很远的地方，所以它总有讲不完的故事，司落总是听得入迷。如果一个故事还没讲完就到了该回家睡觉的时候，那真是要一直在心里挂念着，第二天早早赶到约定的地方，一见面就迫不及待地问："后来究竟怎么样了？"Alice讲别人的故事，比如一对双胞胎小丑鱼一直在海底大玩分身术的游戏，没人能识破，因为它们长得真是一模一样，直到小丑鱼弟弟跟一条金枪鱼玩小把戏被识破了，尾巴被揍出了一道疤痕，这才让它们有了区别。Alice也会讲自己的故事，比如它被一群讨厌的寄生鲶鱼咬住了尾巴，怎么甩都甩不掉，它只好运来一堆新鲜的海草给一群沙丁鱼喂食，然后再请它们帮忙赶走讨厌的寄生鱼们。司落听着这些层出不穷的故事，突然觉得自己好像一直过得很平淡，没有去过远方，没有遇到奇怪的事，唯一奇怪的是自己。遇见Alice，是自己最大的奇遇。

大概是快要下雨的缘故，星星格外稀少，海上的风浪很大，这是Alice离岸最近的一次，司落拍了拍它光滑的背，游回了岸边，那块心形的石头依旧孤零零地在那儿。司落走近了它，裂缝里盛满了积水，自己的脸清晰地倒映在水面，一阵风吹过，水本无痕却因风皱面。好像有什么东西在水中摇摆，司落凑近一看，石缝中居然有一根小小的嫩芽在伸展，一点一点仿佛就要破水而出。没人知道它是怎样从一颗种子长成嫩芽的，就像没人知道这粒种子来自何方，究竟是一株野草，还是一朵花。但是种子自己会证明，破土的勇气，扎根岩石的顽强，以及开花的梦想。

司落的生日到了，外婆给司落亲自佩戴了一枚平安扣，玉质清澈，被一根细细的红绳系住。在外婆的眼里，没有什么事情是比平安更重要的了，外公看着又长大一岁的司落,笑得眯起了眼。生日宴十分丰盛,邻居们送来了各种各样的礼物,村里的小孩子们见面了都要讲一声:"司落哥哥,生日快乐!"收到了大家的祝福,司落觉得这一年的成长是最快乐的。晚上到了切蛋糕的时候,司落坚持要等到蜡烛燃到有爆破的时候才肯许愿,因为母亲以前说过,灯花爆,喜事到。这些小小的事,司落一件件记在心上,回味起来既幸福又心酸。母亲再也不会摸着自己的头顶温柔地说道,司落又长高了。抬头看了一眼那颗最亮的星辰,司落认真地许下了愿望,他挥了挥手,用手比了比头顶的高度,像是在说,你看,我已经这么高了。

每一次许愿,司落都是诚挚的,因为星星会听到,星星会在意。

吃过了蛋糕,司落来到海边,一群小水母聚在一起,由大到小地依次排列,摞在一起,最上面是一只巴掌大的水母,它笔直地举着一只触手,用另一只触手开心地向司落招呼道:"你看你看,这像不像你们人类的蛋糕,还有蜡烛。"一只小海燕得意地看着司落说道:"怎么样,是不是很像?"

司落惊异于这群海洋里的小家伙独到的模仿能力,更从心底涌出了极大的感动。Alice眨了眨美丽的大眼睛,温柔地唱道:"祝你生日快乐!"小海龟,带鱼,水母,海燕都齐声唱道:"祝你生日快乐!"尽管节奏有些凌乱,但这是司落听过的最好听的生日歌,他游到"水母蛋糕"身边,等最后一个音符落下时,朝着水母举得笔直的小触手吹了一口气,吹灭"蜡烛"完成了最后一道仪式。然后从口袋中掏出糖果洒在海面上,附近的海洋居民们都尝到了海水中的甜味。它们欢呼雀跃,司落觉得这比收到任何礼物都更加开心。Alice的歌声在整个海域回荡,尽管只有司落一个人能听到,但所有的海洋居民们都跳起了舞,大家赞美Alice,赞颂这段非比寻常的友谊。

或许很奇怪,或许不一样,但是那又怎样?

黎明即将到来,一整夜的狂欢后,司落朝着岸边游去,又一次看到了那块心形的石头,令人惊异的是那颗小小的嫩芽已经长成了一株绿色的植物。司落走近一看,水滴形的叶子下赫然有着一个饱满的花苞。这粒种子在无人在意的地方,努力地成长,积攒着力量,要证明自己是一朵花。

一线曙光穿破云层,照耀在了花苞上,它毫无保留地层层绽放,依稀挂着透亮的露珠,在清晨闪耀着微光。这是一朵白色的山茶花,开在石头上,恰好有人看到了它的美,即便自始至终没有人在意它,它依然美丽。

万物皆有裂痕,那是光透过的地方。

有一颗开花的心,石头上也会开出白色的山茶花。

第十章　彩虹岛

七月。又到了纪念海神的日子。家家户户都要在屋内供奉神像,村里的老人们走家串户地交换彼此的海产,保证自家的供桌上能有多种多样的贡品,以求得来年大丰收。这是司落第一次主动要求和外婆一起前去拜访村里的乡民们,外婆给司落佩戴上祈福的红绳,带着自家晾晒的紫菜出门了。出门前,司落在每一把红布包的紫菜中放上了几颗糖果。最近的是刘家,司落向每一个大人问了好,双手递上了紫菜,随后又接过了交换的海贝。第二家是赵家,司落和外婆用紫菜换来了海胆。第三家是李家,一场寒暄后,篮子里多了一份烟熏鱼干。所有人的脸上都喜洋洋的,有着幸福的光晕,仿佛已经受到了海神的庇佑。最后一户是千家,千是一个少见的姓,十几年前,一对老夫妇厌倦了城市中的生活,携家来到了这里。外婆说,母亲小的时候总来千家借书看,千家奶奶总会留母亲吃饭。母亲的容颜在司落的脑海中又清晰了起来,小小的手伸进了口袋,握住一只糖纸折的小船,在他很小的时候母亲就教会了他。那时候母亲总给他讲海边的故事,那些蹦跳的鱼,横行的蟹,以及忽明忽暗的小渔灯。

千家奶奶一头银发显得非常和蔼,她大而温暖的手掌握住了司落小小的凉凉的手,拉到面前眯着眼细细地看了看,又捏了捏司落圆圆的红色小脸蛋,笑着点了点头说道:"真像海神庙里的小金童,小玉人儿似的,和你母亲长得像极了。小时候你母亲常来家里吃饭,你也要常来啊。"外婆看着司落一直点头:"是啊,像极了我的女儿,真是像极了。"笑着笑着眼里却分明泛起了泪花。回去的路上,司落一直低着头,篮子里装满了各种各样的海神贡品。母亲,她在天上还好吗?夜里无数的星星,她究竟是哪一颗呢?司落跟在外婆身后悄悄擦掉了眼泪,他知道不远处的大海里,Alice 跟着自己游了一路。

熏鱼干、海胆、紫菜、虾仁酱……被恭恭敬敬地摆好了。与往年不同的是,今年每一家的供桌上都多了几颗糖果,大家都觉得海神看到了一定会高兴,司落这孩子真是讨人喜欢。在一波新潮退去后,海神祭也结束了。供奉后的糖果便有了吉祥的寓意,家里的大人把糖果给了孩子,希望他们可以在海神的庇佑下茁壮成长。

  司落带着那象征平安的糖果去找 Alice,村里的孩子纷纷向他打招呼"司落哥哥早上好!""嗨,司落!""司落,晚上一起扔石子吧!"司落开心地一一回应,没有丝毫的不自在。路上的每一个孩子都和他打招呼,并感谢他的糖果。这是司落第二次真切地感受到,分享的感觉真是棒极了。他奔跑着要把这些告诉 Alice。蓝色的天空上一层层的云像是仙女织就的白色纱幔,笼罩了整个大地,远处天与海的交界处只剩一条模糊的界限,海水仿佛蔓延到了世界的尽头,又好像是天上的银河注入了人间。海面上清晰地倒映着天上的一切,不知到底是水随云动,还是云随水流。司落突然想起了海神,它也是神灵,它能把自己的心声传给天上的母亲吗?司落掏出口袋里的小纸船,红色糖纸折成的小纸船在阳光下闪着海波一般的纹路,司落将它轻轻放在海水中。用手掌推着水波,让小船飘得更远。

  海水淹没了小腿、膝盖、胸口……司落像一条小鱼般在海水中游着,一直护送着小船驶向海的更深处。Alice 围了过来,好奇地看着这一团小小的红色,看着司落认真的表情。

  "Alice?"

  "嗯?"

  "我很想念我的妈妈,我想知道妈妈变成了天上的哪颗星星?"

  Alice 轻轻地叹息道:"我也非常想念我的妈妈。"司落张开双手,给了 Alice 一个力所能及的大到不能再大的拥抱,但这仅是抱住了 Alice 庞大身躯很小的一部分。

  "Alice,为什么不去找它呢?"Alice 没有说话。

  很长的沉默之后司落觉得喉头有些哽咽:"你的妈妈……也变成星星了吗?"

  "不,所有的鲸鱼死后都会化身岛屿,守护这片海洋……"司落觉得这是鲸鱼孤单而又美好的结局。

"跟我来……"

Alice 朝着天水交接的地方转过身，司落趴在它的背上，不知道接下来的旅途归于何处。Alice 游得很快，天上盘旋的水鸟被远远地抛在了后面。

仿佛游了很久，微凉的海水不断溅在司落的脸上，浇醒了他昏昏的睡意。远处升起了一道奇异的光——那是一道清丽的彩虹，彩虹的下方有一座岛屿，岩石的棱角并不突兀，轮廓像水滴形，旁边还附属了两个类似四边形的对称小岛，这形状奇特却又有些熟悉。司落爬上了小岛，仰头看着彩虹的七色光华流转，倒影在水中的部分在波光粼粼中像是要融化了。Alice 围着岛屿游了一圈又一圈，然后像个孩子般依偎在一旁。它自顾自地唱起了歌，浪花翻腾，不断上涌，一点点地淹没了 Alice 的身躯，只露出头顶和尾巴。竟和岛屿的轮廓如此相似，司落忽然明白了，这一定是 Alice 的母亲化身成的鲸鱼岛。

岛屿的大部分潜藏在海中，礁石上攀附了许多珊瑚和藻类，各色的小鱼穿梭其中，产卵、觅食、躲避捕猎者，甚至栖身洞穴在海底风暴中避难，在这一方海域得以生存。Alice 的歌声满含思念，低沉却并不悲伤，彩虹落在它的眼中璀璨无双。Alice 对母亲的思念唤起了司落沉痛的情绪。那漫长岁月中一直背负的愧疚感再一次回来了，沉重到无法继续前行，司落的哭声惊动了海面下的鱼，它们纷纷跃出海面，击碎了彩虹宁静的倒影。也许是哭累了，抑或是温润的气流风干了他的眼泪，在这天水相接共一色的寂静中，那只红色的小小纸船又被海浪席卷到鲸鱼岛。司落觉得海水仿佛是从天上落下来的，循环往复中又凝成云降成雨，在天地中来回循环。或许，它可以把自己的思念告诉星辰上的母亲。

司落掏出了口袋中的糖纸船，一直说着："妈妈，对不起。"他亲吻了糖纸船，将它们缓缓放入水中，最后一只是紫色的，这是妈妈生前最爱的颜色，司落把它贴近胸口，轻轻地说道："妈妈，我很想你。我有一个很好的朋友，它叫Alice，是一条大鲸鱼。我过得很好，我真的很想你。"彩虹七色的糖纸船朝着不同的方向驶去。

Alice 突然严肃地说道："如果这些纸船承载的话语最终能传达给你的妈妈，那么一定只有最后一只。海神不会传达你的歉意，陌生人之间，道歉是没有用的,因为它弥补不了任何事。亲人之间是不需要道歉的。"

"可是,要不是因为我,妈妈就不会……。"司落的声音小到像是被风吹散了。Alice看着司落的眼中充满了悲苦愁闷,终于在对母亲的回忆中被阳光穿透,有了光亮。

"对于人类来说,究竟是要快乐还是悲伤呢?"

"当然是快乐。"

"那长久的悲伤和短暂的快乐呢?"

"当然还是快乐。"

"那漫长而悲伤的一生,和快乐却短暂的生命呢?"司落忽然陷入了沉默。

蔓延的回忆似乎触动了司落每一根疼痛的神经,就像每一口呼吸所带起的牙神经的疼痛,深入骨髓。倾诉,是唯一的治疗方式。那颗心头小小的刺终于开始松动了。Alice的眼里有亮晶晶的泪花:"司落,是你让你的妈妈重新拥有笑容。是你终结了她所有的痛苦,让她有勇气选择自己的结局。坠落之后,化为星辰。"

司落哭着哭着,笑了。那颗心间小小的刺似乎被拔去了,留下一个浅浅的坑,等待时间慢慢使它愈合。

月亮照彻了大海,群星的倒影在波光中此起彼伏地闪烁。司落告别了鲸鱼岛,趴在Alice的背上朝着岸边行进。前所未有的轻松感令他挺起胸膛深深吸了一口混合着海水微咸的空气。

不远处的岸边已经亮起了灯,司落央求Alice在水中停一停,仰起头认真地看看天空。

最后的最后,离开的人会升到天上,变成星星,离开的鱼会沉到海底,变成岛屿。

"Alice?"

"嗯?"

"你会活很久很久吗?"

"也许吧!"

"等我也变成了星星,你变成了岛屿,我就一直在你的上空,陪着妈妈,也陪着你。"

第十一章　游进梦中的 Alice

　　司落回家的时候,门正虚掩着,暖暖的橘色灯光照得外公外婆银白的头发变了色。外公笑眯眯地吐出一口烟,屋内雾蒙蒙的,显得他俩很像一对老神仙。

　　门"吱呀"一声响了起来。"司落回来啦?"外婆不用回头也知道,"又去和村里的孩子玩啦?下次记得早点回来。"外公急着说话被烟呛了一口,白色的烟雾像两个调皮的冒失鬼从鼻孔里钻出来一样,外公连连招手"来来来……快过来。"司落奔了过去,给外公捶背顺气,"这这这"一口气还没顺过来,外公咳嗽着讲不清话。外婆皱起了眉:"你这老家伙,话也说不清。"说着打开了一个蓝色的小布包。"这是千家奶奶给你做的糕点,你母亲小时候最爱吃这个……"外婆侧着头,像是陷入了回忆。

　　"外婆。"司落轻轻地唤了一声,外婆抬起眼皮,眼前的这个小家伙和他妈妈长得真像啊,连脾气也像,生命的延续大抵就是如此了。司落钻进外婆怀里,害怕看见外婆眼中的泪光。也怕外婆因为害怕自己看见而强忍着眼泪默默往回咽。

　　"外婆,悲伤和快乐,您会选哪个?"

　　"傻孩子,当然是快乐。"

　　"那长久的悲伤和短暂的快乐呢?"

　　"当然还是快乐啊,告诉外婆,你是遇到了什么事吗?"

　　司落摇了摇头,像只小猫在外婆怀里淘气,像是下了很大的决心,司落抬起头看着外婆的眼睛一字一句地说道:"那么,妈妈的选择也和您一样,她最后一刻是笑着的。我们都很想念她,但是我们也都不会看到漫长岁月中她痛苦的模样。现在,她在天上,有满天的星星会陪着她。"泪水终于决堤而出,外婆抱紧了司落,模糊的视线中,母亲的笑容从未如此清晰。

　　相见,不如不见;相见,不如怀念。

　　晚上,司落做了一个梦。他正坐在从前家里的书桌前,母亲送来牛奶后亲吻了他的额头,然后出去了。天空下起了大雨,司落从没见过那么大的雨,像是远古时期灭世的景象,很快就淹没到了窗台下。司落害怕极了,他大声呼救,可是所有的声音都被雨声吞噬了,他想逃离这个房间,可是这个房间自母亲离去的时候就被锁住了,出不去也进不来。很冷,很饿,仿佛被世界遗忘了,饥饿之中,人总是很容易绝望。也许,就要被淹没了吧,即使透过门缝也看不到任何光亮。"嘿,司落!"即使那声音在暴雨中转瞬即逝,落在司落耳中却是再清晰不过的。这不是幻觉!不是幻觉!一个小小的身影出现在了窗前,用力地拍着窗户。司落打开窗户,担心雨水会将他冲走。只见小男孩用手肘支撑着趴在窗台上,一把将手里捏着的海苔面包递给他。奇怪的是,暴雨肆虐,却偏偏一滴也没落到他的身上,他的笑容和衣服一样干净。

司落大口大口地吞着面包,还不忘保持好奇心:"你……是怎么到这儿来的?"

"我,当然是游过来的。你别担心,雨会停的。"

毫无缘由,但他说的每一句话,司落都相信。他会讲许多有趣的故事,逗得司落哈哈大笑,雨声越来越小,隐约有阳光穿破乌云。司落没有问他是谁,就像他小心翼翼地假装没有看到水滴中的倒影是一条鱼的影子。"我该走了,你的晴天就要来了。"司落挥了挥手,目送他消失在视线里……依然不舍。房门忽然开了,外面一片光明。原来门并没有锁上,是自己在黑暗中丧失的希望与勇气不足以使他打开关上的门。

"Alice!"司落突然从梦中醒来,是 Alice 在唱歌。"跋涉千里而来,不曾放弃歌唱,不曾放弃寻找,错误的分贝终会在对的灵魂面前奏成乐章。"歌声欢快得像檐角被风吹拂的风铃。那么,另一个声音又是谁?滴滴答答像春雨落在樱桃树叶上的声音。

每一颗孤独的心皆是因为还未曾遇到另一个相似的灵魂。像光穿透水晶抵达旷野,即使道路蜿蜒曲折也不曾半途而废。

夏天的风最适合放风筝了。渔村的上空飞舞着各式各样的风筝,有鱼,有虾,有螃蟹,还有海龟,画得惟妙惟肖。村里的大人都在夸,这孩子真是遗传了他母亲的画画天赋。村里的孩子都在比谁的风筝放得最高。螃蟹高过了乌龟,虾高过了螃蟹,鱼又高过了虾。但飞得最高的是一个奇怪的风筝,像鱼又好像不是鱼。巨大的头像一座岛,身上画满了星星。

"司落哥哥,你放的风筝是什么呀?"孩子们围在一起问道。司落抱住年龄最小的孩子,握着他藕节般的小手将风筝线放得更长。

"这叫鲸鱼。是海里最大的鱼,它们天生就是海底的歌唱家。而有一条鲸鱼一直唱着最孤独而又最动听的歌。不过,现在它不再孤独了。"

"为什么呀?"

"因为它遇到了一个曾和它一样孤独的人。现在,它又遇到了另一条名叫 Gift 的鲸鱼,它们会结伴而行,把歌唱到任何地方。"

"那个人他还孤独吗?"

"哦,那个人啊,他现在就和我一样。"司落笑着,孩子们也笑着。

尾声

听说世界上最孤独的鲸鱼 Alice 终于在深海得到了回应,前行的途中它将不再孤单。不知道它同行的伙伴是否也经历过同样漫长而孤寂的岁月。有人陪伴真好。

据说北落师门将不再是天上最孤独的星星,科学家发现了与它同一闪频的星星,是距它 175 光年的鲸鱼座土司空。对于人类来说光年是遥不可及的,但是对于发光的星星来说,光的速度令它们愉快的交流不会有任何障碍。

每个人生来都是一座孤岛。

我们都曾是孤独的大鱼 Alice。

我们终将在百年后化为星辰灿烂。

我们都在寻找相同的赫兹,相似的闪频。

奶 奶 侠

张思沛

2016级汉语言文学专业(创意写作)

第一章 从天而降的奶奶侠

"请问,这个小区的7号楼3单元怎么走?"

"哦,您先往左,到了第一个路口再往右,然后径直走就能找到。"小区门口的保安伸出手,指点着说。

问路的老妇人左手拿着复古式的格子手提包,右手拿着一把黑伞,朝着7号楼3单元的方向走去。

我要讲的故事主人公就住在这里。

……

7号楼3单元的这家主人姓路,10年前,路先生和他温柔贤惠的妻子有了他们爱情的结晶,路太太肚子中那个闹人的小家伙还没等到预产期,就着急地从妈妈肚子里"蹦"了出来。这个皮肤黝黑、瘦弱矮小的早产儿就是故事的主人公——路小候。他从小就是个不省心的孩子,不仅性格怯懦羞涩、胆小怕事,还总是丢三落四的,在学校里经常受同学欺负,但是回到家里就变成了"破坏大王",家里的电器几乎被他拆了个遍,号称自己拥有发明家的头脑和智慧。心软的路太太总是舍不得教训她的宝贝儿子,再加上路小候的爸爸长年在外地工作,所以路太太对儿子特别得宠溺,她生活的重心也都在路小候的身上。

路先生之前给家里找过一个保姆,可是因为"大发明家"路小候在他的房间里制作了"火箭",把家里弄得乌烟瘴气,那位胖保姆实在忍受不了每天白白增加的工作量,就辞职离开了路家。

胖保姆的离开,可乐坏了路小候。他觉得胖保姆是一个死板固执的女人,完全不懂他的发明创造。前几天,路太太在报纸上发布了一则招聘保姆的广告,和应聘者约了今天见面。她在等着那位可以忍受儿子"拆家"的保姆出现。

路太太和路小候坐在窗口等待着,已近日落时分,听到一阵风从高楼间呼呼地吹过,眼看着楼下花园里的樱花树被风吹得左右摇晃。突然,路小候看到窗外闪过了一道人影,他瞪大了双眼,望着窗外越来越浓的暮色。

他对妈妈说:"妈妈,窗户外面好像有人。"

路太太对喜欢"胡思乱想"的儿子早已见怪不怪了,并没有理会他,她看了看墙上的钟表便走进了卧室。

接着那人影晃来晃去的,在路小候的视野中越来越清晰。

这是个上了点岁数的老妇人,右手高高举着一把黑伞,左手拿着格子手提包,像一个人形氢气球一般挂在了路小候家的防盗栏上。路小候张大了嘴巴,下巴好像都要掉在地上了。

老妇人打开窗户,收起那把大黑伞,自己爬进了路小候的家里。她整理了一下被风吹乱的头发说:"小男孩,你们家大人呢?我是今天来应聘的保姆。等电梯真是太麻烦了,我就自己上来了。"

这个"从天而降"的老妇人身材瘦小,甚至有些驼背,斑白的头发归拢在脑袋后面盘成发髻,穿着一身纯白色的绸缎练功服和一双黑色布鞋,看这打扮像极了深山中的武林高手。

惊讶万分的路小候支支吾吾地说："妈妈在卧室,你……你是什么人?竟然会飞?你那把黑伞可以借我研究一下吗?我感觉玄机都在那把伞上。"

路太太听到了声音,连忙从卧室里出来。

"您好!我是这家的主人。不好意思没有听到您的敲门声。"路太太说。

"妈妈,她不是从……"

那个"门"字还没等路小候吐出口,就被老妇人抢先了一步说:"您好,路太太!我是家政公司给您联系好的保姆,刚刚是这位可爱的小男孩帮我开的门。"

老妇人边说边对着路小候挤眉弄眼,传达着"不要告诉妈妈"的讯息。

路小候是一个对一切神秘的东西都有着极大兴趣的孩子,他没有再说话,只是瞪着一双无辜的眼睛看着老妇人。

"我想先给您说明一下我们家的情况,我每天都要上班,孩子的父亲常年在外地,我们需要您住在家里,一日三餐需要您来准备,还有家里的卫生也需要您每天打扫。您看可以吗?"

"好的,没问题。"

"只是还有件事情要给您说清楚,我们……我们家的孩子有点不一样,他总是喜欢搞一些发明创造,有时候会把家里弄得乱七八糟,可能会加大您的工作量,这一点我必须提前告诉您……"

老妇人笑了笑,爽快地答应了路太太。

"我最喜欢有个性的孩子,我们之间有可能会擦出奇妙的火花来哦!"

"好,那就这样定了。"路太太松了一口气。

一旁的路小候全神贯注地盯着老妇人以及她手中的黑伞。

"我带您到楼上的房间里看一下吧,您熟悉熟悉环境。"

路太太边说边介绍着家里的情况,等安顿好新来的保姆后,她就进房间忙工作了。而这时候的路小候偷偷在门缝中观察着老妇人,突然他的耳朵感觉到一阵发热。

"小男孩,你在偷看什么呢?有什么事情大摇大摆走进来问我就可以了,不要这么害羞。"

"我……对不起!奶奶!我不应该偷看您的房间。我……只是对您的一切都感到十分好奇。"路小候的脸颊也开始发热。

老妇人诡异地笑了笑，推开房门拿起格子手提包。

"拿去看看，我的宝贝都在这里面。"她把手提包递给了路小候。

路小候打开了包，自言自语道："里面什么也没有啊！"

"什么也没有？你这是什么话？你说里面什么都没有？"老妇人提高了嗓门。

她说着从空空的手提包中拿出了被褥、各种洗漱用品，还有一包黑色的皮筋。路小候这时候瞪圆了双眼，双手拖着被吓"掉"的下巴。

"可是我刚刚明明看到里面是空的啊！"路小候小声地说。

老妇人没有再去解释，她从手提包中继续拿出了一个空瓶，上面贴着"晚安果汁"的标签。

老妇人拿起空瓶往杯子中倒，没想到，满满一杯子的深蓝色液体出现在路小候眼前，老妇人把杯子递给了路小候。

"小男孩，你尝尝。"

"我……我不想，这难道不是你的药吗？"

"我这个暴脾气，你是哪只眼睛看到这美丽的液体像药汤了？"

这个老妇人显然有些生气，可以看出来她是个脾气暴躁的保姆，脸上的皱纹都嵌在了愤怒的表情里。胆小的路小候被她一吼，竟然有点害怕她。

"这是让你喝的。"老妇人牢牢盯着路小候，她的眼神中有一种古怪的东西——这种东西让人又怕又兴奋，杯子慢慢接近路小候的嘴巴，他屏住呼吸，闭上眼睛，咕嘟一大口，竟满嘴都是甜味。

"这是蓝莓果汁！"路小候蹦了起来，"空瓶子里竟然倒出了果汁！太神奇了！"

老妇人笑了一下，骄傲地拍了拍她的手提包。

"你一定是个魔术师吧？你身上一定还有许多神奇好玩的东西，可以让我看一看吗？"路小候恳求着保姆说。

"今天太晚了，我奔波了一天想早点休息。小男孩，你还是别来烦我，我的脾气可不怎么好。"

路小候对老妇人又爱又怕，他担心这个"身怀绝技"的保姆会突然离开。

"好,那我不打扰您了,明天见!"

路小候回到自己的房间里,看着房间地上散落的机械零件和各种机器人玩具,很快就睡着了,睡得香甜的他还做了一个十分有趣的梦。他梦见自己变成了一位科学家战士,带着自己的发明踏入未知的星球中探索奥秘,被国家授予"宇宙英雄"的称号,被所有人崇拜,"宇宙英雄"路小候在掌声和鲜花中大笑了起来……

突然,门外的一束光照进了路小候的房间里,房门吱吱呀呀地被慢慢推开了,一个有点驼背的身影蹑手蹑脚地走了进来。

原来是新来的保姆,她两只手拿着一个看似普通的眼罩给熟睡中的路小候戴在了脸上。

于是,神奇的事情发生了……

第二章　谎话工厂

1

"铃铃铃……"

闹钟 7 点半准时响起。

路小候翻了个身,随手把眼罩摘了下来,他继续想着昨晚的梦不愿意起床,甚至还没有意识到自己脸上多出来的眼罩。这时候,他感觉脸上一阵阵的痒,好像要长出什么东西似的。他立马跳下床站在镜子前仔细看着自己,突然他的脑袋上如野草一般开始长出银白色的头发,就连眉毛和下巴上也长出了两条弯弯的白色眉毛和浓密的白色胡须,这样的样貌和《名侦探柯南》中的阿笠博士一模一样。

路小候被镜子中的老人吓得坐到了地上,他摸着自己的脸颊发现不是镜子的缘故,自己的脸上真的有茸茸的胡子。路小候一夜之间变成了老人,面对这样突发的情况,胆小的他坐在地上哭了起来。

门外的老妇人似乎听到了房间内的声音,跑了过来。她看着坐在地上的路小候,没忍住"噗"的笑出了声。

"奶奶,你……你怎么笑话我?为什么我会一夜之间变成了老爷爷,是不是和昨晚的果汁有关系?"

路小候气鼓鼓地噘起了嘴。

"小男孩,我看到你滑稽的样子,就没有忍住,我保证不会再嘲笑你,但是你这样的变化,和我的果汁可一点关系也没有。"老妇人认真地解释着。

"那我是得了什么病吗?我看还是让妈妈带我去医院吧!"

路小候正准备出门,被老妇人拦了回来。她说:"你先不要着急,今天发生在你身上奇怪的事情都是有原因的,至于是什么原因我晚会儿再告诉你,但是你要答应我,这个事情不能告诉你妈妈,这是我们俩之间的秘密,可以吗?现在你先把这个帽子戴上,安心去楼下吃饭。"

路小候答应了老妇人,乖乖地下楼了。老妇人还在厨房里忙着"做"早饭。路小候悄悄地躲在厨房门后观察着这个奇怪的老妇人。他看到新来的保姆系着围裙,不慌不忙地从她的手提包里拿出了鸡蛋、鱼肉三明治、蓝莓,还有果汁。

"你……"

路小候捂住嘴巴,将想说的话咽了进去,呆呆地望着这个怪人,既害怕又好奇。

老妇人突然转身,看到眼前的路小候像一根木头一样杵在那里。

"哎呦,你这个臭小子,站在我身后也不出声,我这么大年龄,吓出心脏病可怎么办?"老妇人边说边拍着自己的胸口。

"阿姨,昨晚睡得还好吗?最近天气还是有点凉,有什么需要尽管和我说。"路妈妈走向餐厅一边问候着老妇人,一边看着慢吞吞的路小候说:"小候,妈妈告诉过你了,早上的时间是最宝贵的,你总是磨磨蹭蹭的,这个习惯很不好。"

温柔的路妈妈连责备路小候都是轻言轻语的。

"妈妈,你……看不出我今天有什么变化吗?比如我的样貌?"路小候小心翼翼地询问妈妈。

"别闹了,小候!今天的你和昨天是一模一样的,没有任何变化。难得有这么丰盛的早饭,吃饭的时候不许说话。"

"咳……咳咳……"老妇人开始咳嗽并挤眉弄眼地看着路小候。

路小候瞄了一眼老妇人,明白了她的意思,立马闭上了嘴巴。

他跑过去打开窗户望着窗外灰蒙蒙的天,云郁郁,雾腾腾,一点活力都没有。这时候,电视里的阿姨正在报道说,今年的全市风筝大赛因为雾霾的原因取消了。

"什么,风筝大赛取消了。我还说过两天约着小伙伴们一起去看比赛呢。讨厌的雾霾!"

路小候边说边把餐桌上的三明治迅速地塞进嘴里,失落地背起了书包。

"雾霾就像怪兽一样,我们打不倒它,就会被它所伤害。"老妇人从她的手提包里拿出了口罩递给了路妈妈。

"还好阿姨提醒我了,快戴上口罩!外面的脏空气吸进肺里生了病,妈妈可要心疼死了。"

风筝大赛是路小候所在城市的特色,每到春暖花开的时候,这个城市就会举办风筝大赛,蓝蓝的天空中点缀着各式各样的风筝,那场面真是叹为观止!

但是今年却因为雾霾的影响,取消了比赛,这可伤透了孩子们的心。

2

"嗨,小八!"

这个站在路小候家门口等他上学的男孩儿,是路小候的同班同学,也是他最好的朋友,胖胖的小八喜欢耍一点小聪明,是个小滑头,也是路小候最信任的人。

"小候,你听说了吗?风筝大赛要取消了!都是因为可恶的雾霾!"小八愤怒地说。

"小八,你今天能看出我有什么不一样的地方吗?"路小候着急地问。

"不一样的地方?让我看一看。"

路小候睁大眼睛听着小八的答案。

小八不耐烦地说:"哪有什么不一样,你是在显摆你的新衣服吗?"

路小候心里想着:"这个奇怪的奶奶真的会变魔术吗?别人根本看不到我的变化!"

"小候,你在想什么?你听说了吗?今年的风筝大赛要取消了!"

"我知道。"路小候敷衍地答道。

……

"铃铃铃……"

第一节课的预备铃响了,坐在教室中间的路小候心里还在想着今早发生的奇怪事情,根本没有心思上课。他那"阿笠博士"般的样子映在了窗户上,可是同学们却一点也没有看出来。

突然,一个扎着马尾辫,长相甜美的小女孩走了过来。她是路小候他们班的班长,叫小龙女,聪明伶俐的她是所有老师心目中的三好学生。

"路小候,你的作业今天不会又忘记带了吧?林老师今天一定还会罚你的。"小龙女担心地问路小候,虽然他们是好朋友,但是路小候丢三落四的坏毛病总是气得小龙女火冒三丈。

路小候打开书包后,愣在了那里。平时塞得乱七八糟的书包竟然变得整整齐齐了,书、卷子,还有文具袋都在里面,想要找的东西一目了然。

"这是怎么回事?书包是我今天早上慌慌张张收拾的,里面还很乱。现在变得这么整齐,难道还是因为奇怪的奶奶吗?"路小候心里想着。

"同学们好!"一位眉心中间长着黑痣的老师站在了讲台上。

这是路小候的班主任——林老师,因为他标志性的眉心痣,所以同学都管林老师叫"二郎神"。林老师不喜欢路小候,可能因为他的成绩拖了班级的后腿,也可能因为他性格胆小总是不和老师交流,或者是他奇怪的想法让老师难以琢磨。总之,林老师会经常找路小候的麻烦。

今天的"二郎神"脸色不是很好,眉头皱在一起,连黑痣都被挤在皱纹之间。这预示着一定有什么不好的事情发生。

林老师说:"同学们,我们班的陈一因为父母忙于工作,疏忽了对他身体健康的管理,未能及时给他戴防霾口罩,导致陈一吸入了大量的有毒颗粒物,导致急性肺炎恶化,昨天凌晨推进了重症监护室,现在还在急救中。"

林老师话音刚落,班里的同学就开始议论起来。

"雾霾太恐怖了,还好妈妈让我天天戴着防霾口罩。"

"什么是急性肺炎?严重吗?"

"急性肺炎是癌症吧!陈一不会离开我们吧?"

"我们要不要让班长组织一下去医院看看他。"

课堂上的议论声越来越大,直到林老师制止了乱哄哄的课堂。

"同学们,不要再议论了,我们还是要完成我们这节课的进度,其他的事情等到下课以后再讨论吧!"

就算发生再大的事情,"二郎神"老师也会坚持把他的课讲完,这可能就是路小候厌烦他最重要的原因吧!

陈一是路小候的同桌,他曾对路小候说过,因为父母工作的原因,他现在都是由保姆照顾,他很想念乡下的爷爷,他的爷爷会做各种各样的纸风筝,小时候爷爷会带着他一起放风筝,所以他特别期待今年的风筝大赛,他还想让爷爷从乡下赶来陪他一起参加,可是雾霾却让他患上了重病。

于是,讲义气的路小候和小八、小龙女商量着,放学后为陈一选一款样子独特的风筝送给他。

3

"你们知道吗?今天我感觉自己有很多变化。"路小候对正在讨论的小八和小龙女说。

"我今天书包是整整齐齐的,而且'二郎神'提出来的问题我都能答出来,还有就是我今天早上在镜子中看到了一个不一样的自己,就像是《名侦探柯南》里的阿笠博士一样。我还要告诉你们一个秘密,我们家昨天新来的保姆是用一把伞飞进来的,她有一个神奇的袋子,里面能变出各种各样的美食,你们相信吗?"路小候认真地说着,小八和小龙女停止了讨论,惊讶地望着他。

"不相信!"两个人异口同声地说。

小八摸着路小候的额头说:"你不会也生病了吧?"

"真的,你们相信我!我没有骗你们!你们是我的好朋友!我为什么要欺骗你们呢!"

小龙女安慰他说:"我们还是商量一下陈一的风筝吧!"

路小候失落地低下了头。

就在这时,晴空万里的天空中出现了一个黑点,这个黑点离路小候他们越来越近。突然,一个举着黑伞的老奶奶降落在了他们中间,老奶奶的一举一动像极了电影中的武林高手。

小八和小龙女都被这个会"飞"的老奶奶吓住了,两个人像是被按了暂停键一样站在原地一动不动。

老妇人说:"路小候,你好啊!"

这时候的路小候激动地手舞足蹈,他拉着小龙女和小八说:"你们看!我没有骗你们吧!这就是我们家新来的保姆,她真的会魔法!"

小龙女和小八瞪圆了眼睛盯着眼前的老妇人。

"我带你们去一个神奇的地方!把这个穿上!"老妇人让他们穿上了云朵图案的布鞋。

转眼间,三个人"嗖"的一下,来到了一个破旧报亭的外面。

"刚刚发生了什么?"小八掐了一下自己,他分不清楚这是现实还是梦境。

小龙女拍着双手惊呼:"太神奇了!"

路小候蹲在了地上还没有缓过神来。

"孩子们,跟我来!"

老妇人环顾了一下四周,悄悄地把报亭的卷帘门一点一点打开,弯着身子进到了里面。

"路小候,你也进来啊!"

小八和小龙女迅速地跟了进来,只有路小候在门外犹豫着。但老妇人已经伸出手来将路小候拉了进来。这个报亭里面充斥的竟然不是报纸杂志,小小的空间里塞满了各种瓶瓶罐罐和实验器材,像是一个个会动的精灵,路小候简直不敢相信自己的眼睛。他目不暇接,架子上的一切东西他都想拿下来摆弄,可是出于礼貌,路小候控制住了自己的双手。

老妇人得意地说:"这些瓶瓶罐罐可都是我的宝贝,我是个发明家,这里是我的实验室,我有好多新奇的东西,那个会飞的黑伞和能拿出美食的手提包,都是我的发明!以后会慢慢让你们见识到的。对了,还有刚才那个瞬间转移的鞋子,叫作'云朵布鞋',可以带你去任何你想去的地方,是不是很厉害!"

"你还会武功?像大侠一样吗?"小龙女问道。

"一点点吧,我知道自己的样子一点都不像老年人,哈哈。"

小八继续问:"那你为什么要去当保姆呢?"

"因为我也要维持生计啊!"老妇人回答。

"你是个发明家,但是我长出来的白胡子要怎么解释呢?"路小候疑惑地看着老妇人。

老妇人说着转身从一堆废弃的盒子中扒出了一个小小的眼镜盒,她弹掉上面的一层灰,举着这个盒子,像双手举着刚出生的婴儿一样,小心翼翼地把盒子放在了桌子上,慢慢打开盒子。

路小候瞪大眼睛望着盒子,像是期待着打开潘多拉魔盒一样,眼睛眨都不眨一下,屏着呼吸,双眼凝聚在这个盒子上,连大声呼吸都觉得会破坏这个宝物。

"到底是什么,到底会发生什么呢?"路小候心里默默想着。

老妇人慢慢打开眼镜盒,却让路小候失望了,眼镜盒里装的只是一个普普通通的眼罩,这不是潘多拉魔盒,里面也没有神奇的宝物。

"唉,就是个眼罩,弄得这么神秘。"小八有点失望地说。

老妇人说:"你懂什么,这是我的新发明——神奇的眼罩。每晚把它戴上,第二天早上起来都会发生意想不到的事情。昨晚在小候熟睡的时候,我悄悄地给小候戴上了这个眼罩,所以今天的小候就成了学识渊博的博士。"

老妇人给路小候摘下那个可以掩盖他模样的帽子说:"小候今天的形象可是我照着阿笠博士的样貌输入的程序,样子还是挺酷的嘛!"

"对了!"老妇人收拾了一下头发接着说,"这才是真正的我,一个会发明、有个性、脾气暴躁却内心善良的老人——奶奶侠!"

4

路小候得知了老妇人神秘的一切,跑过去抱着她,像是获得了宝藏一样。

"奶奶侠,我们现在要为生病的同学挑选一款风筝,时间比较紧,您能跟我们一起去吗?"小龙女说。

"我们不是有云朵布鞋嘛!不用急,不用急。"小八开心地说道。

几个人商量之后,穿上云朵布鞋"嗖"的一下子来到了全市最大的小商品商场,他们在卖风筝的商铺门口挑选着风筝。可是风筝的样子千篇一律,路小候他们转了好久也没有选到合适的。

这时候,这家店的老板说:"看样子我这里的风筝没有你们想要的,我推荐你们去郊外的东风风筝制造厂,那里的风筝可是全市最好看的。"

角落里的老板戴着鸭舌帽,完全遮住了自己的脸,在帽子的阴影处,路小候好像看到了些诡异的笑容。

"那我们现在就去吧!"

奶奶侠带着他们一起找到了那家叫作"东风风筝制造厂"的工厂。这个工厂墙上挂着一块崭新的白色招牌,看起来刚开业没多久,顺着铁门往里面看,工厂被绿色的植被覆盖,像一个小公园。

路小候走到工厂外的土地上,抓了一把土,放在鼻子前闻了一下。

他说:"奇怪!为什么工厂里面的绿化这么好,里面的植被都生长得这么茂盛,可是外面的土壤里什么都没有长,而且我刚才闻了闻,这个土壤散发着一股难闻的味道。"

可能是今天的角色让路小候变得机敏起来。

"这里面一定有什么蹊跷。"

"会不会是你太敏感了,老教授!我们现在快进工厂里做正事吧!"小八说。

小龙女说:"可是我们只选一只风筝,这个工厂会卖给我们吗?"

"看我的!"奶奶侠按响了门铃。这时,一个满脸横肉、大腹便便的光头男大摇大摆地走了过来。

"你们找谁呢?"他边说边吃着油腻的大鸡腿,有力地咀嚼着。

奶奶侠不知什么时候已经换上了一套正式的衣服,有模有样地说:"您好,我是实验一小的校长,能不能让我们进去看一下你们的风筝呢?我们想为每个学生都订购一只风筝,纪念今年取消的风筝大赛。"

胖男人犹豫了一会儿,扭头走掉了,谁知道没过多久,他带着一个身着唐装,看上去有些斯文的瘦老头走了过来。

"你好,我是这里的厂长。我从小就特别喜欢风筝,我做过上千只风筝了,但是今年的风筝大赛取消了。我的风筝没有了用武之地。"这个瘦小斯文的老头的眼睛里露出了真诚的神情。这时候奶奶侠不知又从哪里变出了一张老校长的名片递给了厂长,告诉他能不能先参观一下风筝厂,厂长竟然爽快地答应了,命令胖男人打开大铁门,带着他们四个人一起参观工厂。

……

"你们看,这个大厅的风筝,有 100 只了,都是我的心血。"

令人瞠目结舌的是厅内一个个风格迥异、五颜六色的纸风筝。既有传统的燕子、蜈蚣,又有现在孩子们最爱的熊大、熊二。三个小朋友早已被风筝吸引,就连奶奶侠都为之惊叹。

这时候胖男人走进大厅向厂长说了什么。

"不好意思,我有些事情要先处理一下,你们先喝茶水,一会我忙完就来。"

小八盯着厂长,直到他离开房间。

小八说:"你们看!我想要最上面那个齐天大圣样子的!让我拿下来给你们看看!"

"你不要乱碰人家的东西。"小龙女指责小八说。

小龙女话音刚落,小八已经爬到了上面碰到了孙悟空风筝。就在小八刚触碰到那个"齐天大圣"风筝的瞬间,地板竟然一点一点分开了。

"这个……这是怎么回事啊?小八你又闯祸了!"路小候惊讶地说。

奶奶侠爬在地板上往下望去,她说:"里面黑漆漆的像是一个隧道。我们要不要进去看看?"

路小候说:"啊?我……我不去了!里面这么黑,我们会有危险的!奶奶侠!"

"那小八和小龙女呢?我们要不要去看看?"

小八和小龙女都点了点头。

"好吧,你们都同意奶奶侠的提议,那我只能和你们一起了。"路小候慢吞吞地跟着伙伴们下了地道。

"你们等等我。"

5

几个人顺着楼梯继续往下走。

"怎么越走越黑呢?"

"会不会里面暗藏了什么机关?"

路小候他们到了地道的最后一个台阶。突然,一扇门出现在了他们面前,左边是上下按键的红色按钮。

路小候说:"地道下面怎么会安装电梯呢?真是奇怪了。"

奶奶侠快速迈进电梯里,看到电梯的左边密密麻麻地写着各种操作间的名称,"总裁办""员工会议室""员工休息区""1号房""2号房"……"396号房"。

"你们快进来看看!"奶奶侠在电梯里说,"这么多的房间都是制造风筝的吗?现在一个风筝厂就需要这么多房间吗?"

小龙女说:"要不我们先去员工休息区了解一下情况。"

几个人按下了电梯中的按钮,这个电梯不同于普通的电梯,它竟然可以上下左右随意移动。"现在人类的工厂都这么高科技了?这个电梯真是个不错的发明,值得我这个老太婆借鉴。"

奶奶侠他们到了员工休息区,房间的门紧闭着。

路小候说:"里面好像有人!是不是他们在睡午觉啊!"

几个人趴在门口听里面的动静,随后声音传了过来。

"今年我们的业绩还是有很大的进步的,看这个曲线图一路飙升……"

"听里面的声音像是在开会。"

"奇怪!为什么要在员工休息区开会呢?"

正当几个人疑惑的时候,休息区的门打开了,奶奶侠他们被挤在了大门的后面。看到里面的人全部出来了,路小候他们蹑手蹑脚地进入休息区。结果他们看到的是一张很大的会议桌,上面挂着投影仪,墙上的PPT还播放着。这显然不是休息区,是会议室。

"是我们看错了吗?房间门口写的是会议室吧?"路小候说。

小八跑出去抬头看了看牌子,大声念了出来:"休息室!"

奶奶侠看着PPT发呆,她说:"你们看,PPT上的业绩曲线图明明是在下降啊,为什么是一路飙升呢?你们还记得我们听到的第一句话吗?"

"你们是谁?"一个穿着高跟鞋,身材苗条,拿着各种文件的妇人进了房间。

路小候他们大声叫了起来,"你……你的鼻子。"

他们眼前的这个妇人,抱着一摞文件。重点是她的鼻子,足足有一米长。

"我们……我们是你们老板的……客户!"奶奶侠移动着双脚,随时做好逃跑的准备,"他让我们下来等他!"

"那你们先去会议室休息一下,吃些零食水果。"妇人说。

奶奶侠他们越来越迷惑:"是我老了听不清她说什么吗?还是……"

小龙女说:"不,奶奶侠你没有听错,她就是让我们去会议室休息一下。"

"可是这里是什么地方?"

"会议室啊!"

路小候和小八都被弄糊涂了。他们走出了所谓的"休息室",坐上电梯后准备去"会议室"看看究竟。

"你们还记得门口的土壤吗？寸草不生的。我就说了一定有蹊跷，现在看看那个妇人的长鼻子，还有他们说的反话，你们相信我了吧！这个工厂里面一定隐藏着不为人知的大秘密。"这时的路小候看起来和以往判若两人。

他们进入了会议室，打开门后，又被里面的场景吓得没了魂。眼睛直勾勾地望着坐在里面的人。会议室里坐满了员工，是长着长鼻子的员工，而且鼻子的长短竟然都不一样，有的像手臂那么长，有的则像一根手指那么长。

"我有点饿了！不然我们先拿点零食吃怎么样？"小八说着跑到了零食柜台前，"可以给我拿一些饼干吗？谢谢！"

柜台里的长鼻子员工拿出了4个杯子，倒满了果汁。

"我……我……我要的是饼干！"小八又大声地说了一遍。

坐在小八身旁的一位长鼻子员工说："小伙子，你是刚来的员工吧，这就是饼干啊！你看这个才是果汁。"

小八看到员工的盘子上放着两排饼干。

"疯了,这里的员工一定都是疯子!"小八跑了出来。

他把刚才的情景讲给奶奶侠他们听,小龙女和路小候也认为这里的员工有问题。

奶奶侠说:"鼻子一定与他们的疯癫话有关系!"

这时,一位打扫卫生的老奶奶推着清扫车走了过来。

奶奶侠拦住了老奶奶说:"您好,我们想知道您来这里多久了?"

"我在这里5年了。"老奶奶笑着说。

"你骗人!你是刚来的,看看你的鼻子就知道了!你们这里的人都在说颠倒话,对不对?"

"信不信由你,整个工厂就我最正常!"

奶奶侠和路小候他们跟着这个清洁工老奶奶进了电梯。

"你们想知道什么?是不是觉得这里非常奇怪?长鼻子的怪人世界一定把你们吓坏了吧!我刚来的时候也是这样,可是时间一长就忘记了。"

奶奶侠继续问道:"那您能告诉我们为什么这里面的所有人都是长鼻子吗?"

清洁工老奶奶轻蔑地笑了笑,她说:"我现在要去喂老板养的小猫咪了,你们要不要和我一起?或许去了你们就知道原因了。"

清洁工老奶奶按下了7号房间的按钮。

"请进吧!他的宠物就在里面。"

奶奶侠他们跟在清洁工老奶奶的后面,看着大大的房间里不见一只猫咪。

清洁工老奶奶把一碗肉放在地上,拍了拍手。

"咪咪,开饭了。"话音刚落,从后面跑出来三只身材健硕的斗牛犬,它们蜂拥而至抢夺着碗里的肉。时不时还发出了"喵喵"的叫声,对!是它们发出来的,三只狗,竟然开口发出猫叫,真是闻所未闻。

路小候睁大了双眼:"它们……是狗?猫?狗猫?有这种品种吗?"

"可能它们是机器人吧!"奶奶侠盯着三只斗牛犬说。

"哈哈哈……是不是这里的一切都和外面不太一样!因为这里是谎言工厂,所有人说话都是颠倒的,来到这里的动物也必须是颠倒的。所以……

你们看到了三只凶猛的斗牛犬却发出了温柔的猫叫声。"

　　清洁工老奶奶摸着自己的鼻子继续说："我的鼻子不像外面那群人那么长,是因为我还保留着自己的原则,我还会说真话。我们老板可不喜欢我们说真话,所以我从一个主任降职到了清洁工。"

　　三个孩子感觉自己像是在做梦一样,就连见多识广的发明家奶奶侠都没有碰到过如此奇怪的事情。

　　奶奶侠问道："为什么大家都成了这个样子,可是你们的老板我见过了。他完全没有长长的鼻子啊?"

　　这时,清洁工老奶奶的对讲机响了,她听完后说："哦,我要去休息了!"之后她的鼻子竟然开始长了一截。

　　"奶奶侠,你看到了没有!那个鼻子!"路小候说。

　　奶奶侠自言自语："我知道了,显然,她说了假话,应该有一堆麻烦的工作等着她。"

　　"谎言工厂里的一切都是颠倒的,他们的鼻子应该是和他们说谎话的次数相关,之前清洁工老奶奶还是小鼻子,可是她说了谎话后就长长了。真是太奇怪了!"小龙女边说边敲着手指。

　　路小候说："我们还是快点离开这里吧!我可不想变成长鼻子的怪物。"

　　他们坐上电梯去寻找出口,但是电梯的墙上都是密密麻麻的房间名称,哪一个是通往楼上的按键,这可把奶奶侠难住了。

　　小八说："不然就选 68 吧,这么吉利的数字,应该会给我们带来好运吧!"

　　于是,几个人决定去 68 号房间寻找出口。

　　……

　　电梯门一打开,一股刺鼻的味道扑来,让他们浑身都不舒服,并且从里面还传出了轰隆隆的声响。不过 68 号房间和其他房间不太一样,这个房间需要有指纹的录入才可以进去。

　　路小候捏着鼻子说："我们……我们不要进去了吧!以我今天老教授的经验来看,从房间里面飘出来的这股味道有可能含有剧毒。我们不是来找出口的吗?所以……所以我们就不要进去了吧!"

奶奶侠看了一眼路小候,她说:"这个工厂一定隐藏了秘密,而且外面的土壤为什么会寸草不生,一定有污染。哎!我这个暴脾气啊!"

奶奶侠边说边拿出她的隐形人钥匙扣——只要打开钥匙扣,披上里面弹出来的隐形披肩,就成了"随心所欲"的隐形人了。

"你们在外面等我!"说完奶奶侠跟着一个戴了防毒面具的长鼻子工人悄悄进入了68号房间。

6

这里明显是个造纸厂,最前面的几个长鼻子工人正在煮浆,奶奶侠走到前面看到从沸腾的锅中流出了黑色的液体,奶奶侠拿出试管,将液体装进试管里,她摸了下簪子,开启了智能语音识别器。经过奶奶侠的调查,原来这个工厂用的是碱性煮浆法,所排放的黑液主要是木素和碳水化合物,这种液体具有极强的腐蚀性。

她又往前走了几步,看到几位工人正在做"漂白"的程序,奶奶侠捂住鼻子,戴上了手套,拿着试管取了一点排放的污水,再次触碰了她头上的簪子,系统向奶奶侠解释道:"这道工序利用的是含氯漂白技术,次氯酸盐漂白时产生的三氯甲烷,每漂白1吨蔗渣浆所排出废液约含150—250克,每漂白1吨木浆约含700克,其中含有的10多种成分都是有剧毒的。"

"就知道这里面一定有猫腻!还好被我老太婆发现了!这个可恶的假斯文厂长,外面的雾霾已经这么严重了,他还要继续污染环境。"

奶奶侠正寻思着怎么收拾怪物厂长的时候,一不小心她的隐形钥匙扣掉了出来,奶奶侠一点一点暴露在大庭广众之下。

"你是谁?"里面的长鼻子工人问道。

"你看她有长鼻子,应该是个员工了!"

顾名思义,这句话的意思是相反的,奶奶侠立马反应着。

"嘻嘻,对对!我是新来的!还没有办入职呢。"奶奶侠说着快步向门口跑去。

刚到门口,她就被那个身材苗条的长鼻子女秘书堵住了。这时候女秘书拍了两下手,身后立马涌出一群长鼻子员工拦住了奶奶侠的去路。他们抓住奶奶侠,把她绑在了凳子上,女秘书逼迫奶奶侠喝下了药水。转眼间,奶奶侠也长出了如同他们一样的长鼻子。

"老太婆,我看你怎么办。"女秘书边说边拿出了一面镜子,对着奶奶侠照了照。

"可不是只有你一个人会变戏法。"

女秘书说着说着,年轻的模样就变成了奶奶侠的样子,连长鼻子也不见了。

"你……你竟然敢模仿我老太婆!不要让我抓到你!"奶奶侠边挣扎边嘶吼着,可是女秘书完全不理会,继续模仿着奶奶侠的一举一动。

"好了!我去和你亲爱的小伙伴们汇合了!"

路小候他们正在68号房间外面等候着,看到"奶奶侠"从里面出来,焦急地询问情况。

"孩子们,让你们久等了,里面我看了一下没有什么可疑的地方,这里的确是一个正规的工厂!"

"等一下,奶奶侠,你确定里面一切正常吗?"小龙女似乎发现了异样。

"对啊,小孩子要听大人的话,我们先把隐形药水喝了确保我们的安全。"奶奶侠阴阳怪气的声音让三个孩子感觉怪怪的。

当这个"奶奶侠"拿出药水递给路小候的时候。突然,从后面跑出来一个长着同样脸庞的人,只是这个奶奶侠多出来了一根长鼻子。

"路小候,你们千万不要上当了!我才是真正的奶奶侠!"后来的奶奶侠大声喊着,露出了诚恳的神情。

"你在胡说八道什么!你看看你的长鼻子!"先出来的奶奶侠自信地说着。

这时候,机智的小龙女在路小候耳边轻声说道:"只有你还算是和奶奶侠接触的时间长一点,这个真假奶奶侠的选择题,你来做。"

路小候眼泪汪汪地看着两个几乎一模一样的人,咽了一口唾沫。

"我来问你们问题,第一次奶奶侠给我喝的是什么颜色的果汁。"

"我这个暴脾气,我先说,是蓝色的。"后出来的奶奶侠大声喊着。

还没等另一个奶奶侠张口,路小候就跳了起来大声呼喊着:"你这个骗子！奶奶侠脾气暴躁,她的暴脾气也总是挂在嘴边。"

没来得及张嘴的冒牌奶奶侠被路小候认了出来,气急败坏的她露出了自己的真实面目。

女秘书抚摸着自己的长鼻子愤怒地说:"本来想骗你们都喝下我制作的药水,谁知道你们都没有上当！是时候给你们点颜色瞧瞧了。"

这时,女秘书身后来了一大群长鼻子保镖将奶奶侠他们团团包围。

7

"你们回来了,我亲爱的顾客朋友,我好心让你们参观我的风筝厂,你们却乱跑,这是很没有礼貌的。你们知道了我工厂的秘密,可能就永远出不去了。"厂长奸诈地说道。

旁边的保镖附和着说:"你们一定会出去的,一定会的！"

厂长骄傲地笑了起来。

"哈哈哈……觉得好玩吗？所有员工都在说假话,你们听！我说,外面的天空很蓝吗？"

"老板外面的天空是湛蓝的,整个天空美丽极了。"保镖说。

"河流呢？湖泊呢？"

"没有一点污染,都泛着碧绿的波纹。外面的世界十分美好！"

只见保镖说完后,鼻子就长了一大截,他开心地摸着自己的长鼻子。

厂长继续说:"知道他们为什么这么兴奋吗？因为长鼻子是我们谎言工厂的奖励机制,如果他们说了谎话给我听,鼻子就会越来越长,谁的鼻子越长,谁就有越多的财富。"

奶奶侠说:"你是怎么让他们都听你的话的？"

"这都归功于我的秘书,她是个发明家,可以发明一切东西。有一天,她研制出了一种'听话药水',只要吃下去就会说谎,只有这样才可以生存。再加上我给他们制定的奖励机制,谁不想得到财富？是我创造了这些只会干活的长鼻子怪兽！"厂长激情地演说着。

"你们不应该为我鼓掌吗？"

没有人回应。

"他们的家人呢?"小龙女问道。

"家人?都被我接到这里替我干活了。这个谎言工厂已经成为一个小小的王国了。他们也不愿再出去接受真实的自己了。"

正当厂长继续说着他的谎言帝国时,路小候拿过奶奶侠手中的试管看了看。小声对奶奶侠说:"他的这个工厂其实是化学厂,对不对?我有办法让他能够赚更多的钱。可是我不敢跟那个怪物厂长说,我怕他把我变成长鼻子。"

小龙女听到了路小候的话,立马说:"厂长,您看那个戴眼镜的瘦小的男孩,其实他的真正身份是一个学识渊博的学者,他可以为你的工厂赚更多的钱,能不能以此作为放我们出去的条件!"

奶奶侠把路小候掩盖身份的帽子一把夺了下来。这样在厂长的眼里,他又恢复了"阿笠博士"的模样。

"好!我答应你们!这个好玩的老妇人和小博士留下。你们两个可以先走。"厂长说。

说完,小八和小龙女就被保镖从房间里扔了出来。办公室的大门一点一点地关上了。

小八焦急地说:"怎么办,小龙女?奶奶侠和路小候会不会有危险?"

"不会的,奶奶侠一定会保护小候的。"小龙女边说边举起了一瓶小小的药水给小八看。

"小八,你看这个!"

"啊?又是药水!这个工厂里怎么这么多的药水!"

小龙女解释着说:"你不要担心,这个是奶奶侠刚才偷偷递给我的,你看上面写的是'基因药水',我们可以试一试!"

"试什么?"小八被弄糊涂了。

"解药!"小龙女瞪着圆圆的眼睛,那眼睛里充满了勇气。

小八和小龙女进了电梯里,清洁工奶奶也跟了进来,她说:"我还是喜欢正常的鼻子。说吧,想去哪个地方,我送你们去。"

小龙女说:"请带我们去广播室!麻烦奶奶了!"

他们进入了广播室,按响了广播,喇叭中传出声音——"请所有人到操作间集合!"

小八和小龙女也快速来到食堂(操作间),小龙女爬到了"操作间"里高高的台子上大声地说:"这种颠倒黑白的日子你们一定是过够了!现在你们可以带着家人重获自由!记住!喝下我给你们的药水!"

可是人群中都是怀疑的声音。

"我要相信她这个小孩子!"

"哦!真是太棒了,如果可以重获自由!"

"为你喝彩!你是个伟大的人!"

所有人都在说着相信小龙女的反话,也就是他们一点也不相信眼前这个小女孩说的话。

这时候,清洁工奶奶走了过来,在所有员工面前拿起了基因药水,咕咚咕咚喝了下去。所有的长鼻子员工注视着她,2分钟后她的鼻子竟然慢慢变得正常。

小龙女说:"快说句谎话试试看。"

"我们这个工厂是个环保的工厂!我们的厂长是个环保主义者!"说完后大家看到清洁工奶奶的鼻子并没有任何变化。

小八和小龙女向所有的员工分发了基因药水。食堂里沸腾了起来,大家在喝完药水之后,长鼻子怪人都恢复了正常。

清洁工奶奶大声喊着:"各位同事,那个人面兽心的厂长,他让我们受了这么久的罪,我们唯唯诺诺每天都只敢说谎话来赞美他、赞美工厂、赞美我们的环境!可是现实是我们工厂就是个污染环境的蛀虫。现在我们去厂长那里把大实话告诉他!"

8

所有的员工一起来到了办公室,举起胳膊向厂长示威。

厂长被外面的情形吓得在办公室里踱来踱去,绿豆般大的汗珠从脸上滑了下来。他对路小候说:"这一定是那个老妇人搞的鬼!"接着他慌忙跑了出去,对着所有的员工咆哮道:"你们这是要造反吗?是我创造了你们!你们现在就是一群说谎话的怪物!"厂长按下了办公室中的私人电梯带着路小候和奶奶侠去了68号房间。

奶奶侠对路小候说:"现在的情况只能靠我们自己了!"

奶奶侠眼睛一转,认真地说:"你做的风筝真的很好看!我和孩子们都很喜欢,这个是真心话!可是你为什么放弃做风筝,而跑去建一个谎言工厂,还麻痹自己是什么环保主义者,让你的员工夸赞蓝天白云。我真的弄不明白!"

"既然你这么想知道,那我来告诉你原因。我的爸爸以前也是做风筝的,他做的风筝是镇上最好的,所有的人都羡慕我有一位会做风筝的爸爸。可是,爸爸工作的工厂却剥夺了一切,他在一个化工厂上班,每天他都和有剧毒的污染物接触,时间长了就患上了肺癌,再也没有救过来。爸爸在生前答应我要为我做100只风筝,但是只做了30多只,他就离开了。他没有实现他的诺言,所以从爸爸去世以后我就喜欢听别人说谎话。"

"可是你爸爸就是因为工厂里的污染物致死的,你为什么还要建一个污染环境的化工厂呢?"

"因为这样我可以感受到爸爸的存在,我也知道化工厂污染环境,所以我每天都需要员工来说谎话。"厂长的眼睛已经蓄满了泪水,嘶吼着。

厂长开始暴躁起来,他拿着药丸准备塞进路小候的嘴里。突然,奶奶侠变得只有10厘米大小,她挣脱出绳子,快速地爬到了厂长的手上,狠狠地咬了一口,厂长手中的药丸掉在了地上。

"奶奶侠……你还会变小呢?"路小候惊讶得说不出话来。

"臭小子,我告诉你我是搞发明的,我研制的基因药水可是比他这个破药丸厉害一百倍。"

这一举动激怒了厂长。

"老太婆,难道就你一个人会发明东西吗?"女秘书从厂长身后走了出来,递给厂长一瓶药水。

"哈哈哈……你看这是什么?"厂长拿出了和奶奶侠几乎一样的药水。

"你这个假奶奶侠,刚刚我还没有找你算账,现在你又来窃取我的发明,真是过分,我这个暴脾气!"奶奶侠的双眼好像随时都能喷出火来。

厂长拿起药水一饮而尽,结果他的身体越来越大,大到足以碰到屋顶,厂长变成了巨型怪兽。

这个庞然大物一把抓住了奶奶侠，旁边的路小候吓得屏住了呼吸。奶奶侠被捏在他的手中，只要他轻轻一用力，后果将不堪设想。但这个厂长竟然没有这样做，而是弯下腰接了一瓶排出的废水。

"老太婆，你说你要是把这个喝进去，你还能活吗？不管你是何方神圣，也受不起这里面十几种的毒啊。哈哈哈。"

他的笑声足以把路小候的耳膜震破。

厂长拿起废液准备往奶奶侠的嘴里灌。

平时胆小的路小候在这千钧一发的时刻，鼓足勇气对厂长说："厂长，刚刚的承诺我还没有兑现，我真的可以为你的工厂创造更大的效益，让所有的东西都变废为宝。"

路小候让人拿出纸和笔为厂长画着自己的设想，将垃圾变废为宝。

就在这时，奶奶侠在巨人厂长手里，大喊了一声："影子剪刀！"

当所有人还没有反应过来的时候，灯光下的影子奶奶侠已经出现在了他们面前。只见奶奶侠的影子拿起煮浆的开水管喷在了厂长变大的脚上，这个"大怪物"伴随着一声巨响倒在了地上。

从魔掌手中成功逃脱出来的奶奶侠抓住了女秘书，坐在她的身上不停地拍打着她的头。

"你这个冒牌的奶奶侠，还没有我的影子厉害！还敢冒充我！我这个暴脾气！"

影子奶奶侠趁着厂长倒在地上，快速爬在巨人厂长的脸上将基因药水喂给了他，厂长迅速地恢复了正常的大小。这时候，路小候在影子奶奶侠的指挥下把厂长捆了起来。

这时所有的员工已经在 68 号房间外等着厂长了，他们指着黑心厂长，不停地唾骂着。厂长终于被奶奶侠他们打败了。

……

坏人终究是要被送到警察那里去的，两辆警车已经停在了这个"谎言工厂"的大门口。

警察送厂长上警车前，允许了厂长和奶奶侠他们告别。

厂长对奶奶侠说:"我违规开厂,受到了应有的惩罚。我不该被金钱蒙蔽双眼,风筝向往蓝天,可是我现在却做着污染蓝天的勾当,我违背了自己的初衷,也对不起我的父亲。屋里的那些风筝麻烦你们带回学校给其他同学,谢谢你们了。"

这时候,路小候蹲在了地上,抱着奶奶侠的腿终于忍不住哭了起来,这一次的工厂大冒险吓坏了胆小的路小候。

奶奶侠安慰完路小候之后,又走到被担架抬起的秘书前面,用手摸了摸她心口的地方,突然把手缩了回来,表情凝重。

"这个秘书太奇怪了!难道她和我一样……"

"奶奶侠,我们快回学校吧!不然林老师又该骂我们了!"小龙女不停地向奶奶侠招手。

"哦……哦,我这就来了。"奶奶侠瞥了一眼秘书,疑惑地向路小候他们跑去。

9

路小候他们回到了学校。

这时候林老师的电话响起了,是视频电话。接通后,原来是陈一打来的,说他看到路小候为自己选的那只特别的孙悟空风筝了,他非常喜欢。现在他已经转到了普通病房!等病好了以后就邀请路小候一起回乡下爷爷家放风筝。

下午放学后,路小候揣着口袋里的奶奶侠躺在了学校的操场上,青草的芳香让他忘记了这一天的疲惫,他望着天空中的雾霾好像快要散去一般。

他说:"奶奶侠,我们国家一定还有许多排放废气废水的工厂,那什么时候天空才能痊愈啊?"

"现在国家已经在全力治理了,国家那么多的科研人员,一定会有办法的。放心吧,早晚天空还是蔚蓝的,还能变换着缤纷的色彩。"

"只可惜眼罩的魔力只有一天,真希望我长大后也是一名学识渊博的科研人员。"

"那你就好好学习啊,不要再考 35 分了!"奶奶侠气愤地说。

"今天下午的这次数学随堂考试我肯定会了,我现在可是个教授,区区小学数学,哈哈哈。"路小候笑着在草坪里打滚。

"你这个不劳而获的臭小子,我这个暴脾气。"

"还有,奶奶侠,那个神奇的眼罩会让我明天有什么不一样吗?"

奶奶侠说:"我也不知道,程序都被打乱了,只有明天早上一睁眼才能知道。"

因为眼罩的缘故,路小候像是生活在电影里的男主角,每天早晨都会有全新的角色出现,而奶奶侠也陪着他度过惊险而紧张的每一天。

第三章　一只马来熊

1

"铃铃铃……"

闹钟7点半准时响起。

路小候翻了个身,摘下眼罩,习惯性地摸了摸脸颊,一切正常。他伸了个懒腰,想翻过身继续睡一会儿。这时候,他感觉脸越来越湿润,还有点发热,黏黏糊糊像唾液一样的液体顺着脸颊流了下来。当路小候睁开眼睛,看到一个毛茸茸的圆球堵在了他的眼前,而且这个东西还在用舌头一直舔自己的脸。

路小候从床上跳了下来,好奇地看着躺在自己身边的那只球。

圆圆的耳朵,黑色的眼睛和大鼻头,这只黑色的"大圆球"正在用湿答答的长舌头梳理着自己爪子上的毛。

"一只狗?"路小候叫了起来,他不敢相信自己的眼睛,家里怎么会出现动物。路太太是个有洁癖的人,所以路小候从小连一只乌龟都没有养过。

"你好,我亲爱的伙伴!我不是狗,我是一只货真价实的熊。"

路小候觉得自己出现幻觉了,这个"大圆球"竟然可以说话,不过这次他的下巴可没有"掉"下来。因为自从奶奶侠来了以后,他每天都在经历奇怪而又刺激的事情。

"你……你别过来!"路小候把枕头顶在了头上,缩在了墙角,瑟瑟发抖。

"你是一只会说话的熊？你不会攻击我吧？我……我是个好孩子！我每天都按时完成作业,听妈妈的话,我……"

"小伙伴,我不会攻击人！你是我的好伙伴。我是一只马来熊！我叫阿布,来自神秘的西藏。我还给你带了一箱蜂蜜作为见面礼！可是早上来的时候我实在太饿了,就……就……真……真是不好意思。"说着只见它黑色的熊掌上还往下滴着蜂蜜。它竟然和人一样害羞了起来,如果不是它乌黑发亮的毛发,现在它的熊脸一定涨得通红。

"我是来这里找爸爸的。我爸爸两年前出去就没有回来过,他说过是被人收养了,之前还给我写信,可是后来一点消息都没有了。妈妈因为思念爸爸都哭瞎了双眼。"小熊拿出了箱子里的一封信递给了路小候。

"妈妈总是教导我要乐于助人,你放心,我会帮助你的,一定可以找到你爸爸！"路小候安慰着阿布。

……

奶奶侠早已从手提包中拿出了今天的美味早餐——蜂蜜牛角包和牛奶,急性子的她冲到路小候的房间。

"路小候,你上学要迟到了！你能不能快一点！今天你妈妈有事一大早就出门了,嘱咐我一定要催促你,不要让你迟到！你真是要气死我这个老太婆了！我这个暴……"奶奶侠还没有说完后面她的"经典台词",就被这只小黑熊抱住了。

"这……这是个什么东西？路小候你去哪捉了只狗回来,你不知道你妈妈的洁癖吗？你真是要气死我了！"

"您好！我叫阿布！依照我们的家族习惯,初次见面需要给您一个大大的拥抱,人们管这个叫'熊抱'。"阿布说完就用舌头舔了奶奶侠的脸,瞬间奶奶侠的脸上沾满了黏糊糊的口水。

"路小候！你能解释这是怎么回事吗？"脾气暴躁的奶奶侠对着可爱的小熊就是一拳。这个黑色的圆球像汽车轮胎一样滚出了房间,滚下了楼梯,正好趴在了餐桌前。

"我还想问您呢？今天的我没有任何变化啊！也没有什么特别之处,就是多了一只熊。"路小候说。

就在奶奶侠和路小候争吵的时候,这只小熊已经吃掉了桌子上的牛角包和牛奶。"这个面包是怎么做的啊?实在太好吃了!里面夹有蜂蜜!我没有忍住就把桌子上的都吃完了,真是抱歉。"

阿布瞪着圆圆的眼睛说着,鼻头和嘴边的黑色毛发被牛奶染成了白色。

"你……我这是为路小候准备的早饭!你这只会说话的怪熊!快回你该来的地方。"

"奶奶侠!你吓到它了,你看它胖胖的样子多可爱!我决定了!我要把它带到学校去!"路小候边说边为阿布擦着脸上的牛奶,"小熊,我想你该去楼上的洗手间洗一下你的脸和毛发,毛巾看来是擦不干净了。"

阿布是从森林里来的野生熊,当然还不懂人类的礼节。它顺着楼梯扶手笨拙地爬上了二楼,像是动物园里看到的笨熊爬树一样。在洗手间里,阿布对着人类的洗漱用品毫无头绪,它拿起放在洗手台上的牙刷就开始刷自己的毛,脸上、腋下,还有熊掌,都清理了一遍。它突然看到了马桶,阿布好奇地盯着马桶看了一会儿,竟把整个头都塞到了里面,可是进去容易却出不来了,这时候阿布用尽全力,将自己从马桶里拔了出来,没想到马桶盖正好套在了阿布的熊脑袋上,抽水箱裂开了,好好的马桶被它弄得像是一个小瀑布,洗手间里一片狼藉。

听到动静,奶奶侠和路小候连忙上来。

"你……这只倒霉熊!你看看你的杰作!我要收拾多久啊!你要气死我这个老太婆了!"

"路小候……你现在马上带着这只熊消失在我眼前!它不能在家里待

一秒钟！不然整个家都要被它拆了！这个是减肥盒子，你把它装在里面带它去学校！不要让我再看到它！快……走！"奶奶侠气得浑身发抖。

阿布知道自己犯了错误，抠着手对奶奶侠说："对不起，奶奶！这是我的错。我……"

路小候激动地把阿布装在了减肥盒子中就出了门。

2

在院门口已经等得不耐烦的小八，看到今天的好朋友没有任何改变，有些失望。

"小候，你今天一点变化都没有吗？"

"有！我多了个朋友！"路小候神秘地说。

"带我见见他啊！我们三个可以一起扔沙包，或者玩升级游戏，三个人一定有很多乐趣。"小八搂着路小候说。

路小候从书包中拿出了"减肥盒子"，环顾四周之后，打开了盒盖。

阿布撅着滚圆的屁股从盒子里面爬了出来，伸展了四肢。

还没等小八缓过神来，阿布就给了小八一个大大的马来熊家族的见面礼——熊抱。

"你好！我是阿布！是路小候的好朋友。我知道你也是路小候的好朋友，那么我们三个都是好朋友了，哈哈！"

阿布的笑声憨厚又可爱，这时的小八眼珠不停地转动着，好像又在想什么歪点子。

"林老师要是找我们的麻烦，我们就拿阿布吓唬他！"

路小候和小八想象着林老师被吓得瑟瑟发抖的样子，笑得前俯后仰。

到了路口，正是上班的高峰期。这时候，一个衣领拉得很高的年轻男人把手快速地伸进了他前方女人的包里，把一个红格子钱包放在了自己的风衣内兜里。

"小偷！你是小偷！"

偷钱包的人听到声音后，撒腿就跑。阿布立马追了上去，它的两条小短腿和小偷越拉越远，这时候阿布突然看到街边的一个孩子正骑着一个玩具摩托车,它过去把小朋友放在了旁边的饮料摊上。

"小朋友,我一会就还你!谢谢你!"说着骑着玩具摩托车继续追小偷去了。

阿布像电影里的功夫熊猫一样,帅气地骑着玩具摩托车,可是它以为的"风驰电掣"的速度竟然比旁边的老奶奶都慢。就在它想舍弃玩具车的时候,突然从后面开来了一辆洒水车,阿布晃晃悠悠地站在摩托车上,等待洒水车和它平行,再跳到车顶,可是笨拙的身材让阿布的毛缠在了洒水车的后面,阿布被洒水车拖着前行。

穿过了两条街,小偷回头看了看没有人在追他,于是就放慢了速度。突然,那辆洒水车向小偷缓缓地开来,小偷只顾着躲洒水车的喷水而跳起了"踢踏舞",张开双掌的阿布趁着这时候从洒水车的后面一跃就扑到了他身上,但是谁知道小偷从后面的兜里掏出一把小刀向阿布刺去。

就在这最关键的时刻,奶奶侠竟然骑着警用摩托车带着路小候和小八赶了过来。几个人把小偷团团按住。

路小候一把抱着阿布:"你这个马来熊,竟然还会抓小偷!"说着眼角已经全是泪水。

"还好我及时赶来,你没看小偷那把锋利的刀,如果晚来一会儿,你就被做成红烧熊肉了!"奶奶侠双手叉腰调侃着说。

阿布说:"对……对不起。让你们担心了。"

这时候满街的人都惊讶地看着这只小黑熊。

"一只会抓小偷的小熊。"

"不!是一只既会说话又会抓小偷的小熊。"

"这是什么品种?动物园里怎么没有见过!"

"是从动物园里跑出来的吗?会不会伤害我们的孩子?天哪!需要给市长热线打电话吗?"

整条街都沸腾了。这时候在饮料摊上坐着的一个穿着迷彩服的男人,在角落里观察着一切,拿起一罐喝完的可乐易拉罐用手轻松地捏扁,似乎在预谋着什么。

3

路小候的书包里放着一只马来熊,这件事情一旦让"二郎神"知道,后果不堪设想。

"路小候,你鬼鬼祟祟在做什么?今天你又迟到了!一会下课去我办公室面壁思过。"林老师在班门口大声呵斥着路小候。

第一节是林老师的数学课,无味的课堂让路小候忍不住想看看阿布现在的情况。他悄悄地从书包里拿出"减肥盒子",看到阿布在里面睡得正香,一定是刚刚捉小偷累坏了它。路小候突然打了个喷嚏,惊醒了熟睡的阿布,它揉了揉眼睛坐在盒子里和路小候打招呼。

"路小候!笼子里有鸡和兔,从上面数,共有100个头,从下面数,共有350只脚,鸡和兔各有多少只?请在黑板上做这道题。"

林老师的突然提问,让平时一上数学课就开小差的路小候慌了神,他只顾着看黑板上的题,把手中的盒子忘得一干二净,当他猛地站了起来,盒子掉在了地上。奶奶侠说过,阿布只要从减肥盒子中出来,就会恢复成原来的大小。

只见阿布从盒子中滚了出来,一点一点恢复成了原来的大小。这只马来熊的出现扰乱了林老师的课堂,同学们顿时被吓得大叫起来。

"这下可完了!"小八对小龙女说。

"怎么了?又是因为奶奶侠和神奇的眼罩?今天路小候多了只小熊?不过这可是珍贵物种,我之前在动物世界看到过这种熊,不过它脾气温顺,没有什么可怕的。"小龙女挥挥手和阿布打招呼。

"老师好!我是阿布,一只马来熊。我是路小候的伙伴……"阿布有礼貌地向林老师鞠躬。

林老师看到一只野生熊,竟被吓得躲在了讲桌的后面。

路小候慌忙把阿布拉在一边,让它坐在自己的身后,告诉它千万不要再向林老师解释了。

"一只会说话的熊!太好玩了!"

"路小候,你是在哪找到的?我也想要!"

班级里的同学有的害怕地哭了起来,有的则向路小候投去羡慕的眼神。

"大家不用担心,它是我的好伙伴,不会伤害大家的,它很温顺。林老师,您也不用害怕,它很乖。"

林老师从讲台后面站了起来,他的眉毛皱在了一起,连同脸上的痣都被气得在颤抖。

"路小候,下课跟我去校长办公室!"

……

还记得之前那个穿迷彩服的男人吗?

他来到了一个阴暗的房间里,提着一个被黑布罩着的铁笼子走到了漆黑的阁楼里。

"老大,这是前两天在广西捉来的,您看一下。"

一个穿着白大褂的男人转过身来,龇牙咧嘴地看着眼前的笼子,把它用力地扔在了一边。

"怎么那么蠢呢?这都多长时间了?还没有一只像样的动物吗?我不需要狗熊!狗熊根本就卖不上价格,这次我们需要大赚一笔,你听懂了吗?"

"老大,今天在人民路上我看到了个宝贝,这个宝贝足够让老大开心。您还记得当年那只成年的马来熊吗?他要有伙伴了!"

穿白大褂的男人听完后立马露出阴险的笑容,令人毛骨悚然。

"你说什么意思?难道……"

"今天我看到了一只幼年的马来熊!"

穿白大褂的男人听到后先是停顿了几秒,之后发出了可怕的笑声。

"哈哈哈哈……我的好伙计!如果这次再捉到马来熊,我们就能狠狠地赚上一笔了。"

4

路小候回到了家里。

"奶奶侠……我回来了!人呢?"

"别喊了,臭小子!我在洗手间修马桶!"奶奶侠撸着袖子在里面修马桶的样子,可真是滑稽。

"奶奶侠,对不起!给您添麻烦了,如果您不介意,我……"正说着,只见阿布上前紧紧抱着奶奶侠,又是一个大大的熊抱。

"算了,也不怪你!谁让你是一只熊呢!"

这时候客厅的电话响了。

"喂,小候是吗?林老师给我打电话了,说你今天带了一只会说话的熊去学校。妈妈不知道你是从哪里发现的这个动物,可它毕竟是野生动物,不知道会对你做出什么。你不能让它继续在咱们家里,听妈妈的话,如果你执意要养它,妈妈只能告诉爸爸了!晚上我回家希望一切恢复正常!"

"可是,妈妈……"

还没等路小候说完,路太太生气地挂掉了电话。

路小候哭了起来,他说:"我还没有找到阿布的爸爸,我答应过阿布,一定要帮阿布找到自己的爸爸。"

"小候,你的心思我懂。但是眼罩的魔力也只能保持一天,明天阿布就要回到原来的地方了。"

路小候又像原来一样坐在地上抱紧奶奶侠的腿,恳求奶奶侠留下阿布,直到找到它的爸爸。

"你这样一直哭闹,我也没有办法啊,眼罩中的所有程序都是之前设计好的,不能随便改动,我无能为力了,小候!"

"那我下午要带阿布去学校,我不管。"

"不行!路小候,这只熊已经把家里和学校弄得乌烟瘴气了!咱们整条街都知道我们家有一只会说话还会抓小偷的熊,我们会招来坏人的!我不想路太太回来后怪罪我没有严格看管你!所以不可以再带阿布出去了!"奶奶侠看来是真的生气了。

"我就要嘛!我已经答应小龙女下午让她再见到阿布,我一定要带!不管你愿不愿意!"路小候的哭声越来越大。

奶奶侠和路小候的争吵让躲在厨房的阿布听到了,它委屈地用熊掌捂住了脸。

"我今天中午不吃饭了!"路小候大喊着用力关上了家门。

最后还是以奶奶侠的胜利而告终,可是心软的奶奶侠不忍心让路小候饿肚子,就偷偷跟着他出了门。

就剩阿布一个人在家了,阿布知道了自己明天就会回到西藏,于是给路小候和奶奶侠留下了一封信带着行李就离开了。

阿布离开了路家,它拿着爸爸当年给它写的信,在这座城市中,如同大海捞针般打听着爸爸的线索。由于上午捉小偷的事情已经在小小的市区中传开了,所以有好心人载它去信中提到的老城区寻找爸爸曾待过的地方。突然,它抬头看到了小河对面的一排樱桃树正被风吹得弯下了腰。

"没错,就是在这里!有小河,有成排的樱桃树。爸爸信中提到了,它被好心人收养的地方就是在这座城市里有一排樱桃树的河对面的老房子里。"

阿布开心地转圈圈,如果有个洋娃娃,这时候它一定能跳起来圆舞曲。

老房子上有一个破旧的招牌,上面写着"动物救助中心"。

阿布激动地按下门铃,等待着好心人为它开门。

"谁啊?"里面传来一个男人的声音。

"先生,打扰您一下。我想问一下这是王大勇的家吗?"

"哦,那是我的哥哥,你进来吧。"男人尖细的声音让阿布感到有点不舒服。

阿布进来后,房间里面没有开灯,所有的窗户都拉上了窗帘,整个房子都阴森森的。

"嗒嗒嗒……"

阿布没有看到人,却听到了走路的声音,这个声音越来越清晰。

"你好,我是这里现在的主人,是救助中心的院长,我的哥哥因为一些事情离开了,亲爱的小熊。"尖声音的男人出现在了阿布的面前。

"那您一定知道您哥哥收养的那只马来熊吧?和我一样的,就是比我高大许多,那是我的爸爸,这次我想带它一起回西藏。"阿布有礼貌地说着。

"好啊,小熊,你跟我来。我带你去找你的爸爸!"尖声音的男人露出了诡异的笑容。

阿布跟着尖声音的男人上了阁楼,奇怪的是,这个男人把阁楼中的灯全部打开了,甚至有些刺眼。阿布愣在了那里,它看到阁楼中全是各种各样的工具,这里像是医院的手术室,门后还挂着两件白大褂。

"先生,您是医生吗?"

"不是,不过有点相近,因为我们都酷爱用各种工具进行分解,只不过他们是救死扶伤,而我……"

"哈哈哈哈……"男人的笑声响彻了整个房间。

突然,他的脸一下子阴沉了下来,走到一个用一大块黑布遮盖的物体面前。

"唰!"只见他把黑布甩了下来,目光凶狠。

"爸……爸!"阿布愣住了,黑布下面竟然是一个大笼子,而自己的父亲就在笼子里面。

阿布的爸爸缩在笼子的一角,憔悴不堪,它的一个熊掌已经被残忍地砍了下来。

"呦!世界上还真有这么巧的事情啊!我要发大财了!"男人继续说着。

"家人团聚的一幕真让人感动,很快你的命运也会和你爸爸一样。"他说着说着,面目也越来越狰狞。

"我和我的哥哥以前都是兽医,但是有一年哥哥去野外急救时碰到了你的爸爸,当时它受了重伤,我哥哥就把它带回家治疗。我那个固执的哥哥,不听任何人的劝告,非要收养它,还向政府申请开了动物收养中心,把你爸爸养得黑黑胖胖的,但是他自己的身体却每况愈下,我们因为救助动物,需要花费大量的金钱,也变得越来越穷。哥哥当年为了救你爸爸感染了细菌,当时我们没有钱给哥哥看病,最终哥哥还是死了。我们贫困了这么久,我想要过上富有的生活,而你们马来熊的一切就可以满足我,我要用你和你爸爸身上的所有东西来换取我的财富。来吧,我亲爱的小熊!快来跟你的爸爸团聚!"

突然,他拿起麻醉枪朝着阿布的屁股上射去,可怜的小熊感觉到两脚发软,晕倒在了地上。

这个恶毒的男人终于露出了真实的面目——一个贩卖珍贵野生动物的罪犯。

5

路小候没有带阿布去学校,小龙女和小八都十分伤心。他们听了阿布寻找爸爸的故事,决定放学后和路小候一起回家去帮助那只勇敢的小熊。

可是当路小候和伙伴们回到家中,发现奶奶侠站在房间里一动不动,手里拿着阿布留下来的信。

"亲爱的小候和奶奶侠,原谅我的不辞而别,我的到来给你们添了很多麻烦,感谢你们的热情招待,我要一个人去找我的爸爸了。谢谢你们!"

路小候看到歪歪扭扭的字,抱着奶奶侠的腿大哭了起来。

"它会不会有危险,我们答应过阿布要帮助它找到爸爸,我们现在这样就是不讲信用。奶奶侠,你快想想办法啊!"

"你先别哭了!遇到事情你老是哭鼻子,你让小龙女怎么看你,我……真是被你气死了,我这个暴脾气!"

奶奶侠一边发着脾气,一边用耳环定位器搜索着阿布的下落。

滴滴滴……

"出来了,现在阿布在老城区民主街36号,就是那个很有名的樱桃树那里!"奶奶侠严肃地说。

"耳环定位器还有安全监视系统,现在它一直提示报警信号,就证明阿布有危险,我们快去。"

"那我们快去吧!"小龙女焦急地说。

奶奶侠拿出了四双云朵布鞋,带着三个小孩一起去解救小熊。

6

到了36号房的门口,奶奶侠前去按门铃询问,突然被一股电流击倒在地上,半天没有缓过神来。

"气死我老太婆了!刚刚太危险了!幸亏碰门铃的是我,这股电流要是换了你们,后果不堪设想。"奶奶侠被电流打得头发都在冒烟。

小龙女说:"那就说明这家主人一定有不可告人的秘密。"

"那我们快去救阿布。"路小候愤怒地说。

小八皱着眉头:"现在铁门通了电,我们怎么进去?奶奶侠你有没有什么办法?"

"我最近都在研究关于防电防火的一些发明,可是还没做出来,我们就碰到了这样的事情。"

"我们可以从下水道进入到房子里啊!城市的下水道可是万能的。"小龙女的话点醒了大家。

时间紧迫,奶奶侠让小龙女、小八和路小候先从下水道进入屋内。自己跑到了一旁的保安室,想尽办法拖住保安,不让他们从监控中看到室内的情况。

奶奶侠装出迷路的老大娘的可怜模样进了保安室。

"小伙子们,你们好!我迷了路,口渴得不行,让我在屋里休息一会儿,倒点水喝,等我的儿子来接我,可以吗?"

"这样啊,那大娘您进来吧!我去给您倒水。"一位长相憨厚的保安说。

"太谢谢你了!"

奶奶侠就这样轻而易举地进了监控室。就在这时搞怪的奶奶侠拿出了自己的新发明——跳舞的阿尔卑斯糖,她把糖分给了屋里的两个保安。

"你们尝尝这个新出的味道,好像是酸奶和可乐味的,你们人真是太好了!谢谢你们!"

"大娘,不用这么客气的!我们……"话说了一半那个长相憨厚的保安就开始跳起舞来了,身边的保安先是诧异地看着他的同事,可刚把糖放进嘴里,也开始跳了起来。

两个人在监控室越跳越欢乐,越跳越激动,完全忘记了自己的工作。

这时候,奶奶侠拿起水浇到了监控室的操作器上,跳舞糖豆是有时效的,看来奶奶侠想彻底让监控器不能工作。

路小候、小八和小龙女三个人顺着臭气熏天的下水道爬进了收养中心的院里。

"要是再晚一会儿,我们可能就被臭死了。"小八拧着身上的污水说。

三个人像落汤鸡一样,当然了还是臭味道的落汤鸡。他们找到了配电室,快速跑了进去。

"我会不会被电到?"路小候胆小地看着小八。

小龙女看着上面的仪表盘和大小不同的电闸,果断地将一个最大的电闸推了上去。只听见"咔"的一声,周围的一切都暗了下来。

院长准备好了一套工具,刚要开始切割阿布的身体,突如其来的停电,只能让他放下了刀具,他气冲冲地跑向了配电室。

这时候,奶奶侠也从下水道里钻了出来,她被臭气熏得想发火。

"奶奶侠,我们在这里!"三个小家伙躲在一棵大树的后面向奶奶侠招手。

"现在我们虽然进到了院里,但是还不知道阿布到底是在哪个房间,我想那个坏蛋已经来找停电的原因了,所以趁着他出来,我们混进去把阿布救出来。"

奶奶侠加快自己的语速,生怕耽误救阿布的宝贵时间。当她说完后,突然收养中心的房间都亮了起来,一间、两间、三间……

奶奶侠看着房间一个个变亮,突然她觉得腿变得软绵绵的,像是走在棉花上一样,眼前的路小候变得模糊了起来,慢慢地晕倒在了地上。

路小候看到院长拿着麻醉枪站在了他们的面前。

"臭孩子们,你们是要救你们的小熊吗?恐怕是没戏了!"

三个人被吓得撒腿就往屋里面跑,他们一间一间地找着阿布,并且还要躲着院长的追击。

"现在我们和院长都在屋里,这样太危险了,我们顺着窗户外面沿墙走过去,这样既可以躲避院长,还可以看清阿布到底在哪个房间。"小龙女说。

"可是外面的窗户檐真的非常窄,如果稍不注意就可能摔成肉饼,我不知道我可不可以,要不我们再换一个方法。"路小候开始退缩。

"还记得奶奶侠送给我们的勇敢羽毛吗?我们把它挂在脖子上,只要我们遇到危险,这根羽毛就可以带着我们飞向上空。"小八认真地说着。

三个人拿出了奶奶侠送给他们的"勇敢羽毛"挂在了脖子上。小龙女率先走了过去,她小心翼翼地站了出去,把手递向路小候。

"小候,你可以的!我相信你!为了阿布和它爸爸能够平安回家!"

"我……我,我可以的。"路小候开始瑟瑟发抖。

外面的风越刮越大,天也渐渐暗了下来。三个人顺着狭窄的窗户檐走着。突然,路小候停了下来,他看到了躺在一堆手术刀旁昏迷的阿布。

"阿布,阿布!是阿布!"路小候大声叫着。

三个人从窗外进到了屋内,他们晃醒了阿布。

路小候说:"对不起!阿布,我没有遵守我们的诺言帮助你找到你的爸爸。"

"小候,我要告诉你个好消息!我找到我的爸爸了。它就在这里,可是爸爸的一只手已经被恶毒的院长砍去了。我们一定要把它平安带出去。"阿布伤心地说。

小龙女摸着阿布的头说:"你放心,阿布。我们一定会出去的。"

就在这时候,小八听到了门外的脚步声,由小到大越来越清晰……

"小家伙们,你们还要躲到哪里去!乖乖的,没有人可以夺走我亲爱的马来熊。"

院长说话的时候眼中全部都是对于金钱的渴望。

他拿起一根绳子准备把路小候他们一起关到笼子里,院长张牙舞爪的样子在昏暗的房间内显得像一只怪兽。他一把抓住了路小候,将他送进了笼子里。

就在这关键时刻,窗外一个身穿纯白色练功服的老妇人举着一把黑伞使劲敲击着窗户。只见她拼尽全力用身子打破了玻璃进入屋里,矫健的身手让所有人惊讶。

"你敢把我的路小候放进笼子里!你真是胆大包天!"奶奶侠边说边拿出黑伞指向了院长。

奶奶侠用伞把儿勾住了院长的两只手。可没料到,院长的同伙从外面进来了,他举着一把猎枪对准了奶奶侠。

"哈哈哈,老家伙,你死定了!"

院长摆脱了奶奶侠,再次从笼子中抓出了路小候。

"就让你看着这个小家伙怎么像垃圾一样被焚烧掉。"说着这个可怕的恶魔把路小候扔进了垃圾通道。

院长的同伴正准备扣下扳机的时候,却直直地倒在了地上。奶奶侠扭头看到小龙女和小八从笼子中跑了出来,两个人吃力地将麻醉枪发射了出去。

院长被激怒了,他把一条毒蛇扔进了垃圾通道中。

"这条蛇是我亲自养的,并且随身携带,今天它帮了我的大忙,老太婆看看我们谁更厉害。"

这时候奶奶侠拿出了兜里的空气炮戴在了手上,只见奶奶侠说了句"碰磅",院长就被眼前的烟雾熏得睁不开双眼。这时候奶奶侠利用黑伞使劲戳向他的脚面,在他疼痛不已的时候拿起麻醉枪朝着他身上射了好几下,终于"恶魔"也倒在了地上。

……

路小候顺着垃圾通道拼命爬,想要找到出口,他告诉自己奶奶侠可能来不及救他了,这次他只能靠自己。路小候往后一看,一条蛇向他爬了过来,他的手已经没有了力气,眼看着快要爬了出去,但毒蛇离路小候越来越近。

"我不会让毒蛇咬死吧!"路小候闭紧了双眼。

当毒蛇用身体缠住了路小候的腿想要用力咬上一口时,一只手紧紧地捏住了毒蛇的嘴巴,然后把它从路小候腿上拽了下来。把毒蛇系成蝴蝶结状扔了下去。

"奶奶侠,我就知道你会出现的!"

终于他们爬出了垃圾通道。

7

已经麻醉的院长被警察逮捕了,临走之前奶奶侠看了一眼院长,院长突然又笑了起来,又是那个可怕的笑声,他把奶奶侠的手抓到自己心脏的位置,并说了句:"后会有期,奶奶侠!"

奶奶侠打了个冷战,表情凝重。心想:"这个院长竟然也和之前的女秘书一样,难道……"

这时候路小候跑过来抱着奶奶侠的腿哭着说:"我以为再也见不到你了,再也没有奶奶侠和路小候的完美组合了。我真的吓死了。"

奶奶侠把基因再生药水让阿布爸爸喝下,没过一会儿,阿布爸爸就长出了和之前一模一样的熊掌。

"谢谢你们了！阿布能有你们这群朋友，真是太幸运了！"熊爸爸说。

已经是夜晚了，路小候有些难过，他转过身子，不想让阿布看到他在哭泣。

"阿布，是不是你们明天就回去了，你要好好照顾你爸爸。"小龙女说。

阿布走到路小候的面前，从厚厚的毛发中拿出了一瓶蜂蜜递给了他。

它说："小候，谢谢你帮我救出了爸爸。这瓶蜂蜜给你，想我的时候你就吃蜂蜜，答应我男子汉不要哭，好吗？"

路小候望着阿布，可眼泪还是没能止住。

"阿布，我会想你的！"

阿布看着路小候，给了他一个大大的熊抱。

第四章　钻石心脏

1

"铃铃铃……"

闹钟 7 点半准时响起。

路小候翻了个身，摘下眼罩，习惯性地摸了摸脸。突然，他的手缩了回来，当他掀起被子，发现自己的手完全可以从身体一边穿到另一边来。

"天哪，今天的我有什么奇怪的变化。"

路小候从床上跳了下来，跑着去找奶奶侠，没料到他的两条腿完全不听使唤。就这样飘到了窗户旁边。

"奶奶侠，你醒了吗？快来看看我今天的样子。"

路小候把头放在了桌子上，着急地用手敲了敲桌子上一个精致的火柴盒。这时，只见一个 10 厘米大小的奶奶侠慢慢推开盒盖从里面跳了出来。

"我的脸没有了温度，是冰冷的！而且……而且我不会走路了。奶奶侠你这次是不是又安装错了什么系统啊？"路小候委屈地说着。

奶奶侠打了一个哈欠说："今天的你是一个可爱的小幽灵，我相信你会喜欢的。"

"好吧！只是今天我们学校要去大理演出,我这个样子,一定会吓坏同学们的。"

奶奶侠有点不好意思地说:"那我也没有办法了,你尽量不要让同学们看到你可以飘来飘去,其他的事情有我奶奶侠来帮你。"

路太太在餐桌前等着路小候一起吃饭,她诧异地看着儿子。

路太太说:"小候,你今天的速度真是快,刚刚我在楼下叫你,不到5秒钟你就下来了。"

奶奶侠连忙解释着:"没有啊,路太太,小候是过了5分钟才下来的,一定是你昨晚没有睡好。"

"对啊！妈妈,我怎么可能有这么快的速度,那我不就是飘……"

话刚吐了一半的路小候就被奶奶侠狠狠地瞪了一眼,吓得他低下了头吃着盘子里的鸡蛋。

奶奶侠本来想趁路小候出远门,自己可以好好清静清静,潜心做实验,看来现在她的计划要泡汤了。因为路小候今天的"幽灵"角色很有可能会惹上麻烦,所以心软的奶奶侠向路太太请了三天的假,这样就可以陪着路小候了。

"你们都要出去了,这几天只剩下我一个人,真是有点孤单。"路太太温柔地说道。

趁着路太太没有注意到,路小候慌忙地背起双肩包飘着出了门。

奶奶侠也摘下了围裙,捋了捋头发说:"路太太,我也走了！我看小候拿行李太多,正好我把他送到学校的大巴车上,然后我就直接回老家了。"

路太太目送着慌慌张张的奶奶侠出了门。

她自言自语着:"奇怪,阿姨怎么不拿行李就直接走了?"满脸疑问的路太太有时候觉得家里的这个保姆行为很奇怪,好像还和自己的儿子有许多秘密。

路小候飘着到了院门口,恰好小八也刚到。

"小候,今天有什么奇怪的变化啊?"小八问道。

"你不要害怕我！"说着路小候抓起小八的手放在了自己的脸上。

"你……你的脸冷得像一块冰。"

还没等小八说完话,路小候就表演了他"飘"来"飘"去的绝活。

"我是个幽灵!"路小候做了个鬼脸。

"这样我会吓到小龙女的!"

路小候显然对今天的变化有点失望。

2

大巴车已经到校门口了,林老师双手叉腰对着路小候和小八喊着:"你们两个,上课爱迟到,集体活动也迟到,要不然把你们换掉让遵守纪律的同学去好了。"

路小候坐在小八的拉杆箱上,小八推着路小候,气喘吁吁地向大巴车跑去。生怕慢一点就要被"二郎神"赶回去上可怕的数学课。

林老师大声说:"路小候,你怎么了?还要让别的同学推你?用不用给你准备一抬轿子啊!"

"对……对不起,老师!我在来的路上不小心崴了脚,才让小八推着我。"路小候为了掩盖自己今天不会走路的实情,只能向林老师撒了谎。

路小候和小八终于在斥责声中上了大巴车,坐在身后的小龙女探过头来,大大的双眼一直望着路小候,这可让本来就害羞的路小候内心像闯进了一只小鹿一样活蹦乱跳。

小龙女满怀期待地说:"小候,你今天的秘密是什么?"

"他是个幽灵!你没看今天是我推着他来的吗?他今天可能要飘着活动了。"小八边说边笑。

"小八,不许欺负我们小候!"一个熟悉的声音从路小候的帽子里传来。原来是奶奶侠,她快速从路小候大大的帽子里爬了出来。10厘米的奶奶侠盘着腿坐在路小候的肩膀上训斥着小八,样子别提多滑稽了。

……

飞机抵达大理正是午后,大理的天很低,伸出手好像就可以摸到天上的云朵,美得像一个20岁的少女模样,所有的人都被美景吸引。带队的老师说,学校已经为同学们安排好了住所,就在大理古城里面。

这时候小八又想出了歪点子。

"小龙女、小候,我们趁老师不在,偷偷跑出去怎么样?这会儿正是大理古城热闹的时候,我们去看看吧?"

小龙女噘起小嘴巴说:"我不去,明天还要彩排呢,回来晚了被老师发现怎么办,我可是班长,我不能带头犯错误。"

小八说:"你难道就不想去看看外面的闹市嘛?外面可是有好多好吃的,我来的时候就听妈妈说大理的乳扇、饵丝、汽锅鸡,那可是有名的美食。不要去尝尝吗?"

路小候开始动摇了,他对小龙女说:"没事的!我们有奶奶侠还有她的云朵布鞋,不会回来晚的。放心吧!"

"路小候,你要学会自己解决遇到的困难,你不能总是依赖我这个老太婆!"奶奶侠一边喝着基因药水,一边伸着胳膊一点一点恢复了正常的大小。

在路小候和小八的强烈呼吁下,小龙女终于答应他们偷偷跑出去,并要求只出去1个小时就回来。

大理古城坐落于苍山和洱海之间,像是童话里的一方城堡,每一寸土地都有着属于自己的神秘故事。四个人兴奋地跑了出来。大理古城中清一色的青瓦屋面和鹅卵石堆砌的墙壁,街边鳞次栉比的青瓦屋商铺,有卖民族工艺品、旅游纪念品以及当地的特色小吃,五花八门的商品和叫卖声让他们应接不暇。

这时候两个拉黄包车的人停在了他们面前,穿着好看的白族服装。

其中一位满头白发的车夫爷爷说:"孩子们,要不要坐车欣赏大理古城的美景?这样就不用那么累了。"

路小候看到后连忙点了点头。

"好啊!好啊!我们坐黄包车吧!这样不仅不用走路那么辛苦,还可以节约时间,我们就可以早点回去了。"

奶奶侠回答说:"我看你就是因为懒。你连飘着都累。"

"但是这样好像真的可以节省时间,我们就坐吧!奶奶侠好不好?"小龙女和小八也恳求着。

于是,四个人决定坐上黄包车游览大理古城。可是两位车夫没有从大理古城繁华的街道上穿过,而是带着他们来到了一座老宅子前面停下了。

老爷爷车夫说:"亲爱的游客,我带你们参观一下别人都不知道的地方,这可是个有趣的古宅。"

但是路小候他们脸上露出了怀疑的神情。

老爷爷继续说:"你们别担心,我真的没有骗你们,请相信我,这里有丰盛的当地菜肴,许多游客不知道这个老宅子。你们可以好好参观一下,这个宅子是在道光年间就已经有了,有几百年的历史了。"

三个孩子纷纷看着奶奶侠,等着奶奶侠做决定。

奶奶侠说:"我们就进去看看,有我在!怕什么!"

3

院子里的路都是青色的砖石铺就的,有些石板已经斑驳了。他们径直向大厅走去,这时候,老爷爷向他们讲解着。

"我们白族的老祖先希望我们后人可以青青(清清)白白,所以大理的房子只有两种颜色,青色和白色。这里原来是个显赫的大家族,后来没落了,但是这个宅子保留得还是相当完整的。"

老爷爷带着他们进了厅堂,厅门是四扇暗红色的扇门,中间的两扇门开着。里面的一切都十分破旧和古老,地上甚至长了苔藓,房梁上结满了蜘蛛网,屋里都是灰蒙蒙的,没有一点阳光,墙上挂着黑白的画像,十分诡异,整个宅子看起来阴森森的,完全不像是人住的。

小龙女已经开始发抖了,"我们要不就回去吧,奶奶侠。我最害怕这种古老的地方了,感觉会有不好的事情发生,一个小时是不是已经到了。"

路小候早已躲在奶奶侠的身后。

"咦,那个老爷爷怎么不见了?不是刚刚还在这里吗?可是没有听到一点脚步声啊,他去哪里了?我们不应该来的,像这样的古宅最容易闹鬼。"小八缩着脖子说。

"小候,你今天就是个小幽灵,你还害怕什么啊?"

奶奶侠边说边四处张望着,其实她也是害怕的。

"老爷爷,老爷爷!"几个人四处找着老爷爷。

他们通过厅堂,进到后面的长廊里,可是长廊里面根本不见老爷爷的踪影。

小龙女说:"我们还是离开吧!先找到大门口。"

古宅被恐怖的氛围笼罩着,几个人商量后决定还是不辞而别比较好,可是当他们回到了最前面的厅堂里,路小候打开四扇门后,竟然都是墙,完全没有出口。

突然,路小候的帽子被弄掉了。

"小八,你别闹了!这种时候你还有心思开玩笑?"

"我根本就没有碰你,路小候。"

这时候,小龙女竟然跳起了舞。

"小龙女你在干什么,这种时候你还在跳舞?"路小候有点生气地说着。

奶奶侠紧皱着眉头说:"我怎么有种不好的预感。"

刚说完,奶奶侠的头发好像被人揪了一下,接着他们听到了"咯咯咯"的笑声。一个可爱的女孩出现在他们面前。

"哈哈哈,你们太笨了。刚刚就是我在跟你们玩呢。"

老爷爷也终于出现了,他很抱歉地说:"我刚刚去厨房帮忙了,没来得及跟你们说。快来品尝我们白族的特色佳肴吧!"

老爷爷带着他们进入了另外一个房间,房间里不仅有已经准备好了的满满一桌子丰盛菜肴,让路小候他们吃惊的是桌子旁边还坐着身穿白族传统服饰的人。

"我其实是这里的管家,这些是宅子里的主人。那位坐在上座满头白发的是我们的老夫人,她是家里的长者,下面的这位是他的大儿子,刚才和你们玩耍的那个小女孩是老夫人的小孙女——小小。"

路小候、小龙女和小八都从刚才的惊吓中缓了过来,认真地听着老管家的介绍。只有奶奶侠还在思索着什么。

"这些房子的主人们的脸上为什么一点表情都没有,看起来就像没有灵魂的木偶一样。"她越想越觉得哪里不对,完全没有理会老管家在说什么。

这时候,老管家从桌子上端来了茶水,招呼路小候他们快快入座。

坐在那里一动不动的老夫人说:"在白族人家里做客,一定要先喝这三杯茶,这是老祖宗留下来的待客之道。"

"哈哈,这就是白族著名的三道茶,所谓头回苦,二回甜,三回味。"

喝完茶,三个人坐在餐桌前准备品尝大理的特色菜肴。而老管家继续向他们介绍着白族人的历史。

三个人对着美食大快朵颐,根本听不进去老管家讲的"历史课"。而奶奶侠根本没有心思吃东西,她观察着饭桌上的一切。

太多的疑团在奶奶侠脑海里打转……

4

"谢谢你们了!今天的饭真的太好吃了!和我们那边的饭菜差别很大!今天真的长见识了!"小龙女向宅子的主人们表达着谢意。

老夫人面无表情地说:"老管家,厨房还有什么甜点?去让人端出来吧!我们家已经太久没有这么热闹过了。"

路小候小声地对老管家说:"老管家,我们要走了。不早了,今天已经很麻烦你们了,我们还要回去和老师同学们汇合。"

突然,大儿子站了起来,直直地瞪着路小候,让路小候浑身上下的汗毛都一根根立了起来。

老夫人对着路小候说:"孩子你应该是属于这里的。从你进门开始我就注意到你了,你的脸部是冰凉的,不会走路,一直飘着进来!你是个小幽灵对不对?"

路小候赶紧否认着:"不是的,我……我只是今天是……你们……"

路小候紧张到语无伦次。

"难道你们也是……幽灵?"奶奶侠张大了嘴巴说。

老夫人继续说:"我们当地人的祖先在去世之后会分为两种——白幽灵和黑幽灵。白幽灵的心脏是会慢慢变成钻石的,而黑幽灵的心脏则会一点点腐化,最终完全消失不见,成为身体不能支配的怪物,作恶人间,最终死亡。我们本来是属于白幽灵的,但是因为贪心的后辈知道我们的心脏都会变成钻石,所以他们就用尽各种办法偷取我们的心脏,现在我们一家人除了小小,都没有了钻石心脏,早晚会变成黑幽灵。"

老管家接着话说:"所以我每天去古城里接一些人回来,看看能不能帮助我们取回我们的钻石心脏,恢复成原来的白幽灵。"

"你们……你们真的不是……人?"路小候的眼泪就要被吓出来了。

老夫人说:"你们放心,我们现在还能够支配自己的大脑,不会伤害你们的。"

小龙女和小八也被吓得一动不动,愣在了那里。

就在这时,门口传来一阵急促的敲门声。

"他们又来了!"

"奶奶,我害怕!"这个宅子的主人们开始慌乱了起来。

"你们快和老夫人躲起来,这里交给我!"老管家说。

不管他们是幽灵还是人,只要奶奶侠听到有坏人作祟的事情,除恶扬善的她是不会置之不理的。

"老头,我和你留下!我们答应帮助你们,不过他们还是三个孩子,让他们也躲起来。"奶奶侠说。

宅子的主人们慌忙回到了自己的房间里,路小候他们三个人蹑手蹑脚地躲到了前厅的后门外。

几个人拿着火把闯进了房屋内,他们面部狰狞得像一群饥饿的野兽对着古宅里的一切都蠢蠢欲动。

老管家对奶奶侠说:"你看走在最前面的那个一身肌肉、左脸有大块烫伤疤痕的光头,他就是坏蛋的老大,他是我们这一带出了名的无赖,他用一把锋利的匕首就可以轻易取出我们白幽灵的钻石心脏。"

光头男挑衅地说:"老人家,想得怎么样了?还记得我们的约定吗?今天是最后的期限了,你们既然还不同意,那我就烧了这个宅子,让你们都提前享受到终极死亡。"

奶奶侠好奇地问道:"你们真的对他们一点办法都没有吗?"

"他们有最先进的武器,包括各种机器人,都可以将我们制服,轻而易举地拿到我们的钻石心脏,所以我们想着只能依靠人类才能帮助我们。"

这时候,路小候在后面瑟瑟发抖,他一不小心碰到了长廊中的壁画,突然,后面的整个墙面都转动了起来。

小八吃惊地叫起来:"这……这竟然是个有机关的房子。"

小八的声音被光头男和手下听到了,他问道:"这个屋子里还有别人吗?"

路小候和小八用手捂住嘴,尽量掩盖自己喘气的声音。

"一定还有人,是小幽灵吗?"光头男奸笑着。

他命令手下去后面抓人,可奶奶侠挡在了几个壮汉的前面,拿出兜里的餐巾纸对着他们猛地一吹,纸巾里的辣椒粉末飞到了坏人的脸上。

这时候,几个人和奶奶侠在老宅里上演着"老鹰抓小鸡"的戏码。躲在后面的小龙女灵机一动,再一次触碰了墙上的壁画,但是没有料到她触碰到的是壁画的另一面,整个前厅开始顺时针旋转,屋里的桌椅板凳、摆件都一起旋转起来,光头男和几个手下被转得分不清东西,眼前直冒金星。这时候路小候和小八趁着混乱带着老管家顺着壁画墙打开的大门进入了后院。

可没想到,光头男一直跟着他们到了后院,他的手下抱起路小候,把他扛在了肩膀上。

"原来是个不认识的小男孩啊!好像也是个小幽灵嘛!浑身冰凉。他是谁啊?不管他是谁,只要是白幽灵就一定有钻石。看来今天我们可以提早收工了。"说着就把路小候带走了。

奶奶侠对小八和小龙女说:"你们在这里等着我,我去救路小候。先把小候救回来再说其他的事情。"

小八和小龙女连连点头。

5

路小候被带走后放到了车上。由光头男的一个手下专门看着。

被坏人带上车的小候大哭着:"奶奶侠,快来救我!我可不想没了心脏!"

路小候没有叫来奶奶侠,却招来了光头男,他从后备箱里取出了一把激光匕首,命令手下的人把路小候放到后面的座位上。

凶神恶煞的光头男摸着自己的头说:"小幽灵,不要挣扎了!现在你应该好好求我让我一会取你钻石心脏的时候轻一点。哈哈哈……"

光头男像是长着獠牙的怪兽,让路小候害怕地丢了魂。

"我真的是人类,我没有什么钻石心脏,我还是个孩子,我还要上学,我还要回家吃好吃的,你不要取我的心脏!"

这时候,奶奶侠看到停在门口的那辆面包车,眼睛便不停地打转,看来奶奶侠已经生出一计了。

她迅速摸了摸口袋,翻了好久,从里面拿出两张皱皱巴巴的200元钱将它绑在绳子上向看车的人扔了过去,随后一点一点地拉着绳子,引着那个人远离面包车。

奶奶侠喝下基因药水后顺着车窗爬进了里面。

就在这时,光头男已经举起匕首,奶奶侠迅速跳到了他的眼前,朝着他的眼珠狠狠地踹了一脚。

"哎哟,疼死我了!是谁?竟然有这么大的胆子!"

"路小候,我在这呢!臭小子,别哭了!有我在,你不会有危险的。"

"奶奶侠,每次这样的危难时刻,你都会出现。"路小候泪眼婆婆地说。

奶奶侠让路小候也喝下了基因药水,带着路小候逃出了面包车,回到了古宅里。

奶奶侠和大家汇合后,严肃地说:"这个光头男还会再来的,我们大家一定要小心,想想有什么对策可以打败他!还有我总觉得他背后一定还有什么黑暗势力,不然他不会这么明目张胆地做坏事。"

还没等奶奶侠说完,光头男真的又找了回来,路小候的逃跑激怒了他。这次光头男没有带手下,而是带了两个泥土做的小人。这两个小人竟然还拿着泥土做的枪。

小八嘲笑着对光头男说:"你的手下呢?为什么只有两只玩具还拿着它们的玩具手枪。"

没想到,这个泥土小人竟一下跳了起来把枪对准小八。还好奶奶侠拿起黑伞一把将小八勾到了自己怀里。

"你竟然用泥土掩饰自己的真手枪!看来我奶奶侠今天遇到对手了!"

奶奶侠像是头顶炸了个响雷般,脸色一下子变得铁青。

小龙女看出了奶奶侠异样的神情，对奶奶侠说："奶奶侠，不管敌人多么强大，我、小候、小八都会在你身边的！"

光头男继续说道："我们的目标是小幽灵，你老太婆不要敬酒不吃吃罚酒！我大哥说了，你是他要找的那个人，不归我们管。"

奶奶侠像是一个老超人，她一下子跳到了房梁上对着光头男大声说："今天有我老太婆在这里，你是带不走小小的。"说着奶奶侠举起了脖子上戴的一块怀表，对着两个泥土人，只见一股强大的冲击波朝着泥土人袭去，泥土人被打得粉碎，成了一摊泥。

路小候激动地拍手叫好，这时的光头男也被吓得满头大汗。可就在这时，泥土人又逐渐恢复了原来的样貌。

光头男的脸上立马露出了笑容，他说："看来我大哥制作的泥土人真是厉害，永远都打不死！"

"光头男嘴里的大哥到底是谁？为什么他要找奶奶侠？"路小候有太多的疑问。

泥土人发射出黏土将所有人定在了原地，除了奶奶侠没有受到它们的控制。

光头男满意地说："好了！我们先回去，这个老太婆就让我大哥来收拾。而且这么多人在我的手上，你肯定也会来找我的。哈哈哈……"

刚说完，两个泥土人就带着光头男以及所有人不见了踪影。

"可恶！现在还没有能打败我奶奶侠的人。"奶奶侠的脸被气得通红，她迅速穿上了云朵布鞋一溜烟也消失不见了。

6

奶奶侠跟着光头男他们来到了一个破旧的宅子前。她看到小龙女和小八坐在那里。

"奶奶侠，你终于来了！"。

小龙女用颤抖的声音说："奶奶侠，因为我们是人类，他们没有抓我们进去，但是小候因为今天的身份被抓了进去，不知道会不会有危险。奶奶侠我们应该怎么办？"

"孩子们,你们已经很棒了!我现在用工具进去,不管怎么样,我们要把所有人救出来。"奶奶侠握着小八和小龙女的手说。

奶奶侠把头发上的皮筋摘了下来,然后比画在墙上,瞬间厚重的墙面被挖穿了一个大大的洞,足以让三个人钻进去。

三个人进去以后被里面的场景惊吓到了。里面关的应该都是没有钻石心脏的白幽灵,他们正在做着苦力,而另一边的笼子里应该关的是开始腐化的黑幽灵。

这时候,奶奶侠看到在离她不远处有个身材瘦小的小男孩在运着大大的砖头。突然,奶奶侠按下怀表,一切都静止了,除了他们三个。

奶奶侠说:"小龙女、小八你们去救出小候还有白幽灵们,记住你只要轻轻碰一下他们,他们就会恢复正常的时间里,我要继续找下去,看看背后的那个人物到底是谁!"

奶奶侠往前走着,一不小心掉进了一个地洞里。里面有光照出来,她继续往前走,进入了一个有着大型机器的房间里,里面全是各种先进的仪器,奶奶侠站在这些高科技的仪器面前惊叹不已。

"哈哈哈……"

奶奶侠突然听到了可怕的笑声,心想:"奇怪!我已经静止了时间,怎么这里还有其他的人,难道对这个人没有任何作用吗?"

就在这时候,从地下缓缓升上来一个人。这个人一点一点抬起头来,他的面目像极了纸牌中的大王模样,又像是马戏团里的小丑角色,总之是让人不寒而栗。

"奶奶侠!你好!欢迎来到我的地下宫殿!"

奶奶侠双手背在后面,故作镇定地回答:"我不认识你。你到底是谁?"

"我是谁并不重要,可是我知道你也不是人类。你是成长快乐公司发明出来的21世纪机器人——奶奶侠。我说的对吗?"

这个面具人走到了机器面前抚摸着机器继续说:"我之前也是成长快乐公司制造出来的机器人,可是我的梦想不仅是单纯地陪小屁孩玩耍,我要做的是让人类服从于我们,所以我才会来到有白幽灵的地方,取走他们的钻石心脏,让他们腐化,训练黑幽灵危害世界。"

"公司制造我们出来就是为了让我们除恶扬善,陪伴花朵快乐成长的,你自己的程序已经紊乱了,你这也是自取灭亡!"

"不要拿这些鬼话来吓唬我!这次我消灭的头号敌人就是你,还有可恶的成长快乐公司。你还记得那些同你一样,心脏不会跳动的坏人吗?那个会制作各种药水的女秘书,还有那个黑心的院长,那可是我的得力手下。只是他们都太愚蠢了,竟然一次次被你打败,今天就由我来收拾你!"

话音刚落,奶奶侠举起了黑伞朝着面具人刺了过去,谁知道竟然穿过了面具人,而且被他的身体弹了回来。

"这是怎么回事,你为什么会有这样的身体?"

奶奶侠站了起来,拿起了黑伞不停地旋转着,从黑伞的中心射出许多强力炮弹来。

面具人挥起袖子,竟然把这些炮弹又反射回来直接击中奶奶侠,奶奶侠被打得遍体鳞伤,没有了力气,她的黑伞也被击得粉碎。

"奶奶侠,别挣扎了!来做我的仆人吧!我们强强联手,一起去面对成长快乐公司吧!"

"你做梦!"奶奶侠用尽全身力气再次站了起来,准备喝下基因药水,可这时,面具人拿起一把剑,将药水击在了地上。

面具人把奶奶侠挂在了已经腐化了的黑幽灵的笼子上空。突然,他听到外面有吵闹声,抬头看到一个小男孩被一群白幽灵送到了半空中。

原来是路小候,他们挣脱掉了光头男跑了进来。路小候拿出了之前奶奶侠送他的绿巨人面具戴在了脸上。

转眼间,路小候变成了绿巨人一般,高大并且有力量,他抓起了面具人。

"你……小家伙!我绝对不允许自己输给一个小孩子,我绝对不允许!"面具人按下了手上的开关,他身后的石像竟然变成了两只凶猛的狮子向奶奶侠他们扑了过来。就在这时,小龙女举起手中从泥土人那里抢过来的黏土枪把一头狮子击倒在地。

小八也拿起手中的黏土枪,击倒了另一头。

面具人最后的防线崩塌了。他按下后门的开关,后面的石门立马开始旋转起来,面具人快速钻到了石门的后面。路小候也紧跟着进到了里面,这个面具人竟然还有更强大的武器。面具人骑上了一辆白色摩托车,冲着黑暗骑了过去,路小候拿出云朵布鞋,但是根本追不上面具人。

"你这个面具人!还有摩托车骑,看我老太婆用布鞋就能赶上你!"

原来是奶奶侠,小八和小龙女把奶奶侠从笼子上救了下来。奶奶侠迅速追了过来。

她大喊着,发誓一定要抓到面具人。

奶奶侠的双手和双脚都穿上了云朵布鞋,尽可能让自己以最快的速度赶上敌人。可万万没有料到的是,面具人骑着摩托车竟然消失到一束光里,不见了踪影。

奶奶侠按下发簪开启了急救系统,因为奶奶侠明白这么强大的敌人只能依靠成长快乐公司了。

语音电话接通了……

"您好,我是奶奶侠!那个面具人……"

奶奶侠还没有说完,就被对方打断了。

"我知道,你说的是面具人,上次他逃跑以后,偷走了公司的许多先进技术,如果他骑着摩托车消失在你面前的话,这可不好办了。他……"

"哎呀,你快说啊!要急死我老太婆了!"

"那个摩托车是公司研究的新产品,可以混入时光洪流中,本来公司想要骑车进入通向22世纪的时光洪流学习未来的科技,可是被他盗取了。如果他真的进入了22世纪,他一定会更加强大,到时候我们就拿他一点办法也没有了。"

"那怎么办?坐以待毙吗?我们老板呢?他有其他的办法吗?"奶奶侠已经急得直跺脚,路小候这时候从后面追了过来,气喘吁吁地询问情况。

突然,一束强光出现了,奶奶侠自言自语道:"完了,是要回来了吗?难道这么快就拿到22世纪的科技发明物了吗?"

小八和小龙女带着白幽灵也赶了过来,他们从未见过奶奶侠如此苍白的脸,被吓了一大跳。

小龙女说:"奶奶侠,你怎么了?是不是伤得很重啊?"

三个孩子都十分担心奶奶侠,但奶奶侠没有回答小龙女,只是死死盯着那束光,随时准备战斗。

白光越来越弱,奶奶侠听到越来越近的笑声。所有的人都因为逐渐逼近的脚步声而害怕不已。果真,面具人换上了一身坚硬的盔甲出现在了他们的面前,面目更加狰狞和可怕。

"来吧,他们还是孩子,你要对付的是我!今天是你我之间的战斗,别伤及无辜。"奶奶侠咬紧牙坚定地说着每一个字。

面具人露出奸诈的笑容,他拿出了一把纸牌,将其中一张牌对准了奶奶侠。

"老太婆,这个是属于22世纪的科技发明,你那些垃圾发明都是抵不过的,不信我们试试看!"

那张纸牌正朝着奶奶侠的脸飞了出去,奶奶侠快速喝下变大基因药水,可是基因药水竟然失了效。已经没有时间了,纸牌飞到了她的眼前,就在这千钧一发的时刻,后面突然扔来一个闪闪发光的东西,击退了纸牌。

"是钻石!白幽灵们的钻石心脏!"小龙女蹦了起来。

只见所有的白幽灵都拿出了之前被抢走的钻石心脏,他们拿着钻石心脏一起扔向了面具人,坚硬的钻石心脏击碎了面具人的盔甲,这个十恶不赦的大坏蛋的面具也被重重击到,碎了一地,没有了面具,面具人丧失了机能,变成了一堆机械碎片。

奶奶侠他们终于赢得了这场战争的胜利,她筋疲力尽,没有一点力气。这时的路小候跑过来抱着奶奶侠放声大哭,但是奶奶侠却很欣慰,她认为路小候在慢慢变得勇敢,不断地成长。

这时候,小龙女和小八带着老夫人、小小他们走了过来。

老夫人说:"太谢谢你们了!终于把坏人打败了!我们再也不用担惊受怕了。"

7

大理古城的夜晚宁静、安逸。奶奶侠把老夫人一家送到古宅里,就带他们回到了宾馆。

此时已经是半夜,三个孩子睡得香甜。奶奶侠看着三个孩子平安地躺在那里,禁不住笑出了声。

……

第二天清晨,路小候已经不是幽灵小男孩了,他被窗外的马铃声吵醒,向窗外望去,一匹拴着铃铛的马刚刚被牵了过去,路小候深深吸了一口气,这里的空气很鲜,沁人肺腑,空气中还飘来一股淡淡的花香。

"奶奶侠,你真的是个机器人吗?"

"对啊,之前没有告诉你,也是怕吓坏了你。"

"那……那你能不能让你们公司再制作出一个和我长得一模一样的机器人啊,这样的话,我永远都不用上林老师的课了!"

"我这个暴脾气!路小候,昨天就应该让你在那个黑暗的宅子里做苦力,你才能明白当学生是多么幸福的一件事情……"

奶奶侠和路小候你一言我一语地说着、笑着……

第五章　伴你成长

"铃铃铃……"

闹钟7点半准时响起。

路小候翻了个身,摘下眼罩,习惯性地摸了摸脸,他一下子坐了起来,用双手大幅度地摸了摸头发。路小候心想自己应该在哪见过这张面孔,连身上衣服的味道都如此熟悉。

他跟跟跄跄地跑到卫生间,望着镜子中的自己吓得像半截木头一般愣愣地忪在那里。突然,奶奶侠站在了卫生间的门口,并用手点了点路小候。

"臭小子,别看了。今天的你是奶奶侠。"

路小候两眼发直站在那里。

"你说什么?我……是奶奶侠。"

奶奶侠失落地看着他说:"你就这么不喜欢我老太婆吗?"

"不是的奶奶侠,你误会了。我是一个男孩子,所以……"

奶奶侠像以往一样从手提包中拿出了早餐——蛋挞和草莓酸奶。

今天是周末,路小候约好了小八和小龙女一起去科技馆。他向妈妈和奶奶侠告别后匆匆出了门,路妈妈望着路小候的背影深深叹了口气。

她对奶奶侠说:"阿姨,你确定要离开吗?是家里有很急的事情吗?你在的每一天小候都非常开心,而且我觉得他的性格也有改变。我们这个家真的很需要你!"温柔的路太太眼中闪烁着泪花,她努力挽留着奶奶侠。

"对不起,路太太。"

奶奶侠在客厅中踱来踱去,不知道如何是好。无所不能的奶奶侠最不擅长的就是离别,更何况这次是和朝夕相处的路小候。

原来,奶奶的实习期已经结束了,成长快乐公司要求奶奶侠明天一早立刻回去,执行其他的任务,而今天是奶奶侠陪伴路小候的最后一天。

奶奶侠红着眼睛,无法克制住自己的感情,两行泪啪嗒啪嗒地落在了手心上,嵌在了深深的手纹中,连屋子中的空气都散发着分别的悲伤。

奶奶侠抽泣着说:"那我在家里等他回来吧!"

奶奶侠希望路小候愉快地度过周末,于是她选择在晚上告诉路小候这个坏消息。

时间一点一点地过去了,夕阳西下,这样的氛围又为离别增添了一抹悲伤。

突然,吱吱的开门声打破了屋内的寂静,是路小候回来了。

"咦,奶奶侠,你今天幸亏没和我们一起去科技馆,要不然你肯定要说科技馆的技术水平太落后了,和你相差十万八千里。"路小候坐在沙发上拉着奶奶侠讲述着今天的各种遭遇。

"不过今天也奇怪,虽然我变成你,可是在我身上没有发生任何事情啊!为什么?"路小候疑惑地问奶奶侠。

"小候,我要走了。我们公司的实习期到了,我要去执行别的任务了,要和你说再见了!"奶奶侠艰难地吐着每一个字。

这一刻仿佛时间都凝固了。路小候听完奶奶侠的话,痴痴地站在那里。和奶奶侠想的不太一样,她以为路小候会抱着自己痛哭一场,没想到的是,路小候竟然没有流一滴眼泪,红着的双眼中闪过倔强的神情。没有说一句话的路小候捏紧拳头,踏着沉沉的步伐进了屋。

可没过一会儿,就听到了路小候的痛哭声响彻了整个房间,让人心疼不已。

一个十岁的小男孩哪里懂得离别的滋味,这对于他来说像是坏人强行夺走了他最喜欢的东西,是无比残忍的。

路小候在房间里大声发泄着说:"奶奶侠,你是个骗子,你说过你会陪伴我成长的,可是现在你要抛下我,你才是最坏的人。我还没有学会勇敢,我的数学还总是不及格,林老师还是会继续让我去校长办公室罚站,坏同学也会欺负我,你就这样离开了,你这个大坏蛋!"

路小候歇斯底里地哭过之后就睡着了,小小的脸上满是泪珠划过的痕迹,枕头也被他的泪水浸湿了。

深夜,奶奶侠趁着路小候熟睡,悄悄地进到了房间里,静静地在床边看着路小候,皎洁的月光从窗户投进来,那束月光赶走了路小候房间中的黑暗,奶奶侠希望月宫中的保护神一定要替她保护好这个怯懦却不畏艰险、笨拙却耿直善良的路小候。

天亮了,路小候醒来,揉了揉昨晚哭肿的眼睛。他习惯性地摸了摸脸。

"哦,奶奶侠已经回去了,神奇的眼罩她也带走了!"

路小候没有带眼罩睡觉,连做梦都变得不如以往甜。

突然,他闻到一股浓浓的果酱香味,他快速跑进厨房,以为奶奶侠还没有走。可是,他却看到厨房里没有拿着手提包的奶奶侠,是妈妈在准备着早饭。

到了学校,小八和小龙女都在询问路小候今天有什么变化。可是路小候却不吱声,默然走开。

小八拉着路小候继续问:"小候,今天的你有点奇怪啊,奶奶侠呢?"

路小候听到了"奶奶侠"这三个字后,像是触及了他敏感的神经,对着小八大吼了起来。

"没有奶奶侠了,你不要再说奶奶侠了,现在我最讨厌的人就是奶奶侠,最不想见到的人也是奶奶侠,请你们再也不要提起这个人!"

路小候的反应让小八和小龙女不知所措,两人望着彼此,一头雾水。

路小候无精打采地上了一天课,终于熬到了放学,他让小八他们先回家,自己想在教室里坐一会,夕阳的余晖透过窗子照在了路小候的身上,暖洋洋的。他趴在课桌上睡着了,睡得香甜的他,正做着一个奇怪的梦……

他拿着试卷,来到了之前妈妈带他来过的招聘小时工的地方。梦里的路小候想要去挑选一个小时工冒充自己的家人来学校参加家长会。

这是个狭窄的街道,两边蹲着许多等待工作的临时工人,他们都向路小候投去渴望被选中的目光,这么多双眼睛盯着他,让这个胆小的男孩低着头在街道中踱来踱去。突然,在角落里一个身穿纯白色练功服的老妇人吸引了路小候的注意,他走过去轻轻拍了拍这个头发已经完全斑白的女人,发出了小小的声音说:"奶奶您好,我……我想聘请您做我一天的奶奶,帮我去参加明天学校的家长会,您……您看怎么收费啊?"

"小男孩,我认识你,奶奶我不收你的钱,但是你要答应我跟我去一个地方。"老妇人露出了狡猾的笑容。

路小候看了看这条街上的其他人都"凶神恶煞"的,一点都不友善,再加上家长会迫在眉睫。于是,他便不假思索地答应了这个老妇人的要求。

路小候跟着奇怪的老奶奶来到了放学路上总是路过的一家报亭外,老奶奶环顾了一下四周,悄悄地把报亭的卷帘门一点一点打开,弯着身子进到了里面。

"小男孩儿,你也进来啊,别怕。我还能把你吃了。"

站在报亭外面的路小候犹豫着,是否要跟眼前这个陌生人进入到这样密闭的空间里。就在他发愣的间隙,老奶奶已经伸出手一把将路小候拉了进去。

这个报亭里面充斥的竟然不是报纸杂志,小小的空间里塞满了各种瓶瓶罐罐和实验器材,像是一个个会动的精灵,路小候简直不敢相信自己的眼睛。架子上的一切东西让他目不暇接,让他都想拿下来摆弄,可是出于礼貌,路小候控制住了自己的双手。

奇怪的老奶奶说:"我的这些瓶瓶罐罐是我的宝贝,我是个机器人发明家,这里是我的实验室,我有好多新奇的小玩意,你想不想看啊?对了,小男孩我和你有缘,我要送你样东西,你等下我。"

说着她转身从一堆废弃的盒子中扒出了一个小小的眼镜盒,她掸掉上面的一层灰,扬起的灰尘弥漫在小小的房间中。老奶奶举着这个盒子,生怕掉下来,像双手举着刚出生的婴儿一样,小心翼翼地把盒子放在桌子上,慢慢打开盒子。

路小候瞪大眼睛望着盒子,像是期待着潘多拉魔盒一样。

"奶奶,这是什么啊?是宝物吗?这是什么神奇的东西,能让我看看吗?"

"你吵死我了,臭小子,这不是让你看嘛,闭上嘴,睁大眼睛看就是了,那么多话。"

路小候眼睛眨都不敢眨一下,屏着呼吸,双眼凝聚在这个盒子上,连大声呼吸都觉得会破坏这个宝物。

"到底是什么,到底会发生什么呢?"路小候心里默默想着。

老奶奶慢慢打开了眼镜盒,却让路小候失望了,眼睛盒里装的只是一个普普通通的眼罩,这不是潘多拉魔盒,里面也没有神奇的宝物。

"唉,就是个眼罩。怎么这么神秘。"

"小男孩,你可别瞧不上这小小的眼罩,你把它拿回家去,晚上睡觉前戴上。记住只有晚上睡觉才能戴的,早上起来可能会发生一些让你意想不到的事情,还有一点,为了看看我新发明的实验品如何,可能在接下去的日子里,我这个老太婆会经常去烦你的,会陪着你这个小屁孩的。"

"奶奶侠!"路小候从梦中醒来,嘴里还念叨着奶奶侠,他多么希望刚刚的梦是真的。

突然,睡得迷迷糊糊的他看到教室窗户外面一个穿着白色绸缎练功服的老奶奶举着一把黑伞飞到了他的眼前。

路小候使劲揉了揉眼睛,不知道眼前的一切是幻觉还是真实的场景,路小候开心极了,两眼发直,只能瞧见自己的鼻尖。

"说你呢,臭小子,我又回来了。你这个孩子真让人不省心,我在离开的时候把我新发明的'谎言成真手镯'给你戴到了手上,就是怕你一旦遇到什么危险就可以使用,谁知道你一到学校就说什么不想见奶奶侠之类的话,所以我也不知道怎么回事就又回来了。"

路小候张开双手扑向奶奶侠的怀里,大声喊着:"我再也不想见奶奶侠,我这辈子再也不想见奶奶侠了。"

……

"铃铃铃……"

闹钟 7 点半准时响起。

路小候翻了个身,摘下眼罩,习惯性地摸了摸脸……

看来,奶奶侠和路小候的故事还在继续上演……

绿野仙踪

亲爱的菜青虫小姐

王梓童

2014级汉语言文学专业（创意写作）

菜青虫小姐搬到这颗花椰菜上已经许久了。大概三个星期？或许更久。

她每天爬到菜叶上晒晒太阳，天黑之前就回到菜根的小洞里。夜晚有猫头鹰和老鼠出没，她可不想变成哪些可怕生物的美餐。她的皮肤保养得十分到位，细腻的绒毛覆盖着青绿的皮肤，表层的斑点像钻石般闪闪发亮，在这颗花椰菜上，她几乎征服了所有的菜青虫先生。

"美丽的菜青虫小姐！来我屋里坐会儿吧！这儿有上好的花椰汁！"

"不了，谢谢你的美意！"

"可爱的菜青虫小姐，我们去听蟋蟀乐队的音乐会吧！我有两张草茎门票！"

"不了，谢谢你的美意！"

"优雅的菜青虫小姐！能否有幸与你一同跳一支欢快的舞蹈？你实在是太美了！"

"不了，谢谢你的美意！"

她似乎是什么样的邀请都拒绝，尽管招来不少追求者，但美丽模样却被许多年长的菜青虫太太们诟病不停：

"瞧她那骄傲的劲儿！有什么了不起的！谁还没有年轻过？！"

"哼！每天爬那么高！早晚要摔下来，让野鸡啄了去！"

菜青虫小姐每天爬到花椰菜的最高处，并不单单是为了多晒20分钟太阳，还是因为她可以看到蜗牛邮差来的方向——可是他走得太慢了，还经常让她失望。

"邮差先生,请问有我的信吗?"

"哦,是菜青虫小姐!没有你的信。"

"邮差先生!请问有我的信吗?"

"哦!还是菜青虫小姐!依然没有你的信。"

"邮差先生!请问有我的信吗?"

"哦。菜青虫小姐。没有你的信。"

邮差先生用一个下午的时间从菜青虫小姐的视线里缓缓走过,她目不转睛地盯着他背上小小的信壳,用第四只左腿和第六只右手支撑着身体,努力使出全身的力气看着小壳一点点变空,她想,兴许有一封落下的,那说不定就是我的呢!

等待是最需要勇气的一件事。天气转凉后,许多虫族不愿出门了。菜青虫小姐依旧爬到高高的菜叶上,等着蜗牛邮差的到来。

"菜青虫小姐!菜青虫……菜……菜青虫小姐!"邮差一改往日的慵懒,奋力向前挪动着,他的触角边沁出了许多汗珠:"嘿,走运的菜青虫小姐!今天有你的信!"

她简直激动得要哭出来了,甚至忘记了爬下茎去迎接。好心的瓢虫小伙飞下去帮她递上来,那信是在一片花瓣上,写满了小字。她一眼便认出了那扭捏又熟悉的字体,兴奋地抱住瓢虫小伙以示感谢。愤怒的菜青虫先生们在小洞里偷窥到这一幕,都一股脑地想凑上前去看信,才发现菜青虫小姐早已不见了踪影。

她去哪里了呢?

当然是回到她的小洞里去啦!她打开花瓣,一字一字地读着:

"亲爱的菜青虫小姐:

许久不见了!你还好吗?天气转凉了,请多保重!我最近变得懒了些,不愿再写信了。可一想到你还是很激动。你愿意明年春天来看望我吗?或许沉睡之后,我们一起度过的阳光明媚的日子你都不记得了。倘若你还愿意在地面与我交流,那请放心地改变吧!期待你的回信!

爱你的×先生"

×先生是谁,菜青虫小姐一点儿都不知道,不过她已经开始为明年春天的行动做准备了。

她开始吐丝,把自己一圈一圈地包裹起来,她把家重置到了叶片的背面,做着温暖而又绵长的梦。

秋天过去,冬天过去。春天来时,菜青虫小姐冲破了厚厚的茧,满眼好奇地打量着自己。

"如此一来,我是最美的花椰蝶。"

她开心地自我欣赏着,忽然发现了一封枯萎了的信。花瓣因为失水而变得褶皱,字迹勉强可以辨认:

"亲爱的菜青虫小姐,我在你家门口等你回信,可你总不出来。"

这次没有任何落款。潦草的笔迹像是匆忙之中写下的,她看了又看,心中充满疑惑。

菜青虫小姐?

谁是菜青虫小姐呢?

阿 芙 拉

张丰恺

2017级汉语言文学专业（创意写作）

麦姆吾沙漠的边缘曾住着一位舞女，她黝黑的皮肤能够反射太阳的光芒，牙齿却白得像夜空中的皓月，在她娇艳的脸庞上有一对深邃的眸子闪闪发光，从中可以窥见一片汪洋。"麦姆吾的宝石"——从沙漠边缘来往的旅人都这样称呼她。她没有家人，她的美貌是她父母给她留下来的唯一遗产。在她自己看来，她的美丽意味着一切，因为她所过的奢华生活正是建立在这个基础之上的。但是随着时间的慢慢流逝，她逐渐陷入到了巨大的恐慌当中，她发现她的皮肤开始变得松弛，每个月都有新的皱纹出现在脸上。在她工作的旅店里，她受欢迎的程度也在一天天下降。

这一天，她又跳了一整天的舞，让那些走南闯北的人开心了一整天之后，身心俱疲的她把自己关在了屋子里，陷在柔软的床上，很快就进入了深沉的睡眠之中……

"嘿，你想要永葆青春吗？"恍惚中一个冰冷的声音在她耳畔响起，仿佛来自另一个世界，"我有个办法，如果你想知道的话。"

"拜托了！请告诉我吧！"她对着那个虚无的声音回复。

"好的，那就让我来向你说明：七只蜥蜴眼、八只蝎尾、九张蛇皮以及十朵仙人掌花。把这些材料混在一起，可以制成一瓶药剂，喝下它——虽然可能有些难喝，但是良药苦口——你就会永远成为世界上最美丽的女人。但是，这也是要付出代价的……声音顿了顿，你将永远失去你的姓名。另外，如果你同意的话，你只有一年的时间去准备，否则你连你的生命都会丧失。你有勇气铤而走险吗？你有能力承担后果吗？如果你经过了慎重考虑并决定履行，就把你的名字签在这上面吧。"

对于她来说,重新获得貌美是最要紧的事,这是值得一试的。至于代价,有什么关系呢?她在那张契约书上迅速写下了自己的姓名。

随后她醒了过来,脑海里还回荡着这段梦境,她发现自己缺少所有的东西。

功夫不负有心人,她在一年内找齐了所有的材料,花了一晚上时间把这些材料捣成了一瓶药剂,然后艰难地把它灌进喉咙,顿时胃里一阵翻江倒海。但是令她开心的是,这居然起作用了!她照了照镜子,发现自己又变回了从前的模样,甚至更加美丽。她又恢复了以前的人气。但是,一段时间以后,她发觉街上每一个人都长着一张和她一样的脸,于是她开始恐慌,她走到街上,询问每一个见到的人自己是否是最美丽的,开始她总能听到肯定的回答,可是渐渐地,她听不到任何声音,她变得不自信,她把一天当中一半的时间都花在照镜子上。可是后来,她看不见镜子里自己的脸,她不断拍打自己美丽的脸蛋,想通过触觉来感受自己的美,到了最后,她感受不到任何东西,终于她化作一座美丽的雕像。每当人们靠近时,总能看见上面隐约刻着三个字:我美吗?

据说这座雕像仍矗立在当今乌尔哈王国的某处,但到现在仍没有人知道这个昔日的美人姓甚名谁。于是有些见到这座雕像的人就给她起了一个新的名字——阿芙拉。(希伯来语,尘土)

她真的得到想要的幸福了吗?后人的歌谣里解释了这一切:

美丽的舞娘啊,你的身姿多么动人

沙漠里的宝石啊,你的光芒多么耀眼

可是姑娘啊,你的容貌是逝去的父母给的

就像宝石啊,你的色彩也只是太阳的反射

为了永恒的美啊,你与魔鬼定下契约

从此你终日沉湎欢愉,直至忘记了自己的姓名

灵魂已经出卖,徒留相貌留恋

终有一日你遗忘了一切

尘归尘,土归土

为了虚无的幸福,你化作了尘土

如果你到最后都不曾理解幸福的含义

就让我告诉你吧,那就是有能力充分享受你拥有的一切。

妈妈的厨房

朱怡蘅

2017级汉语言文学专业(创意写作)

当食物的香味顺着风四散飘开的时候,是一天中人们最幸福的时候。晚霞透过浅蓝色的玻璃显出更梦幻的颜色,余晖照在料理台的案板上,发出暖黄色的光。

但这一切,对于厨房里的食材们来说,并不是一件值得欢欣鼓舞的事。只有洋葱君除外,他住在冰箱里快一个月了,因为皮肤紧贴着冰箱冰凉的内壁常常感到酸痛,头顶开始微微发黄,身边来过一波又一波的蔬果,认识的伙伴们都消失在他看不见的人们的胃里,他依旧住在那里。

真寂寞啊,他想。

等到假期真正来临的时候,已经是他作为常住户的第46天了。冰箱里已经基本空了,主人们外出旅游,只剩下孤零零的几盒巧克力,还有喝酸奶没用完的吸管,吸管的塑料包装常常唱着孤独的歌。一切照常继续。只是在第47天这天,冰箱里发生了一件大事,至少对洋葱君来说算得上大事。

"喂,有人吗?谁都可以,来跟我聊聊天吧。"洋葱君又开始了每日一次的呐喊。

"有人吗?"

"喂……有没有人?"

洋葱君正在沮丧的时候,突然听到楼下二层住户发出的响动声,那是透过挡板也能清晰看见的橙红色身影,身体修长,和自己完全不一样。想到这儿,洋葱君努力低下眼看了看自己圆滚滚的身材,叹了口气。

"是你在说话吗?楼下是你吗?"洋葱君决定暂时忘记身材之类的事,努力蹭到挡板的边缘,向下喊道。

"啊,好吵,你是谁?"胡萝卜小姐的声音听起来似乎还没有睡醒。"抱歉,打扰你休息了,我们可以聊聊天吗?"胡萝卜小姐实在无法忽视隔了挡板也依旧发着光的紫色眼睛,于是两个人聊了起来。

那天晚上,洋葱君很开心,尽管胡萝卜小姐的话很少,但他觉得自己总算找到一个同病相怜的朋友了。吸管们又唱起了歌,闭着眼睛的洋葱君觉得那歌声愉快极了。

胡萝卜小姐也晚睡了,她在心里暗暗想,洋葱君可真有意思。但这个念头只停留了一瞬。她就立刻回头照看她沉睡的爱人了。二楼的尽头,住着一枚鸡蛋,他就是胡萝卜小姐的心上人。其实在胡萝卜小姐搬进冰箱的第一天,就听说二楼有个怪人。也算是机缘巧合,这家的孩子不喜欢吃胡萝卜,胡萝卜小姐就在二楼的后面安了家。她住了 17 天,这也是她爱上鸡蛋先生的第 17 天。

又是一个愉快的清晨,冰箱外的日升月落都是住户们看不见的风景,只是因为冰箱上有显示时间的机器,所以住户们才能判断春秋冬夏。

洋葱君早早醒来,用手蹭了蹭冰箱内壁的水汽,小心翼翼地抹在头发上,那些微微枯黄的叶瓣似乎又重获生机。"胡萝卜小姐,你在吗?"胡萝卜小姐听见了来自楼上的问候声,不紧不慢地用头上的绿叶包裹住鸡蛋先生,回答道:"洋葱君,您起得真早呀!"洋葱君听见楼下少女的声音突然羞涩起来,抚了抚衣服上的褶皱,透过挡板往胡萝卜小姐的方向看。

"咦?"洋葱君很快发现了不对劲的地方,胡萝卜小姐的头发,似乎……还没有等洋葱君想好措辞,胡萝卜小姐就先一步开口道:"洋葱君,您比我来得早,我想,嗯……您或许知道一些我不知道的事。"洋葱君听到之后有些开心,他开始愉快地在楼层中来回走动,边走边说道:"您问吧,我一定知无不言。"

"您,您知道鸡蛋先生吗?"洋葱君的踱步戛然而止。"我知道一些,只不过你怎么突然问这个?"有些紧张的洋葱君甚至忘了用敬辞。等了许久,没有得到胡萝卜小姐的答复,洋葱君开始自言自语:"他是老前辈了,我曾经听上一辈的冬瓜老爷子说过,在他没来之前,鸡蛋先生就已经住在这里了。"

"啊……是这样啊。"

"胡萝卜小姐,其实,其实很多人都说鸡蛋先生他,早就过世了。"

胡萝卜小姐沉默不语,悄悄地用左手把鸡蛋先生外面包裹的那层头发抚弄得更服帖。

在这以后又过了许多天,胡萝卜小姐没有再开口说话。洋葱君心里涩涩的,有说不出的难过。不过电视上报道的在冰箱里住了十五年的鸡蛋先生的事,洋葱君准备一直埋在心底。

妈妈回来了,冰箱里又拥挤起来了。妈妈似乎从洋葱君的楼下拿了什么蔬菜出来。冰箱门没关,洋葱君听见哗哗的水声和孩子抱怨不想吃胡萝卜的声音了。

洋葱君心里涩涩的,他觉得自己更寂寞了。

妖怪光与三青瑜

刘之栋

2013级汉语言文学专业（创意写作）

传说在遥远的咕咚山里住着许多妖怪，它们与世无争，大多数时候都待在山里，是善是恶没有人知道，甚至连长什么模样都没有像样的说法。

而这些妖怪对于人却并不陌生，因为每过一个甲子它们就要来人间历练一番。

由于人间缺乏妖怪生活的土壤，所以来到人间的妖怪必须自己寻找作为补充的妖能，否则就会灰飞烟灭。而这历练则被它们美其名曰为鬼王祭。

对于那些未见过世面的妖怪来说，此次的鬼王祭就是出鬼头地的好机会，包括妖怪光。

妖怪光是一只新晋的小妖，在咕咚山里没有任何地位，就连最底层的帚妖都可以对它指手画脚，这让心高气傲的小光很生气。所以它必须借这次机会来证明自己。

第一次参加鬼王祭的妖怪都会获得一颗属于自己的灵珠，里面储存着足够待三天的妖能，如何把这颗珠子填满，就是小光应该思考的问题了。下了咕咚山，往东五十里就是天都镇了，这是去往人间的第一站，化为人形的小光站在人群当中就像是一颗扔进了山里的石头，并不起眼。

突然一个急促的声音在小光耳边响起。

"借过，借过啊。"

"啊？"小光一怔，它不明白对方要向自己借的"过"是一样什么东西，就和说话的这位撞在了一起。

"你这人怎么回事啊，我不都说让你让开了吗？"小光揉了揉自己的下巴，这才看清借"过"的这位是一名青衣的小厮，他狠狠地瞪着小光，腮帮子鼓鼓的,像是装了两颗核桃。

"哦。原来是这样。"小光恍然大悟地挠了挠头,原来借过是这个意思。

看到小光脸上丝毫没有愧色,这小厮急了,一把扭住小光,指着地上的一物,气急败坏地说:"哪有撞了人还这么理直气壮的?你要赔偿我。"

顺着小厮的手指看去,青石板铺就的大路上横着一个倒地葫芦,帮子上碎了一个口,葫芦里的汤汤水水淌得满地都是。

小光挠了挠头,心想这下麻烦了,要是被人看到堂堂妖怪光大人竟然被一个小鬼头责难,该多丢面子啊。

于是,小光清了清嗓子,"咳咳,不就一个葫芦嘛,我赔你就是了。"说话间,小光默念咒语,不多时便从袖中变出了一个一模一样的葫芦。

"喏,如假包换。"小光得意扬扬地把葫芦递给了眼前的小厮。

这小厮使劲揉了揉自己的眼睛,确定自己不是在做梦后,接过了葫芦。等他再抬头的时候,小光已经不知去处了。

"呼,好险好险,亏得我妖怪光大人机智,不然可就麻烦了。"小光长出了一口气。"先让我吸一口妖气缓缓。"小光一边自言自语,一边往怀里摸索,突然,小光愣住了,这种感觉就像是吃完饭以后却发现自己没有带钱。

"诶,我的灵珠呢?"小光虽然是妖怪,感受不到温度,但此时却像是掉进了冰窖之中。它明白,要是没有灵珠,别说历练了,恐怕就连咕咚山也回不去了。

"嘿,这不是小光嘛?"

闻听此言,妖怪光打了个激灵,回头一看,正是自己的邻居源小九。

"你怎么愁眉苦脸的?"源小九上下打量了一番,似有所悟,试探道:"莫非……你丢了灵珠?"

"哪会呢?"小光强作镇定,它拍了拍自己的胸脯,"我只是因为妖能太多,不知道该怎么花了。"

"这样啊。"源小九仄着眼,脸上写满了两个字——不信。

"是啊。"小光硬着头皮说道,就算是打肿脸充胖子,也不能让这死狐狸瞧出端倪。

"既然这样……"源小九梳理着自己的尾巴,漫不经心地说:"还真是可惜啊。今天抓了个小鬼,本来想邀请你共进晚餐,看你这样子,怕是撑得吃不下了。那回头见喽?"

"唉,真是什么都瞒不过这只狐狸。"看着源小九离开,小光像泄了气的皮球,一下子瘫坐在了地上。

小光心乱如麻地行走在路上,不知不觉天就黑了。路过一户人家的时候,它停下了脚步。

"臭小子,不许哭了,再哭我就把你扔出去喂妖怪。"

小光心想还有这等好事,听源小九说吃小孩可以增长妖能,现在灵珠丢了,我是自身难保,既然这家人心甘情愿,那我妖怪光大人就却之不恭了。

于是,小光就在窗户下面等呀等,半晌也不见人影,小光已经饿得不行了,只好开口:"大娘,请问你还扔不扔小孩了,我都在外面等了半天了。"

这一喊不要紧,别说是哭声,就是掉根针在地上也是震耳欲聋。

"唉,人类真虚伪。"小光摇了摇头,离开了。

可是天地之大,何处才能容身呢?

小光一边走一边想,突然撞上了一棵老槐树。

"哎哟。"

"哎哟。"

"是谁?"小光吓了一跳,环视四周并没发现有人。

"有人吗?救命啊!"

"你是谁?"小光听着声音有些耳熟,却又想不起在哪里见过。

"我叫三青瑜,住在天都镇上,我被一只妖怪抓住了,求你救救我吧!"

小光循着声音,绕了老槐树走了几圈,发现树干里嵌着一个人,正是白天撞了自己的那个青衣小厮。不对,说是他,却又有点不像,小光也不明白为什么。

"是你?"三青瑜发现眼前这位正是那个变葫芦的傻小子,好似抓到了救命稻草。

"神仙哥哥,快来救救我。"

"神仙哥哥?是在说我吗?"虽然小光不确定三青瑜是在说自己,但这句话对于它来说是相当受用。

"是啊,是啊,你会凭空变出葫芦来,不是神仙,又是什么?"三青瑜眨了眨眼。

小光这下乐了:"今天你碰到我,算你运气好,这荒郊野岭的,再耽搁片刻,恐怕你的小命就交代在这里了。"说着就想救三青瑜出来,可是这老槐树就像是铁包的茧壳,任小光使出九牛二虎之力也掰不开。

"这可邪门了。"小光累得气喘吁吁,豆大的汗珠顺着脸颊流了下来。

"那该怎么办啊?我还小,不想死啊。……"三青瑜想到自己就要进妖怪的肚子了,不禁呜呜地哭了起来。

"男子汉大丈夫,哭哭啼啼像什么样子?"小光看着三青瑜皱起了眉头。

"人家才不是什么大丈夫。"

"难不成你还是小姑娘?"

小光的话刚说出口,三青瑜的脸就红了。

"你光问我了,你还没说你自己呢。"三青瑜噘着嘴问道。

"本大人叫妖怪光。"

"妖怪光啊,啊?妖怪……我一定是听错了吧,一定是听错了。"三青瑜"哇"的一声又哭了起来。

"别哭了,就算是妖怪,也是不同的,就像人也有好人和坏人,我是不会吃你的。"小光说着,咽了口口水,它已经明显地感觉到体内的妖力在逐渐地流失。

"真,真的吗?"三青瑜可怜巴巴地望着小光。

"真的,我妖怪光大人什么时候说过瞎话。"

"你怎么了?"三青瑜看着小光样子不太对劲,小心翼翼地问道。

"天有点冷,嘶嘶,对了,你是怎么被妖怪抓到这里的?"小光隐隐猜到眼前的三青瑜正是源小九口中的晚餐。

"今天掌柜吩咐我出门打酒,回来的路上被你打碎了葫芦,于是我就折了回去,想再打一壶。没想到在野外遇到了一只狐狸,我也不知道怎么回事,看到它的眼睛就不由自主地跟了上去。就这样,走啊走啊,然后它就不见了,而我也晕了过去,醒来的时候就被困在这里了。"

"还真是它啊。"小光摇了摇头。

"你认识它?"三青瑜松弛的神经再次绷紧。

"说起来它还是我的邻居。"说着小光的头低了下去。

"你们妖怪都吃人吗?"

小光看着三青瑜害怕的样子,突然笑了。"我们妖怪本来是不吃人的,我们吃浆果,吃山芋,吸取天地灵气。后来,我们发现你们身上有着我们没有的东西,吃掉你们我们也会提升修为。"

"那是什么东西呢?我不要还不行?"三青瑜好奇地问道。

"我也是听长辈说的,具体我也不清楚。"

"小光哥哥,你会保护我的,对吧?"三青瑜低下了头。

小光愣住了,从小到大都没有人正视过自己,所有人都嘲笑它的弱小,它已经渐渐习惯了这样的态度,这样的生活,偶尔的趾高气扬也只是虚张声势罢了,实际上它还是很期待能够得到他人的肯定。

看着三青瑜期待的目光,妖怪光点了点头。

"我会的,我一定会保护你。"

三青瑜幸福地笑了。

"哈哈,真是感人啊,没想到你这样的废物也想学别人逞威风。"

听到这声音,小光暗道不好,来者不是旁人,正是源小九。

"你别过来。"小光威胁道,它知道这是无济于事的。

"你现在没有了灵珠,能活过今晚都是烧高香了,难道还想和我动手不成?"源小九笑道,这笑容背后隐藏着令人毛骨悚然的冰冷。

小光没有说话,源小九以为它默认了现在的处境,便越发张狂。

"这就对了,你就在这里眼睁睁地看着,看着我把这个水灵灵的小子给活活吃掉,搞不好我还会分你一杯羹呢。"

小光握紧了拳头,浑身都在颤抖,它想阻止源小九,可是自己却连身子都动不了。

"救命啊,小光哥哥,救……"三青瑜看到源小九的魔爪扼住了自己的喉咙,眼中露出了绝望的神色。

"可恶,被小看了啊。"小光苦笑着,摇了摇头。

说时迟那时快,只见小光身形陡变,现出了原形,来到了源小九身边,一把缚住了源小九。

源小九看出这是小光的本命妖型,意识到了危险。

"我劝你不要逼我,否则定让你灰飞烟灭。"

"灰飞烟灭吗?那种事我并不在意,我在意的只是我存在的意义。以前我不懂,现在我明白了。"

"你一定是疯了,快松手。"源小九看到小光的身上散发出了无尽的妖力,吓得叫了起来。

"我一定会保护你的,一定。"小光笑了。

也不知过了多久,小光终于醒了过来,身边不再是荒郊野岭,而是咕咚山。

"这算什么?"小光苦笑道。

"虽然很不情愿,但我还是得恭喜你通过了考验。你发现了真正的灵珠。"源小九一脸平静地对小光说。

"三青瑜呢?"小光仿佛并不在意考验的结果。

"他不是一直都在你身边吗?"

小光转过头去,身后笑靥如花。

"原来如此。"

小 王 子

翟聿佳

2016级汉语言文学专业(创意写作)

前言:"也许万千人都只爱你年少,但会有人陪你老去的。"

小女孩喜欢捧着脸看星星,数也数不清的星星,亮亮烁烁,缀满夜空,她觉得最亮的那颗星球上一定住着小王子。

小女孩开始每天给B612星球写信。

她太小了,信写得乱七八糟,小王子大概是看得烦了,从来都不回复她。

有一天,小女孩又寄出去一封信,信上写着:你每天一个人看日落,会不会很悲伤呢?就像我每次一个人在这儿看你一样。

这次终于有回信了。

小女孩起床时在窗台上发现了一片玫瑰花瓣,上面是整整齐齐用玫瑰花刺刻出来的字。但是回信的却不是小王子,是故事里他最珍爱的那朵玫瑰花。

玫瑰花说:"谢谢你的关心,小王子让我转告你,他现在已经不看日落了,在外面坐久了容易感冒。但是他很开心,真的很开心,他说你是他见过的最甜的小姑娘。"

小姑娘把信翻来覆去地看了好几遍,觉得比小王子的开心还要开心,但又有点疑惑,她继续写了封信过去,信里说:"你好啊!玫瑰花,你真好看,我喜欢你。但为什么不是小王子给我回信呢?"

很快回信就又来了,玫瑰花答说:"嗯……因为今天天气不好,小王子看不清字。"

"他怎么了？眼睛疼吗？我眼睛疼的时候妈妈会给我吹吹，你能给他也吹吹吗？我还可以寄眼药水过去。"

"没关系的，不用担心。哈哈，小王子看信的时候笑了呢。"

小姑娘开心极了："他笑起来是什么样子的？"

这次回信的玫瑰花瓣有一点皱巴巴的，像皱起来的眉头："他笑起来啊……是瘪着嘴的。"

瘪着嘴的小王子？

小女孩歪着脑袋想了一会儿，心里有些苦恼，瘪着嘴的小王子是因为牙疼吗？

这次寄往 B612 星球的信就附夹了两颗糖。

"亲爱的玫瑰花，我也不知道牙疼该怎么办，我的牙齿很健康。请你帮我把糖带给小王子，这是我的祝福。疼痛如果避免不了的话，就用甜蜜来抵抗吧。"

这次的回信是一片糖纸，字不太好看，歪歪扭扭的，但信上的内容是小女孩翘首以盼的——

"谢谢，糖很甜，你也很甜。小王子献上。"

拿到了亲笔签名的小女孩高兴得恨不得蹦到星星上去。她怀着激动的心情请求小王子："可以发给我一张你的照片吗？你可以从天上看到我，我是一个可爱的小姑娘，对不对？所以你应该让我看看你，虽然我知道你也是一个可爱的小男孩，但是我从来没有见过你，这样不公平。"

回信很久没有来。

小姑娘在窗台前守了一个星期，终于忍不住哭起来。等她抬起头，突然看到面前久违的玫瑰花瓣。

一个小时前——

玫瑰花低头看看哭泣的小女孩，又转回头看看信纸，满脸的无奈，眨起眼睛的时候又有种恶作剧似的愉悦狡黠，她在花瓣上一笔一画地写道："你的小王子已经不是小王子了，他已经老了。他不能长时间吹风，所以他不再每天看日落。他的视力也不太好,每次都要戴着老花镜才能看清你信上的字。还有呀,他瘪嘴是因为牙齿全掉光了,他的牙齿很久都没有疼过了。不过糖他倒是全吃掉了,他真的很喜欢草莓味的糖。"

玫瑰花扭过身,看见拄着拐杖慢吞吞地向她走过来的身影,笑容一点一点绽开,她挥挥手,继续写:

"他已经不是一个可爱的小男孩了,但他确实是一个可爱的老头子。"

农夫、鹅和狐狸

边欣月

2014级汉语言文学专业(创意写作)

当清晨的第一缕阳光洒在小全村的时候,农夫背起了最后一筐玉米,佝偻着背一步一顿地往家走。

不远处的大树下。

"我们真的要走吗?"鹅扭头问身边的狐狸。

"不然呢?"狐狸说完,从树杈上跳下来,拍了拍手。

"走吧,呆鹅。"狐狸准备回家了。

农夫没有妻子,也没有儿女,只有一袋玉米,一只鹅,还有一只死皮赖脸地黏着他的狐狸。大饥荒来了之后,村里的人都逃走了,今天农夫也决定离开了。

可问题是,要想离开小全村,就必须渡过那条又宽又深的河,河里水流湍急,还有漩涡,如果稍不留神掉下去,后果不堪设想。

所幸全村还剩下一只船,可是这船只能容纳三样东西,否则便会散架。这可难住了农夫,本想把狐狸留下,可是鹅坚决不同意。最后农夫宣布,鹅和狐狸只能带走一个,明天一早就出发,决定谁走谁就待在大篮子里。

鹅和狐狸是好朋友,两人坐在台阶上,一夜无语。

"我留下,我是鹅,我会游泳,谢谢你陪我长到这么大,还没有吃掉我。"鹅像是做了重要的决定一般。

"不客气,游的时候小心点,不早了,我再去睡一会儿。"狐狸说着打了个哈欠,腆着肚子走了。

鹅愣住了,这就走了?农夫说的果然是对的,狐狸都狡诈。想想还有些生气,可话都说出来了也不好再反悔,于是只好作罢,乖乖回屋子里去了。

"醒醒,喂!醒醒……"鹅是被农夫拍醒的。

"咦,我怎么会在河对岸的集市?"鹅记得那天晚上很生气,接着脑袋一痛……

"狐狸呢?狐狸在哪?"鹅突然想到了什么,大叫起来。

"狐狸留下了。"农夫回答道。

原来狐狸趁鹅回屋的时候,用棍子把鹅敲晕放在了大篮子里。

鹅伤心极了,梗着长长的脖子向河边飞奔而去,一边跑一边找狐狸。

鹅穿过集市,跑入树林,跳进河里,都没有看见狐狸的身影。

鹅听说只有森林里的巫婆才知道找到狐狸的办法,于是鹅连夜跑到森林里找到了巫婆。

"巫婆,您知道怎样才能把我的朋友狐狸从小全村接出来吗?"

"小全村已经被怪兽诅咒,任何人不能踏入村子一步,要想破除诅咒只能用你身上的毛来交换。"

"我愿意。"鹅说。

"另外,这个季节正是涨水的时候,要想过河还必须交出你的肝,你愿意吗?"

"我愿意。"

"好,那你去吧,记得要把全身的毛都交给怪兽。"

鹅站在咆哮的河水面前对河说:"河啊,我愿意把我的肝献给你,但是我要先到对岸去救出我的朋友狐狸,回来时再把肝给你行吗?"

"可以,我好久都没吃到过鹅肝了,早去早回。"

鹅顺利地到达了小全村,然后找到了怪兽的家。

"怪兽啊,我来给你送毛了,我想接走我的朋友狐狸。"说罢,一根一根地拔掉了自己的毛。正当鹅拔掉最后一根毛,血淋淋地蹲在地上时,怪兽出现了。

"'千里送鹅毛',你对朋友的情谊感动了我,你去接走它吧!"话音刚落,地上的鹅毛又纷纷回到了鹅的身上。

鹅对怪兽道了谢,就回到了农夫的家接狐狸。

两人顺利地渡过了河,鹅对河说:"河啊,我已经接到了我的朋友,我现在可以兑现我的承诺了,你把我的肝拿走吧!"

河却说:"你对朋友的情谊感动了我,我不要你的肝了,你走吧!"

就这样,鹅、狐狸与农夫再次幸福地生活在了一起。

青　青

徒　悦

2014级汉语言文学专业（创意写作）

我是一棵梧桐树。

我见过很多人、很多事。我见过雨悠悠地落下，见过太阳一跃而起，见过农田，见过渣土车轰轰地开过，见过无声烈日下黝黑的汉子捏着湿漉漉的手巾咧出一个淳朴的笑容。后来楼房起来了，他们不管这儿叫村而叫成了小区。后来我侧过头看见我的老朋友站在公交站牌边，一群小孩子有的蹦蹦跳跳，有的小心翼翼扶着扶手下车，他们跳得老高却走得很慢，叽叽喳喳说个没完。后来，他们走到我面前，高高晃着手说再见。

这群小孩子里，我最喜欢的那个叫青青。青青是个矮个子的小姑娘，住在我正对着的那栋楼的三楼，我差不多就长三楼这么高。她趴在窗户边看云、看鸟、看一楼的臭小子玩泥巴的时候，我也正看着她晃来晃去的小辫子。

"小辫子，你今天可没做作业。"

她摇摇头，得意扬扬地晃起脑袋，"今天老师没留作业。"

青青常坐在楼下的石凳子上写作业，石桌子边围着四个石凳子，坐着四个孩子，青青、培培、冬冬和刘军，青青住三楼，培培住四楼，冬冬住五楼，刘军住一楼。刘军比她们大两岁，他一个男孩子坐在三个小女孩中间，原来常常捉弄她们现在又被几个女孩子合起伙来捉弄，渐渐显出一丝尴尬来。

"刘军哥哥，你为什么在学校里不陪我玩？"青青今天挺生气，小手叉着腰，那样子和她妈妈生气时一模一样。她的眼泪已经在眼眶里打转了。我的老朋友们在风里议论纷纷。

"小姑娘委屈一天了。"

"一天都嘟着嘴呢。"

"谁都不理。"

"就因为那个男孩子在学校里不肯和她打招呼?"

"那个男孩子不是不肯。"

"就是不肯,他可不是没看到,他看到了,还愣了一下呢。"

"那是那群小子天天笑话他,笑话他和小丫头一起玩。"

"有个臭小子说他娘娘腔,他一拳头就上去了。"

我的枝丫摇摇摆摆,听着老朋友们你一言我一语地唠叨,忍不住也接了句,"难怪那天他被他爸领回来揍了一顿,可不该打他。"

青青在风里缩了缩脖子,又想着自己正生气,忙又挺着脖子看着刘军,刘军看着青青的样子真好玩,习惯地摸了摸青青的头,"哥哥请你吃烤肠怎么样?"

青青愣了愣,脑子倒是很清楚,"好,可是你不理我的事还没完,我要告诉干妈!"

"那你顺便告诉她你想吃鸡腿。"

"我不想吃鸡腿。"

"那你想吃什么?"

"我想吃红烧肉。"

刘军心里合计了一下,红烧肉也行,就满口答应,"那就红烧肉。"

啧,我看着两个孩子丢在石凳上的书包皱了皱眉头,难道不怕丢吗?

小区里的小孩子差不多都在一个小学念书,大人都在一个工厂上班,成天一个闲时一个忙。青青的爷爷刚退休,每天早晨骑着二八大杠的自行车去给青青买小笼包和豆浆。一路上许多人向他问好,他点点头,早点铺的人见着他也热络地打招呼,"又来给孙女买早饭了。"他也是点点头。

又是平凡的一天,青青爷爷走到我身旁开锁骑上车,我伸个懒腰抖落一身的散漫,又精精神神地站在小区里,等着新的一天的曲调吹响。

青青、培培、冬冬三个小姑娘依旧手牵着手,书包撞着书包,开开心心上学去了。刘军出了小区的门就站得离她们远远的,接着转了个身就和几个小男孩勾肩搭背地跑了,青青远远地看着,咬着嘴唇不知所措。

"逃学,你是胆子越来越大了,你给我跪下!"刘军的爸爸气得涨红了脸,拎着拖把棍就要往刘军背上抡,邻里听着声音都赶忙跑出来拦住他。

"算啦算啦,小孩子哪有不淘气的。"培培的妈妈把刘军藏在她胖乎乎的身子后面说。

"哪能真打啊,吓唬吓唬算了。"二楼的李奶奶拉住刘军爸爸的胳膊。

"打也不能拿这个打啊,打坏了你自己又心疼了。"冬冬爸爸趁机一把夺过刘军爸爸手里的拖把棍。

人人都涌过来,刘军的妈妈也走上来,劝着的,拦着的,哄着刘军赶紧认错的。刘军的眼睛直勾勾地望着人群后面那个扎着小辫的小女孩漏出来的花裙子的一角,心里像是打翻了调料铺般五味杂陈。

"爷爷……"青青拽着爷爷的手,爷爷摸了摸她的头,走到了刘军爸爸面前。

"小孩子哪有不贪玩的,家里也不要管得太严了,先进去吧,先进去再说。"

石桌子上趴着写作业的只剩下三个小姑娘了,青青笑着笑着蹿了点个儿终于不是小不点了,可是站在培培和冬冬身边还是最矮的那个。冬天到了,三个小姑娘也不在外面写作业了,不过黄叶落了一地,她们常常跑来跑去想找一片最好看的叶子。我想了想挠挠头,轻悠悠地递了一片叶子到青青脚下。

"这片是整的!"

"而且真大!上面的纹路真清楚!"

"青青你可真厉害!"

青青举着树叶,抬起头看着我,我有些不好意思地摆摆手,真怕她给我说谢谢。

"是叶子自己落到我面前的,"她小声地解释,"谢谢大树。"

给我双脚我可就要羞得跑走了。

接着她回过头望了望那张紧紧关着的窗户。

"那个小子要小升初了,他爸妈都逼着他好好学习呢!"我身旁的朋友拍了拍我。

"嘈,小孩子学的那点玩意儿。"

"可难着呢!"他赶忙否认我的不屑。

忽然,一群警察开着警车进来,打断了我们的对话。

"是张秉忠先生吗?"

三楼的门被敲响,我的心一紧。

"有点事请配合我们一下。"

青青站在楼道口,人群从她眼前掠过,一扇扇门裂开道小缝,一双双眼睛藏在缝隙后面。车子开远了,青青回过头,看见窗户大开,刘军冲她挥手,接着他一个翻身出来,青青"啊"地吸了口气,看他稳稳地落下才放下心来。

青青把手上的叶子递给刘军,刘军的爸爸开门出来,低声吼他,"刘军,回来!"

月亮爬上天幕,街灯亮得静悄悄,青青爬在石桌子上,她的爸爸妈妈来接她,她不愿意走,奶奶叫她回家吃饭,她不肯吃,她惹火了爸爸,惹急了妈妈,惹哭了奶奶,却只趴在石桌子上等爷爷。

寒冷的天冻得她鼻子都变红了,妈妈站在楼道口看着青青,叹了口气走过来给她披了件自己的厚大衣。接着她又走到刘军家门口,门敲了半天却无人回应,她站了一会儿红了眼眶,接着挺直了腰板回了三楼。

青青的头一点一点像是要睡着了,青青爸爸下来抱着她回家,她迷迷糊糊地问:"爷爷回来了吗?"

青青爸爸小声答她:"回来了,睡吧,睡醒了就看到爷爷了。"

第二天,青青的爸爸妈妈上班去了,刘军红着眼睛出门,刘军爸爸给他递书包,他一摆手推开爸爸,拿着书包就跑了出去。青青下了楼,她垂着眼、低着头。

青青回了家,奶奶却熟睡了,青青叫不醒她。爸爸妈妈终于下了班,青青怔怔地站在奶奶边上,不哭也不闹,120来了,门一扇扇打开了,却没人走出来,刘军站在楼道口,青青没有下来。

刘军妈妈叹了口气说:"这事儿得讲良心,他爷爷,这不是怕惹事的时候,您得帮帮啊,您和青青爷爷可有这么多年的交情,那么些人就他没贪。这您是知道的。您不能就这么看着呀!"

刘军爷爷沉默了很久,拿起了电话,过了会儿,刘军爸爸推着刘军爷爷的轮椅出了门,轮椅上的老人头发花白,面容坚毅,一身军装穿得一丝不苟,背挺得笔直。

青青的爷爷回来了,奶奶住院了,爸爸妈妈接她走的时候,刘军拦住了青青。

刘军参加了好几个学校的面试和考试,家里想让他去念外国语学校,马上就要面试了,他背了好几天的书,脑子发胀。拦住青青的时候,他觉得自己晕晕乎乎的。

"好好学习。"他不知道自己怎么说出了这句话。

青青歪着脑袋看着他。

"你争取上外国语学校,那个学校的高中离初中就过条街。"

青青点了点头。

"以后我还能送你回家。"

青青笑了,"嗯!"

我看着青青离开,心里有点儿惋惜,不过等到奶奶的病好了,也许她就回来了呢。风吹过来,叶子已经落尽了,我摆了摆光秃秃的枝丫,伸展了一下冻僵了的身躯。

明年吧,明年也许就都好了。

后悔的小猴子

刘 欢

2014级汉语言文学专业(创意写作)

小猴子一直在森林里生活着,但它并不喜欢这里。它觉得除了有许多大树能让自己和小伙伴开心地玩耍之外,森林再没其他好处了。香蕉不是一年四季都有的,总有许多猛兽出现,下雨时也不能出去玩,否则会浑身湿透。

小猴子妈妈从得知一家人要离开森林的那天起就开始紧锣密鼓地收拾东西了,它想带上家里树叶做的小床,树上好吃的浆果,还有小猴子最喜欢的黄灿灿的香蕉。

小猴子从大象老师那里回到家,看见妈妈正在收拾东西,扔下书包就跑了过去:"妈妈,妈妈,今天猴王爷爷说我们要搬家了,是真的吗?"

妈妈停下手上的动作,微笑地看着小猴子:"对啊。"

"不用老是被雨淋?"

"对。"

"不用担心被其他动物伤害?"

"是。"

"不用怕没有果子吃?"

"当然!"

"太好了妈妈,咱们什么时候搬走,我已经等不及了!"小猴子激动地原地跳起来,不停地窜上窜下,在地板上打滚,长长的尾巴随着跳跃不住地摆啊摆。

小猴子妈妈看着自己儿子兴高采烈的样子,微笑着摸了摸小猴子的脑袋说:"东西收拾得差不多了,和那些不搬家的朋友们道个别,咱们就走了。"

小猴子开心地笑着，冲妈妈点点头，拎着几根香蕉飞一般地冲出了家门，迫不及待地想快些到达它们的新家。

刚出家门，便听到了不远处发动机的轰鸣声。一辆辆汽车开进了森林，黑色的橡胶车轮碾进泥土里，留下深深的印记，汽车后面载着巨大的箱子，是金属做的，看起来很结实。

小猴子长这么大从没见过这么大的铁皮箱子，兴奋地跑到车厢上方，吱吱呀呀地冲妈妈喊："这个大箱子，就是我们以后的家吗？"

小猴子妈妈抬头望了望车顶的儿子："快下来，那儿危险！"

小猴子跑下来时，没有注意到，身后一个戴着手套的人类爬上了车厢，一手将它从上面拽了下来。大铁皮箱子打开了，里面有好多铁笼子，小猴子害怕了起来：

"妈妈，妈妈，这儿有好多铁笼子，人类是来抓我们的吗？"

小猴子妈妈也被另外一些人类从地上抓起来，看到了车厢内一个一个的铁笼，有些害怕，但仍旧安慰道："没事的，儿子，妈妈听猴王说过，这笼子只是帮我们更快地到达新家。"

汽车一路颠簸，车厢里小猴子一家被关在一起。车厢里很黑，每个铁笼子都用布遮起来，它们根本看不到外面，也不知道身边笼子里关的是谁，但小猴子庆幸和妈妈在一起，一路上还能说说笑笑。

它们想象着汽车驶出森林，离开大山，听到嚷嚷的吵闹声，最后又变得安静。人类果然和之前答应的一样，每天会分给每个笼子一些食物，小猴子没有饿肚子，也没有受到风吹雨淋，只是觉得闷了些。

也不知过了多久，车厢门再次被打开，明亮的阳光照了进来，小猴子觉得有些晃眼，但很开心，因为终于到了新家。

戴着手套的人类取下了笼子上的布，把它们带到穿着白衣服、戴着口罩的人那里。明晃晃的东西在房子顶上发着光，白衣服的人拿着小猴子闻所未闻的东西在自己身上比比画画。

"小的很好，这个母猴年龄稍大了，但都很健康。"一个穿白衣服的人一边用细极了的金属管抽着一小瓶药水一边说。

"好，那就把这个送到王团长那里，其他的我带回去。"戴手套的人说。

"让我注射个疫苗。"白衣服的人拿着装满药水的注射器走近了小猴子,小猴子并不知道那人手上拿的是什么,只是睁着大眼睛目不转睛地看着。

那人把注射器刺进了小猴子的胳膊,突然,小猴子觉得好痛,像被刺扎了一样,忍不住叫出了声来:

"妈妈,疼!"

"怎么了,怎么回事!"一旁的小猴子妈妈看到痛苦的儿子也紧张地叫了起来。刚发出一些声音,也感觉到似乎有什么尖尖的东西也刺进了自己的身体,它拼命地挣扎着,想尽快摆脱。

"别急,打疫苗很快的,一会儿就好。"正给小猴子妈妈注射疫苗的白衣服人类说。

"妈妈,现在该怎么办,他们好像要把我们分开,我会去哪儿?"小猴子停止了呼喊,但还没有从刚刚的刺痛中回过神来。

小猴子妈妈的眼里渗出了泪水,想起了离开森林前几天猴王拦着自己时说的话,摇摇头,尽量稳住了声音:"妈妈还不知道,但放心,不会有事的。"

小猴子最终还是和妈妈分开了,被戴着手套的人抓去了不知名的地方,那儿的房子花花绿绿的,有许多不同的小动物被关在了各自的笼子里。

"也有小猴儿,还有小鹦鹉、小熊……小老虎!"小猴子一边念叨着,却被笼子里乖乖卧着的森林之王吓了一大跳。

一个戴着滑稽的三角帽的人类朝着小猴子走来,那人嘴里叼着个冒烟的东西,穿着夸张的大头皮鞋,手上拿着个奇怪的绳子,卷了一圈又一圈。

"来吧,小东西,给你套个项链。"那人笑着逼近,露出两颗大门牙,令人毛骨悚然。

小猴子被关在一个小笼子里,它毫无反抗之力,那人很快就给它的脖子套上了那个长长的绳子,似乎很满意这个新来的小猴子。

"还挺有劲,从现在开始,你就是我王团长马戏团的新成员了,要是不想饿肚子,就要好好工作哦。"

小猴子不懂这个人口中所说的"马戏团"是什么,也无暇顾及自己脖子上这个不舒服的东西,它只想和妈妈在一起,因此在笼子里不停地挣扎着。

王团长看着不安分的小猴子说:"你咋这么闹腾呢,给我适可而止,否则有你受的。这儿可不比那母猴去的地方!"

"母猴?妈妈!你知道我妈妈去了哪里?"小猴子更加激动起来。

"哟,听得懂我讲话。那母猴现在应该被动物园的人送去观赏区了吧!在透明的玻璃房子里,和其他猴关在一起,每天被无数人举着手机、相机拍照,吃喝拉撒都在那玻璃房子里,想想就脏。不过也该,它们那儿多清闲啊!至于你,哼,就好好在我这儿练马戏表演吧!"

小猴子从那人口中听到妈妈的踪迹,有些担心:"'观赏区',那是什么?听起来生活很不好。'马戏表演'和刚刚说的'马戏团'好像,不知道是什么?"

直到看到其他小动物的练习,小猴子才知道"马戏"到底有多可怕。

小熊的任务是顶球,只要球落地,一整天就不会给它小鱼吃;小老虎更是早就没了威风凛凛的气势,像小猫一样对团长言听计从,只有这样才能得到一小块肉的奖励。小动物们为了填饱肚子不挨打,白天不停地练习,然后被放到黑压压的人群中表演,晚上大家蜷缩在各自的小笼子里休息,数月不停。

王团长喜欢让小猴子骑两轮车向前走,这可难坏了小猴子,一开始连坐也坐不上去。可那王团长手里拿着长长的鞭子,小猴子一旦停下或者不听话他就会用那鞭子抽打在地上,发出鞭炮一样的声音,吓得小猴子不得不继续练习。有时那鞭子还会不小心打在小猴子的身上,留下斑斑驳驳的血迹。要是完不成练习,别说吃香蕉了,饿肚子都是常有的事。因此,小猴子不得不好好练习,即使害怕地流眼泪,它也不敢停下,饿肚子和见不到妈妈的恐惧比鞭子抽打更可怕。

小猴子后悔了,它想念妈妈,不知道它现在过得怎么样,有没有人打它?

小猴子开始想念以前的大森林,那儿不仅有大树可以随意玩耍,还有笨笨的小松鼠被自己捉弄。虽然有时候会吃不到心爱的香蕉,但有许多坚果能填饱肚子;虽然会下雨,但回到家妈妈总会把自己身上的雨水擦干,然后一起躺在床上,听它讲老猴王曾经的英雄故事。

晚上,小动物的笼子里传来阵阵鼾声的时候,小猴子还睁着眼,看着窗外高高小小的月亮,觉得离自己好远好远,小猴子缩在笼子的一角慢慢闭上了眼。

　　深夜,小猴子做了个梦:梦里有妈妈,有温暖的家,有好吃的香蕉,有广阔的大森林,还有津津有味地听猴王爷爷讲故事的自己,梦里的小猴子每天都是笑着的,每天都很幸福。

大树与小草

李蘅耘

2016级汉语言文学专业(创意写作)

　　大树和小草是一对恋人,他们深爱着彼此,可大树无法与小草亲昵,两人只能每天你看着我、我看着你,唯一的交集便是风来的时候,风将树吹得弯下了腰,将小草高高地拔起,两人才有短暂的相聚时光,不过两人依然很幸福,大树可以帮小草挡住夏夜里倾盆的暴雨,挡住秋日里萧瑟的秋风,挡住寒冬时催命的冬雪。在春天里,大树守护小草成长,所以小草很幸福,而小草的眼中只能看到大树遒劲挺拔的枝干,为自己遮风挡雨的茂密的枝干,长青的树叶和那浅浅的青苔,他们是幸福的一对。

　　可有一天,他们开始对彼此的感情不满,小草总是觉得大树可以保护千万株小草,而小草目视之所能及处却只有这一棵大树,大树也很烦恼,因为在更多时间里自己的枝丫连小草的头都摸不到,所以小草只能跟其他的花花草草一起玩。

　　于是两人找到上帝,大树说:"我想变小,变得比一粒尘埃还要小,我想要每时每分都能在小草的身边。"小草说:"我要变大,比山还大,比海还大,大过面前的万座山,大过面前的九千片海。"上帝说:"我可以满足你们的要求,可是每个人都有自己的位置,你们成为彼此,可能会永远地失去幸福,你们还愿意吗?"两人不假思索地就答应了。在他们心目中,成为彼此便是这世间最大的幸福,一切的阻碍他们都会迎刃而解,所有的困难都不复存在。

　　小草变大以后,他很开心,他觉得自己终于明白了大树的视角,终于明白大树为了保护自己而做出的努力,终于明白虽然能看到千万株小草却只想寻找属于自己的那一株小草的感觉。

　　大树变小以后,他也很开心,他终于明白了小草的眼中只有自己,每天抬头目所及处，便是那无边的绿荫和深厚的蓝天。

可他们再也看不到彼此，也见不到彼此，大树变得太小，小得变大的小草看不见，小草变得太大，大得自己也看不清脚下的树。

他们看不到对方在哪里，到头来，一切都跟开始一样。

老树发新芽

马 萍

2014级汉语言文学专业（创意写作）

听他们说，那棵树已经种下两三年了，不知道那树是什么品种，他们还说，有棵闲置的树苗，就种下了。树啊，你听我说说话吧！

树啊树，欢姐姐今天走了，天上的白云也跟着走了。她临走前，说让我好好学说话，她嫌我说话不流利。她说得对，我不怪她，我慢慢学就是了。欢姐姐今年十七岁，妈妈说姐姐要到别人家去，成为别人家的姑娘，我不想让姐姐走，我不想让姐姐去别人家，我不想让姐姐成为别人家的姑娘。我想让姐姐继续陪我玩过家家，我想让姐姐再教我纳鞋做衣，我还想让姐姐再带我去隔壁村听戏看电影。树啊树，你说，姐姐到了别人家会是什么样子呢？她会开心吗？她会不会有新的妹妹呢？树啊树，你说，姐姐能从别人家回来吗？

树啊树，小乐今天走了，河里的水也跟着走了。他临走前，说让我好好学习，他说只有学习好才能上中学。我说，我知道了。我不想让小乐走，我不想让他去那么远的地方上学。我想让小乐继续和我一起上下学，我想让小乐再陪我爬山上树，我还想让小乐教我读那些课本上的"pen""pencil""boy""girl"。树啊树，你说，小乐到了中学会是什么样子呢？他会开心吗？他会不会有新的朋友呢？树啊树，你说，小乐能从中学回来吗？

树啊树，奶奶今天走了，她的病痛终于也走了。最后一次见面时，她说让我照顾好自己。我不想让奶奶走，我不想让她去我再也看不到她的地方，我不想让她就那么离开这个地方。我想让她再看看这个世界，尽管并不怎么美好；我想让她再多陪我几年，尽管她已经坚持了很多年，是啊，我太自私了。我还想继续听她讲她们年轻时候的故事。树啊树，你说，奶奶到了那边会是什么样子呢？她会不会觉得解脱了？她会不会记得我们呢？树啊树，你说，奶奶还能回来吗？

树啊树，今天，我也要走了，你说，我该带走什么呢？我知道你肯定不想让我走，我也知道你想跟着我一起走，但是，我长大了。你不能离开这个地方，否则你就活不下去了，而我也不得不离开这里。我跟你说太多了，树啊树，你一定要记得我说过的话。就算有一天，我忘了自己说过的话，你也要替我记得，好不好？

树啊树，夏天要过去了，秋风起时，我就要走了。外边不比家里，我知道。离开这里，我就去了他乡，你放心，我会好好的。你也要好好的。

那就……再见啦。树啊，我们未来见。

成 长 印 记

河　畔

赵海涛

2013 级汉语言文学专业（创意写作）

沙砾卷进车轮簌簌刺刺的声音和不断的摇晃颠簸彻底驱除了皓天的睡意。

"这是什么地方，路怎么这么难走？"侧躺在车后座上的皓天一手揉着眼睛，一手将快滑下去的外衣重新盖回自己圆滚滚的肚皮。

"别懒了，起来吧，我们马上就到了。一会儿见人要懂礼貌，不许胡闹！"

皓天瞥了一下后视镜里爸爸的双眼，嘟起了嘴。

"都说过多少遍了。知——道——啦——"

"二爷爷二奶奶好！三大爷三奶奶好！中秋节快乐！"

"好好好！都来啦！多少年没见，皓天长这么高了。上次见着你，你还在怀里抱着呢！"二爷爷用砂纸般粗糙的手掌，狠狠地刮了一下皓天稚嫩的圆脸蛋。皓天撇了撇嘴，要不是感觉自己的袖子被谁扯了一下，肯定是要躲开这一下的。

"连大人带孩子，别在外面凉着啦，还不进屋去。"二爷爷招呼着对皓天爸说，"你爸他们昨天就到啦！就差你们一家子了。"二爷爷二奶奶都笑得十分开心，满是皱纹的脸上泛起涟漪。说罢便一人一边牵着皓天的手，往院里走。

二爷爷好像突然想起了什么，拉着皓天的手稍微紧了一下，皓天疼得咧了一下嘴。

"对啦，你们肯定还没见过。来，新月，来！你表弟来找你玩啦！"

院内菜地旁蹲着一个穿着条纹衫的姑娘，正在喂两只红眼睛的白兔吃萝卜。

"哇,小白兔!"皓天兴奋得跳了起来。

"她就爱养这么个东西,不知道糟蹋了多少菜!"二奶奶松开了手,指了一下里屋,"那你们俩在这儿玩,我们先去里屋了。新月让着点弟弟,别打架。"

大人们招呼着进了里屋,皓天是不爱跟着大人们凑热闹的,这下刚好。更别提有个同龄的玩伴,还有两只小白兔,心里甭提有多开心了。

"小白兔,白又白,两只耳朵竖起来……"皓天左右摆弄着兔耳朵,开心地唱起了儿歌。

"你轻一点,别把它们揪疼了。"新月轻轻拍了一下皓天的手。

"我知道,我轻轻地,我轻轻地还不行么。我是真的非常喜欢,可是爸爸妈妈一直不给我买。"皓天抱起其中一只站起来,好像害怕新月再也不允许他碰一样。

"你喜欢的话,我可以把这只送给你。"

"真的?太好了!你说我给它买个什么样的笼子呢?对啦,它有没有名字啊?"

"喏,这个叫大白,小白总是抢不过它,吃得比较胖了。哈哈哈,像你一样。"

新月看着皓天笑了起来。双眼弯成月牙,薄薄的双唇间也咧开了一个优美的弧线,露出了一排洁白的牙齿。

"在干什么呢?我跟你说话呢。"新月把脸凑了过来,忽闪着一双大眼睛看着皓天。

皓天不好意思地笑了笑,腾出抱着大白的一只手,挠了挠后脑勺。

"没,没什么,你的牙真好看。不像我,两颗门牙都掉了,还没长全。"

新月"扑哧"一声笑了出来,接着抬手捂住了嘴,"咯咯咯"地笑了起来。

皓天看着她,也跟着笑了起来。

"皓天,新月,进来吃饭。"

"别笑了,咱们进去吃饭。"

皓天拉起新月的手转身,正准备向里屋走,却看到被残阳染红的天空下描着金边的远山。那是真正的山,跟公园里那些石头堆砌的可以攀爬的假山完全不同!

天边的火烧云边缘微微泛紫了,皓天还在出神地望着。

"你若是喜欢,吃过晚饭,我带你看月亮。那才美呢!"新月被皓天拉着的手晃了一下,把皓天拉了回来。

"啊,那好!那咱们可说好了!来拉钩!"皓天伸出了小拇指。

"好啊,拉钩上吊,一百年——不许变!"

"你俩磨蹭什么呢,快来啊!都等着呢!"

"来啦!"

皓天出神地望着这一切。那山其实就在屋后的河对岸,根本没有那么远。

人字雁群,南飞而过。秋之过半,入冬不远。

但不管是瑶瑟闺怨,还是狼烟胡天,都与此刻赏月的孩童无关。

"雁引愁心去,山衔好月来。"皓天突然想起自己背过的李白的诗。

"呀,这诗对这景,真是绝配!皓天你真厉害,我只记得'但愿人长久,千里共婵娟'。"

"嘿嘿,小时候,爸爸妈妈总是让我背诗,每天要背三篇。"皓天扬起了头,话虽无奈,神态却是有些骄傲。

"那这诗下一句是什么?"

"下一句……"皓天用力地挠了好几下头,硬是想不出来。只得转头看向新月,尴尬地笑了。

"我记不住了——"

"没关系。下次再来的时候告诉我。"

"好!"

"那下次是什么时候?"望着新月的双眼,皓天却有些慌了。虽说只有数小时的时光,但他舍不得在这乡下小河旁抬头便见的山和月光,以及刚刚熟识的玩伴。一时间,不知该如何回答。实际上,他的确不大清楚。

"大概是过年吧!"新月轻轻把头一偏,还是看着皓天。

"嗯嗯,那就过年!过年!"皓天顿时笑开,说不定呢,再见可能不远。

"那我们拉钩!"新月故意学起黄昏时皓天将信将疑的样子。

"来啊,拉钩上吊,一百年——不许变!"

"不许变!"

皓月如盘,倚天高悬。皎洁的月光自那蟾宫发散,缀着繁星的夜空,弥漫着沁人心脾的深蓝。晚风湿润微凉,河中月影被揉碎在水波中,随不见尽头之流粼粼而漂。或许这河流直通星汉,把人间映射的天火归还。

他 的 秘 密

张 玮

2014级汉语言文学专业（创意写作）

  头戴着用纸板做成的金色王冠的陈宁宁正在对着生日蛋糕许愿，她双手合十，闭上眼睛，模样很虔诚，在心里默念着：今年的生日愿望是希望朱宸能回答我的数学题……

  事实上，这不仅是陈宁宁十岁时的愿望，也是陈宁宁九岁时的愿望。

  说到朱宸，算得上是五年级二班中的小明星，更准确一点，是女生眼中的小明星。上三年级之前，班级里的同学大多拿着九十以上的高分，而步入高年级，成绩像马拉松赛跑似的慢慢被拉大，而围缀着小红花的表扬榜上永远有一个名字，而且永远是高居第一位的，就是——朱宸。

  朱宸其实个子不高，身材也偏瘦弱，总穿着藏蓝色或者纯黑色的运动帽衫，上课时鼻梁上会架着一副细框眼镜，下课时就立刻拿掉，还会揉揉眼眶，做上几十秒的眼保健操。他做题时用自动铅笔，修改错字用的是小卖部里两块钱的小方块橡皮……

  这些细微到常人很难关注的特点，陈宁宁全都知道。第一是因为她确实很崇拜天才一般的朱宸，第二是因为她就坐在朱宸隔壁的一排座位上，稍稍斜眼，就能瞥见他皱着眉头，用力抿嘴做题的侧脸。

  可惜，学习和体育成绩皆优的朱宸的性格却很古怪。他习惯独来独往，不爱说话，就连老师上课点名他起来发言，他也言简意赅地只说答案，不说过程，甚至宁愿直接上讲台写答案，也不愿多说几句。久而久之，老师也不再叫他回答问题。遇到跟他打招呼的同学，朱宸大多是点点头，有时会微笑着点点头，哪怕是亲近的球友或同桌，都直接以行动来对话。男生很容易就接受了朱宸的寡言，但女生却默默埋怨着他的不解人意——因为他从不回答任何人的问题。

前几日,坐在教室后排的女生小分队推举出萧园去向朱宸问一道周末数学作业的附加题,萧园脸蛋白净,还嵌着两个小而浅的梨涡,瞳仁又黑又圆,笑起来像是动画频道的小童星。听说男生们偷偷写纸条评选班花时,萧园就是第一名呢!

萧园白净的脸蛋因为害羞染上晚霞色的绯红,更惹人喜爱。

"朱宸,你能给我讲讲这道题怎么做吗?"

朱宸抬起头来,看了萧园一眼,然后低头从整理得极有条理的抽屉中拿出同样的数学作业本,摊在了桌上。

在教室后排伸长了脖子等待的女生们正窃窃私语,窃喜着朱宸终于要因为萧园的可爱脸蛋第一次为人讲题了,却又看到对方径直把本子放到了萧园的手上,然后又埋下头去钻研新题目了。

朱宸面对萧园新换上的天蓝色连衣裙,特意扎在一侧的松卷马尾,甜美得恰到好处的笑容视若无睹,全程没有说一句话。

陈宁宁在一旁眼观着全过程。萧园回座位后,趴在课桌上,把脸埋进了臂弯里。女生们围住她,纷纷送来劝慰。朱宸自然是不知道发生了什么,依旧把双唇抿得很紧,似乎遇上了一道很难攻破的难题。陈宁宁心想,其实朱宸倒也不是不想帮忙,只是方式跟其他人不一样而已……

直到儿童节来临之际,陈宁宁才终于查探出朱宸如此"高冷"、如此"不食人间烟火"的原因。

陈宁宁虽然成绩不太拔尖,但因性格活泼,多才多艺,就成了班里的文艺委员。儿童节全校照常停课一下午,每个班都会将课桌摆成回字形,桌上摆满零食,表演节目的同学站在中间的空地区域表演。儿童节是小学生们最热闹的节日,就连吹气球、出板报都是争先恐后的福利。五年级二班的儿童节狂欢跟往常有些不同,因班主任的要求,今年每个同学都必须上场。应着这样的原则,陈宁宁很是苦恼,在大部分同学主动报名后,还剩下十来个同学"无处可归"。她索性就领着这些人排练了个大合唱——《虫儿飞》,朱宸自然不会主动报名,于是他便也在大合唱的队伍中。只是他总是敷衍地张张嘴,就算陈宁宁站到他身边,他的声音也微乎其微。上报节目时,陈宁宁故意把她和朱宸的名字写在了最后,独立出了一个新节目——朗诵《少年中国强》。

当然,这可是先斩后奏,朱宸同学仍在大合唱中滥竽充数。

直到离晚会还有一周,大合唱也在陈宁宁的指挥下越来越有模有样时,陈宁宁便宣布提前解散:"大家以后放学后还是要自己组织排练哦!"

"自己组织?宁宁你不参加啦?"

"嗯,我想了个新节目!"陈宁宁咧嘴露出了大白牙。

等大家伙儿都收拾书包回家吃饭时,陈宁宁站到了朱宸的课桌前,很耀武扬威地说出了自己的行为。她虽然把背脊挺得很直,脑袋也扬得很高,但实际上,她很害怕朱宸当场发火,毕竟他一直以来都是她崇拜的小小偶像。她一赌气写上朱宸的名字,其实也是想借这次表演能让平日里寡语冷言的朱宸稍微开朗一点……

朱宸表现得很平静,他把眼镜收进眼镜盒,然后将眼镜盒放进书包,没有任何回音。

陈宁宁有些急了:"我知道我有些过分,但我让你好好跟唱,你也没有什么改变,我问你有什么表演想法,你也没有什么回应。我是文艺委员,肯定希望我们的表演能更完美,这次节目里没有朗诵的同学,所以我就加上了你,朗诵也不难,朱宸你能配合我吗?"

她有些心虚地加上了一句:"而且我已经跟班主任都说了。"

朱宸叹了口气,像是成人似的摇摆着头:"陈宁宁,我……我是个……口……口吃,你明白……白吗?"

几乎是旷野里狂奔着却突然逢上了一场大雨,陈宁宁本在暗暗高兴着和朱宸有了更多的独处时间,现在看来——根本就是给朱宸挖了个大坑。她迅速在脑海里回顾着她对朱宸这五年的认识,他虽然一直不多说话,但别人提出的事情他总是用果断直接的行为回应,就像对待萧园那样。他几乎在各方面的表现都很完美,面对别人在背后对他"太过骄傲""目中无人"的批评,他也不以为然,他在班级里常常是一个倾听者和行动者。

所以真相是……他是因为害怕自己的结巴会破坏自己在同学心中的完美形象?还是因为害怕自己的结巴会被其他人嘲笑呢?

陈宁宁表情严肃起来,她郑重其事地跟朱宸道了歉:"对不起,朱宸同学,是我太自以为是了!不过……"她还是从背后拿出了稿子,"我爸爸小时候也是个结巴,但他一点也不感到难为情,他特别喜欢说话,现在你猜他是什么职业?"

朱宸眼神亮了起来,他摇摇头。

"他可是个销售员哦,嘴皮比谁都溜!所以口吃不是治不好的,如果你总因为这样不说话,才是耽误了治疗!那你就是因为这样才总不理人吗?"

"我没有……不……不理人啊,我……我只是担……担心说太多……你们会觉得……我很好笑。"

原来完美的朱宸也会有这种烦恼。

"不会。我们会耐心地听你说完,然后耐心地等你变好——不对,你本来就很好了……"陈宁宁前言不搭后语地说完这一句,脸"唰"的一下红了,"啊……那个,我回家去问问我爸爸的治疗方法,然后……然后明天放学见,好吗?"

"我试试。"他说得很简洁、很迅速。

其实陈宁宁哪有什么口吃的销售员爸爸,她的爸爸是名警察,也不常说话,但就像朱宸一样,行动力很强。她是希望用身边人的例子给予朱宸信心,原来这么优秀的人也会因为自己的小小不足而郁郁寡欢,甚至选择沉默。她查询了许多治疗口吃的方法,归根结底,还是要让口吃患者平稳而大量地说话。

她替朱宸保守着这个小秘密,但是她仍觉得什么都完美的朱宸偶尔有个小缺点也还是很可爱的。

这一周的放学时间,是陈宁宁最幸福的"罗马假日"。她搬来椅子,很不雅地跨坐着,全神贯注地听着朱宸在讲台上一字一句缓慢地读着诗稿。

"少年强,则中国强,中国强,则,少年强!"

陈宁宁思索了一会儿,猛地一拍大腿:"呀,朱宸你这么断句好像比我的好!毕竟是扬声段,多断一个字好像情感更充沛!"

朱宸笑了,点点头。他面对这时的夸奖,才像是和陈宁宁同龄的孩子。

朱宸从小就是在光环下长大的,父母对他严格要求,他做任何事都有着高标准,因此常有紧张感和恐慌感,担心稍有失误就会让身边的人失望,他便很少为自己发声,更别说辩解了。久而久之,他对说话也有些畏惧。其实他也说不清,这口吃是天生,还是后天形成的。

又练了半个小时,陈宁宁突然对朱宸发问:"那你除了这个苦恼,还有别的吗?"

朱宸想了想,坐到了陈宁宁身边:"太多了。比如我爸爸妈妈工作太忙,比如我好像没……没有朋友。"

陈宁宁拍了拍胸脯:"我呀!如果你不介意我是个学渣的话!"

朱宸笑着反问陈宁宁的苦恼。

"我更多呀!比如觉得自己很黑,成绩总是上不去,特别是数学附加题从来没做对过……你看,这些你都没有。所以我觉得,每个人都不可能是完美的,如果把自己放在太高的位置上,成天担心掉下来,多累啊!而且朱宸,你本来就特别优秀,你没有朋友只是因为大家担心是你不想和我们成为朋友呀!"

陈宁宁很诚恳地眨着小眼睛:"真正的好朋友才不会取笑你呢!你都不取笑我们笨,一天到晚找你问问题!"

朱宸好像受了触动,他手里的稿子一直抖动着。他擤了擤鼻子后,又站上了讲台:"我,再……再试一次?"

"我,再试一次。"朱宸这次没有任何的停顿和结巴。

等到儿童节正式表演那天,陈宁宁和朱宸两人穿上了事先搭配好的黑白衬衫,陈宁宁是白衬衫,朱宸是黑衬衫。他们在教室外候场时,朱宸心情颇好地还开起了玩笑。

"这次表演除了一点都好。"

"你现在一点都不口吃了,放心吧!"

"我是说,我的女搭档人高马大,我太瘦弱了……"

陈宁宁气得涨红了脸,她的小小偶像自从敢于说话后,倒是摸到了说话气人的精髓。

朗诵表演开始前,陈宁宁在反复摩挲着双手,朱宸反而安慰她:"放轻松,就算出错了,你要想……每个人都不可能是,完美的。"朱宸说话清楚而连贯,当他遇到可能会卡壳的字句,他便停顿着,缓慢地说出,这是他每日训练中找出的方法。

"少年强,则中国强,中国强,则,少年强!"

当二人扬起手臂,铿锵有力地结束朗诵时,同学们的掌声似乎比先前的都要热烈很多。毕竟他们对于朱宸今日的表现很是惊奇,甚至陈宁宁还听到场下有人的揶揄:"还是文艺委员厉害,第一次听到朱宸说这么多话!"

儿童节过去后,班主任调整了座位。陈宁宁和朱宸不再是隔壁桌,而是隔着整整两排的位置。陈宁宁不再将朱宸当作小小的偶像,更多的是,当作一个喜爱的朋友。而朱宸也像变了一个人似的,下课时常会参与大家的讨论,面对问题也会缓慢而清晰地提供讲解,大家似乎都听出了朱宸说话的异样,却又很有默契地藏在心中。朱宸拥有了很多朋友,他爽朗的笑声会穿越两排课桌传进陈宁宁的耳朵里。

于是,陈宁宁的生日愿望就这么被自己实现了。

她咬着笔杆,面前摊开着新的数学作业本。

她心想,明年的生日愿望一定要许——希望每次都能做出数学作业的附加题!

小里的账本

邓光玥

2014级汉语言文学专业(创意写作)

小里有一个小小的账本,记着小里小小的生活。

4月10日　　辣条0.5元

4月11日　　棒棒糖0.5元

4月12日　　冰棍0.5元

……

妈妈问小里:"你才多大,为什么要记账呢?"

小里说:"奶奶每天买菜要记账,我每天吃了零食也要记账。"

奶奶每天给8岁的小里1元零花钱,小里是个机智的小姑娘,她知道如果每天只花0.5元,存一周就可以买一包她最喜欢的番茄味大薯片吃个够了!

如果你问小里,妈妈难道不会给她买大薯片吃吗?

她一定会叉着腰、嘟着嘴告诉你:"爸爸妈妈挣钱多不容易啊,我每天的零用钱都是够用的,当然可以自己买啦!"

说完,她会甩着长长的辫子,迈着急促的小碎步,蓬蓬的印满了草莓的小裙子在空中摇摆……

嗯,许小里小朋友就是这样一个小大人的姑娘。

小里有一个好朋友,叫小二。

小二名字里没有"二"字,小名也不叫小二,只有小里叫他小二。因为小二叫聂陈,两个字里都有"耳",小里觉得小耳不好听,就叫他小二。

小里会在院里的大树下喊小二,"小二作业写完了吗,快出来和我一起踢毽子吧!"

屋里的小二正拿着铅笔抓耳挠腮,他嘀咕着作业本上的每一个数字他都认识,可是有了加减这些符号后,就好像是玩了碰碰车一样晕乎乎的。

小二听见小里叫他更是心烦了,"许小里你烦不烦,你打扰我写作业了!别嚷了!"

小里瘪瘪嘴,一个人在院里安安静静地踢毽子。

小二听见小里没了声音,用手撑着桌子站起身,伸长了脖子往院子里看,小里正盯着他——"小二你个笨蛋,还不快下来陪我玩一会,我心情好了就给你讲作业!"

"谁、谁稀罕你给讲作业了……"小二这样说着,却是赶快放下了笔,推开了凳子,往楼下跑去,"奶奶,我下去玩一会儿,吃饭的时候我再回来!"

"嘿嘿,"小里看着气喘吁吁从楼上跑下来的小二笑得更灿烂了,"我就知道你会下来!"

"我又不会踢毽子,你叫我干嘛啊!"小二抓抓留着板寸的圆脑袋,很是不解。

"谁让你踢毽子了,你给我捡毽子啊!"说完小里就开始踢毽子。

原来厉害的许小里同学生性聪明活泼,但是四肢却不协调,你看这毽子踢了三个就飞出去……小二同学只好来来去去地捡毽子。

等到小二的脸上通红,好像下一秒就要爆炸,小里拿住了毽子,像院里退休的老干部孙大爷那样,手背在身后,"小二,去你家给你讲作业!"

小二的埋怨都到了嘴边,听了这话脸上的不满赶紧换成了喜悦,"那好那好",于是赶紧屁颠屁颠地跟了上去。

这天放学,小二跟着小里转过去转过来,"小二,你老跟着我干吗?"

"许小里,你能不能借我五毛钱让我去买包辣条吃?"小二鼓起勇气。

小里把手伸进衣兜掏了掏,今天的一块钱还没用。"你的零花钱呢?"

"我……我把这周的五块钱买了一个小车,就没钱了。"小二有些不好意思,但还是"厚着脸皮"殷切地看着许小里。

"那行吧,"小里掏出一块钱,走向小卖部,示意小二跟上,"你五毛我五毛,行吗?"

"好好好!"小二"点头如捣蒜",捧着今天的辣条。

  4月20日 辣条0.5元 借给小二0.5元(他买了小车没钱了)
  4月21日 冰棍0.5元 借给小二0.5元
  4月22日 借给小二1元
  ……

"小二!你什么时候还钱!"小里叉着腰,气势汹汹地站在刚刚从奶奶那里领了零花钱的小二旁边。

小二看了看手里还没焐热的五块钱,瘪瘪嘴,只好把钱放到了小里的手里,拿着剩下的一块五。

可是到了下一周,小二又开始找小里借钱。

再下一周,小二还了一点又借了钱。

下下一周……

借着借着,小里借给小二十块钱了。

这天小里也不踢毽子了,和小二坐在大树下,两人托着腮帮子,"小二,你打算怎么还上这十块钱啊?"

"我也不知道……"小二的脸皱成了包子,"怎么就越来越多了呢?"

小里掏出她的账本看了看,"你的零花钱本来也够,你上上周买了小车,上周买了钢笔,你说你现在又用不上钢笔,买来干吗……"

"哎呀,我也不知道!"小二一下子起身往屋里跑。

第二天、第三天、第四天……小二不仅不和小里一起玩了,还躲着她。

第五天,小里堵住了小二,"小二,你为什么躲着我呢?"

"我、我还不上你的钱,又不敢告诉奶奶,也不敢见你……"小二踢着墙根,很是无措。

"我又没催你,就十块钱而已。再说了,你奶奶早就知道了!"

"你说啥?"小二目瞪口呆。

"谁让你这几天躲着我,"小里笑笑,"我上你家找你的时候告诉你奶奶了,说你欠我钱,你奶奶早就给我了!"

小二涨红了脸,"你怎么、怎么这么多事,男子汉大丈夫,要自己还钱!"

"唉——"小里的话还没说出口,小二一溜烟地跑了。

"这个大笨蛋!就你这样看到喜欢的东西就想买的个性,什么时候才能给我还上钱!"

小二一溜烟地跑回家,见奶奶正在厨房洗菜,准备悄悄地溜回房间——

"小耳,你回来了?"

小二同学只好灰溜溜地走到厨房门口,老老实实地,"奶奶,我……"

"小里跟我说了,你买的小车和钢笔呢?"

"奶奶,"小二摸了摸脑袋,"我玩了几天觉得没意思,就跟……跟同学换了珍藏版卡牌……"

小二话还没说完,奶奶就转过身用手敲敲他的脑袋,"你这傻小子!后面一周的零花钱没了!"

奶奶是个退休教师,说一不二,对待"犯错误"的小乖孙也很严厉。

"奶奶,别啊!我的零食——"

"你要是留着呢,奶奶觉得你买点文具没事,结果还是换了玩具,那就要给你个教训!"

然后奶奶再也不听小二同学的辩解,继续炒菜去了。

后面一周,自然就是小二同学的苦日子了。

"小耳,买冰棍去!"

"小耳,吃烤肠去!"

"小耳……"

小二同学的回答都是一个字"不"!

放学后,小里观察小二绕开放学的大队伍,走了一条没有小卖部的路,"小二,怎么走这边?"

"都怪你给奶奶告状,我这周都没零花钱了!"

"谁让你乱花钱了……"小里同学本想争辩几句,看小二瘪嘴的可怜样子,又有些不忍心,"算了,我给你买冰棍去!"

"唉!"小二赶紧拉住了准备走到小卖部的小里,"我、我不是又要欠你的钱了?"

小里会以小二一个白眼,径直往小卖部去买了两根冰棍。

小二喜滋滋地接过小里递来的冰棍,"你怎么不往你的那个小本本上记账了?你不是一直都是个小财迷吗?"

"小二你可真没良心,把吃的还我!"小里叉着腰,硬是逼出了一点气势。

"小里同学息怒息怒,后面几天是不是还可以给我买吃的啊!"

"小二,你这叫得寸进尺!"

小二同学并不在乎这样的评价,"哎呀,你记上嘛,我会还你的!"

"记什么记,反正你也还不上……"

"谁说的啊,总有一天我……"

"别说大话了……"

两个小小的身影走在暖融融的夕阳中,说着些可有可无的话,就这样慢慢长大。

荷　花

张　壮

2013级汉语言文学专业(创意写作)

书里的荷花向来是高洁无污的象征,而我从小对它并没有什么特殊的情感。

我只知道荷花下的莲藕可以吃,而莲藕向来是我们一群孩子的必争之物。我们要抢它,因为我们爱吃它。

我所在的村庄中间有一条小河,把整个村庄分成了南北两排。夏天,河水上涨,每年夏天小河里的水都会漫到我们家门口。

莲子便是不知什么时候被种到了小河里,从我记事时它便有了,至于以后的每年,小河里必定长满了莲花,也许是大人们采藕时总会剩下一些,那便是来年的种子。

村庄不大,却每年被满塘的莲花占满,我们总是不会去欣赏花,我们等着莲子,也等着莲藕。

莲花开时,我们村庄里的男孩子便会下到小河里,光着上半身,采着莲叶做上衣和帽子。

河畔长着两棵柳树,一棵在村中间,一棵在村西头。它们都是斜躺着伸向小河。

那是比我们大几岁的同村哥哥们的杰作。

奶奶家位于村中间,菜园子便在家门口,也是在河边,杨柳便在那里长着。

不知为什么,奶奶家门口的莲花总是比小河其他地方的都开得灿烂,莲藕也总比其他地方的都大。

暑假来临便是梅雨季节到来之时,那时候雨总是不停地下,我仍记得傍晚和姐姐们站在奶奶家门口的杨柳树上,姐姐们折几片荷叶盖在头上的场景。

我站在柳树的前端,拼命地伸手,却够不着任何叶子。

我急了,大怒,便脱了衣服,跳了下去,姐姐们笑了,笑得很开心。

我没有再管姐姐们,在雨天,我拼命地游啊游,在荷花里,像是村头的那头老水牛,自由拍打着水面。

我又是一个猛子,潜游进了荷花深处。等我再睁开眼时,所有的荷花都像是盛开了,那是一片海,一片花海,更像是一座荷花堆积的山。

我只在书中见过山,山是灰色的,是沉重的。而现在,山好像就在我的眼前,却是彩色的,很轻,很美。

我不停地游,不停地拨弄着荷花。河水被我和雨点惊得荡起一圈一圈的涟漪,整片花海都在摇曳。

我很兴奋,也很得意,更加用力地拍打着水面。

荷花更欢快了,我看着它们,便继续游。看到了河里的鸭子,它们也在欢笑;看到了村头的老水牛,它在瞪着我。没来由的生气,我游上前去,惊跑了鸭子们,潜到河底,抓起一块泥块,便扔到了老水牛身上,我不喜欢它,它总是在和稀泥,损伤我的荷花。

老水牛被我惊得一窜,我才不管它,我得意地大笑,我要回家。

摘了一朵莲花,原来我已游到了家门口。

天已经黑了,衣服早已被姐姐们拿回家了。爸爸看着我,批评了我一顿。

姐姐们还在笑,我扮了个鬼脸,举起了背后的荷花,嘻嘻道:"好看吗?"

姐姐们笑得更开心,抢走了我的荷花。

荷花开后,便是莲子与莲藕长成时。大人们自然忙着把各家门口的莲藕挖完。

而大人们总是挖不完莲藕的。

这时候总是靠我们这群孩子,那时候我们总是很得意,因为我们能发现大人们"未发现"的莲藕。

每当这时,我和哥哥便总是会去奶奶家门口,因为那里的莲藕最大。

有几个同村的男孩也会去,那时候便是争分夺秒的时刻。

莲藕,谁发现了就是谁的。

雨后,黄昏。

我跟在哥哥身后,拾起哥哥挖出来的莲藕。哥哥和另一个男孩发生了争执。至今我都不知道到底是谁先发现了那莲藕。

我只记得那莲藕是我奶奶家门口的,我没有理由不去抢。于是那天我们打了一架。浑身泥巴,衣服也被扯烂了。

当天晚上,我们便被罚跪在堂屋。

睡前,我问哥哥明天去干什么!

哥哥说:"挖藕!"

我说:"好啊!"

折得荷花浑忘却,空将荷叶盖头归

缑宇玉

2016级汉语言文学专业(创意写作)

夏天哪儿都好,只有一处不好。那便是要午睡。

我实在无法理解,为什么他们可以忍受这样漫长而又无聊的时光,甚至还能在胳膊上、脸上那些形状各异的红色凉席印还没完全消退时,就来到学校上课。即便昨天才把老师发的《关于禁止午休期间上山下河的通知》带回家,让家长签了名,但这样还是不能让我在规定时间立刻拥有困意。

于是我佯装睡着,眼睛却时不时地睁开去看玻璃窗外,小小的青山上白到晃眼的塔。那里好像没有一朵云,即便偶尔飘来一丝半缕,转眼间也会被燃烧殆尽,化为透明的一股热气在塔的周围飘荡。

我从没有去过那边,但姣姣去过。

这倒也不奇怪。姣姣大我两岁,比我多上两年学,个头比我高,头发也比我长,她已经开始学习英语了,还会用小毛笔将大字本的边线填得满满当当。所以她去过我没去过的地方。

她说:"那座山远看很小,但其实很高,没人能到达塔那里。"我很疑惑,难道姣姣也不行吗?她接着说:"但好玩的是,在山脚下,有一个很大的池塘,里面的荷花又多又好看。"我很疑惑,会比姣姣还好看吗?

不可能的,我在书里见过荷花,我还会画呢。它们总是一个样子,先用铅笔画一条向左凸出的弧线,再在右边画一条相对称的弧线,使之形成一个闭合的纺锤形。接着就简单多了,在这个纺锤形的花苞两边都添上弯刀一样的花瓣,想添多少个都随你的意,只要看起来是对称的就可以了。然后再在底部画上又长又笔直的茎,如果你愿意,还可以画上几片飘浮的叶子。最后涂上一样的粉色,一样的绿色。多么简单又无趣。谁都可以轻易做到。

但姣姣不一样,她有着黝黑又光洁的皮肤,已经换完的整齐又白净的牙齿,还有我怎么也留不到她那个长度的海藻一样的头发。这样的她,常常让我觉得,连同她短袖上清洗过后留下的褶皱都是好看的。但她肯定也不知道,我并不是完全喜欢她,因为她总是会在游戏中理所当然地夺走我最想扮演的"妈妈"的角色。

"呜嘤,呜嘤……"突然听到我和姣姣商议好的暗号,它混入响彻整个夏天的知了声中,只传到我一个人的耳朵里。

于是我轻轻掀开盖在肚皮上的被角,像泥鳅从人手中滑走一样从床边滑下来,提上鞋子,尽量不让门锁发出金属碰撞的声音,想象自己是一只柔软敏捷的猫咪,然后迅速地从小小的打开的门缝里溜了出去。一路屏着气,踮着脚飞奔到院子敞开的大门外,果然看到姣姣就在不远处向我招着手,比着口型。我俯身穿上鞋子,迅速跟上她的脚步。由她带领我去向那个完全未知的地方。

我看着眼前慢慢展开的整个池塘,池塘边上有稀稀疏疏的几簇荷花,我有点失落。我已经听不进去姣姣在我耳边说出的各种美妙的语句,它们都像天边的那几缕云丝一样,一溜烟地消失了。我只觉得这样的场景,跟我躺在床上午睡时看着窗外一样无聊。

直至姣姣说要帮我摘下一朵荷花时,我才走近去仔细观察这些孤孤单单的花朵,试图从中挑选出一个稍微独特点的。

但好像每一朵都不一样,每一朵都不简单。它们用花瓣团团握住一把秘密,又耐心地用色彩和形状来强调自己的不同之处。它们跟我画的荷花不一样。它们不是一瓣一瓣规整地叠起来的,它们是舒展开来的,比姣姣跳舞时舒展的姿态还要优雅。它们的颜色是从我和娇娇的水彩笔当中找不出的那种颜色。它们有的是从花瓣的最下边浓郁的玫红渐渐变成浅浅的淡粉,甚至是鹅黄;有的则是通体粉白粉白的,像是透明的一样,微微闪着光芒。而它们花瓣上的纹理又都那么整齐细腻,我相信没人能画得出来,即便是姣姣也画不出来。

越是凑近它们,我越是自惭形秽。

它们可以在清晨睡醒时,借着微风抖落花瓣上的露珠,我却不能;它们可以在深夜无人时,悄悄散发清郁的香气,我却不能;它们可以随时随刻大大方方地接受蜻蜓的亲吻,而我却不能;它们甚至可以容忍,青蛙在池塘边吵闹的聒噪,我却不能。

终于我对姣姣说:"我不要摘荷花了。"

我当然没办法说出那些奇奇怪怪的感觉,唯一说得通的理由只能是,这花摘回去会成为我们偷偷溜出去不午睡的证据。但我又信手采了片荷叶,盖在头上,姣姣带着困惑的表情也采了一片盖在她头上。

娇娇说:"你不是怕被发现吗?"

我沉默了一会,又笑起来说:"管他呢。"

毛　毛

杨德煜

2015级汉语言文学专业(创意写作)

毛毛堆的雪人又化了。

她趴在窗边看那一滩融水，叹了口气，跳下椅子，脸埋在椅子里边发了很久的呆。

这里的冬季只有一天，四季轮回用不了一个礼拜。站在院子里眼珠黑黑的雪人，天一亮，就只剩下了眼珠。

雪人的眼睛被拾起塞进了炉膛，炉膛上面是金灿灿的烤红薯。毛毛的膝盖上摊着书，手里拿着刚烤好的红薯，从左手扔到右手，又从右手掂到左手，但还是烫得入不了口。

"那里的冬天啊，有一个世纪那样漫长。屋子是用冰雕的，道路是用雪铺的。看门的，不是猎狗，而是足有两米高的雪人……"

两米，毛毛用手比画着，她还没有见过那么大的东西。

她背起雪花形状的书包去找最长寿的乌龟先生，要问问"那里"究竟是在哪里。

"那里啊。"乌龟爬在石头上想了又想，"在极北极北的地方，你一直走，长大就会到。"

毛毛装了满书包的烤红薯，还有烤干了的橘子瓣儿。她出发了，要去的地方，路途也有一个世纪般漫长。

昨天还冰封的河道今天已经流得欢畅，地上还没来得及枯黄的草在根部又有了生机。毛毛摘了狗尾巴草给自己编戒指，毛茸茸地挠着手心。

往北一点是只有冬天的地方，河面上全是粉色的樱花瓣。"真好看。"毛毛站在岸边欣赏着。她掬起一捧河水，刚要装进玻璃瓶收藏，就听见河里的鱼说:"这里不好,这里不好!漫天的花瓣让我见不到阳光。"

毛毛看着玻璃瓶里的春天,耳边全是树上的小鸟在叽叽喳喳地夸耀着自己的羽毛。轻轻地把春天放进了书包,"这里不太好呢。"小鸟说。

再往北一点,全都是夏天。河道边的树都变得无精打采,树下的兔子靠在一起打瞌睡,毛毛听见有小小的呼噜声传来。

"喂,小孩!你来这里做什么?"毛毛还没有回答,那棵恹恹的树又开口了,"快走快走,这里的阳光好烈,我都快要被烤干了。"

毛毛从包里取出春天,全部浇给了大树。树下的兔子说着梦话,"这里很好,有吃不完的甜甜浆果。"

"咚"的一声,树上的浆果就砸到了兔子头上。

毛毛继续往北走,路好远啊,她快要走不动了。

"好想舒舒服服地睡一觉啊!"

"去我家睡啊!"金灿灿的稻田里蹦出一个稻草人。

"可我要去冬天,不能在你家休息。"毛毛绞着手指,眼皮却在打架。

呼啦啦出来了一大堆稻草人,他们七嘴八舌,"我们的家很舒服,你可以休息好再出发呀!"

毛毛被稻草人带回他们的家,在稻草铺的床上美美地睡了一觉。

再睁开眼睛的时候,已经过了好几个秋天。

毛毛发现,这间草房子和她从前的家一模一样,都有着对着院子撑开的窗户,和从这头一直到那头的大大的软床。只不过一切都变成了稻草,是一间金灿灿的草房子。

稻草人小心翼翼地敲着门,"毛毛,毛毛,你睡醒了?要走了吗?"毛毛看着他被扎歪的嘴巴,摇摇头,"你们的家太舒服了,我不想走了。"

毛毛和稻草人一起吃烤红薯,稻草人不知道剥皮,咬了半天也咬不动。

"毛毛,毛毛,你还要去找冬天吗?"稻草人已经学会了剥红薯皮。

"不去了。"毛毛用稻草给大树编着外套。

"你不去找雪人了吗?"稻草人眨巴着眼睛。

"现在有你们陪我呀!"外套穿在了大树身上,"而且我知道,雪人离我不远了,想他的时候,我总能见到他。"

新的一批稻谷成熟了,毛毛在稻田里抓着蚂蚱。

这里的秋天啊,比一个世纪还要漫长。屋子是用稻草扎的,道路也是用稻草铺的。看门的既不是猎狗,也不是两米高的雪人,而是许多歪了嘴的稻草人。

青　梅

沈　楠

2016级汉语言文学专业（创意写作）

六月的柳杉乡有梅雨，有山坡，有草地，有田野上的风，还有生着火炉的厨房。柳杉乡的夏日是孩子们最喜欢的时光。

下午大雨刚停，阳光不像平日里那样刺眼，但氤氲蒙蒙的热气依然漂浮在周围，闷热的夏风随时随地光顾着柳杉乡。

大人蹲在屋外的树下乘凉，有一搭没一搭地聊着愁苦的事情，脸上的汗珠不时冒出来；老人悠闲地坐在树下的躺椅上，手里的竹扇缓缓地摇着，燕子匍匐在低矮的屋檐下假寐。只有远处成群的孩子好像不知疲倦，不知炎热，吵吵闹闹，给整个柳杉乡增添了大半的活力。

"往左一点，再左一点，那边有个大的。"阿宁抬头盯着树上的梅子，指挥着身旁的男孩。

毛毛双手拿着一根长长的竹竿听阿宁的指挥，一点点地往左边移动，阿宁还没下达命令，竹竿已经非常不听话地先打下了一个梅子，梅子从层层的树叶中落下来，掉在地上，阿宁赶紧将它捡起来，用手指揩了揩，擦去灰尘，梅子还是小小的一个，阿宁眉头一皱："这个太小了，等它长大再吃吧！"

这颗青梅树长在阿宁家的院子里，至于什么时候被种在这里，毛毛一点印象也没有，他问阿宁，阿宁也不知道，于是毛毛想这棵树应该比他们更早来到柳杉乡，也比阿宁更早占领这个院子。

青梅树的生活可真无趣，大人从来不和它玩耍，只有自己和阿宁每年夏天才会注意到它，这样想着，毛毛越发觉得这树可怜，便悻悻地扔下竹竿，摸了摸那细瘦的树干。

"才打了这么点！还打算多留点给妈妈呢！"阿宁看了眼衣兜里零零散

散的几个不大的梅子,有些失落。

往年的夏天,一场雨过后,梅子就熟了,整棵树都是大而圆的青梅,于是夏日里,打梅子便成了他和阿宁众多游戏中的一项。

而今年梅子都是瘦瘦小小的样子。

毛毛和阿宁坐在树下,看着捧在手心的稀贵品,并没有要吃的打算。

对门的奶奶朝着阿宁家的院子喊了一声:"毛毛,回来吃饭了,阿宁也来。"

两人将梅子安顿好就走到了对门的院子,走进屋里,奶奶已经盛好饭,就等着开饭了。

"谢谢奶奶。"阿宁说。

不知从何时起,阿宁便成了毛毛家的饭客,每顿饭必定会叫上阿宁,毛毛想:"奶奶应该更喜欢阿宁一些吧!"但毛毛并不生气,也不难过,他知道阿宁没有奶奶,所以他愿意让自己的奶奶分出一半的关心给阿宁,比他多一点也没关系,因为自己是个男子汉,理应让着女生。

阿宁每次吃饭前一定说谢谢,然后奶奶就会过来亲昵地摸摸阿宁的脑袋,和她说些闲话,例如,今天的功课完成了吗?昨晚你爸又是很晚才回家吧?

和奶奶闲聊的阿宁像一个小大人,毛毛觉得她们说的实在无聊,便大口大口地吃着饭。

爷爷带着两个冰棍回来了,毛毛高兴极了,扔下筷子就从爷爷手里抢冰糕,冰棍还没到手,奶奶已经揪着他的衣领将他拉回饭桌前,"先吃饭!你瞧人家阿宁,就比你听话!"

被夸的阿宁朝他吐了吐舌头,毛毛看她得意的样子,气鼓鼓地瞪着眼,看斗不过阿宁才终于说道:"男子汉才不和你争这个!"

两人在饭桌上较劲,奶奶在一旁唠叨别的事,爷爷不怎么吭声。突然阿宁爸妈的事从奶奶嘴里冒出来。

阿宁正说得兴奋,突然听到熟悉的名字,便停下来,脸上的落寞一闪而过。毛毛知道阿宁妈妈这一年常常不回家,爸爸也很晚回来,阿宁应该是想他们了,于是毛毛将最大的一块肉送到阿宁的碗里。

爷爷看了眼两个小孩，便打断了奶奶的话。

夏天快结束的时候，阿宁的妈妈回来了，毛毛知道后比阿宁还开心。

后来有一天夜里，毛毛听到阿宁家的吵闹声，那很大、很刺耳的声音正来自阿宁的爸爸和妈妈。

毛毛想出去看看，却被奶奶拦住了，于是毛毛就躺在床上听着那些尖锐刺耳的咒骂声，毛毛想，阿宁在做什么呢？

第二天，毛毛起了个大早，阿宁家的大门还紧闭着，他一边敲门一边喊阿宁，喊了很久都没有人回话，毛毛顺着门缝望去，只看见阿宁爸爸一个人曲着身子坐在院子里的那棵青梅树下。

那天，毛毛没有见到阿宁，后来也一直没见到。

第二年的夏天，一场雨过后，梅子又熟了，毛毛坐在门口，望着一墙之隔的青梅树，树梢上的梅子又大又圆，可毛毛却不怎么开心，他心里有种说不出来的滋味，再也没有人陪他打梅子了，毛毛看着青梅树，突然觉得自己比这棵树更可怜。

呜啦啦三部曲

何婉婷

2014 级汉语言文学专业(创意写作)

(一) 呜啦啦和西瓜籽

呜啦啦家里是做生意的,呜啦啦刚出生那几天爸爸还陪在身旁,之后爸爸就坐着神奇的飞机在全世界飞来飞去。在她断奶之后,妈妈也去给爸爸帮忙,他们总是很忙,没时间照看呜啦啦,呜啦啦对于父母的印象很模糊。

呜啦啦是外婆给她取的小名,因为外婆把她接到自己家的那天,呜啦啦缩在外婆的怀里哼唱着不知道从哪里学来的儿歌"呜啦啦呜啦啦呜啦呜啦呜……"唱着唱着竟然把自己唱睡着了。从那以后,每当呜啦啦撒着欢在田里到处跑的时候,总能听到外婆无奈地喊着"啦啦啊,呜啦啦,你别踩我刚插的秧啊。"一旁同样在劳作的邻居爷爷笑得胡子都飞起来了,呜啦啦却依旧我行我素地破坏着可怜的稻田。

外婆家在小县城的一个小村子里,路又远又绕。呜啦啦没过来之前外婆还嫌弃这儿交通不方便,把呜啦啦接过来之后,外婆开始庆幸,若不是有这么绕的路,指不定呜啦啦就自个儿跑出去,不见了。

外婆家夏天特别热,没有空调,呜啦啦唯一的期盼就是外婆每次赶集回来总会给她捎上一个甜甜的西瓜。外婆家也没有冰箱,但附近却有一个天然的洞穴,从洞穴里流出来的溪水冰得沁人,把西瓜放在溪水里,不一会儿就变得冰冰凉凉的,爽口降温的冰西瓜变成了那个时候呜啦啦最喜欢的东西。

这一天,天刚蒙蒙亮,外婆照例起早去赶集,买西瓜的时候想着啦啦这么喜欢西瓜,没想太多就买了两个大的,全然忽略了自己是否能够承受西瓜本身的重量。从镇里集市回来的路上,圆滚滚的两个大西瓜在背篼里放不稳,随着外婆的脚步在这个小小的空间里左右晃动,矮矮瘦瘦的外婆随着西瓜有节奏地摇摇晃晃。走了好久,走到外婆脚下有点发虚,终于到了岔路口。

呜啦啦睡醒的时候外婆已经去集市了,她乖乖地爬起来,将外婆放在床头的衣服一一拿起来穿好,打水洗完脸后,呜啦啦就跑到门前的空地上站着等外婆。她踮着小脚,眼睛直直地盯着岔路口,满脑袋都是红红的西瓜瓤,嘴角不知何时挂了一丝丝亮晶晶的口水,好像下一秒就要掉出来蒸发在这滚烫的土地上。呜啦啦等了好久还不见外婆的身影,踮起的小脚都放下来好几次了,她有点不开心了,嘟着小嘴捡起一旁的小石子蹲在地上写写画画。

大概是太想西瓜了,不自觉就画出了好几个并排放着的椭圆,给最后一个椭圆加上线条表示西瓜的纹路后,她自己都笑了,乐得直鼓掌。这一抬头,视野里出现了一个熟悉的身影,她望着从大马路岔口处试探着往下探脚的外婆,眼睛亮晶晶的,歪着脑袋不知道在想什么。外婆好不容易走了一半的下坡路,似乎是有些累了,停下来从自己的花布衫侧兜里掏出来一块已经洗得褪色的帕子,准备擦擦汗原地歇一歇。刚扯出帕子就看到了下方蹲着的啦啦,圆嘟嘟的啦啦傻乎乎地抬头盯着外婆,眼里满是渴望,外婆见了,咧嘴笑开了花儿,准备擦汗的手变成摆手的姿势。

"啦啦啊,你在那里等外婆啊,外婆今天给你买了两个大西瓜!"她边说边如风般往下赶,压根儿忘记了停下来休息的初因,一手拽着帕子一手扶着背篼几个箭步就跨完了剩下的陡坡路,和刚才的疲惫状态形成了鲜明的对比。

呜啦啦终于反应过来是外婆带着西瓜回来了,站起身就开始朝外婆的方向跑过去,撒开了脚丫子的呜啦啦一阵风似的冲到了外婆身边。一下抱住外婆嚷嚷着要西瓜,外婆一使劲将小丫头抱了起来,颤颤巍巍地走回了屋子。

到了里屋,外婆将啦啦放下来,从背篼里抱了一个西瓜出来,拿出了一把木头刀把都裂出许多细纹的菜刀,划了几下就把大西瓜分成了好多小块,一块块西瓜在案板上不规则地晃着,散发着迷人的香味。

"傻妮子,愣着干嘛,快吃呀。"外婆笑眯眯地拿起两块递给了啦啦。

啦啦胖乎乎的双手接过了西瓜,猛地一咽口水,却出乎意料没有一顿狂啃,没了往日风卷残云的气势。

"怎么了?怎么不吃呢?"外婆也意识到有些不对,轻声问啦啦。

听到外婆询问,啦啦摇摇头,又埋头开始啃西瓜。这可奇怪了,外婆顺手将案板上的小铁盆递到啦啦面前。

"慢慢吃啊,来,把西瓜籽吐到盆里,别噎着了。"

啦啦没有抬头,专心啃着西瓜,很快两块西瓜就被啦啦消灭了,她竟一颗西瓜籽都没有吐出来。

"咦,你怎么不吐籽呢,外婆不是给你说过要吐籽嘛,小心肚子里面长西瓜噢。"

呜啦啦听到这话,没有露出想象中的慌张的神情,反而拍拍自己的小肚子欣慰地说道:"外婆,等到我肚子里长西瓜,你就不用再走那么远的路去集市给我买西瓜了,我还可以把西瓜分给你吃呢,多好!"

听到啦啦稚嫩的想法,外婆眼里顿时泛满泪花。

(二)呜啦啦和呜哇哇

呜啦啦的舅妈生了一个可爱的小男孩,可能是受到舅妈苗条身材的影响或者是遗传了舅舅一顿三碗起价却吃不胖的体质,这个刚出生的小宝贝也是瘦瘦的,看起来有点弱,庆幸的是皮肤白白的,雪花一样的洁白无瑕。

舅妈身体不是太好,奶水不够充足导致小宝宝总是吃不饱,他特别爱哭,哇哇地哭,哭得震天动地。一开始啦啦还会主动凑到宝宝面前做鬼脸逗他开心,托着腮帮子想办法。可啦啦自己也是个小孩子呀,时间一久,啦啦就没有耐心了。这个小弟弟一点都不乖,老是哭,还哄不好,真讨厌,啦啦心里嘟囔着。

这一天快到中午了,舅妈把宝宝放在床上,拿出一根棒棒糖,剥开糖纸放到啦啦手里并嘱咐她好好照顾小宝宝,她自己得去做午饭,不然舅舅下班回来没有饭吃会饿的。啦啦美滋滋地吃着棒棒糖,另一只手拿着洋娃娃,拨浪鼓似的点头连声答应,然后蹦蹦跳跳地到床边居高临下地看着在空中肆意挥舞小手的小宝宝。

啦啦信心满满的,觉得这点小事怎么可能难到啦啦小魔女呢!没想到,舅妈转身刚走,宝宝原本笑嘻嘻的笑容僵在脸上,眼珠子开始骨碌骨碌乱转,没有见到熟悉的面孔,愣了几秒便开始哇哇大哭。

啦啦咬着棒棒糖的嘴也停住了。一个没注意,口水顺着张开的嘴流了出来。口水流到下巴快要掉下来的时候,只听见"嘶……"一声,啦啦终于反应过来,阻止了口水。

啦啦用牙咬住棒棒糖的棍子,腾出手伸到宝宝眼前晃悠。

"你怎么就哭了呀!"

刚出生的小孩子哪里听得懂啦啦的话,小宝宝沉醉于没有看见妈妈的悲伤中,大哭不止,声音越来越大,越拖越长。

"哇哇……"

"你别哭了,别哭了,你妈妈去做饭了呀,不做饭你吃什么呀!"啦啦解释着,用一种商量的语气。

"哇哇……哇哇……"宝宝自顾自地哭着,用行动无视了啦啦的劝说。

"哎哟,你叫呜哇哇好了,老是哇哇地哭。"啦啦急得直跺脚,眼睛瞪得圆圆的,咬着棒棒糖的嘴不自觉地越发用力,不一会儿,棍子上出现了一排小小的牙印。

呜啦啦站在床边看着萌萌的小瘦子脸上不断滑落的泪珠子,突然觉得有些心疼。

想起那时候,她还在乡下外婆老家的时候,有时候半夜醒了,听到身旁有低低的啜泣声,那是外婆压低了声音的难过,那些强忍却最终也没忍住的哭泣,一定是因为真的由内而外的难受吧!那个时候啦啦还小,不知道外婆因为什么难过。直到啦啦大了一些,总是见到外婆在午后坐在门口的空地上,拿着一张照片看,时而抬头看看天,时而看看门口用铁瓷盆装着的花儿,嘴里反复出现的是外公的名字。

从那以后,啦啦似乎明白了,用哭泣来表达一个人的难过是最直接的也是最不可控的。

啦啦开始平静下来,看着依旧哭得伤心的小弟弟,拿出包在嘴里的棒棒糖,歪着脑袋在想些什么。忽然,房间里响起了一阵小小又稚嫩的童音。

"天上的星星不说话,地上的娃娃想妈妈……"

原来是啦啦在唱儿歌,她努力回想外婆以前每次给她唱的《鲁冰花》,磕磕巴巴地唱着。

"夜夜想起妈妈的话,闪闪的泪光,鲁冰花……"

呜啦啦认真地唱着,时不时跺一下脚,好像怕自己突然就唱不上去了。她唱得格外认真,想起外婆总是温柔地哄她睡觉,笑容悄悄浮现在嘴角。

在啦啦的歌声中,宝宝的哭声开始减小。啦啦瞥了一眼哇哇,见自己唱歌有用,心里有些窃喜,顺手将棒棒糖又放到了嘴里,用力吸了一口。

当啦啦咿咿呀呀又把这首歌唱了两遍之后,她有些累了,小心翼翼地看了一眼哇哇便停了下来。

没有听到歌声的小宝宝只消停了一会儿便再次大哭起来。

啦啦此时已经唱不动了,急中生智将手里已经快吃完的棒棒糖一下塞到了宝宝的嘴里。说来也奇怪,宝宝的哭声立马就停止了,开始自动吮吸糖果的滋味。啦啦可有点不开心了,明明是舅妈给自己的棒棒糖。虽然十分不情愿,但是看哇哇吃着糖就不哭了,啦啦也就没放在心上。

啦啦趴在床上,看着吃糖吃得开心的哇哇,她竟有些困了。拿着棒棒糖的手一点一点的,一下抬起一下又放下。大概是啦啦卖力唱歌唱累了,她居然真的开始晃晃悠悠,眼皮也抬不起来了。这样一来,棒棒糖悄然从哇哇的嘴里滑了出来,掉到了一旁。

没有尝到甜头的哇哇察觉到了异样,无法用别的方式表达自己的不满,他用歇斯底里的方式叫醒了快睡着的啦啦。

啦啦迷糊着眼睛,见哇哇把棒棒糖都吃得差不多了还哭,顿时就气了。鼻子里发出"哼"的一声,在地上猛地一跺脚,转身一溜烟跑开了。

你以为啦啦是受不了跑开了吗?是的,她受不了了,可是却不是跑掉了,而是去厨房"告状"了。

"舅妈舅妈,呜哇哇老哭,我给他洋娃娃他还哭!"啦啦气喘吁吁地跑到厨房,双手叉腰,撅着小嘴,一脸不开心地"控诉"。

"啊,谁?"舅妈正开着大火炒菜,轰隆隆的天然气声阻挡了啦啦的告状。

"怎么了,啦啦?"舅妈停下来把火关了,在围裙上擦了擦手,走到啦啦身边蹲下来问。

"哇哇把我的糖都吃了还哭,我不和他好了!"啦啦委屈的眼泪差点掉下来。

终于听明白的舅妈却笑开了花。

(三)呜啦啦和小花朵

自从上次呜哇哇吃了啦啦的棒棒糖之后,啦啦就总是对这个占了便宜还不满足的小弟弟摆出一副愤愤不平的嫌弃脸。

舅妈把啦啦给自己儿子取的新名字告诉了家里人,当时大家都笑得合不拢嘴。事后仔细想想还觉得挺好的,一个啦啦一个哇哇,想必能给这个家增添更多的欢乐。

呜哇哇其实不怎么认人,谁都能抱着,就是特别不经饿,一会儿就饿了,饿了就开始一阵哭。啦啦作为姐姐,担负起了冲奶粉的重任,同时兼顾了每日抱着哇哇到空地晒太阳的小任务。

春天到了,屋子外面的空地上种的花儿争相开放,冲着啦啦一个劲地抛媚眼,想要比比谁更娇艳欲滴。

这天下午,舅妈去商店买东西,外婆招呼啦啦端上两个小板凳放到屋子外面的空地上,把哇哇抱出来晒晒太阳,说这样才能长得快,长成大娃娃。啦啦给外婆说不想哇哇长成大娃娃,男孩子长大了力气可大了,到时候哇哇就会欺负她这个姐姐了。外婆听了啦啦的顾虑后哈哈大笑,用调侃的口气让她现在对小弟弟好一点,等长大了就不会受欺负了。啦啦想了想觉得很有道理,乐呵呵地拿着两个小板凳在空地上摆好,转身进屋将哇哇抱出来,轻手轻脚地放在了婴儿车里。

外婆拿着一个大大的簸箕,上面放满了刚刚摘下的新鲜鱼腥草,根系处沾满了泥土,需要处理。在这个地方,鱼腥草是作为一种凉拌菜吃的,拌上辣椒、醋、盐等调料,酸酸脆脆的,特别有嚼劲。

外婆坐在木凳子上熟练地处理着鱼腥草,啦啦抓着婴儿车的把手前后推动使得小宝宝在轻轻的摇晃中进入梦乡。

见哇哇睡着了,啦啦从凳子上站起来,开始和一旁盛开的花儿玩耍。啦啦这里看看那里瞧瞧,觉得每一朵花儿都好好看,但是啦啦并没有伸手去摘。

记得小时候第一次看到花开的时候,啦啦在外婆怀里兴奋地大叫,挣扎着要下来。外婆刚把啦啦放下来,啦啦就以迅雷不及掩耳之势"唰唰"摘下了好几朵花,拿在手里左看右看,别提多美了。外婆看到啦啦摘花的举动,眉头一皱,脸上一阵悲伤。沉浸于花朵芳香的啦啦完全没有发现外婆的异样,外婆走上前,将啦啦重新抱了起来,一下一下轻轻抚摸着她毛茸茸的小脑袋。

啦啦感受到外婆的抚摸,停下来抬头看了看外婆,她感受到了外婆眼里无尽的哀伤,她突然有点害怕。

"外婆,你怎么了?是不是啦啦做错什么了?"啦啦小声问着。

"啦啦,你喜欢这些花朵吗?"

"喜欢。"啦啦望了一眼手里拿着的花朵。

"那你喜欢外婆吗?"

"喜欢。"啦啦点点头。

"那如果外婆是这个花朵的话,你还会摘下来吗?"

"不会,因为会疼。"

"那既然你喜欢外婆也喜欢花朵,你觉得外婆会疼,那么现在你觉得花朵会不会疼呢?"

"……肯定会的。"啦啦低着头,声音有点哭腔。

"外婆,我错了。"啦啦一下钻进外婆的怀里,颤抖的肩膀证实了她的难过。

"你觉得自己喜欢花朵,但正因为它的美丽,你会把它摘下来。那不是真正的喜欢,真正的喜欢是,你想让它开得更好,明白吗?"

"唔,不太明白……"啦啦满脸困惑,显然这个道理对她来说还有点深奥。

"没关系,以后你会明白的。"外婆笑着吻了吻啦啦的额头。

是的,过了那么久,啦啦也长大了,终于明白了那日外婆话里的含义,也许理解得还不太深刻,但啦啦却再也不会伸手摘花了。

老家的好多花都和啦啦一样大,是那个时候外婆和啦啦一起亲手种的。还有一些花比啦啦还要大,那些都是外公种的,靠着外婆的悉心照顾才能年复一年地开花,充满希望,仿佛能看见未来。

啦啦还在欣赏春天的惊艳,耳边传来了熟悉的声音。

"啦啦,快过来哄哄哇哇!"

这小兔崽子怎么又哭了,啦啦回过神来,匆匆跑过来。看到已经醒来的哇哇小朋友,双手轻轻地把他抱起来,然后边走边哄,不一会儿就走到了花朵旁边。

估计是花朵鲜艳的颜色吸引了小家伙,在啦啦还没反应过来的时候,哇哇将手伸向了最近的大红花。

"啪嗒"一声,大红花被四分五裂了。

然而,呼啸而来的居然是哇哇的震天吼!

啦啦愣了,她不知道这个"罪魁祸首"怎么反倒哭起来了?

难道知道自己做错事了?

啦啦突然看到哇哇抓着一半花朵残骸的小手停在空中,好像是僵住了,她感觉到有点不对。于是啦啦凑近一看,这可好,原来有一只小蜜蜂正在花蕊中采蜜,被小家伙一手抓住了。结果,哇哇的手指被小蜜蜂蜇了。

啦啦赶紧抱着哇哇冲向坐在一边处理鱼腥草的外婆,虽然啦啦没有被蜜蜂蜇过,光是想想都觉得可怕,本能地朝着像大树一样为自己遮风挡雨的外婆那里跑去。

很多年后,啦啦在阳光灿烂的日子里坐在教室回想起这个故事的时候,突然想起自己第一次摘花的时候真是运气好,没有碰见藏在花朵里的隐形危机。如果啦啦也感受过被蜜蜂蜇的疼痛,都不用外婆讲道理,啦啦也不敢摘花了。

故事写到这里,啦啦想起自己看到过的一个关于花朵的小对话,和大家分享。

"爱和喜欢是不一样的。"

"你如果喜欢一朵花,你会把它摘下来。"

"但如果你爱这朵花,你会悉心照顾它。"

酸　　奶

李雪雯

2016级汉语言文学专业(创意写作)

小卖部对孩子总是有着天然的吸引力。

镇上有个老头儿和他的女儿在学校不远处开了一间小卖部,新刷的朱红色大门上的油漆味令我痴迷,阿英却认真地告诉我,那是我肚子里的蛔虫在作怪。

每天放学,我总会第一个冲出校门,买上两颗水果硬糖,我一颗,阿英一颗。在拿着老爷爷从五彩斑斓的罐子里掏出的两颗糖以后,便站在一旁,带着些许骄傲地看着随后才来的同学们在门口你推我搡。

那天我和往常一样,飞快地跑到小卖部,照例买了两颗水果糖,等着阿英一起回家,我看到老爷爷的女儿拿出了一张纸,正撕扯着胶带准备将它贴在朱红色的大门上,出于好奇,我走了过去。那张纸上有一个和我在美术课上画出来的小房子很相似的东西,它的正面印着一头黑白相间的奶牛正在吃着青草。我努力地辨认着上面的字。

"西……奶?"我只认得第二个字,第一个的左半边看起来倒是很眼熟。那姐姐"噗嗤"笑出了声,指着那两个字读道:"酸奶,酸——奶——"

我的脸"唰"的一下红了,觉得自己受到了羞辱,于是不好意思地低下头搓了搓手,攥着那两颗糖站在一旁等阿英,再也没有说话。

这时,人群中一阵骚动,我踮起脚想看看到底发生了什么——在人群中心的男孩捧着我刚刚在纸上看到的酸奶,带着神气的表情往外走,小心地用手护着那个小盒子,仿佛是什么珍宝一般。

"拆开给我们看看!"人群里有人喊道,剩下的人也跟着起哄:"是嘛,拆开给我们看一下,不要那么小气!"那个男孩面色有些为难,但又没有办法抵抗大家的怂恿,于是他仅仅犹豫了几秒钟,便准备撕开那个小盒子:"我可提前说了,你们不要随便动,弄坏了我爸妈会打我的。"挤在旁边的孩子们应承着,都伸长了脖子,急切地等待着,我也不例外。

"喏,就是这样的。"他小心地撕开封口,将盒子举向了周围的人,大家都争先恐后地围了过去,我早已忘记了方才的窘迫,挤进了人群,从缝隙中看到了——那是一块纯白色、像果冻一样的东西,在阳光下还有些反光。那男孩看到蜂拥而上的人,便眼疾手快地捏住了小盒子的封口,把它护在怀里,飞快地跑走了。

我似乎可以闻到一股若有若无的酸甜气味,那比朱红色大门的油漆味还要好闻。我若有所思地转过了头,正好看到眼里充满了无限好奇的阿英。

于是我和阿英开始了一起攒钱的计划,每天晚上临睡前我都雀跃地接过母亲递给我的一角零花钱,将那张纸币小心地压在我的床褥下,踏实地睡去。虽然不再去买糖了,但是每天放学后,我照旧会一马当先地跑向那间有着朱红色大门的小卖部,只不过是定定地站在那里,盯着那只终日在吃青草的奶牛。

两周过去了。那天放学,我并没有像往常一样,而是磨磨蹭蹭地收拾东西,坐在教室里等阿英。不一会儿,阿英来了,我们两个人从兜里掏出了一大把一角钱纸币,零零散散的还有些硬币。"一,二,三,四……二十八,二十九,三十!"阿英趴在桌子上,认真地数着我们在课桌上堆起来的钱币。

"够了!"我们两个惊喜地大喊着,于是拿起那些钱,背着书包一起飞向了小卖部。风呼呼地灌进了身体里。

真是奇怪——那天小卖部的爷爷像是算好了一样,我和阿英刚刚跑到门口,那盒酸奶就已经端端正正地摆在了那里。

"来啦!"他慈爱地招呼着,把那个四四方方的盒子推向了我和阿英。那时小卖部的孩子们已经散去,周围的人也是稀稀拉拉的。我和阿英郑重其事地把那一大堆零钱掏了出来,堆在老爷爷的面前。他没有数,只是笑意盈盈地拿出了两个透明的塑料小匙,递给了我们。

那天我和阿英一起分食了那盒并不大的酸奶——酸奶比果冻好吃多了。我们一人一勺,开心地吃着,阿英的羊角辫在落日余晖下愉快地抖动着,我也跟着傻笑了起来。临回家的时候,我们达成一致——继续攒钱买酸奶。

第二天,我和往常一样来到学校,刚走进教室,原本嗡嗡作响的教室忽然安静下来,我看到几个人都不怀好意地笑着。

"阿许有了小媳妇!他们一起吃东西!"忽然有个男孩大喊了一声,还和他的同桌做出一起吃东西的样子。全班哄堂大笑,跟着起哄:"阿许有小媳妇了!"我的脸一下子涨红,扑了过去,和那个男孩扭打在一起——最后的结果当然是我们两个人灰头土脸地被老师揪去办公室。路过阿英教室的时候,我有些不放心地往里面瞥了一眼——阿英坐在那里,有几个女孩围在她的身边,看到我,她们咿咿呀呀地支弄着阿英,她转过头来,我看到了无精打采的羊角辫和通红的眼睛。在办公室里我听不见老师在教训我什么,我脑海里全都是她那双红红的眼睛里流露出对我的怨愤。

那天放学后,我捏着一颗水果糖站在那里等着她,也许我应该说些什么,或者道个歉——我隐隐约约觉得我可能做错了什么。可是天黑了,我都没有等到阿英。那是我第一次垂头丧气地一个人走回了家,路过阿英家的时候,我把那颗糖放在了她家门口的大石头上。

"这很正常,阿英是个大姑娘了。"母亲边盛饭,边对着愁眉苦脸的我说。

一天、两天,那颗糖一直都在那里,而我在小卖部门口再也没有等到过她。偶尔碰到她和几个女孩子走在一起,我便赶紧闪身躲在一旁。阿英和以前不一样了,虽然我没法准确地说出她的变化在哪里。

我没有向谁再提起过这件事,正是应了那句诗:我曾有过微不足道的欢乐/如此微不足道/如果把它们告诉你/我会羞愧得脸红。多年以后,我重回故土,那扇紧紧锁着的朱红色大门已经破败不堪。我早已和阿英一家失去了联系,也不再记得她的模样,但是那盒酸奶的味道我至今还记得,后来我喝过的所有东西都比不上它。

千 纸 鹤

冯 凭

2014 级汉语言文学专业（创意写作）

宛宛和环环是对姐妹，宛宛比环环大一岁，性格却比环环要安静得多，大家见了宛宛都说这是一个文静乖巧的女孩，而见了环环都说这是一个机灵活泼的女孩。

环环在小伙伴中更受欢迎，在环环和小伙伴们一起吵吵闹闹的时候，宛宛总是静静地待在一边，这让她显得有些格格不入。妈妈总是在饭桌上敲着环环挑来挑去的筷子说："你带着你姐姐一点，她这么安静的性格，以后是要吃亏的。"

环环不懂为什么安静就要吃亏，她只觉得小伙伴们没有错，因为宛宛实在太安静了，即使大家问她点什么，她也总是要很久才会支支吾吾地回答，久而久之大家就对这个安静的女孩没有了兴趣。

而有一个人例外，他是邻居家的小志哥哥。小志哥哥比宛宛大 3 岁，3 岁之差在她们眼里已经很大了，那是比她们更接近大人的存在。

小志哥哥已经上小学了，他每次看见她们都会用一副大人般的语气说："我还是更喜欢宛宛，班级里的女生都像环环一样吵吵闹闹的，我不喜欢。"每次听到小志哥哥这样说，宛宛的脸就红起来，更是支支吾吾说不出一句话。

晚饭的时候环环将这话说了出来，宛宛一张脸红得好似枫叶，环环不知为何心中还颇有些气闷，妈妈却很高兴，张罗着让宛宛明天去给小志哥哥家送些腌好的鸭蛋。

第二天，宛宛早早地爬起来洗漱，她编了两个小辫子垂在胸前，环环在床上爬起来看见了，皱着眉苦想了一会说："太土了。"

宛宛在镜子前转了两圈,觉得环环说的有道理,就拿着梳子又一点一点地捅开了辫子,将卷卷的头发披在肩上,再戴上发卡。而在这忙碌的中间,环环也梳洗好了,她左手提起一篮子咸鸭蛋,右手拽起已经捏着裙角有些脸红的宛宛就冲出了门。

宛宛今天穿了一身鹅黄色的裙子,衬得她白白的,而环环依旧梳着一头短发,穿着蓝色的背带裤。两个小姑娘手拉着手站在门前说找小志哥哥,把小志哥哥的妈妈逗得连忙给她们洗了好多水果。

小志哥哥正在房间里写作业,宛宛和环环就进房间找他。小志哥哥放下作业,拿起作业本撕了三张纸说要教她们折纸鹤,还说班级里的女孩子都会,她们长大了也要学会,不然会被别人笑话。

宛宛仔仔细细地盯着小志哥哥的动作,小志哥哥折一步,她也折一步,等到折完时,竟然就已经能将纸鹤吹起来了。小志哥哥看着宛宛手中漂亮的纸鹤说宛宛真聪明,又问宛宛,能不能将纸鹤送给他,他要将他们三个人折的纸鹤串在一起。

宛宛还没红着脸点头,环环就已经不干了。她嚷着自己的纸鹤鼓不起来,和他们的纸鹤放在一起显得不好看。宛宛拿着妹妹的纸鹤试着吹了吹,发现纸鹤依旧鼓不起来,小志哥哥从宛宛手中拿走纸鹤也吹了吹,结果纸鹤还是没有鼓起来。

这下宛宛的脸比刚刚更红了,衬着鹅黄色的连衣裙格外好看。

最终环环还是没能折出一只能够鼓起来的千纸鹤,只能将自己瘦巴巴的纸鹤和宛宛还有小志哥哥的两只鼓鼓的纸鹤串在一起。小志哥哥的妈妈为他们找来了玻璃瓶将纸鹤装起来,环环举着玻璃瓶在客厅里跑来跑去,小志哥哥的妈妈说:"环环快别跑了,小心把瓶子打碎了。"

环环停下来,她举着玻璃瓶,对着阳光看,阳光透过瓶子照在纸鹤薄薄的作业纸上。环环认得里面那三个纸鹤中,最上面那只鼓鼓的纸鹤的尾巴上有一条绿色的格线,那是宛宛的纸鹤。而中间那只尾巴上没有格线的鼓鼓的纸鹤就是小志哥哥的了,最下面那只瘦瘦的纸鹤是她自己的,这样看着,环环突然想把这个玻璃瓶子永远保存起来。

所以环环说:"我们把它埋起来吧,埋起来它就永远不会被打碎了。"

于是三个人提着挖土的小铲子下了楼,小志哥哥在小区的花园里走了几步,找定一棵树,说这里是最好的位置,把瓶子埋在这里一定不会有人发现。

三个人拿着小铲子在树下挖土,不一会儿宛宛的裙子上就弄上了泥土。宛宛用手去擦,可是手上也有泥土,反倒将裙子擦得更黑了。宛宛捏着裙子想说她不挖了,可是又不好意思开口,眼泪直在眼睛里打转。小志哥哥连忙学着大人的模样摸摸宛宛的头,牵着宛宛的手,让宛宛坐在花园的长板凳上休息,他和环环两个人挖。

宛宛坐在长板凳上,把手上的土拍掉,然后就去看小志哥哥和环环挖土。两个人挖得很慢,时不时还有蚂蚁和蚯蚓跑出来作乱,宛宛远远地看着两个人挖土的背影,突然觉得有点委屈,不由得又有眼泪在眼睛里积蓄,可是这回小志哥哥和环环都没注意到,他们的注意力被土中好玩的东西吸引了。

宛宛觉得过去了很久,身边的蜻蜓都换了几只,小志哥哥和环环终于把土坑挖好了。宛宛走过去,三个人一起把玻璃瓶子放进浅浅的坑里,然后小志哥哥说可以许愿了,三个人就闭上眼睛许愿。宛宛许过愿后,还能听见右边环环在小声嘟囔,但是左边的小志哥哥却没有发出声音。宛宛好奇地睁开眼睛去看小志哥哥,却发现小志哥哥也在看她。

宛宛吓得连忙转过头来,脸上的红色却不知怎的又升了起来。

回去的路上,小志哥哥问宛宛许了什么愿望,宛宛红着脸摇摇头不说话。

环环蹦蹦跳跳地说她知道,小志哥哥好奇地凑上去问环环,宛宛许了什么愿望,环环却跳起来拍了一下小志哥哥的脑袋说,"不告诉你。"

晚上,环环已经睡着了,睡在上铺的宛宛爬起来挂着手肘看着窗外的点点星光,心里想,小志哥哥想要她折的那只纸鹤,可是纸鹤已经埋进了土里,她要不要再折一只送给他呢?

十年后,环环已经从小学毕业了,她和宛宛也长成了大姑娘。当两个人再次回到已经拆迁了的小区前,环环指着其中一棵树说:"宛宛,你还记不记得当年我们和小志哥哥一起折的纸鹤?"

宛宛点了点头,她依旧是衣裙飘飘的样子,而环环却变了,她不再是个假小子,开始变得和宛宛一样温柔美丽。

环环指着树根笑着说:"它就埋在这里。"

那些我们或许都不懂的青涩,就埋在这里,埋在我们的回忆里。

陶瓷碗的秘密

朱斯韵

2013级汉语言文学专业（创意写作）

"唰！"

小木的妈妈拉开小木房间的窗帘，阳光像是打开蒸笼冒出的雾气一样，温暖了整个房间。

"小木，起床了，妈妈走了啊。"妈妈轻轻拍了拍他的屁股，匆匆忙忙地穿上了她的高跟鞋，上班去了。

被窝里，小木还闭着眼，好像在等待着什么。

"砰——嗒嗒嗒嗒嗒嗒嗒嗒"妈妈的脚步声越来越小，越来越小……

小木窝在被子里伸着懒腰，兴奋地笑了笑，利索地下了床，他光着脚丫子，悄悄地走到爸爸妈妈的卧室，扒在门上往里看，被子已经叠好整齐地放在一边，爸爸妈妈平时带的公文包也都不在桌子上了。

"哈哈哈！"

他直起身子，双手背在身后，穿上爸爸的大拖鞋，昂首挺胸，"啪嗒啪嗒"地巡视着客厅、卧室、阳台和厨房，仔细检查着屋子里的每一个角落。

他打开电视机，认真地记下了正播着的频道，接着去找电视遥控器。遥控器被爸爸随手放在了茶几上，朝着电视的方向，他记好了位置才拿起来调到了少儿频道，他又将自己的毛巾打湿，盖在电视机上，端来妈妈煮好的面，跷着腿，靠着椅背，边吃边看，总是忍不住地微笑。

妈妈把小木管得很严，吃饭时从不允许他离开餐桌，每天只允许他看一个小时的电视，每次小木看电视的时候她还会定上闹钟，一分钟都不允许他多看。

乘着爸爸妈妈不在家，小木终于能有一些只属于自己的时间了。

这时,一只墨绿色的苍蝇飞到了电视荧幕上,抖动着翅膀。

他开始疯狂地挥舞蒲扇,想将苍蝇赶走,谁知那苍蝇却飞得奇快。

"哈!"小木跳了起来,瞄准苍蝇的位置,抽出一把扇子朝着陶瓷碗劈了下去。

碗在小木的重击下,摇了摇身子,小木急忙伸手去接,却还是晚了一步,只接到黏黏胖胖的面条,而碗,还是掉在了地上。

小木一阵心慌,惊得闭起了眼睛,眼鼻嘴挤在一起,像是包子上的褶子一样:"如果碗碎了,下星期就不能看电视了!"

好一会儿,小木才鼓起勇气缓缓地睁开双眼。

他松了一口气,碗没碎,但撒了一地的面条让他犯起了难。

他盯着地上的面条,小脑袋里正努力地回想着妈妈平时是怎么打扫卫生的,之后他认真地抿了抿嘴巴,扶起碗,一根根地将面条收回到碗里,拿来餐巾纸用力地擦着地板。

他把碗送到厨房,放下碗的时候才发现,陶瓷碗缺了一小块。他有些难过,害怕被妈妈发现。

碗橱里整齐地排列着各式各样的碗、盘子和餐具,"如果我把它洗干净,再放进这里面,妈妈就不会发现了吧?"

随后,他踮起脚,拿下挂在铁线上的洗碗布,用力地摁了好几下手边的洗洁精,小心翼翼地擦着碗,透明的洗洁精开始变成很多的小泡泡,阳光从窗外撒了进来,给这些小泡泡染上了七彩的颜色,小木轻轻地吹,那些小泡泡就飘了起来,他又伸手去抓,玩了好一会儿,等小泡泡全都消失了,小木才把碗洗干净放进碗橱里。

小木从厨房出来,刚坐在凳子上想接着看电视就听见家里的老时钟发出了"当当当"的报时声。

"哎呀!妈妈要回来了!"

小木一惊,从凳子上弹了起来,关掉电视,将遥控器放回原位,取下电视上的湿毛巾,擦干、挂好,摆好爸爸的拖鞋,又冲进自己的房间打开课本,回到客厅摸了摸电视,还温温热着,就赶紧抓起蒲扇,用尽全身力气使劲地扇。

小木听见妈妈把钥匙插进锁头的声音,小木心里更着急了,用嘴拼命地吹气,想把电视机吹凉。

"咔嚓。"门打开了,小木一个箭步跳到妈妈身边,努力自然地晃着蒲扇给自己扇风:"妈妈!你回来啦!"

"嗯,早上看书没有?"

"看了!妈妈,我今天还洗碗了!"

"真的啊?哎哟,我们小木真是长大了!"妈妈一手端着饭盒高兴地摸了摸他的头,说着就进了厨房打开碗橱:"今天有炸鸡腿吃,快去洗手,吃饭了。"

"好!"小木靠着台子洗手,视线仍跟着妈妈来回移动,生怕妈妈发现那缺了一块的陶瓷碗。

看到妈妈拿着碗离开厨房,小木才放心地跟了过去。

吃过饭,妈妈收拾完碗筷走进厨房,这才看到,小木用来擦地的卫生纸堆满了垃圾桶,铁线上的洗碗布和着泡泡正在滴着水,灶台上湿漉漉的一片,还有那缺了一块的陶瓷碗,她皱了皱眉。

妈妈收拾好厨房来到小木房间,小木正闭着眼睛盘腿坐在蒲扇上,扇着另一把蒲扇,嘴里念念有词:"南无阿弥陀佛……"

妈妈靠在门框上看了他许久,摇摇头笑了笑:"我的小和尚啊,睡觉啦!"

妈妈躺在小木的身边,扇着蒲扇,小木睡熟了,妈妈脸颊上浮着两抹好看的红色。

午后的阳光把房间照得暖洋洋的,蒲扇带来阵阵微风,帮着妈妈一起守住了陶瓷碗的秘密。

风儿轻轻吹,宝贝梦香甜。

姐　姐

彭一芃

2016级汉语言文学专业(创意写作)

小时候的七月最企盼的事就是婉婉姐去上大学的路上途经她家小住几天。当婉婉姐在家时,她可以拒绝小伙伴的所有邀请;她会乐呵呵地把所有珍藏的玩具零食都推到她面前;她喜欢婉婉姐从背后抓着她的小手,一笔一画地教她写字;她喜欢睡觉时挨着婉婉姐的肩膀,用力地闻着她头发的香味。

七月是独生子女,哪里有什么兄弟姊妹,婉婉姐自然也不是她的姐姐,连表姐都算不上。

七月的姥姥有姊妹七个,而婉婉姐是姥姥三妹妹的女儿,按辈分,她该唤她一声"姨"。她自然不知道姨和姐到底有什么区别。周围人听到她喊婉婉"姐",总会纠正她,但七月依旧叫着"婉婉姐"。

在七月的印象中,婉婉姐和村子里的女人不一样。婉婉姐温柔的中短发,像一匹缎子似的垂在肩头,微风吹来,一绺绺的短发不时拂着她白嫩的面颊。她眯起眼睛,用手背拢一下。农忙时满田间的人,但七月总能第一个看到婉婉姐,用七月的话来说,婉婉姐总是人群中最"亮"的那一个。

到了上学的年龄,七月就跟着父母到了城里,婉婉姐已成了大学生。这应该是那一辈唯一一位大学生。上了小学的七月开始学习写字,但她一腔热情总是会败给仿佛有"自我思想"的铅笔。她要往左,铅笔就要往右,她要握紧立直铅笔,可铅笔偏偏往外倒。

"不写了!"七月将笔狠狠地摔在了地上,又气又委屈,泪不受控制地涌出来,"这笔不好!"她真的很难过,看着地上的笔气喘吁吁,又矛盾地不敢伸手,边哭边解释:"你不能怪我摔了你,我画画的时候你多听话!你现在……

你现在一点也不听话!"

"七月,来,把眼泪擦了,我陪你写。"眼泪糊住了眼睛,模模糊糊地看到一个秀丽颀长的身影将地上的铅笔捡了起来递给她,七月还没回过神就感觉自己的身体温暖了起来,耳边响着很轻很好听的声音,像是……像是清溪的潺湲。

带着衣料香味儿淡淡地萦绕着,柔软的头发若有若无地扫着七月的脖子,婉婉姐的手轻轻地握着七月的手,铅笔也像是被施了魔法,一笔一画尽在掌控之中。其实那天写字的时候,七月被圈在怀中,脑子一片空白,手也没怎么使劲,字到底写的怎么样她也不记得了,她只记得婉婉姐的手小巧有力,特别温暖,比冬天的太阳还温暖。七月永远记得写好一个字后乐呵呵地回头看到的那温柔有力量的双眼,清澈又明亮,像星光,像烟火,像满是大雾的宽街上悄悄亮起的灯。

和婉婉姐一起写字成了短暂小住生活的常态,虽然她听婉婉姐念睡前故事很快乐,跟在婉婉姐身后跑来跑去也很快乐,但是被圈在怀里,握着手写字的愉悦是最独一无二的。

七月有点不喜欢三姨奶奶,因为三姨奶奶每次打完电话,婉婉姐都会皱起眉头。

"婉婉姐,三姨奶奶骂你了吗?"七月真的很想把婉婉姐皱起的眉头压平。她皱着眉头一点也不好看。

"当然没有。"

"那你……那你为什么不开心啊?"

"因为……过了这个寒假又要交学费了……但其实也不是什么大事。"

"那为什么还要去上学?"七月好奇地回头,望着她的眼睛。

"因为呀……"婉婉姐浅浅一笑,把头一偏,"因为想过面朝大海,春暖花开的日子。"

七月并没有听懂,只抓住了"大海"二字,她还没有看过大海,只在电视上看过,蓝蓝的,看不到头。"那姐姐去看大海的时候,一定要带七月啊!"

"哈哈,好呀!但是七月现在要好好写字!"婉婉姐摸了摸七月的头,再次抓住了七月的小手,一笔一画地写着。

自上次离开后,婉婉姐已经两年没有再来过七月家了。好几次回老家也都没有见到她。七月很多次满心欢喜地跑到田埂上,但无论怎么搜寻也没有再见到那个发"亮"的身影,很多次在姥姥的催促下悻悻地回家。

"姥姥,婉婉姐为什么不来咱们家了?"

"不知道。可能学校有什么事情要忙吧!"

"姥姥,婉婉姐还会来吗?"

"会的。"

"姥姥,我已经很久没见过婉婉姐了……她……"

"她结婚了。嫁得还挺远。"

"为什么?!"

"你杰杰舅舅刚好今年考上了大学,需要学费。"

"可是婉婉姐也在上学啊!你们怎么能这样?!"

"你也别怨谁。那是她自己做的决定。"奶奶起身离开,"人各有命。谁都没有逼她。"

"等等,姥姥,婉婉姐嫁去哪里了?有……有海吗?"

"海?银川怎么会有海?"

海子在"面朝大海,春暖花开"之后还写下了"关心粮食和蔬菜"。

这是婉婉姐结婚那天社交平台的动态。

七月突然间明白,原来她心中的婉婉姐已经不在了……

老　　街

许龚燕

2016 级汉语言文学专业（创意写作）

　　立本街是镇子里最古老的一条街，它老得实在不像话。

　　终于，在桐桐出生的那一年，整条街的人都搬到了对面的小山坡脚下，大家把齐腰的杂草拔干净，在荒地上重建了一条崭新的"立本街"。小山坡是一位将军的衣冠冢，在街上人的眼里，它就如同自家的后花园，人们在山坡上栽种了桃树、茶树，在山顶竖起了信号塔，也在山里埋葬死去的人。

　　桐桐从未见过面的祖父也埋在小山坡里。等山坡背面的竹子变成水嫩的鲜绿色，她们一家就会去山上扫墓。桐桐总是喜欢在这个时候漫山遍野地蹿来蹿去，跟着二伯母采摘新鲜的茶叶——两根手指捏住底部轻轻一拧，叶子就落在了掌心。还没来得及将随身带着的小篓子填满，大人们呼喊的声音就远远地传过来："桐桐，快来拜一拜！"桐桐于是急忙从山坡上奔下来，在塑料垫子上一骨碌跪下，双手合十，复述着妈妈教给她的愿望。其实她最在意的不是将来要考上什么样的大学，而是摆在墓前那一排排的贡品，尤其是盘子里刚出炉不久的青团子。清明时节，几乎整个镇子上的妇女都会出门"摘青"，采下的艾草被煮烂揉进面团里，再裹入香甜的芝麻和豆沙，饼印往桌上一敲，粉扑扑的草绿色团子上就有了模糊的纹路。桐桐妈妈总是会做很多，以便招待死去的祖祖辈辈。

　　像这样的诱惑还有许多。街道虽然偏僻，但精明的小贩从来不会错过这里。桐桐总和对门的天宁还有小海一起坐在家门口的空地上等待着他们的到来。那正是街道最热闹的年岁，每天清晨都有豆浆的叫卖声，等到天再亮一些，卖糕点的奶奶也慢悠悠地踩着三轮车从山脚的小路绕进街道里。桐桐和伙伴们最爱的是那些时令食物。初春季节当然要数甜甜糯糯的乌饭麻糍,小车出现在街角时他们就一股脑地围上去,人手一个吃得正欢,听到动静的大人只好急急忙忙地从屋子里出来,追在车后头付钱。

梅雨过后,门前梧桐树的叶子开始浓密起来。立本街上整整齐齐地种了两排梧桐树,这是当初开辟新街道的时候大家一起栽下的。爸爸说,桐桐的名字也是因为这些梧桐树——"你就和这些小树苗一起长大,等到树有我们家的房子那么高的时候,桐桐也该离开家啦!"不过等树长大还要好久,在那之前,当梧桐树的树荫在烈日下显得越来越单薄的时候,卖青草糊的小贩也该到访街道了。小镇的夏天总是潮湿又闷热,街坊们都习惯将饭桌搬到门前的空地上,乘着晚风喝一碗凉粥。等看见那熟悉的盖着一层白布的搪瓷盆,桐桐就急忙跑进屋子里,从小药罐里掏出几枚硬币,换取一杯清凉的草糊。黑琥珀一般的草糊用勺子划开,倒进杯里与蜂蜜一起搅拌,最后点上几滴薄荷水,对于桐桐来说,这就是夏天的味道。卖灰青糕的小贩来的少一些,妈妈说这是因为已经很少有人会做这种糕点了。那些小贩,桐桐从来记不住他们的脸,但每每遇见,总有种与生俱来的亲切感。

至于邻居们,就更不用说了。家家门前的空地向来是街上重要的社交场所。大人们拿着饭碗互相话家常,桐桐、小海和天宁,还有其他孩子们则在一旁玩着不过时的游戏。孩子们永远不怕炙热的正午和寒冷的冬夜,当大人们躲进屋子里驱寒避暑的时候,立本街就成了孩子的王国。每个孩子都对自家门前的沟壑纹路无比熟悉,他们在上面弹弹珠、跳房子、过家家,做着似乎怎么也写不完的作业。许多年后,桐桐还能记起那块空地上雨水留下的不规则的青苔痕迹,一如奶奶耳后修剪不齐的白发边缘。早晨和傍晚,陈大伯会牵着瘸了腿的妻子在门前散步,在街道上一圈又一圈慢慢地走;隔壁家的叔叔被自己的狗拉着在街上狂奔;小海的爸爸在城里打工,要等路灯亮起好久之后才会匆匆赶回来;只有年轻时中风的树满爷爷每天坐在轮椅上静静地看着街上的行人。

只有一个人让桐桐感到害怕,那就是住在隔壁的大哥哥——说是大哥哥也有些奇怪,因为他大概已经三四十岁了。大哥哥的脑子出了问题,只能待在家里做些简单的手工活。整条街的小孩子都躲着他,就连桐桐的同学也因为这个人的存在,从不来她的家里。两家只有一墙之隔,她坐在家门口写作业的时候,大哥哥就拿起小桌子上的作业本,一言不发地翻着。桐桐不敢出声,甩下笔跑进里屋向奶奶求救。桐桐一直不知道大哥哥的脑袋是怎么出问题的,在大人们的谈话里,她只隐约听说哥哥之前发病时曾从窗户上跳下来,所以他们家的阳台上都是厚厚的铁围栏。大哥哥喜欢唱歌,他每天用雄浑的男高音叫醒整条街,不过那都是些桐桐没有听过的歌,除了一首《东方红》。他唱歌时,原本苍白的脸涨得通红,脖子上的青筋一条条爆起,像是呐喊,也像是倾诉。

这条崭新的街道是哪一天彻底老去的,没有人知道。最先老去的是叔叔家的那条狗——它被一辆飞驰的卡车碾过。树满爷爷没有出现在家门口,他也被埋进了那个山坡里;小海的爸爸在无数次的争吵后悄悄搬出了街道。孩子们一天天长大,街道再也不能获得小贩的宠幸,也许他们在一条更年轻的街道上继续叫卖。桐桐也离开小镇去读高中,她留下的书一大捆一大捆地堆在半开的木门后。只有大哥哥依旧过着从前的生活,唱歌,做活,肆意偷看桐桐的作业本。

梧桐树被砍倒的那一天,桐桐回到了家里,爸爸说这是为了新街道的采光,不得不砍。树干横在门口很久,后来被自家当作柴禾一点点烧尽。那天夜里下了一场大雨,桐桐听见街上传来馄饨车的声音——馄饨是不用叫喊的,小贩只需用木棒敲击半截竹筒,便可以发出悠远洪亮的声响。那声音从雨里波波折折传来,桐桐觉得自己的骨头也在被一遍遍敲打,她浑身战栗着,突然不知怎的就落下了滚滚热泪。

希 望

郑田田

2016级汉语言文学专业（创意写作）

桐镇像一个长条面包，斜放在群山环绕的篮子里。一头很高，那里有最丰富的东西，最快活的日子；另一头扎在群山环抱之中，一切都要静一些、慢一些，好的坏的都到达得晚一些。

我住在底下的一头，他的故事我是从爷爷辈的老人那里听来的。

他出生在桐镇最热的时候，准确地说，是底下这里最热的时候。父母给他起名"热生"，跟开玩笑似的。桐镇的两头相隔一座山那么远，路荒了太久，不好走，还有不少不知道什么时候立起的路障，一趟就要走上半个月。于是住在桐镇两头的人们主要靠书信联系，唯一的送信人在上面的一家已经延续了好几代，底下那时候大家都懒得识字，唯一的读信人在热生一家延续了好几代。就这样，两头各自其乐融融。

热生的父亲是读信人，母亲心善，热生出生那天，这里的所有人像往常听信一样，自发地聚在他们家里，像等一个好消息。

"哇——"

响亮的哭声从里屋传出来，所有人都抻着脖子，左偏右偏地够着看。热生奶奶抱着婴儿出来，屋里的人动作更大了，但都突然安静下来，没过一会，又开始低声地你一句我一句。

"哎呀，这真好看，像他妈！"

"这红彤彤的，长大肯定白净。"

"笃笃笃——"

一切被突然传来的敲门声打断，最靠近门的铁匠开了门，是送信人李老。屋里所有的人看向了热生奶奶，热生奶奶转个身朝里屋喊："儿啊，快出来看看。"半天没回应,热生奶奶又催了一句。"来了,怎么了?"热生爸爸从里屋走出来,目光终于被轻轻关上的屋门切断。"老李……"热生奶奶催促道。"李老啊,您来了,快进来坐。"热生爸爸热情地招呼着李老,拉来一把藤椅,在中间摆上,"我这就去拿信。"李老笑盈盈地进来,目光被热生奶奶怀里的婴儿吸引,逗了逗,很快便坐到藤椅上,舒了口气。

热生爸爸拿着黄色信封回来,交给李老,李老双手接过来,小心翼翼地放进随身的包里,又从里面抽出另一封白色的信,双手交到热生爸爸手里。热生爸爸接过信,所有人的目光都聚在那封信上,有人递上一把椅子,他坐下,开始拆信。他在手心上把信封顿了顿,拿起来对着亮光看了看,再小心翼翼地撕开。取出信,他清了清嗓子,看向李老,李老点了点头,他才展开信,声音流淌在屋内。

山下的桐镇:

你们好!

听到你们说又研究出了好多新的菜式,我们也很想尝尝你们说的"生鲜"口味,按你们说的步骤,我们酒店的一位大厨试着做了,他说步骤做法很简单,只是很多食材都是野生的,只有你们那里有,真遗憾,有机会的话真想尝尝,能否挑些李老能拿动的食材,凑齐一样菜也好。对了,替我们跟新添了孩子的家里带声祝福,好像是有铁匠、木工、厨子家吧,他们后继有人了。总能听到你们那里有小孩出生的好消息,真是人丁兴旺,有孩子的地方都会不一样。等到李先生到你们那里,我们这里最热的时候估计就要过去了,那时候你们那里最热了吧,不知道你们还会不会像之前一样,闲适地坐在院里聊天。真羡慕你们有那么安静的时候,我们这里热火朝天的,不分昼夜。

近来,我们除了从前的那些地方,添了很多不一样的东西,叫"工厂"。因为原先的很多工作,很多人觉得枯燥了,他们想有不一样的东西,拿在手里,吃在嘴里,身在其中享受。我们也都觉得应该做点什么了,于是抽签,让一部分人去工厂里面,只是这还没多久,抱怨声不断,一个个都叫苦连天。我们只好又换了一拨人,还给他们加了钱,以弥补他们失去了享受娱乐的时间,希望这次他们可以待得久一点,多做点事情。不说这些让人头疼的事情了,总听李先生说你们那里的好,有件事情,我们也是考虑了很久,我们想去山下看看。只是时间还不确定,也许现在已经在路上,也许还要半年、一年之后,你们知道的,确定出一个时间,对我们来说有多难。不分白天黑夜地沉迷,总是让我们算不清时间。总之会去的,很快就会去的。期待。

祝好!

山上的桐镇

热生爸爸读信,所有人的目光没有离开过信,但有人会在听到说山下的菜式,新生的小孩,惬意的夜晚的时候抿着嘴笑,会在听到"工厂"的时候歪头皱眉,直到听到上面的桐镇人说要下来看看的时候,所有人的眼睛都亮了,等到信被念完,整间屋子都是塞塞窣窣的说话声。热生爸爸读完信,抬起头,脸上是难掩的高兴,他看向李老,李老还是笑盈盈的,李老点了点头。

之后,那封信被整间屋子的人传看了一圈,甚至被热生奶奶拿到热生面前晃了晃,兴奋躁动的气氛久久难以平静,直到热生响亮的哭声响起。热生爸爸急忙从里屋跑出来,带着刚向热生妈妈分享完好消息的心情,抱过正在哭的热生,摇着晃着,哄道:"不哭不哭,我们马上要迎接新客人啦……"话音刚落,襁褓里的热生居然真的停止了哭声,"咯咯"地笑了起来,脸蛋上甚至还都是未干的泪迹。

看到这一幕,大家都开始议论纷纷:

"这孩子真聪明啊!"

"这孩子刚出生,就让咱们收到这么一个好消息。"

"你这肚子里要是个女孩,我就去跟她爸说道说道。"

……

不知道过了多久,最靠近门的铁匠站起身说:"我想回去准备准备,我就先走了。"热生爸爸点了点头,铁匠飞快地打开门,迫不及待地往自己家的铺子里赶。屋里其他人见状,都纷纷起身,回家为迎接客人做准备。不一会儿,屋里只剩下热生一家和李老,热生奶奶下厨做好了饭,端着给热生妈妈的饭,进了里屋。李老和热生爸爸坐在饭桌前,都是热生奶奶的拿手菜,满满一桌,李老看着不停端上来的菜,直说"多了多了"。热生爸爸打开一瓶新酒,酒香盈满整间屋子,还没喝,就已经要醉了。

那天晚上,除了醉酒的李老,所有人都彻夜未眠。热生总是醒来,哭着要吃奶,热生奶奶和热生妈妈围着热生一夜没怎么合眼;热生爸爸,喝完了酒,天气热,躁得睡不着,于是拿了把椅子坐到院子里,望着山上桐镇的方向,呆坐了一整夜;铁匠的铺子"叮叮"地响了一整夜,火星四溢;木工家"倏倏""吱嘎"的声音没停过;厨子试了一夜的菜,拿手的通通炒了个遍;有的一家人围坐在一起,讨论着家里的布置……

这样的夜晚持续了很久,直到送走揣着信封,提着一袋晾干的食材的李老,还未停止。山下的桐镇很久没有这样了,这样热火朝天、不眠不休,大家都铆足了劲,不甘落后地想要做出最好的东西,迎接某一天突然到来的那一头的桐镇人。

但再多的准备总有做完的那一天,一年多过去了,李老没有再来送过信,铁匠打出的拿手器具已经堆满了他的铺子;木工家的大件被各家买走,小件散给来串门的小孩,剩下的堆在自家的粮仓里;厨子那里的饭菜过段时间就叫上大家一起吃,吃不完就不断地倒,猪都比别家的肥了一圈;各家一边种地一边添置家里,直到到处都满满当当的。

这天,所有人又都聚在热生家,看着热生爸爸,等着他突然拿出一封信,或者说点什么,但热生爸爸什么都没有说,什么都说不出来,只是向山上的方向深深地望了一眼。这时,热生从里屋出来了,他推着一个四角小板凳,是木工送来的,特意做得很轻但很稳固,热生用它来学习走路,热生奶奶在一旁笑着跟着。热生推扶着木凳子来到爸爸身边,热生爸爸慈爱地抱起热生放到自己腿上,热生面对着窗户窝在爸爸臂弯里。突然,他像突然想起什么一样,一边哭喊着一边挥着自己的小手:"凳凳!凳凳!……"

"等等……等等!"一个人突然站起来喊道,是铁匠。他指着窗外,看着哭喊的热生说:"热生是说,让我们再等等!"铁匠的声音有些颤抖。所有人看向热生,眼睛里发出了光芒。这时,厨子问道:"那我们还要做些什么呢?"很多人听到这话,又塌下了刚坐直的腰板,皱起了眉头。"我们……"铁匠一时语塞,转头看到了热生爸爸怀里哭喊的热生,又激动地说道,"我要回去给热生做点什么!"话音刚落,铁匠"夺门而出",向自己的铺子跑去。回到铺子里,熔了自己所有堆积成小山一样的铁器,"轰轰"的拉风箱声又一次响了起来。

受到铁匠的启发,所有人回家后都开始绞尽脑汁地想要为热生做点什么。

直到铁匠浇铸完成了第一座热生的雕像,木工给热生制作的一套玩具抛光完毕,厨子列出了一个月不重样的热生专用食谱,各家送来的长命锁、营养补品都集结完毕时,人们开始给热生盖一间厅堂,在镇口,上面的人下来就能看到的地方,里面放着所有与热生有关的东西,从那封信开始,到热生新换下来的围嘴,没有清洗,取下来就直接被送去摆放到那里,甚至还用玻璃罩子整整齐齐地装起来。为了及时有效,毫无遗漏地保存住热生的东西,镇上还专门派人轮流守在热生家门口,于是山下的桐镇又一次热火朝天、不眠不休。

不知道持续了多久,热生的雕像大大小小能凑成一套,玩具多得玩不过来,热生已经胖到走不动路,长命锁多得被用来给垃圾袋子封口……那间厅堂随着热生一天天长大,扩建再扩建,已经有了几层楼那么高。

一天,有个人来送热生新换下来的尿布,走到门口时,发现墙角的地方有一个被埋在土里的东西,露出了白色的一角。他走过去看了看,好像是纸,拽了一下,没拽出来,他看了看周围,没有人,又看了看手里端着的尿布,他用脚把土盖在那露出的一角上,进去放好了热生的尿布,又急急忙忙地跑回来,确认没有其他人,才小心翼翼地开始扒拉泥土。很快他拿出了那个东西,是封信,他发现跟李老从前送来的一模一样!他惊喜地想要把大伙喊过来,转念一想,为什么这封信会被埋起来,于是他决定不管看不看得懂,先打开再说。打开信后,是一幅画,旁边有四个小字,他不认识,画上是曲里拐弯的线条,还有一个个房子,他看着眼熟,又仔细地研究了一番,突然发现这张纸上是下面镇子的地图,地图的出口是上面一头的桐镇。他开始按着地图上标记的路线走,路过了铁匠家,路过了木工家……终于,他来到了厨子家门口,地图上显示要穿过厨子家,而之后画上的路线又和之前的图样不一样了。他在厨子的门口踱了几个来回,趴在门缝上,环顾院子里有没有人。正在他扭着屁股在门缝前看来看去时,突然肩膀被重重地拍了一下,他吓得一抖身,转过身看到是厨子,下意识地往后一退,谁知道门没锁,他径直摔进了院子里。

眼看厨子就要厉声呵斥这个趁自己去地里摘把花椒的工夫，就在自己门口鬼鬼祟祟的人，那个人突然将食指放在嘴边示意厨子噤声，厨子一下被这个动作弄得摸不着头脑，竟把呵责憋了回去，愣是没出声，当厨子反应过来不对的时候，正要有所动作，那人赶紧拿出怀里的信，厨子当然也认得这个信纸，抓着那个人的领口一把拎起，压着声音喝道："你怎么会有这个信？"那个人被厨子拎在空中，他拍着厨子的手，脸已经有点涨红。厨子松了松劲，他的脚重新回到地面，他咳嗽着仔细地讲了经过。听完后，厨子有些怀疑地问道："穿过我家就能到山上那头？"那个人也没有想明白，但是怕魁梧的厨子又在着急之下动手，结结巴巴地说："可能……有个密道？你看……这纸上有四个小字，说不定是……'通过密道'？"厨子听了，挠了挠头，说："我不记得啊，要不找找！"厨子开始四处翻找，搬开了巨大的水缸，撕下了墙上的"福"字帖……那个人装模作样地找着，心里害怕找到密道以后，厨子会对他动手然后自己跑走，上面那一头的诱惑力实在是太大了。于是，那个人提议道："不如我们把大家叫过来一起找，这样也快。"厨子找了半天，已经灰头土脸地坐在地上，小小的院子，已经被翻了个底朝天，于是答应下来，站起身拍拍灰说："那我去热生他们家……"厨子没说完话就被那个人打断："不行！这个信说不定就是热生他爸埋的，他自己年纪大上不去了，还不让我们上去享受。"厨子愣在原地，那个人接着说："我去偷偷把大家叫来，然后我们自己走！你……就在这里等着，千万别声张！"厨子郑重地点了点头，那个人见已经唬住了厨子，立马跑出院子开始四处叫人去厨子家寻找"密道"。

一顿奔走，所有人都聚在了厨子家的小院子里。那个人搬了把凳子，站在上面开始演说。告诉大家热生一家的丑恶，告诉大家密道才是希望，所有人被那个人的话鼓动得愤怒和干劲十足。当晚，厨子做了一顿饭，还开了两坛酒，每个人吃饱喝足，沉沉地熟睡了。第二天一早，小小的院子里烘着一夜的酒气饭味，醒来的人陆续走出院子。突然，有个人喊了起来："着火了！"所有人都惊醒了，跑出院子，远处的火光烧得那片天空发红，是那栋装满了热生贴身物品的楼。厨子招呼着男人们去救火，直到中午，大火才被扑灭。

那场大火过后，热生一家人像那栋楼里的所有东西一样消失不见了。没有人再见过他们一家，直到有一天，一个人在土里发现一封白色的信，打开后里面是热生一家人的画像,画里的热生已经长成一个大小伙子,英俊潇洒。于是,桐镇下面的这一头重新立起了热生大大小小的雕像,那栋被大火烧空的楼,也被重新修缮,挂上了一块匾——"希望"。

我想,也许没有什么路障,热生一家只是趁着大家都聚在厨子家里时从那条路走了;也许没有什么密道,那张地图上的四个小字是"逃跑计划"或是其他;也许没有什么要来拜访的上面的人,李老也是个哑巴,他知道的只是要送来一封信,信里的内容他也全然不知;也许没有什么被偷偷埋起来的信,只是有人放在那里,然后被看到了,于是,一切都被猜测假设;也许从来没有什么可以看到的"希望",存在的都被胆怯和无知遮盖住了。我想,也都没有什么猜测,因为所有"也许"我都是从爷爷那里听来的,除了最后一个。

筐 筐 车

齐慧敏

2016级汉语言文学专业(创意写作)

六月晌午,葛家村所有人家的屋顶都沉默地受着烈日的炙烤。

"欲穷千里目,更上一层楼……"断断续续的背书声从村口的一间红瓦檐下传了出来。5岁的陈嘉木面前摆着一本《唐诗三百首》,但他的眼睛却失神地盯着狭小窗口外有限的一角黄土路,像是在等待着什么。

"来了,来了!"村口孩子们的欢呼声急速地传进了小房间里。

背书声停了,外屋的妈妈靠在凉椅上睡得正香。陈嘉木像只花猫一样,麻利地溜出了大门。可出了大门,他逃跑时的果断却不见了,犹犹豫豫了许久,才朝村口的那条小土路走去。中午睡不着觉的孩子们都聚在这里,这是村里人都知道的秘密。

最近葛家村最流行的玩具是斌子的"筐筐车"。听斌子爷爷说,那是他们一家三代都坐过的娃娃车,可有些年头了,是给不会走路的小娃娃坐的。但这"筐筐车"却一点都不显老,通体黄澄澄的,是个带着推把儿的木篮子,底下长着四个轮儿,篮子里有个小小的座位和一个可以自由活动的隔板。把隔板抽出去,刚好可以坐下一个五六岁的孩子。

自从斌子推着他弟弟童童在村口跑了一圈后,"筐筐车"就在葛家村风靡起来。每天中午孩子们都等着斌子推着弟弟童童出现在村口的土路上。斌子每天都很慷慨地推着想坐车的孩子在土路上飞奔,其他孩子齐刷刷地站在路边,充满渴望地盯着那辆神气的扬起土来的小车子。

但陈嘉木从来没有玩过。

他甚至没有在土路上出现过。

葛家村的孩子都姓葛,陈嘉木不是,他们一家是在一年前被一辆大卡车送来的。过了几天,爸爸坐着卡车走了,陈嘉木和妈妈在村里住了下来。妈妈从不像其他邻居大婶那样早早起床出去干活,她永远干净而体面,身上有淡淡的肥皂香味。妈妈的怀抱温暖而香甜,可自从来了这里,妈妈就没有抱过他,不叫他的乳名,也不会带他出去玩了。

"你是天才,是好孩子,不能和那些野孩子一起玩,你要好好学习,考到北京去。这样妈和你才能离开这个地方,知道吗?"妈妈说话时也不爱笑了,总是板着脸,细细的柳条儿就背在她身后。只要陈嘉木犯一点小错,那柳条儿就会在他的手心留下几道红印子。

村里的人都叫他神童,因为他会说普通话,会背的诗比葛家小学一年级第一名的斌子还要多。最厉害的是,期末考试的时候,没上过学的陈嘉木也来了,语文和数学都考了满分,和斌子一模一样。大人都夸嘉木是个神童,好像斌子没有参加考试似的。连一向喜欢斌子的张老师都开始拿陈嘉木来做同学们的榜样了。

斌子心里气鼓鼓的,却不能对张老师说。

陈嘉木不喜欢做"神童",也不喜欢闷在狭小的书桌前,总斜着耳朵偷听外面孩子们的叫喊声。他也想坐在"筐筐车"里,享受扑面而来的扬尘,在孩子们羡慕的目光里神气又刺激地大吼。

最近陈嘉木手心里的红印子越来越多了,他一路揉着手,慢吞吞地出现在了土路边,怯生生地站着。

数十双干净的眼睛齐刷刷地朝他看去。

斌子推着童童折返回来,远远就看见了那个屡屡打败他的瘦小身影。斌子觉得自己扳回一局的时候到了。

他推着车子向陈嘉木走了过去,挑衅地提高了声音:"呦,小天才也想玩这个呀!看你缩头缩尾好多天了,我也不为难你,这样吧,只要有人肯推你,我就让你坐,怎么样?"

斌子知道陈嘉木没有朋友,他从来都只待在屋子里和唐诗算术玩,他很有把握,这次一定让陈嘉木灰头土脸地离开。

果然,陈嘉木没有抬头应战,瘦弱的拳头攥了起来,又松开:"我不坐,我就……看看。"

他颓然地走开了。

斌子轻蔑地笑了,他终于赢了这个小小的苍白少年一次,他突然想到了一个极好的词来羞辱他的"敌人"。

"书呆子!"斌子突然朝着陈嘉木的背影大喊起来,剩下的孩子也都纷纷附和起来。陈嘉木的脚步顿住了,但他不敢回头。

"还是回去吧!"陈嘉木想。

"我推他!"一个清脆的声音响了起来。

说话的是瑛子。她是葛家小学三年级的中队长,比斌子还高出一个头。

"我来推你,嘉木。"瑛子居高临下地看着斌子。天不怕地不怕的斌子不说话了,大概是因为阳光太毒了,他黑黝黝的脸烧了起来,越来越烫。他像个打了败仗的将军一般,默默地带着童童站在了路边。

陈嘉木慢慢地转身,有些笨拙地坐进车里。

他感觉到车把被一双有力的手握住,猛的就冲进了暖烘烘的风墙里。

后面的事陈嘉木早就记不清了,很多前面的事他也记不清了。

在一段时间里,他还清楚地记着瑛子姐推着他不停地跑,直把村子里大路跑了两个来回。实在跑不动了,瑛子就慢慢地推着陈嘉木送他回家。她哼起陈嘉木听不懂的歌,歌声甜丝丝地沁进燥热的空气里。

后来他连这个都忘了,陈嘉木不记得那天妈妈有没有打他,也不记得他和斌子有没有和解,连瑛子姐温软的歌声和红扑扑的脸蛋都模糊进了书页里。

他离开了葛家村,跟着爸爸去了县城读小学,去北京读初中,读高中,读大学,结婚,生子,渐渐变得泯然众人。

北京闷热的夏夜,他推着儿子散步,突然就哼起了多年前的那个曲调,身旁的妻子好奇地问他这是什么歌,怎么从来没听过。

"你知道民国的婴儿车长什么样吗?我们小时候经常坐在那里面玩。"一句没头没脑的话冒了出来。

洗砚写春光

苏湘怡

2016级汉语言文学专业（创意写作）

每到早春二月，我总会给自己休几天假，带着妻儿到山里的家中去住。因为山间的春色最静、最艳，而我最喜春色。届时围坐在窗边，温一壶茶，望着那青色的烟云和荡漾的柳绿一点一点在山间蔓延、纷繁起来，我的心便也跟着苏醒、鲜活起来。

清晨，我被檐上的燕子叫醒，它们叽叽喳喳的，用尾巴剪断了我的梦境。那梦里是儿时山间的风和早春的香气。还记得儿时，阿婆总叫我晨起读书，我却总偷偷地拾了舅爷的笔墨纸砚来在纸上涂涂画画。等到中午炊烟升起时，就赶紧溜到堤岸边把砚台和毛笔洗洗涮涮，再踮着脚把它们摆回到书架里，把屁股重新移回板凳上，装模作样地翻开书页，晃着脑袋大声地朗读。这时阿婆走进房里喊我吃饭，便总满意地笑着，轻轻揉揉我的脑袋。而我的这般行径竟然也一直没有被人察觉，随着时间的推移，我书没读多少，画工可长进不少。我仍然赶着炊烟升起，到河边洗了砚台把它原模原样地放回架上。

说来，那砚台的样子确是十分别致。红底黄丝，纹路如山石尖峰。听阿婆讲，那是舅爷的宝贝，是舅爷从一个玩奇石的人手中得来的，听说是什么青州的红丝砚。这砚珍不珍贵我不得而知，只记得它捧起来温润浑滑，但用的时日一长，上面却出现了怎么也洗不掉的墨痕，那痕迹如烟如雨，却总叫我心惊胆战，生怕哪一日被舅爷瞧见了。值得庆幸的是，舅爷好像从不用这砚台，只是当作摆饰一般，把它置放在书架最显眼的地方。

乡间的春天好像总是来得格外早，柳树一夜之间便破了芽，抽出细长的枝条在小风里摇荡。有一天，我还是等了阿婆的炊烟升起便抱着砚台跑到堤边。我双手捧着那红色的砚台浸在河水里，山头白皑皑的雪都融进了河水，但河水却只染上了墨汁黑漆漆的颜色。这时我总觉得羞愧，像是自己故意用墨迹染脏了画布，于是我把砚台举起来上下沥一沥，等河水里的墨迹淡了、远了，再淘进水里。如此几次，再用指肚来回揉擦砚台面上的墨痕，然后重新把它泡在水里，让河水冲刷至砚台的周身不再抽出淡黑色的墨丝，这砚台便算是洗干净了。而砚台上的几块淡淡的墨痕，却像是这石头自己生长出来的一样，怎么也擦不去了。我把砚台高高地捧起在阳光下端详着，想看看这墨痕到底惹不惹眼，谁知这时远处突然一声"阿宝"惊得我慌了手脚，原是阿婆见我不在书房，来找我了！我心里暗喊着"糟糕"，慌乱中，谁知那砚台一滑便沉入了倒映的春色里，令我怎么也捞不住。我吓得直在冰凉的河水里乱摸，却连一根墨丝都抓不住，河水中倒映的春色被抓碎了，上面倒映着的我的脸也扭作一团。阿婆见我跪坐在河边大哭赶紧拉起我来紧张地查看，她一边用她那被炊火熏的温热的大手包住我被河水泡得冰凉的小手，一边拍拍我的背询问："阿宝别哭，告诉阿婆怎么了。"砚台找不回来舅爷一定要发火吧，我心想。于是便赶紧哭着抱紧阿婆这根救命稻草，将事情如实交代了，说自己不小心弄丢了舅爷最宝贵的砚台。阿婆这时才笑了笑，给我揩了鼻涕和眼泪，牵我回家。没想到回到家舅爷并没有怪罪我，反而揉了揉我的脑袋叫我把我画的"大作"都拿出来叫他看看。看着看着舅爷便大笑着对阿婆说："原来我们阿宝有这个天分呀！"

第二天，舅爷便早早地到村里的集市上去了，直到中午开饭时他才回来，手里还拿着一个青绿色的砚台，笑嘻嘻地说这是比那红丝砚更上好的砚台。

这块绿色的砚台终究是没再被我丢失，而今我把它摆在山中家里的书架上，也没再拿它研墨"作画"了。我望着它，像是望进了儿时的岁月。我突然来了兴致，便叫儿子用它研墨我们一起作了一幅春景图，作罢，便牵着儿子一起去湖边洗砚。儿子小小的身影团在水边，而我静静地立在儿子身后。湖水中，新燕高飞、青瓦白墙、花红柳绿，尽在眼前。

原来，春色早已被画好了，只等我把它揣进兜里，再带回我的卷轴。

衣　裳

董宇奇

2013 级汉语言文学专业（创意写作）

爸爸是家里最小的孩子。

除了爸爸，我还有大伯、二伯和三伯。

爷爷对四个儿子一视同仁，没有因为爸爸是最小的孩子而特别关爱。那个时候搞计划经济，粮食不够吃，四个儿子每次分的馍馍都一样大。谁也不能多吃一口菜，谁也没有少喝一口汤。

爸爸说那时候家里穷，他几乎没有穿过新衣服。家里发了布票，爷爷拿着票去裁好布回来交给奶奶，奶奶拿了尺子对着大伯比画，巧手捏着针线在布匹里上下穿梭两三天，一件新衣裳就做好了。

衣裳是照着大伯的尺寸做的，别的孩子穿上自然就不合适。直到大伯把新衣裳穿成旧衣裳，洗得颜色发白，袖口裤口短了一截，这件衣裳才轮到二伯穿。

二伯套上旧衣裳，大小刚刚好，高兴得手舞足蹈，好像穿在自己身上的是件新衣裳似的，去学校的路上都觉得脚底生风。

这件衣裳轮到三伯的时候，领口、袖口、胳膊肘和膝盖处，已经全都磨得像纱一样薄，穿上稍微一用力就变得破破烂烂。奶奶把在外面玩的三伯喊回来，他好像看不见这些破旧处似的，听话地穿上衣裳，一句话也不说就往外跑，又一头扎进池塘边的孩子群里和他们一块玩泥巴。

等到三伯也穿不了了，这件衣裳才轮到爸爸穿。爸爸看着破烂皱巴得像抹布一样的衣裳，嘴一瘪，眼泪使劲地流。

这时候奶奶就端着针线篮坐到爸爸身边，让他在里面挑几块自己喜欢的碎布，戴上顶针一针一线地在那些破洞处打好补丁。缝补好的衣裳就跟新的一样，不，看起来比新衣裳更时髦。爸爸抹干眼泪，嘴一咧，又笑了。

爸爸说，那时候他唯一想要的，就是一件新衣裳。

盼着盼着，新衣裳真的来了。那是爸爸初二的寒假，一个住在深圳的远房亲戚来拜年，那亲戚梳着油背头，穿着厚呢子西装，肩膀垫得又高又平。脱了外套，里面的的确良衬衫扎在笔挺的西裤里，看上去神气极了。亲戚给了奶奶一个大蛇皮袋子，对他们说："哥嫂，这是我从广州给你们和孩子们带的衣服，快试试合不合适。"

爷爷和奶奶面面相觑，解开蛇皮袋，里面是几身有大有小、叠得整整齐齐的灯芯绒休闲装。休闲装下面还有一家人从来没有见过的喇叭牛仔裤和花格子衬衫，爷爷看着这花哨的衣服，眉头拧成一个大疙瘩；奶奶捏起条大花朵裙子，在身上比了比，裙摆还不到膝盖，吓得她连忙把裙子往回塞；孩子们一拥而上，也不管合不合适，拣了自己喜欢的颜色就往身上套。那是爸爸记忆里唯一一次穿着新衣服过的新年。

没过初三那亲戚就走了，爷爷抽着烟，皱着眉头跟爸爸和伯伯们说："他没有正式工作，整天跟洋鬼子打交道，你们以后不能像他那样。"后来爸爸才知道，那亲戚是第一批下海做生意的商人，做出口贸易，那些年赚了不少钱。

过完十五，奶奶就赶紧把孩子们的新衣裳从身上剥下来，细细抚摸着那些衣服，说："这料子真好，真奢侈哟！"她仔细地把它们洗干净、叠好，收进大铁皮箱子里。

爸爸气鼓鼓地问："为什么不给我们穿新衣裳？"

奶奶摇摇头，给铁皮箱子上了锁，回答道："这么好的衣服，要留到过年才能穿。你们这几个娃娃，一点都不懂得爱惜，要是叫你们穿了，两三天准破旧了。"

后来依旧是一件衣裳从老大穿到老小，奶奶真的是只有在过年的时候才拿出那几件衣裳给孩子们换上，图个新鲜劲儿。

只不过那几身衣服，爸爸和伯伯们没穿几个新年，就再也穿不上了，放在铁皮箱子里，直到谁也记不起它们。

王小四的新衣裳

田斯嘉

2013级汉语言文学专业（创意写作）

晚风从南面吹来，从稻秧苇尖上擦过，泛出层层"波浪"，映出漫天彩霞。王小四沿着那条土路往家里走，两边是自在翻涌着的芦苇。大约要走上四五里路，倒是不长，只是一个人走着有些乏味罢了，他踢着脚下的石子东张西望。反正回家已经迟了，估计是要挨骂了，再晚上一会也没事。王小四拧着一张苦瓜脸。

他被嘲笑了，而且还当着麦苗的面。麦苗是学校里最好看的女生，至少他是这么认为的。一双水汪汪的大眼睛嵌在白皙的脸蛋上，眉毛弯弯得像是悬在空中的月亮，还有红红的小嘴巴，书里的白雪公主也就这样了吧！他想着，麦苗好像就出现在眼前，可是他一点儿也笑不出来。他想到下课的时候，大林一脸严肃地说："王小四，你是不是丐帮的人？"王小四还没反应过来。旁边小林过来帮腔："哟，我们看你整天穿打着补丁的衣服，还以为你是丐帮的呢！就是说你叫花子哟！"周围的同学听见这番话顿时笑成了一团。"丐帮怎么了！丐帮可都是武林高手，小心我用打狗棒收拾你们！再说了，大英雄乔峰也是丐帮帮主，他还会降龙十八掌呢！"王小四想着自己说出这番话时雄赳赳气昂昂的样子，但事实上这话只是憋在嘴边，因为他看到麦苗走了进来。他突然觉得脸发烫，灰溜溜地回到座位上。他突然想到自己以前乐呵呵地穿着旧衣裳的样子，心里一阵委屈，狠狠地揪着身上的破补丁。

王小四到家的时候太阳都快要落山了，大哥刚刚吆喝着母鸡散完步回到笼子里，二哥扫着院子，"怎么刚回来？"二哥问着他，"我们吃过饭了，给你在锅里留着，自己去热一下。""嗯，"王小四头都没抬一下，心不在焉地应着，闷闷不乐地把自己关到房间里。

"怎么了?"王小二发觉小四似乎遇到了什么不开心的事情,连忙放下手中的活跑过来关心他。

"二哥,我不想穿旧衣裳,特别是打满补丁的衣裳。"王小四噘着嘴说。

"可是你最小啊！新买的衣服你穿着也不合适,太大。"王小二耐心地解释着。

"我不管,我不管！我就要穿新衣服!"王小四撒着泼地闹腾。

其实王小二心里也觉得总让小四穿旧衣服不太公平:"下次妈妈买了新衣服回来,我让你先穿。"

"那我穿的就是新的没有补丁的新衣服啦?"王小四眼睛亮亮的,充满希冀地问哥哥。

"我只是说我让你先穿,可是大哥和三弟那里……估计还得你再努力努力!"

"啊……"王小四像一只泄了气的气球,一下子蔫了下去。

"谁让你是最小的宝贝呢?"王小二揉着小四的头发,宠溺地笑着,起身走了出去。

"什么宝贝！宝贝还让我穿旧衣裳!"王小四愤愤不平地抱怨着,接着从抽屉底下拿出一张纸,写上了"争穿新衣作战计划"七个大字,陷入了沉思。

第二天一大早,王小四第一个起床,去鸡笼里摸出新鲜的鸡蛋,给牛槽里添上新鲜的稻草,把灶里的火点着,烧好了热水。王小一这才打着哈欠从房间里晃出来,"小四,这才六点,你起这么早干什么?"

"大哥,早上的活儿我都替你干好了!"王小四跑到王小一跟前,仰着头看着他,笑得像一朵向日葵。

"今天咋这么勤快!"王小一在屋里晃悠一圈,果然一切都收拾得井井有条。

"我想求你件事!"王小四扯着大哥的衣角。

"想穿新衣服是吧?"大哥瞥了他一眼。

"你怎么知道?"

"昨儿老二都和我说了,好了,看你态度这么诚恳,我就答应你。"大哥把锅里的鸡蛋捞出来,掰成两半,把多的那一半递给小四。

"谢谢大哥!"王小四高兴得快要飞起来了,他狠狠地在大哥左脸颊上呷了一口。

下午的时候,王小四特意早回家,在家里候着王小三放学回来。

"哥,答应我个事儿好不?"

"你说。"王小三看着小四一脸讨好的样子,暗自思量了一下决定先听听。

"下次新衣服回来能不能让我先穿?"王小四开门见山地说。

"可以是可以,不过……"

王小四一看有戏,立马积极回应:"哥!要我干啥!你说!干啥都行!"

"我今天和小胖约了去游泳,可老师罚我抄错字一百遍……"王小三有些为难。

"好的,你不用说了!我都明白!包在我身上了,你去找小胖吧!"王小四"啪啪"两下跑到小三身后,替他卸下书包,抱着书包跑回房里。他一笔一画地替哥哥写着作业,比写自己的作业还要用心。还好,也不算多,王小四替王小三写完,伸了个大大的懒腰,心满意足地回到房间,抽出那张"争穿新衣大作战"的纸,在上面画了一个大大的对勾。

王小四终于盼到爸爸去集市买东西。他站在门口等,终于看到爸爸骑着自行车的身影从远处慢悠悠地过来。他连忙赶上去迎接爸爸,不,是迎接自己的新衣裳。

王小四在拿到衣服的第一时间立马套在自己的身上,得意地走了几步。却没想到衣服太大,一下子把他绊了个大跟头。妈妈从屋里出来,皱着眉头看着他,"你穿完哥哥们还要穿呢!当心点,别把衣服弄破了!"

"哦。"王小四瘪着嘴回答,他看了一眼裹在身上的衣服,就像蚕茧一样一层一层地把他包裹起来,密不透风,捂得严严实实,让他喘不过气。他突然有点想念以前打满补丁的花衣裳了。

算了,明天去学校穿给麦苗看看!他躺在床上,思绪飘得很远,好像踩到棉花里一样,软软的,有一股莫名的幸福感。恍惚间,他好像看到麦苗走过来,带着甜甜的笑容,"王小四,你的衣服真好看!"王小四心里觉得跟吃了蜜糖一样。他还看到大林小林他们一群人走过来,恶狠狠地……

突然,王小四从梦中惊醒。"我的新衣裳!"他从床头拿过叠得整整齐齐的新裇子,紧紧抱在怀里,拿在手里看了很久,确定衣裳安然无恙,这才长舒了一口气。

王小四终于穿上了新衣裳,迎着晨光往学校跑去,他想让所有人都看看自己的新衣服。他赶到教室,直接站到讲台上,得意扬扬地看着下面的同学。

"王小四,怎么当完叫花子又装假正经啊?还偷穿大人的衣服啊?"又是大林在底下叫嚣着,同学们笑成一团。王小四愣住了,他盯着麦苗,想在她那里找到不一样的答案。

"王小四,我觉得这衣裳还不如你前几天穿的花衣裳呢。"麦苗一本正经地对他说。

猫奶奶的后院

刘文欣

2014级汉语言文学专业（创意写作）

这个居民区的小孩子们，都知道一个秘密，那便是院子深处生活着一大群猫，到底有多少只，有人说有十几只，有人说他晚上壮着胆子溜过黑暗的长廊，看到了密密麻麻一大群。总之，这后院已经成了野猫们的乐园。

白天，猫缩在院子的某个角落里，这时候就常有小孩子们不识趣地去惊扰猫儿的休憩，更有几个年纪稍大的男孩子，不知从何处找来长长的竹条，趁猫不备，举起竹条朝猫身上抽去。猫是极敏锐的动物，但也有避之不及的时候，于是发出一声嘶叫，就箭一样窜的没了踪影。孩子们以打猫为乐，炫耀自己的功绩，饶是如此，这院子里的猫也还是生活在这里。久而久之，孩子们对猫都有几分眼熟，还一一取了名字。纯白的有两只，叫大白和小白，头上有一撮黄毛的是小黄，浑身黄色的是虎子，黄白黑三色的是三花，这都是常常露面的。还有一只浑身漆黑的健壮的大猫，他们只见过两次，叫大黑。

冬去春来，院子里每年都要新添几窝小猫，说来奇怪，这些猫几乎是把窝都选在同一个地方——后院的废弃家具下，白天听到小猫"喵呜"的尖细叫声，孩子们就一窝蜂跑去寻，小黄守在窝里，对靠近的孩子发出不善的嘶吼以示警告，但是孩子们有的是办法。他们寻来长棍或是从家里抄一个拖把，刚好能伸进旧家具的底部，把小猫崽子们勾出来。大猫目睹这一场景却无可奈何。孩子们围城一圈，看这窝猫崽子哪个品相好，长得可爱，便把小猫抱回家养着。纯白色最受欢迎，是孩子们争抢的对象，挑剩下的那些，有的侥幸活下来，有的被孩子们生生折磨致死。

王一乐是这些孩子中年纪最大的，往年他们把猫崽子扔进水沟里看小猫在水里挣扎,或者从高处把猫抛下,还给猫喂食各种奇怪的东西,这些王一乐都有参与。但是这次,王一乐从猫窝里抱走了唯一一只没有杂色毛发的白猫,惹得其他孩子对他嫉妒不已,他看着怀里才睁眼的小猫,心里乐滋滋的。

王一乐把猫抱回家后,引起了爸爸妈妈的反对,但从这天起,王一乐表现得极听话,放学也不和那帮同学到处溜达捣蛋,而是径直回家照看小猫。王一乐的家人见此也就不再反对他养猫了。王一乐给他的猫起了个名字叫乐乐。乐乐的兄弟姐妹们后来如何,王一乐并不知晓,有人说看到黄毛的身边跟着两只小猫,一只三色的和一只黄白斑纹的。王一乐也不关心这些,他的白猫已经和那些从垃圾堆里翻捡食物的野猫不同了,它是一只高贵美丽的家猫。

乐乐在王一乐的照顾下长大了,王一乐也从五年级升到了六年级。长大后的乐乐失去了幼年时的欢快劲儿,任王一乐怎么逗它,它也不作反应,只是懒懒地趴在窗户边,偶尔走到人的脚边蹭蹭,那意思是让人给它挠痒痒,白猫乐乐还是很享受被人挠痒痒的,它会舒服地情不自禁眯起眼睛发出"咕噜噜"的声音。乐乐的脖子上挂了一个银闪闪的铃铛,这样就能知道它在哪里走动了。王一乐上了六年级,也就没有时间和他的猫玩耍,更不知道院子里野猫们哪个又生了小猫之类的。

周五下午,王一乐放学回来,一进家门就觉察到似乎哪里不对。

铃铛声!平日他一进门,乐乐就会走来,乐乐脖子上的银铃也会发出清脆的响声,可是今天家里格外安静。王一乐有些不好的预感,他扔下书包,先去乐乐的窝里看——没有。沙发上,床上,柜子底下,全都没有。王一乐急了,他把每个房间都仔细地找了一遍,可是根本就没发现乐乐的踪迹。他往窗户边一看,坏了!平日里紧闭的窗户竟然是开着的,他的白猫一定是从窗户溜走了。

王一乐慌了神。

说不定乐乐还没走远,就在院子里,况且它有铃铛,很容易找到。王一乐想到这些才稍微镇定下来,他飞快地跑下楼,在院子里边找边喊白猫的名字。只剩下后院了,王一乐穿过长廊,他祈祷着他的白猫就在这长廊的后面。他拐过墙角,看到了地上坐卧着的四五只猫,其中有他熟悉的三花,还有大白,还有几只看着眼生。他盯着大白,可那不是他的白猫,大白的脖子上没有铃铛,身上的毛发脏成了浅浅的灰色。

"丁零。"清脆的铃铛声从后院深处传来。王一乐听到这声音,他立马朝后面走去,轻手轻脚的,生怕惊动什么。那声音是从居民楼的一楼传来的,走上楼梯,他看到了白猫的身影,白猫的头上还有一只手。王一乐看清了,那是一个头发和乐乐身上的毛一样白的老奶奶。乐乐似乎很享受面前这个人的抚摸,发出了咕噜噜的声音,没有理会王一乐的靠近。

"奶奶,这是我家养的猫,从家里跑出来了……"王一乐准备开口要回他的猫。

老奶奶闻言抬起了手,白猫似乎有所不满,把头在老奶奶的腿上来回蹭。王一乐走上前把乐乐抱起来,在铃铛的声响中带乐乐回了家。临走的时候,他又转身看了一眼,老奶奶坐在小木板凳上,被猫环绕着。

王一乐有时放学回来会跑去后院看一看,老奶奶会趁太阳好的时候,搬一把凳子坐在楼梯上,座位下卧着猫。那些猫似乎并不惧怕这位老人,它们总是凑上前讨老人抚摸。老人不在的时候,王一乐就偷偷跑上楼梯,在那堆废旧的家具旁,总有两个不锈钢碗,装着水和食物。某一天,后院又传来了小猫的叫声,那声音和以往不同,是从一楼中间半开着的门里传出的。王一乐偷偷趴在门口向内张望。是那位猫奶奶,她正坐在床上,怀里抱着一只全身是黄色的猫,是虎子吗?床边还有几只,地上的纸箱里装着的是小猫崽子。

这一次再没有小孩来偷猫了。

大德玛与小奥兰

李佳琦

2017级汉语言文学专业(创意写作)

(一)

"大德玛,我以小奥兰的名义站在这里。你最好从我的小车上下来!"小奥兰双手叉在腰上,气鼓鼓地跺着脚,头顶上的小辫子已经飞起直指天空!她双眼直勾勾地瞪着德玛太太,好像下一秒就能喷出火来!

德玛太太庞大的身躯挤在小巧可爱的小车当中,不!应该说是大德玛——这是小奥兰给她取的名字,她简直就是一个老顽童!金边的圆眼镜堆在她那又大又圆的鼻头上。粉色的卷发器一个又一个地插在她的头顶,这与她那粉色带白花的裤子遥相呼应。如果不看她那张皱皱巴巴的脸,还会叫人误以为她是理发店橱窗里面时尚的女郎哩!

"噢!小奥兰,别这么小气嘛。再有十分钟,我保证再有十分钟,我就把车还给你。"大德玛也瞪着她那双小得看不见的眼睛,丝毫没有乞求的语气。

"我的天啊!大德玛,你已经霸占我的小车一整天了,太阳都快全落下去了。现在,就现在!我要骑着我的小车回到隔壁的院子里!"小奥兰不可置信地看着大德玛,态度更加坚决,用她那小胖手指着隔壁的房子,她要拿回自己的小车然后回家。

大德玛看着跳脚的小奥兰,既不内疚也不害怕,理直气壮地说:"我超爱这辆小车!我还没玩够呢!是你自己说想玩我的泡泡机的,作为交换你把你的小车给我骑,我现在还不想离开它,你不能反悔!"

小奥兰被大德玛说的耳根脸颊都泛红,"我……我现在不想玩你的泡泡机了,我……我要拿回我的小车,你该还给我的!"小奥兰气得话都说不连贯,上去拖拽大德玛那笨重的身躯。小奥兰使出浑身的力气也没能拽动大德玛的胳膊。

大德玛则高声地叫着:"不!不!你该再去吹更多的泡泡,而不是我该把车还给你。"

"那个泡泡机一点都不好玩,它根本就没法和我的小车相比!它完全吹不出任何泡泡!我现在只要我的车!"大德玛手臂一挥,可怜的小奥兰被推出去了好几米远。

"可怜的宝贝,你可别想拿回去了。它正在我的屁股下欢快地奔驰呢!"大德玛熟练地将小车在院子里调了个头,两扇红边玻璃门被她撞得摇摇晃晃,屋内传来大德玛欢快的笑声:"小东西,忘了这个小车吧!哈哈哈,我保证明天你会更开心的!"

小奥兰呆呆地站在大德玛整洁的院子里,无望地看着大德玛,"哇"的一声哭了出来:"大德玛,你就是个老巫婆!专门偷小车的老巫婆!有人会来惩罚你这个老巫婆的!"

(二)

小奥兰到这个小镇的第一天,爸爸妈妈正因为搬家忙得不可开交。

翰尼——小奥兰的爸爸,他抱着一个大箱子侧身从门口进来,看见地上的蓝色背包,惊呼道:"安,不!那是我的相机!它不能被放在地上,它一定会被不看路的迷糊踩坏的!"

房间的另一角响起了一道女声:"翰尼,我的水杯呢?我找不见它了,我现在渴得要死。你把它放在哪了?"说话的是小奥兰的妈妈——安。

"你的书桌是要向南还是靠墙放啊?"

"随你怎么安置吧,我现在第一需要的是我的水杯!翰尼,我需要水杯!"

"我觉得还是朝南比较好,可以看到远方的湖泊,靠墙放光线太暗了。对,那就朝南摆吧。"翰尼很满意自己的决定。

这时小奥兰哭哭啼啼地回到家里。妈妈从杂乱的家具后面抬起头:"小奥兰,你这是怎么了?"

"隔壁的,隔壁的大德玛抢走了我的小车。"小奥兰哭得更大声了。

爸爸翰尼从楼上下来对她说:"奥兰,我想你需要厨房里的甜点来安慰你这颗破碎的心。"他说完后忍不住笑出了声。

妈妈拍了拍奥兰,轻笑了两声,说:"你看德玛太太一头精致的卷发,还戴着斯文的金边眼镜,身穿一身漂亮的黑色连衣裙,还将草坪修剪得如此整齐,她一定不是坏人,怎么会抢你的小车呢?这一定是你搞错啦!说不定过一会你的小车就会出现在你的房间里。"

"不,妈妈!你要相信我!大德玛她真的抢走了我的小车!她才没有什么精致的卷发,美丽的连衣裙,她戴了满头的卷发器,她穿着又宽又大的粉色长裤!她……她简直就是老巫婆!"

小奥兰还想反驳几句就听见外面传来了吵闹的声音。

大德玛家门口围了一圈人,小奥兰比大人矮太多了,什么也看不见。

"哎,自从她的小外孙去世之后,德玛就……"

"她也是个可怜人……老天不该这样对她。"

翰尼皱起了眉毛,低头看着女儿:"奥兰,对不起。我现在相信你说的话了。德玛太太的确是满头粉色的卷发器。她好像是生病了,医生把她带上了急救车。"

"生病了?她刚刚还在抢我的小车……"小奥兰愣了一下眉毛都皱成了一团。

"爸爸,大德玛病得严重吗?"小奥兰十分害怕去医院,一想到那些穿着白色长褂的医生她就心慌。

"这要看医生怎么安排了。"

小奥兰一点也不开心,张了张嘴却什么也没说出来,那些字句仿佛都卡在了她的喉咙。虽然大德玛抢走了自己的小车,但是看着远去的急救车,她之前的愤怒消失得一干二净。

"这都是我的错,如果我没有诅咒大德玛,她现在一定在屋里一圈又一圈开心地骑着小车。现在因为我,她被带到医院那种可怕的地方。"想到这里,小奥兰觉得自己坏透了,看着身边的爸爸妈妈,她一点也不敢告诉他们:是她害了大德玛。小奥兰大哭着跑回了家。

（三）

　　大德玛被医生带走一天了，小奥兰过十分钟就向隔壁院子望一眼。院子越安静，小奥兰就越焦急，她在心里祈祷了无数遍，祈求大德玛能快点回来。

　　小奥兰在心里给自己打气，一定有办法的，这个诅咒是我念出的就一定有办法解除！小奥兰在屋里急得一会儿坐，一会儿站。

　　"爸爸，你知道怎么解除诅咒吗？"

　　"诅咒吗？这个我不知道，不过我记得你妈妈有一本关于魔法的书，叫什么来着？"翰尼疑惑地抓了抓头发，"哦！想起来了！是《女巫的花园》。"说完爸爸翰尼又低头摆弄自己手里的相机了。

　　小奥兰眼睛一亮，双手抱着一个小凳晃晃悠悠地跑到妈妈的书柜旁，嘴里不断重复着："女巫的花园，女巫的花园……"担心这名字一不小心就从自己的脑袋里溜掉。胖胖的手指滑过一排又一排的书，最终停在了一本封皮是黄色的书上。

　　"就是这个了！"小奥兰兴奋地抽出它。封面上画着一个正在花园里施展魔法的女巫。

　　大德玛去医院已经一周了，小奥兰将女巫的方法都试遍了也没能让大德玛回来，所有的魔法都不能解除她的诅咒，小奥兰失望极了。突然一阵风吹了进来，哗哗几声，《女巫的花园》被风翻到了最后一页。

　　上面写着"去吧，去吧，大声说出你想要的。"

　　"奥兰！"爸爸的呼唤声从楼下传了上来，"德玛太太回来了。"

（四）

　　"大德玛！"小奥兰冲进红边玻璃门。大德玛正倚在沙发上，小奥兰扑在了她的怀里，边哭边说道："大德玛，你可算回来了，这都是我的错，我不该诅咒你，对不起，对不起……"

　　大德玛愣了一下，温暖的双手抚过小东西的头："别哭啦，我可不希望有人因为我流泪，特别是这样美丽的小奥兰。"

小奥兰抬起头将她这一周试过的所有魔法都和大德玛说了一遍。"这真是神奇！当我试过所有方法,读到这本书的最后一页时,你就回来了!"小奥兰激动地挥舞着自己的手臂。

　　大德玛听到怀里的小女孩为自己做了这么多事,既惊讶又感动,紧紧地抱住小奥兰:"你简直就是我的小天使！谢谢你,小奥兰,有你在,我想我再也不会生病了。"

　　"那真是太好了,我终于解除了自己念出的咒语。"小奥兰激动地从大德玛身上跳下来,"我该回家吃晚饭了,再见,我亲爱的大德玛。"

　　小奥兰跑到门口时,突然回头,俏皮地对大德玛笑笑:"你抢我小车的事,我早就原谅你啦！"说完一溜烟地跑进房子里去了。

　　大德玛被她这天真的举动逗笑了。脑海里一直重复着小奥兰跟她说最后一句话的场景,脑海里的小奥兰逐渐模糊,一个小男孩的身影出现了,他嬉笑地对德玛太太说:"奶奶！我早就原谅你啦！"

　　从那之后,德玛太太再也没有进过医院。

　　"德玛太太之前有一个外孙,大概和小奥兰差不多大。一天德玛太太去超市采购了,他自己在院子里骑小车摔了下来,头碰到了石头上。等她回来时,可怜的小东西永远地睡着了,德玛太太十分内疚,自那之后精神就十分不稳定。"

摘星星的人

于蓝婷

2017级汉语言文学专业（创意写作）

阁楼上住着一个怪老头。

怪老头这个叫法似乎不怎么礼貌。可是大家都这么叫他。

阿奈不知道怪老头叫什么名字，长什么样子，也不知道他每天都在做什么，她只见过他在傍晚时分归来，衣衫一如既往地破破烂烂，夕阳将他佝偻的背影拉得很长。

阿奈的房间恰好在怪老头的阁楼下方。每当夜晚来临，阿奈躺在床上，总能听到他在捣鼓着什么东西的声音，叮叮当当，叮叮当当。还有他的脚步缓缓移动时，老旧的木地板也随着吱呀吱呀地叫，仿佛一串跃动的音符，慢悠悠地，从这头一直舞到那头。

可有一天晚上，那伴她入睡的"音乐"突然没有了。

阿奈躲在被子里等了好久，夜深了，"音乐"却一直没有响起来。怪老头今天是怎么了？难道是他的神秘实验做完了吗？是他搬家了吗？还是……他睡着了，生病了？脑海中的想法争先恐后地涌出，她再也忍不住好奇，悄悄溜下床。

"哎呀！"

可是今晚的屋子实在是太黑了，连一点月光都没有。刚走出两步，脚下就被什么东西绊了一下。

原来是卧在墙角的抱抱熊先生。它正看着阿奈，对她微笑。

"嘘，小点声，别吵醒了楼下的爸爸妈妈。不要担心，我很快就回来。"阿奈说，"一会儿见，亲爱的熊先生。"

阁楼上静悄悄的，门没有关严实，有暖黄色的光从门缝间流淌出来。

那个怪老头正坐在昏暗的灯光下,聚精会神地翻看一本书,老花镜下的眼睛都眯成一条缝儿了。阿奈想,那模样像极了她看报纸时的爷爷。

阿奈躲在门后,偷偷地瞧,他很久才翻过一页去,又没了动作。"他真是个怪老头。"她这么想着,捂着嘴偷笑,没想到面前的门却被拉开了——啊!她被发现了!

怪老头站在门前,高大的身躯挡住了小个子姑娘眼前的光,她看不清他脸上的表情。他怎么不说话?他……是不是要生气了?阿奈正怯怯地向后挪动着脚步,却听见怪老头开口说话了:

"是你啊,丫头。"

他的声音,听起来像在笑。

"外面冷,快进来吧。"怪老头缓缓地说。

脚尖不停地在地上画着圈圈,关于"要不要进去"这个问题,阿奈犹豫了好半天。妈妈说过不能跟着陌生人走……可他不是陌生人呀,他是住在阁楼上的怪老头呀!

怪老头说完话,转身似乎就要进屋子里去了,阿奈急忙叫起来:"怪、怪老头!你不要走,我……可妈妈不让我跟别人乱跑。"

他停下来,仔细瞧了瞧她,乐呵呵地说:"可是,是你自己上来的,不是吗?"说着,他还在她额头上"啪"的弹了一个清脆的脑瓜蹦儿,"还有啊,叫爷爷——要懂礼貌,你这个小丫头!"

阿奈委屈地捂着头,最后跟他进了屋子。

怪老头的阁楼里乱糟糟的,就像他那乱糟糟的衣服一样。屋子很小,有一张小木床,一盏昏黄的灯,一台挤在杂物堆里的迷你电视机,上面还落了一层厚厚的灰——令人都怀疑它是否还能打开——这些已经是怪老头仅有的东西了。

噢,不对。那桌上还有一个白色的杯子,险些掩埋在那堆乱糟糟的书中。

那上面还有字……

"天……文?"阿奈慢慢念出来,"那是什么意思?"

怪老头轻轻摩挲着杯子,却问了她一个听起来毫不相干的问题:"你喜欢星星吗?"

阿奈疑惑地看着他。

他并不回答,俯下身子从桌下拖出一个小箱子。箱子是铁壳的,看起来格外干净。阿奈蹲在旁边,看他从里面小心翼翼地捧出一个黑色的圆筒。

"哇,这是什么?"

"这叫天文望远镜。它可以让我们看到星星。"怪老头脸上露出了小姑娘看不懂的神情,他爱怜地抚摸着望远镜的镜身,仿佛手上捧着的是稀世珍宝。

其实阿奈并不十分明白他在说什么,但她至少能猜到一点,那个叫天文望远镜的,应该要花很多钱才能买到。

可他明明看起来那么穷。

"可以看到星星吗?我想看!"

怪老头说:"今早是阴天,可能……"但当他目光扫过小姑娘兴奋的小脸时,顿了顿,"但这会儿晴些了,倒也能上去瞧瞧。"

他侧着头盯了她好一会儿,"这样,丫头,你跟我来。"说着,他向着屋子的角落走去。

这时阿奈才发现,在那灯光照不亮的角落里,一架爬梯正沉默地伫立着,它像个忠诚的守卫,隐没在光的阴影里,守护着那通向不知哪里、更加黑暗的地方。

"过来。"怪老头爬了上去,向我伸出手。

可看着那黑漆漆的地方,阿奈的双脚就像灌了铅似的,怎么也迈不开了。

"我,我害怕。"

"你不是想看星星吗?"

"是的,我想看。"

"那就大胆走过来。"

"……呜,呜,我真的害怕。"

这下怪老头不说话了——这更让她心里打鼓了。

沉默了好一会儿,怪老头才像是妥协了,他在地板上坐下来,沉吟了许久,才慢慢开口:"人有害怕的东西……再正常不过了。"说话声渐渐柔和下来,"那不上去了,不怕了,丫头。"

于是小姑娘和怪老头两个人就这样一站一坐,大眼瞪小眼。阿奈耐不住沉闷,转了转小眼珠,小步挪过去,在他身边抱腿坐下。

怪老头瞥了一眼小心翼翼的她:"丫头,你现在应该回去睡觉了。夜晚会有怪物出来,把不听话的小孩子叼回窝里吃掉。"

他唬人的技术实在拙劣,甚至为掩饰尴尬还轻咳了两声。

"我不要。"

"但你总不能睡在这儿。"

"为什么不行呢?"

怪老头又不说话了。

阿奈歪着脑袋想了想,扯了扯他的衣袖:"那这样好不好?你给我讲个故事,妈妈每天都会为我讲睡前故事——只要你讲了故事,我就乖乖回去睡觉!"

"真的?"

"撒谎的人鼻子会变长呀!你看我的鼻子,它没有变!"

"可我不会讲故事。"

"你怎么能不会讲故事呢!"阿奈惊讶地说,"那你讲星星好不好?我想看星星。"

他眯起眼睛,思考了好一会儿才慢慢讲道:"我小时候,经常和爷爷一起爬到屋顶上看星星。"

"原来你也有爷爷呀?原来你不是生来就是怪老头。"

"那当然了,你这个傻丫头!"他笑了。

"夏天非常热的时候,屋顶上吹着凉凉的微风,夜晚的天空干净极了,星星都低低的,伸手就能摘到。如果碰上天气好的日子,甚至还能看见星河——成千上万的星星聚集在一起,看起来像小河一样……我爱上了星星,那真是一段快乐的时光。"

"——可是后来,爷爷病死了。"

阿奈的心随之一紧。

怪老头眉眼低垂,手上无意识地摩挲着他的望远镜:"很长一段时间,我非常害怕到爷爷生前生活过的地方去,特别怕。"他黑洞洞的眼睛看向了她,"我依旧想像从前那样看星星,可是我不敢。我徘徊了好久,走过许多遍他带我走过的小路,但我一直不敢爬上我们看星星的屋顶。"

"我不想回忆起关于爷爷的事……那里是一片黑暗。"

"可是有一天晚上,屋子里突然飞进来一只红色的大蝴蝶。它停在那架通往屋顶的爬梯上,一直没有飞走。"怪老头说,"当时我就想,如果那是爷爷就好了——虽然它只是恰好飞来的,但是我还是愿意相信,是爷爷回来了。"

"于是,我鼓起勇气,再一次爬上了屋顶。"

阿奈忍不住问道:"你看见了什么?"

怪老头看了她一眼,语速突然放慢:"我看见……"

阿奈看见他的嘴一张一合,却什么也听不见。她正要说话,胸口突然一阵憋闷。她听见外面有人在叫她的名字,仿佛溺水已久的人一下子浮出了水面,瞬时间清醒过来。

睁开眼后是妈妈焦急的面容:"我的宝贝,你怎么样?你怎么睡在了这里?"

阿奈疑惑极了,她发现自己身上还穿着睡衣,正躺在阁楼的地板上。而环顾四周,入眼的是窄小的床、老旧的灯与那台不知道还能不能打开的电视机,这不正是怪老头的阁楼吗!

"怪老头呢?"她问妈妈。

妈妈皱起了眉头:"什么怪老头?你还没有回答妈妈,你怎么会跑到这里睡着了?"

"这里是怪老头的小阁楼呀!"阿奈来不及跟她争辩,爬起来跑到怪老头的书桌前,翻找了半天,可桌下哪里还有那个装着天文望远镜的铁皮小箱的踪影?那个看星星的怪老头,一点痕迹也没有留下,仿佛——从未出现过。

阿奈愣在原地。

妈妈过来想要抱起她:"宝贝大概是做梦了。乖,这里冷,我们回家吧。"

就在这时,她眼尖地捕捉到那乱糟糟的书堆里,有一抹露出的白色。她挣开妈妈,急忙将那东西翻出来,却是一只白色的水杯。那上面的字模模糊糊,可小姑娘却立刻认出它们来:天文!

这时阿奈的记忆也渐渐清晰起来:她来到怪老头的小阁楼,他为她讲星星的故事,他甚至带她爬上了那架漆黑的爬梯……

最后,小姑娘和怪老头一起沐浴在漫天星辰中。

她问他:"怪老头呀怪老头,当时,你究竟看见了什么?"

他转过头,笑得眉眼弯弯:"我看见星光落在我怀里。"

蝴蝶标本

李嘉曦

2013 级汉语言文学专业（创意写作）

（一）

七岁的叶离是白杨村小学二年级的一名学生。叶离有一个小他两岁的妹妹，叫叶桐。叶桐很羡慕哥哥，因为白杨村小学是白杨村最好的地方。

当班长是叶离升入二年级之后最光荣的一件事情。尽管每天都要早早起床，第一个到教室拿钥匙开门，但是叶离从不抱怨。这天，叶离比平时起的更早，天刚刚亮，叶离便走在了去学校的路上。

从叶离家去往白杨村小学的路上的风景很漂亮。

白杨村的人家里大都种着油菜花，沿着窄窄的小路一路向前，一片片黄灿灿的油菜花随着风轻轻摇曳。晶莹的露珠顺着油菜花瓣滑落，发出嘀嗒的声响。蝴蝶仿佛刚睡醒一般，微微摆动着翅膀，汲取花瓣上的露珠。三两只扎成堆，就好像总在课上跟别人讲悄悄话的王小胖一样。看着蝴蝶，叶离好像看到了今天将在自然课上看到的那些美丽的蝴蝶标本。

叶离是从未见过蝴蝶标本的。在他的想象里，蝴蝶标本是在大大的透明玻璃盒中的。色彩斑斓的蝴蝶在里面嬉戏玩耍，自由自在。

想到这里，叶离的脚步更快了。

（二）

同学们都陆陆续续地进来了，大家显然都期待着自然课上那些从未见过的蝴蝶标本。

"上课。"

"起立。"叶离的声音格外洪亮。

"老师好！"

"同学们，今天我要给大家展示蝴蝶标本……"老师的话还没说完，同学们便纷纷提问起来。

"老师，蝴蝶标本在哪儿呢？"

"好，现在我要在班里找一个小助手来帮助我。班长，你来！"

叶离赶紧站起来跟着老师去了办公室。想到是班里第一个见到蝴蝶标本的人，叶离不自觉地把脊背挺得更直了。

"叶离，你把标本拿到教室去。下课的时候，帮老师收回来，好吗？"

"……"

蝴蝶标本和叶离心里想的一点都不一样，那些美丽的蝴蝶没有嬉戏玩耍，而是一动不动地被钉在那个小小的玻璃盒子里，这就是标本吗？想到这里叶离不由得走神了。

"叶离？发呆了？一会儿记得帮老师搬回来啊！十个标本一个都不能少！"

"啊，好的，老师。刚才走神了。"

"大家看，这个是巴西女神蝶，是最珍贵的一种蝴蝶，它的翅膀是蓝色的，上面发着光，这是……"

老师在讲台上对着好奇的同学们介绍着每个标本，叶离盯着那些标本，仿佛看到了油菜花田里那成群的蝴蝶，嬉戏玩耍，自由自在。

下课的铃声响了，叶离的思绪才被拉回到教室里。

"一、二、三……八、九。"叶离数了好几遍都是九个，怎么少了一个呢？还是那个最漂亮的巴西女神蝶。丢了怎么办，怎么给老师交代啊！

不会是落在教室里了吧？叶离把这九个标本放回柜子里，就急忙跑回教室找。空荡荡的教室，什么都没有。

"叶离，体育课你怎么还不去操场？标本放回柜子里了吗？"

"啊？噢，放回去了，老师，已经放好了。"

那只蓝色的蝴蝶标本仿佛从玻璃盒里逃了出来，在叶离脑子里旋转、舞蹈。

(三)

"哥,那个蝴蝶标本你看到了吗?"

"看到了。"

"好看吗?听说还有蓝色蝴蝶呢!"

"那只蓝色的蝴蝶叫巴西女神蝶。它……哎,桐桐,你想去看蝴蝶吗?我们去油菜花田里看看吧,说不定还有你想见的蓝色蝴蝶呢!"

"真的吗?看到漂亮的蝴蝶,你可以帮我抓一只吗?"

"行,你去姥姥床头拿两把扇子来,我们用扇子抓。"

叶离带着妹妹叶桐,一人一把扇子走在油菜花田中。两兄妹各怀心思。叶桐想着一会儿看见了漂亮的蝴蝶,一定要让哥哥给自己抓一只。叶离心想着,一定要抓一只和那只巴西女神蝶差不多的蝴蝶放到标本盒里,千万不能让老师发现。

成片成片的油菜花田在夕阳的照耀下,比清晨时更灿烂、更浓烈。蝴蝶微微扇动着翅膀,在油菜花田中旋转、舞蹈。金黄色的花海中,蝴蝶们从这朵飞到那朵,嬉戏玩耍,自由自在。

"哥哥,你看,那有一只蓝色的蝴蝶。"

叶离顺着妹妹的目光看过去,黄灿灿的油菜花海中,成群结队的嫩黄色蝴蝶围绕成圈。中间那只蝴蝶,有着宝石一样的翅膀,深蓝色的星星点点像是夜空的星星一般,显得炫彩夺目。

这不就是那只蝴蝶标本吗?一定要抓住它,在老师发现前还回去。

叶离握紧蒲扇,两只眼睛直勾勾地盯着蝴蝶。抬手抡起扇子,准备给它致命一击。就在这时,那只蓝色的蝴蝶扇动着翅膀,飞过来,落在了叶离手里的蒲扇上,与叶离四目相对。

蝴蝶的眼睛好像朝叶离眨了眨,发出狡黠的光芒,那么小,却那么明亮。颤动的翅膀,是叶离见过的最美的外衣。

叶离觉得,盒子里一动不动的蝴蝶标本好像从他的脑海里飞出来了。

叶离伸出手,蝴蝶落在掌心上。

阳光下,金黄色的油菜花田里,站着一个少年,蓝色的蝴蝶飞到少年的肩上,耳语一般,谁也不知道究竟说了些什么。

(四)

"老师,我要向您承认错误。"叶离涨红了小脸,两只手紧紧地攥住衣角,

"什么错误?"

"那个……蝴蝶标本我下课收的时候弄丢了一个,可是我还给您说都收好了,我给您说谎了。老师,我……我知道错了。"

"傻孩子,你一定是数错了。柜子里面的蝴蝶标本整整十个,一个也不少,不信你去数数!"老师慈爱地揉了揉叶离的头。

"一,二,三……八,九,十。老师,真的刚好!"

"不过老师还是要表扬你勇于承担错误的责任感。叶离,好样的!好了,回教室吧,让王小胖来一下办公室,作业总是做得马马虎虎,哎。"

走廊里,耀眼的阳光轻轻地灼了一下叶离的眼睛。捂眼间,叶离看到那只蓝色的蝴蝶飞走了,那么自由自在。

美丽的陷阱

李 曼

2013级汉语言文学专业(创意写作)

图图家后面有一棵老树,听爷爷说,他小的时候,这棵树就在这儿了。树干粗壮,枝叶茂密,如一柄大伞,洒下片片阴凉,孩子们都喜欢在这里玩耍,累了,就坐在凸起的树根上休息一会儿。

吃过午饭,劳作了一上午的大人们都睡午觉了,图图和小美、阿锦、大熊聚在树下捡叶子,老师下午要教他们做叶脉书签。可惜正值盛夏,落叶很少,而且大都是被毛毛虫咬过的,残缺不全。

图图抬起头,发现头顶上的叶子,个个叶脉清晰、碧绿可爱,急忙拉了拉小美:"你看那些叶子,做书签肯定好看。"

小美点点头,问道:"可是它那么高,怎么才能摘到呢?"

"让大熊抱着图图,不就够到了吗?"阿锦连忙说。

小美不高兴地反驳:"阿锦你就会出馊主意,这多危险啊!"

"我觉得可以。"大熊说着,用力抱起了图图,图图尽量伸长手臂,阿锦兴致勃勃地指挥:"再高一点!就差一点了,大熊你别乱动。"

"图图你快下来,等下你爸爸醒了让他帮我们摘一下不就好了?"

"没事,没事。"

大熊无暇顾及脚下,踩到一颗小石子,脚下一滑。在一阵"丁零哐当"的声音中,大熊和图图被抱在了一个陌生的怀抱里。旁边有一辆翻倒的自行车,车轮子还在打着转儿。

一个陌生的叔叔把他俩扶好:"小朋友,干什么呢?多危险啊!"

"叔叔,谢谢你。"图图指着那片叶子说,"我们要摘一片好看的树叶做书签,可是够不到。"

"我帮你们摘。"叔叔毫不费力地摘了十几片树叶,都是又大又美的,好像一把把小蒲扇:"你们的爸爸妈妈呢?"

图图指了指房子:"他们在睡觉。"

"噢,那你们可要小声一点,不要吵醒他们。"叔叔说着将自行车扶好,他的车子后面还拴了一辆小竹车。小竹车像汽车一样装了四个车轮,可神气了。

叔叔从小竹车里拿出一把糖果分给他们:"小朋友们要不要吃糖?"

图图刚要接,小美立刻制止了他:"图图,老师说,不能随便要别人的东西。"

"叔叔可不是别人。"他一脸笑意,硬是将糖果塞进了他们几个人的口袋,"叔叔刚搬到这里来,是你们的邻居,已经认识你们的爸爸妈妈了。图图,要不要坐叔叔的小竹车去叔叔家看看。"

图图剥开一颗糖塞进嘴巴:"好啊,不过只能看一小会儿,我还要上学去。"

阿锦和大熊朝他挥了挥手:"别迟到啦!"

小美心里忐忑不安:"图图,你还是别去了,万一迟到了呢?"

"放心,叔叔直接用小竹车将图图送到学校,车子可比走路快多了,不会迟到的。车子太小了,叔叔下次也让你们坐小竹车玩。"

小竹车飞快地跑了起来,在小路上颠簸,暖暖的风划过图图的脸庞,从他的手指缝中漏过去,图图觉得自己仿佛在云端飘荡。

走了半天,也不见叔叔到家,道路反而越来越陌生了:"叔叔,叔叔,你们家怎么这么远啊?"

"图图,叔叔带你去坐火车好不好啊?"

"不行啊,我要迟到了,叔叔你送我去学校行吗?"

"行。"他头也不回,"车上有吃的,你先吃一点,马上就到学校了。"

"可是这不是去学校的路。"

"别急,去学校的路多着呢,叔叔走的是另外一条。"

远处传来了火车的轰鸣声,路上人来人往。

图图心里不禁有些害怕:"叔叔,这是哪儿?怎么不是学校?"

"别急,叔叔带你去坐大火车。"

图图"哇"的一声哭了出来:"我不坐火车,我要回学校,我要小美,大熊,还有阿锦,我要爸爸妈妈……"

但他的声音被淹没在嘈杂的人声中,顶多有路过的人看一眼,没有引起注意。

图图越哭越厉害,叔叔把他抱起来,他一改笑眯眯的样子,恶狠狠地威胁图图,让图图不许哭,还往图图嘴里塞东西,图图觉得眼皮越来越重,连哭的力气都没有了,陷入了一片黑暗。

图图迷迷糊糊地睁开眼睛,看见两个熟悉的脸庞:"爸爸,妈妈!"

妈妈背过身偷偷擦了一下脸上的泪水,笑着说:"图图,没事了。"

"你们做个笔录就可以带图图回去了。"图图爬起来,看见一个穿着警服的叔叔正在写着什么,兴奋地叫道:"警察叔叔。"

警察叔叔笑着拍拍图图的脑袋:"以后千万不要再随便听信陌生人的话了。"然后冲爸爸点点头,走出了房间,图图隐隐约约听到:"虽然你们报警及时,但是小孩失踪24小时才能立案。那个人贩子都骗了好几个小孩了,他要不是早已被我们察觉,我们蹲点守候在火车站,孩子一旦被带离,就很难找回来了。"

"妈妈,那个叔叔是人贩子吗?"

妈妈后怕地点点头:"是啊。你可不能随便听别人的话了。要不是小美及时告诉我们,到天黑我们还不知道你让人骗走了呢,还以为你放学后玩去了。"

"可是我和大熊差点摔倒是他扶住了我们,还给我们糖吃,他明明说是咱们的邻居啊。但是他到了火车站就变得很凶。"

"坏人有时装的很善良,图图,你以后千万不要再随便相信陌生人了。"

图图羞愧地点点头:"妈妈,我知道了。"

放学回家,爸爸正在树下忙着什么,长长的绳子从树上垂下来,拴在一个没有腿的小板凳上。

"来,图图。"

爸爸将图图放在秋千上,轻轻推了一下,秋千慢慢地晃了起来,越摇越高。

"图图,好玩吗?"

"好玩!"图图大声喊道,"这才像在云彩上一样呢!"

山 神 祭

吕 悦

2014 级汉语言文学专业(创意写作)

春天到来的时候,最先知道的便是大雁山。草一层一层地绿起来,从山脚绵延到山腰,只山顶一小片顶着点儿白。但这白也很快就要消逝了,大雁山总是生机盎然,孕育着郁郁葱葱的山林和跳跃奔走的兽类。

大山在大雁山长大,他趟过大雁山脚下的溪流,走过大雁山的山路,爬过大雁山的山崖,接受着大雁山的馈赠,一日日地看着大雁山冬去春来,雁来雁走,大雁山是他的家。

传说大雁山是有山神的,所有大雁山的村民都听说过山神的故事。百年来,山神守护着大雁山,给予树木鸟兽和人类同样的恩泽与庇护。只是现在还相信并祭祀山神的,只有大山的爷爷了。

大山跟着爷爷踏上山路,参天的树木遮挡了阳光,洒下一路阴凉,野生的山枣花散发出清新好闻的气息,小野菊大片大片地开放,不知名的藤蔓缠绕着生长,拉扯着他和爷爷的裤脚。蜿蜒的山路好似没有尽头,但大山知道,再转个弯,就是山神庙了。

山神庙已经存在很久了,久到石像都仿佛被风抚摸得变小了。大山怀疑山神庙被损坏过,因为它几乎已经算不上一座庙了。但爷爷说山神庙从来没变过,它一直这样,承受着风吹日晒,承受着时光流逝。

爷爷将挎在胳膊上的篮子拿下来,从里面取出鸡蛋、馒头和几个杏,摆在山神庙前的石头上,大山跟着爷爷跪下去,听着爷爷请求山神保佑的祈祷。

"真的有山神吗?"大山曾经这样问过爷爷。

"有的。"爷爷笃定地回答。

大山从未见过山神,事实上,大雁山的村民谁也没真正见过山神。有人说根本不存在山神,还有人说,山神是不露面的。

爷爷祭祀完山神,带着大山回到了大雁山脚下的家。开始了和往常一样的日子,安稳也平淡。只是吃饭的时候爷爷问大山,找个空闲回趟家吧,喊你爹回来吃顿饭。大山应了。

大山的爹,曾经是个猎户,靠着大雁山里的野物换取柴米油盐,就像百年来大雁山脚下的每一户村民一样,日子过得拮据而平淡,仿佛能看到与百年来先辈们同样平淡的结局。后来有别的人进了大雁山,他们与百年来生活在大雁山的村民不一样,开着四个轮子的小车,带着各种奇怪的仪器,对着大雁山惊呼,说大雁山是巨大的财富。

他们愿意用更多的钱换取大雁山的树木、大雁山的药草植物、大雁山的珍贵动物,村民也同样愿意。大山的爹带着大雁山的村民,开始按照那些人的要求砍树,相比较在杂草中辨认草药和在山林里围捕野物,砍树确实简单多了。渐渐地,大雁山的村民建起了更好的屋子,拥有了更好的生活。

大山的爷爷却开始不安起来,他说不能这样,砍掉了树,山神会发怒的。没有人听他的话。后来大山的爷爷不再劝阻,但大山发现,他祭祀山神的次数多了起来。

大山没有等到他爹回来吃饭,人们在山崖底下发现了他。听说是冒雨砍树回来时滑进了崖底,摔伤了头再也没醒过来。

大山跟着爷爷送走了他爹。人们议论着。

大山的爷爷病了,在大山的爹走后。他念叨着:"山神发怒了",浑浑噩噩地睡了几天,在某一天早晨也去了。

大山又送走了爷爷。埋葬爷爷后,他独自去了山神庙,爷爷摆放的祭品被山林里的动物偷吃过,不复光鲜。大山从挎着的篮子里取出馒头和杏子,一一摆放整齐。磕完头后,他看到山神庙前的石头上倚着一个人。

大山盯着看了一会儿,又磕了三个头。山神没有理他,取了一个杏子吃了起来。大山便站了起来,坐到了山神旁边。

大山忽然问道:我爹是因为你发怒才死的吗?

山神慢慢吃完了一个杏子,终于看了大山一眼。大山还是看着山神,等着他回答。

"不是。"山神最后说。大山点点头,没有再说话。

人们发现失去亲人的大山开始频繁地跑进大雁山,在山神庙一待就是一整天,还有人见过大山对着空气说话。有人唏嘘同情:没爹没妈的孩子,连爷爷也走了,现在脑子又出了问题,真可怜!

大雁山在这种唏嘘中渐渐变了,参天的树木一天天变少,留下光秃秃的土地。有一天,山神没有再吃杏子,他对大山说:我快要护不住这里了。大山发现他的身影变得影影绰绰,仿佛风能吹散的一缕青烟。

大山跑下山脚,挨家挨户敲门:"别再砍树了,山神也护不住大雁山了!"

村民们虽然同情大山,但也被烦得不轻,他们不再开门,也不肯理睬大山。大山冒着大雨回到了山神庙。山神还是站在那里,一动不动。

"大山。"山神第一次叫了大山的名字。他笑了一下,对着大山说:"因为你信,山神才能存在啊!"

大山看着一股巨大的洪水夹杂着泥土冲过来,山神挥起袖子抵挡,最后化为一阵风飘散,洪水冲向山脚,掩埋了近百年来一直存在的山庄。

周围是哭天抢地的幸存村民还有施救的军人。有个村民说,山神发怒了,早知道就听大山他爷爷的了。有个军人说,不是山神,是你们砍树造成水土流失引发的泥石流。

只有大山喃喃地说道:"是山神,是山神救了我们。"但是谁也没有听见。

月　牙

罗雪莲

2014 级汉语言文学专业（创意写作）

　　七月的雨淅淅沥沥下个不停，直到中旬才渐渐停止。月牙第一次出门，和妈妈去往大河对岸清平村的时候，是个晴朗的日子。

　　白云像是浮冰一样，从头顶飘过，湛蓝的天空泛着清亮的光，扫去往日阴雨的凝滞。

　　船尾晃晃悠悠，拥着一堆细浪向前，两岸成片的芦苇沐浴在温和的阳光下，光影重叠，青黄交织，填成了七月的底色。景物后退，月牙紧紧地拽着妈妈的衣角，黑黑的眼睛里藏着新奇，新奇带来不安，不安让她有些局促。

　　风送来，还带着潮湿味道的空气，将细瘦的芦苇吹弯了腰。

　　月牙深吸一口气，嗅着风里特有的涩涩的香甜。船到岸，月牙紧跟在妈妈身后，脚刚踩实地面，就听到有人呼喊。

　　她抬头望去，看见一个妇人牵着一个跟她差不多年纪的男孩子，朝她们母女走过来。

　　"方家婶子，"月牙妈妈熟络地打着招呼，一笑露出几颗细白的牙齿，同时示意月牙叫人，"月牙，这是二舅爷家的婶婶。"

　　"婶婶好。"月牙乖巧地叫了，引得一阵夸赞。

　　月牙妈妈注意到一旁的小男孩，笑着说："这是仲永吧？几年不见都长这么大了，看着真机灵。"

　　仲永妈妈眼光一暗，讪讪地回应，"是啊。"

　　月牙妈妈不小心戳了人家的伤疤，赶紧将这一篇翻过去，不再提，只是说一些平常的寒暄话，月牙跟在妈妈身后，望着仲永圆圆的生长着茂密头发的小脑袋，愣了神。

月牙在妈妈口中不止一次听到过这个名字,每每自己拿着考试卷子上可怜的分数回家的时候,必定会受到妈妈的数落,也会多次听到仲永这个名字,并且伴随着长久不变的叹息:"你说你和方家的仲永差不多日子出生,怎么就差那么多呢。"

每当这时候,月牙只得低下头,看着脚尖,心里甚至发酵出对这个名字的不满,不满于自己被拿去和人比较,还总是输人一头。

仲永是清平村远近闻名的神童,甚至在镇上也小有名气,是方家最引以为豪的宝贝。两年前的一场高烧,让神童不再"神",天赐的聪慧被收回,仲永变得和一般小孩没什么差别,甚至还显出些愚笨。

方家赖以为生的希望破灭,一家十一口人消极了好一阵子。就连清平村的邻里乡亲也都遗憾不已,本以为山窝里终于要飞出一只金凤凰,现在看来也只是一场空想。

月牙跟着妈妈搭船过来,是为了庆贺方家太爷七十大寿,晚间开席,妈妈在厨房里给几个婶子帮忙,抽不开身陪她,月牙就跟着几个大些的孩子玩,她远远地看见仲永一个人孤孤单单地坐在堂屋的长凳上,显得有些落寞。

"不叫他一起吗?"月牙指了指仲永单薄的侧影。

"他一向是不和我们玩的。"一个孩子说着就拉着月牙出门了,玩到远远能听见有人吆喝着开饭的声音,月牙才和几个孩子一起回来。

一张张四方的桌子摆在院子里,四周都围坐着附近的乡亲邻里,只有仲永的身边还空着一个位子,仲永妈妈看见月牙没了地方入席,就连忙招呼月牙过去坐下,月牙犹豫了一会儿,直到听到妈妈的催促,才坐上了那条长凳。

她侧过头,看见安静吃饭的仲永,心里涌起一些说不清的滋味,那个活在传说里,有些神秘的人,此刻和自己并没有什么差别,喝汤的时候也会发出哧溜哧溜的声音。

月牙抿了唇,怀揣着自己的小心思,闷声不响地吃饭。

吃过饭,给方老太爷道了寿,一串的吉祥话一蹦出来,老人脸上就堆积起道道的欢喜和满意。月牙环顾四周,没有看见仲永。

妈妈见她东张西望,问她:"你到处找什么呢?"

月牙像是被抓了个现形,慌慌张张地回:"没什么,没找什么。"

出了院子,屋里的热闹被隔绝在了里面。

月光像流水,倾泻了一地,月牙看见院子里的老榆树下有个小小的背影,在大大的树影下,有浅浅的光在他周身环绕。

月牙慢慢地靠过去,像是小猫一样,只发出了很小的声响。她认出了那是仲永,那黑黑圆圆的后脑勺,是他独有的标记。月牙靠近了些,才看清他拿着一根水笔大小的棍子,在地上画着些什么。

"你在画什么啊?"月牙出声问道。

仲永抬起头看见月牙,想了想,才支支吾吾地说:"没什么。"那是一种秘密被人发现,有些慌张、有些窘迫的样子,月牙禁不住好奇心,探出脖子去看,树影浓密,月光暗淡,一时间看不清他画的是什么。

那些交错的线条,像是,像是一种花,月牙不太确定,想近一些,再看清楚一些,却被仲永挡住了。

"荷花,荷花!我知道了,你画的荷花对不对!"月牙惊呼道。

"画的像吗?"仲永摸摸后脑勺,憨憨地笑起来,圆圆的眼睛弯成了月牙,静静卧在上面的眉毛,也像是有了弧度。

月牙蹲下来,隔着距离,手在地上的画上比画,"挺像的啊,只不过,我还没见过这种成片成片的,我就见过池塘里的两三朵。"

"离这不远,就有一片荷花田,很大。"他说着,双手往外张,做出很大的手势。

"真的?"月牙惊喜万分,差点跳起来,一把拉住仲永,"你能带我去看看吗?"

仲永抬头看了看升到夜空中的月亮,"今天太晚了,明天我带你去。"

"明天……明天我就该回家了。"月牙想到这次来这边只待一天,第二天清晨就要坐船过河回去,忍不住情绪低落。

"荷花会开很久的,等你再来,我就带你去。"

"真的?"

"真的。"

"我们说好了啊。"月牙听到他的回答,咧开嘴笑起来,她想晚上一定要问问妈妈,什么时候能再过这边来,她从来没有这么期待过时间赶快过去,她又能坐着小船到岸的这边来。

第二天一大早,月牙就被妈妈叫醒,还沉浸在美梦中的月牙就被妈妈套上衣服鞋袜带出了房间。到了岸边,看着粼粼的水波和倒映在其中自己迷迷糊糊的小脸,她才清醒过来,意识到自己要回家了,心底忍不住失落。

船身由一个黑色的小点,逐渐在眼前放大,显出轮廓。

妈妈牵着月牙上了船,河岸倒退,一线的芦苇慢慢模糊远去,在水和天的交界处现出柔和成暖黄色的曲线,天空依旧是湛蓝的,没有一丝杂质,清晨的光带着柔和的味道。

光影交织的清平村,就这样在眼里缓缓消失不见。

月牙拉着妈妈的手,抬起小脸问道:"妈妈,我们什么时候能再过来啊?"她昨晚睡得太早,都还没来得及问这个问题。

妈妈笑起来,轻轻摸了摸她的发顶,"怎么了,月牙喜欢这里吗?"月牙重重地点了点头,毫不顾忌地说出了自己的秘密,"仲永说等下次我再去,就带我去看大片大片的荷花。"

"仲永啊,那个孩子,真是懂事又乖巧,要不是那场大病,指不定有什么大出息呢,可惜了。"妈妈叹息一声,显出怜悯又遗憾的样子。

那幅在地上画出来的莲花图,和清平村一道在月牙心里留下了深深的烙印。

"妈妈,不可惜。"月牙望着妈妈,脑海里浮现出仲永圆圆的脸,圆圆的眼睛,她永远都会记得,月光下那个很灿烂的笑容。

有一千只舌头的男孩

陈 星

2014 级汉语言文学专业（创意写作）

他叫巴赫，十岁，有一千只舌头。

作为一个被藏匿在正常人中的非正常孩子，巴赫的前十年过得十分苦恼。很小的时候，巴赫还不会说话，只会盯着天空明明暗暗的裂帛发呆，那些酷似肩胛骨的云层一缕一缕穿过巴赫的脑子，让他心烦意乱。

再大一点儿，巴赫便不愿意说话了，他跟在妈妈身侧，每每只盯着别人开开合合的双唇愣神。人们妙语连珠，引来满堂喝彩。可他从不听人们或低哑性感或明朗清脆的声音，只抿紧珍珠一样幼嫩的嘴唇看着他们的舌头。

回到家之后，巴赫虽然一脸阴郁，却也会不紧不慢地竖起妈妈的镜子，他看着镜中的自己，很是可爱的样子。而轻轻张开嘴，立即就看到嘴里的无数条舌头争先恐后地涌出，天哪，这真是一场噩梦。镜子碎了，巴赫也哭了。

他开始哪儿也不去了。

"巴赫，你怎么了，为什么不开心？"

"妈妈，我很开心。"

"巴赫，不要骗妈妈。"妈妈背对着自己，他仍有些局促，低着头走进卧室。

童年的夜晚总是笼罩着淡淡的昼光，仿佛一提就成齑粉。巴赫闭着眼，脸上涌动着一股原始的冷漠无情，一根一根地数着自己的舌头。而这已经成了巴赫每晚的必修事项之一，他心里很清楚，这一千只舌头就在他的体内，他压根用不着数就知道这一千只舌头哪儿都去不了，也知道自己的确就是一个怪物，只是他总病态地享受那种饱含浓浓苦荞味的挫败感。

而今晚，他猛地从床上坐起，不为其他，只因舌头少了一条。

心里莫名涌起了胆汁一样浓烈的喜悦,他翻来覆去把床弄得吱呀作响,但转而很快又冷静下来,他知道自己和别人不一样,这么突然地消失一只舌头,不一定是什么好事。而九百九十九只,其实和一千只没有什么区别,它们虽不会给自己带来很多麻烦,但确实已经成了一个永远的遗憾,因为它们,巴赫恐怕自己这辈子都不敢在众人面前开口说话。

巴赫睡不着了,他觉得自己好像丢了一只一直揣在怀里蹬腿的小兔。

自那晚起,巴赫数舌头的频率大大增加,起床要数一遍,饭前要数一遍,饭后要数一遍,他只是想知道发生了什么,虽然他一直厌恶着让自己和其他人不一样的舌头,但是它们就这样突然地消失,还是让巴赫心有不安。

上课期间,巴赫实在心里痒痒的,举手上卫生间数舌头去了,当他数到六百三十三时,老师的声音突然出现在隔间外,巴赫吓了一跳。

"巴赫?巴赫你在吗?"

"老师,我……我在。"

"啊,那就好,是身体不舒服吗?"

"老师,我就是肚子疼,很快就好了。"

屏住呼吸,听着老师渐行渐远的脚步声,巴赫长舒一口气,继续数了起来。等他数完,就立即做了一个重要的决定!撒谎吧!撒谎可以让自己的舌头减少!自己很快就能恢复正常了。

巴赫开始有了第二个小秘密,他变成了撒谎的孩子,因为嘴里仍有很多舌头,在外面他仍旧没办法张口说话,所以只能对着妈妈撒谎。他不知道为什么妈妈看着他嘴里涌出那么多舌头不觉得害怕。他只知道妈妈总是那么温柔地看着自己,相信自己说的所有话。

只是骗妈妈的时候就像吃了整整一口粗盐,沙砾感磨着自己的身体,也磨着心。

但巴赫太想变成正常的孩子了,他从未在众人面前讲过小故事,他太想说出自己的想法了,如果也能像其他孩子一样吐出珠玉一般纯粹的字句,妈妈一定也很欣慰吧!而至于那些舌头,巴赫心里其实也有过不舍,它们并未给他带来太多困扰,只是乖巧地藏在身体一隅。每当巴赫心里有些可爱的想法,它们都在七嘴八舌地讨论,就像有好几个三年二班的孩子陪自己一起说话。

只是……只是这样的话,自己就会一直因为怕和别人不一样而不敢张口说话了。巴赫虽然不舍,但还是一次次地撒着谎,一千只太多,要撒很久的谎才可以。

直到有一天,妈妈终于发现巴赫撒谎的秘密。她很生气,双手不停地摩挲镜子底座。她抬起巴赫的下巴,巴赫很自然地微微张开了嘴,妈妈探头过来数了数,嘴里只有十二条舌头了。妈妈有些失望,放下镜子,什么都没有说便走开了。巴赫也很难过,他宁愿此刻妈妈狠狠地打他。

这样难过的情绪一直蔓延到了巴赫生活的角角落落,他发现由于撒了太多的谎,舌头少了很多,自己越来越敢在人多的地方说话了。只是,这样一来不仅妈妈对他失望了,就连他最喜欢的老师、同学,还有楼下的王大爷都不愿意搭理他了。那个季节的日头很盛,巴赫的脸一直是赤红的,终日没有一句话。

"只有一条舌头当然可以毫无负担,健谈无比。而一千条舌头则是上天的优待。一般情况下,因为怕和别人不一样,你不会开口。但更多时刻,它们已经替你斟酌好了言辞,它们在你身体内争斗,占领你身体的话语权,让你不说假话,不说胡话。"

巴赫带着自己剩下的十二条舌头和妈妈的一番话长大了,再也不会因为自己的缺点而不敢开口,也再也不会因为要让自己和其他人变得一样而说出伤人伤己的话来。

源源的困扰

曾 华

2016级汉语言文学专业(创意写作)

源源家里今日要来客人,是他从未见过的大姨。为了迎接大姨的到来,源源妈妈做了一桌子好菜,源源趴在桌边感慨道:"这么多菜!源源今天真幸福!"说着便要伸手去偷吃,妈妈正好端着盘冒着热气的菜出来,"源源!不可以偷吃!今天你大姨要来家里吃饭,你可不准淘气!"源源缩回手,咽了咽口水,"哦"了一声。

"叮咚——叮咚——"门铃响了,源源跑去开门,妈妈听到动静从厨房里出来,来人正是源源的大姨,妈妈忙接过大姨手中的东西,"哎呀,大姐!真是好久没见了!你怎么来家里还带这么多礼物,真是太见外了!"

"不过是些小小的心意,快收下吧!这是源源吧,都长这么大了,快让大姨抱抱!"大姨一把抱起源源。"源源,叫大姨!"源源妈妈在一旁插话道。"大姨好!"源源脆生生地喊道。大姨在源源脸颊亲了一下,"真乖!"然后顺势将源源放下,一起来到餐桌前坐下。

"源源,来帮妈妈盛米饭!"妈妈在厨房里喊道。

源源应了声就从椅子上溜下来,正要往厨房跑去时被身后的大姨一把拉住,大姨笑眯眯地说:"源源,给大姨盛少半碗米饭就行了,多了大姨吃不完。"源源答了声好便向厨房走去。

源源妈妈正在盛米饭,旁边已经盛好了两碗。"妈妈,大姨说她只要少半碗米饭,多了吃不完。"妈妈没有吭声,往手中碗里又多盛了些米饭,满满一碗,比前两碗米饭都要多,妈妈将碗塞到源源手里。"这个最多的是大姨的,给你大姨端过去。"源源有点疑惑,不是刚跟妈妈说了大姨只要一点点米饭嘛,怎么妈妈还盛了这么多,难道是妈妈没听清?于是源源又开口说道:

"妈妈,大姨说她吃不了这么多。"正在拿筷子的妈妈转头瞪了源源一眼,不耐烦地说:"你懂什么?快去!"源源有些不明所以且委屈地端着碗出去了。

吃饭间隙,大姨老是夸奖源源既乖巧伶俐又聪明懂事,源源听得很开心,不料,妈妈却一个劲儿地说:"你可别再夸他了,这个小祖宗可是一点也不让人省心,也不知道造了什么孽,这辈子才惹来这么一个小祖宗祸害自己,源源压根儿比不上你们家亮亮,但凡有你们家亮亮一半懂事,我也省心了。"

源源觉得自己委屈极了,怎么在妈妈眼中,自己就成了一个祸害呢?源源想为自己辩解几句,犹豫着开口:"妈妈……"还不等源源说下去,源源妈妈就开口打断了:"大人说话,小孩子不要插嘴,快吃饭。"这顿饭源源吃得很不舒服,碗里的米饭也没吃几口,抬头一瞥,大姨居然把那么多米饭都吃光了,源源又觉得惊奇,大姨说自己吃不了太多,最后居然轻轻松松吃完了满满一碗,大人的胃当真是奇怪。

大姨走后,源源拉住妈妈的衣角:"妈妈,源源在你眼里真的很不听话吗?"妈妈看着儿子耷拉着的小脸,瞬间明白大概是方才的话让儿子不开心了,于是搂着儿子说道:"源源当然是个好孩子,妈妈方才在大姨跟前说你的不好也是为了你好,在外人面前要保持谦虚,万万不能顺着别人的话夸你,得说说你不好的话才行,不然人家会说咱们不知礼数。"

源源似懂非懂地点了点头,不过听到妈妈夸自己是好孩子,刚才心里的不愉快也都烟消云散了。

寒假的时候,源源被妈妈送到了乡下外婆家,这一日,许多孩子来找源源玩,大家一起在院子里做游戏,玩累了便坐在梅树下的石桌跟前歇着,源源的外婆拿了许多糕点和茶水放在石桌上供小朋友们吃喝。源源的朋友边吃糕点边夸奖道:"源源,你的外婆真好,还拿这么多好吃的给我们,你可真幸福呀!"小朋友纷纷夸赞起源源的外婆,源源很得意,正要接着夸自己的外婆时陡然想起妈妈的话来,别人都夸外婆,为了表示谦虚,自己应该说说外婆的不好才对,于是源源说:"不不不,源源的外婆才没有你们说的那么好,源源的外婆一点儿也比不上你们的爷爷奶奶。"源源旁边的小孩子一个个都愣住了,突然有一个小姑娘将手中的糕点往桌上一放:"源源你居然说自己外婆的坏话,你是个坏孩子,我不和你玩了!"其他几个小孩子也跟着说源源是个坏孩子,不和他玩了。转眼间,方才还热热闹闹的庭院瞬间变得冷清了,源源不知道为什么大家都说他是个坏孩子,他明明是按照妈妈教他谦虚的方式说话的呀,怎么就成了坏孩子了呢?

源源大哭起来,外婆听到声音赶紧跑过来,抱起源源,"源源,怎么了?"

"外婆,他们都说源源是坏孩子,不和源源玩了!"源源带着哭腔说道。

"为什么呀?"外婆问道。

"大家都夸外婆好,源源记起妈妈说过在外人面前要保持谦虚,万万不能再顺着别人的话夸你,得说说你不好的话才行,不然人家会说我们不讲礼貌,所以源源就说外婆不好,表示谦虚,可是大家听完源源的话都说源源是个坏孩子,外婆,源源做错了吗?"

外婆愣住了,久久不知该如何向一个单纯的孩子解释这复杂的大人的世界。

小野的鞋子

雒 茜

2013 级汉语言文学专业(创意写作)

小野坐在凳子上,双腿悬在空中荡啊荡。

凳子是爸爸买给他的,没人理他的时候,他就跟凳子玩。家里很安静,只有厨房传来妈妈做饭的声音,空气里窜着午饭的香气。

妈妈已经很久没有和自己好好说过话了,小野想。以前她的声音总是扬起来的,泛着甜味,"小野啊,要不要尝尝妈妈做的饭?"现在她的声音是平的,微苦的,"把饭给你奶奶端过去。"

小野端着饭,推开奶奶房间的门,奶奶耷拉的眼皮抬起来,好像看了他一眼,但仍没动。小野每次端饭过来,奶奶都是同一个姿势,靠着床头,下半身完全藏在墨绿的被褥中。从记事起,小野就没有看见过奶奶的双腿。

妈妈对小野说,你奶奶的腿废了。

废了是什么意思,小野似乎能理解。半年前,爸爸骑车出去,说是要给他买新鞋子,可小野再也没有见到他。那天晚上,小野看见妈妈坐在沙发上揉眼睛,小野问她,爸爸去哪儿了?妈妈好像累了,好半天才说,爸爸骑的车子废了,爸爸要去修它,暂时不回来了。

所以……废了,大概就是不能再用的意思吧!

奶奶没吃完饭就靠着床头睡着了。小野盯着奶奶的脸看了好一会儿,这才轻轻地撩开绿色的被角,奶奶的脚便露了出来。

小野看了看奶奶的脚,又看了看自己的脚。奶奶的脚怎么像树干呢?小野想。小野不知道女人裹脚的事,他只是觉得奶奶的脚长得奇怪,棕色的脚背皱巴巴的,很丑,像家门口自生自灭的野槐树,不过没那么粗。

小野忍不住伸出手,摸了摸奶奶的脚,冰得小野哆嗦了一下,手一抖,被角就被他扯歪了。小野吓了一跳,赶忙去看奶奶,奶奶依旧睡着,眼睛没有睁开。

小野把碗端出房间,心想,奶奶的脚那么凉,是因为没穿鞋吧!

他低头看了看自己的脚,有了主意。

除了脚上正穿着的,小野还有一双鞋。他想,把自己的鞋子拿给奶奶穿,她的脚就不会冷了。

小野跑到阳台,找了半天,才发现另一双鞋子被妈妈洗了,湿漉漉地晾在那儿。

这天下午,小野往阳台跑了好几次,鞋子却一直没有干。

到了晚上,妈妈喊小野回房间睡觉,小野从阳台跑出来,泛着湿气的鞋子被他藏在身后。

回到房间,小野把鞋子塞进被窝,凉凉的鞋子在小野的肚皮上躺了一个晚上。小野分不清捂热和晒干的区别,他觉得只要鞋子热了,就代表干了。

小野醒来的时候,已经快到中午,不知道为什么,妈妈并没有喊他起床。他掀开被子,发现鞋子跑到了床的另一边,他赶紧伸手去拿,摸了摸,还有点热,应该已经干了。

小野就抱着鞋子往奶奶的房间跑,一推门,看见了妈妈。妈妈坐在床边,对还在睡觉的奶奶说着话,说的话很奇怪,小野听见她说,"我们也都算解脱了。"解脱是什么意思,小野不懂。这时,妈妈看见了他,当然也看见了小野怀里的鞋子。

"你拿鞋子干吗?快放回去。"妈妈说。

小野只好又抱着鞋子慢腾腾地往回走,背后传来妈妈平静的声音,"你奶奶走了。"

小野转过身去,看着妈妈,没说话。妈妈曾经也跟他说过:"你爸爸走了。"妈妈说爸爸是去修废掉的车子了,那么奶奶,是去修废掉的双腿了吗?小野想起了奶奶藏在被褥下的脚,冰凉的,皱巴巴的脚。

小野没有觉得这是什么悲伤的事,因为妈妈的表情一点也不悲伤,反而像是松了一口气。

家里挂上了白色的布条,奶奶的照片被放在一张桌子上。

来了很多人，很吵。那些人看见了小野，也只是叹一口气，并不理他。没人理小野的时候，他就开始玩爸爸买给他的小凳子，他蹲在地上，摸着凳子腿。小野觉得凳子腿就像奶奶的脚一样，僵硬，干枯，还很凉。

小野突然跑开了。他跑到阳台，找到自己的另一双鞋子。妈妈从来不给小野买新鞋，所以他总是等着爸爸回来，带着修好的车子，和说好要给他买的新鞋一起回来。小野抱起自己干净的、已经捂干的鞋子，跑回来，蹲在凳子旁边，小心翼翼地把鞋子往凳子腿上套。他发现凳子有四条腿，于是把自己脚上的鞋子也脱了下来，拿给凳子穿。

妈妈突然过来了，她看着小野："别玩了！鞋子都被你弄脏了，明天穿什么？赶紧拿了！"小野蹲在那里，低着头，给凳子腿穿鞋的动作停了下来。妈妈又说："小野，你怎么还能跟小孩子一样呢！"

小野就把鞋子从凳子腿上摘了下来，他抬起右手揉了揉眼睛，刚探出头的眼泪很快被他揉了回去。

妈妈继续忙去了，小野抱着鞋子蹲在凳子旁边，他想，爸爸怎么还没回来呢。

讲 故 事

刘贤佩

2013 级汉语言文学专业(创意写作)

这是一个夏天,一个没有星星的夜晚,是英歌刚刚搬到乡下时候的故事。她搬到了乡下的姥姥家,那里有整齐的麦田,绿油油的草地,浅浅的荷塘和荷塘后面的乱坟岗。那里的大人们每天都起早贪黑地忙碌着。

春天,他们忙着播种;夏天,他们忙着除虫;秋天,他们忙着收获;冬天,他们就忙着过年。英歌还没有在这里待满过一年,她是夏末的时候才来这里的,这些事情她都是听母亲说的。母亲告诉她,姥姥姥爷家的人一年到头都很忙,让她听话,不要去打扰他们,英歌都照做了。她是个乖孩子,尽管有些不情愿,但她还是照做了。今天也是一样,傍晚,大人们在昏暗的仓库里面忙着打麦子,而英歌则搬着小凳子一个人坐在外面,靠着墙角坐在这儿。

她发着呆,看着门前孤零零的一棵树,天上挂着的一弯孤独的月,门前一洼孤独的水塘。想到自己也是孤零零地坐在这里,其他孩子们在一起相互追逐,在草丛里逮蛐蛐,在河边玩投石子的游戏。只有自己独自呆坐在墙角,就连家养的猫儿,也待在仓库的窗户边上,不愿意与她亲近。她望着晚风中的那颗梧桐,独自摇曳,不禁自怜起来。

"英歌!你怎么一个人坐在这里呢?"

"哎,陆老师好!"

陆老师是村小学唯一的女老师,今晚她路过仓库的房门,本想看看仓库里还有什么要帮忙的地方,却看到独自呆坐在门口的英歌。英歌是个令人伤脑筋的孩子,她不愿意与人亲近,却总是躲在别人背后偷偷看其他孩子们嬉戏。

"英歌坐在这里,是在看什么呢?"陆老师弯下腰来,亲切地询问道。

"老师,我在想我们家门前为何就只有这一棵梧桐树呢?而这条河的对面,却有一整个树林的梧桐树。老师告诉我们要把捉到的小鸟,逮着的蚂蚱,抓住的小鱼放回到它们的同伴当中。那我是不是绑住了梧桐树呢?"虽然不善于和生人搭腔,但对漂亮的陆老师英歌是不设防的。

"英歌,我这里的视线完全看不到对面,等等,你借我个凳子。"陆老师从墙角搬了个小凳子,坐在英歌旁边。

"啊,这样就能看得清楚了。"陆老师坐在英歌旁边,却不清楚接下来应该和她说些什么。陆老师也看着远处的树林,若有所思,远处的树林被风吹得沙沙作响。

"对了,英歌听说过村子里的那些怪事吗?如果你听说了,就不会打算把这颗梧桐树放回去了。"陆老师知道英歌不是这个意思,但她却想出了恐吓这样的馊主意。

"啊,陆老师,晚上好!""老师,你在这里干什么呢?"看到陆老师,两个路过的同学跑了过来,礼貌地向陆老问好。

"啊……我们在……"这位年轻的老师瞬间觉得尴尬起来了。

"怪事,陆老师要讲述村里的怪事。"英歌突然开口,在一旁解释道。

"怪事?鬼故事?"在一旁的男孩兴奋了起来,他跑回去叫来村里其他的孩子。

孩子们听到这样的喜讯,纷纷凑热闹般欣喜地跑了过来,他们搬着小凳子,凑到陆老师跟前,围坐一圈,把英歌也包在了那个圆里。

突然围坐过来的人群让陆老师紧张起来,怎么办啊,自己实际上并不擅长讲故事,也没有听过什么关于村子里的怪事。这么多孩子围过来,用渴求的眼神看着她,令她不知所措。

"啊……那个,从前河的对面的森林里,有妖怪出没。"陆老师结结巴巴地讲着。

"老师,这是骗人的吧,我爷爷是那边看坟的,他告诉我不要相信这种东西。"

"不相信你还来听。"

"就是,就是。"

"但是故事不就是为了个好听吗？老师别理他,快点讲。"

"等等,等等,都别吵了。"陆老师编的故事被打断了,孩子们又七嘴八舌地吵了起来,她完全不知道该怎么办。

"有,我见过。"人群中,英歌突然开口说话,"我家的树,就是。"

"啊——"

"我家门口的这棵树,就是从河对岸悄悄走到这边来陪我的。"

"这……怎么可能呢？"

"她说的是真的,我记得曾经我家门口的树被闪电劈开之后,某一天早上,新的树就出现在我家门前了。"

"对对对,我说的妖怪,就像这棵树一样,它们默默地在我们周围,陪伴着我们……"不擅长讲鬼故事的陆老师却非常擅长编写这样寓教于乐的小段子,大家都听得很开心,英歌也是。今天,她交到朋友了。

瓶 中 蝶

张煦琳

2013级汉语言文学专业(创意写作)

仓仓有着静水村最美的一片花园。

仓仓放学闲逛时,突然在离家不远的地方发现了一处新天地。不知是谁荒弃掉的一块菜地,四围竹扎的篱笆整齐地交叉排列着,像一张网,转瞬便捕获了这个八岁孩子的视线和兴致。

仓仓修补了篱笆,准备托镇上的种子店帮自己从县城里带些花种,他从舅舅送给他的一直没舍得用的文具盒里小心地数出两块钱,轻轻地放到店老板手里,认真地想了想说:"我要最好看的花。"

花种一到,仓仓就种上,按说明浇好水后,就静静地在花园旁坐着,哪里也不去,只盯着光秃秃的土地愣愣地看。仓仓觉得,土地是一床暖和的厚被子,花朵睡饱了,才会钻出来跟自己见面。花朵一定是个美丽害羞的女孩子,老师说过,男孩子要学会等女孩子。

春日萌芽,夏季挺枝生叶,秋风则带了画笔,乘着风车,在晚上悄悄地把仓仓的花园涂上了蓝白红紫四色。和花朵一起来的,还有一个转学过来的女孩,她有着好听的名字,叫素星。素星是来陪外婆的,那是一个温柔慈祥的老人,她皮肤上的每一道褶子,在见到小朋友时都会舒展上扬,像一张张微笑的嘴。

仓仓很喜欢素星,他觉得没有人比素星更适合梳起两条细细的麻花辫。素星梳麻花辫的样子是那么好看,藏蓝色叫不上名字的小花盛开在她的衣衫上,那是另一座花园。她的眼睛也像星星一样,会闪闪发亮,眨巴眨巴,像是揉进了星光。

没有人可以接近仓仓的花园,就连素星也不行。他像一名忠勇的骑士,空闲时间便寸步不离地守着自己的领地。天空澄澈透明，就像家里的玻璃窗纸，天空的那一边，若有人正透过这窗纸看的话，一定会叹服大地这块大绒毯上装点着这一片美丽的花园。暮色渐袭，股股蓝紫的炊烟将天空染成了深蓝与绛紫相混的花样。仓仓起身拍拍屁股上的土，揣着满满的喜悦跑回家去。

冬去春来，短暂的沉寂过后，花园又勃发出生机来。连蝴蝶也加入了仓仓的看护队伍，日日在花丛中起落盘旋。花朵有红的、紫的、白的、蓝的，蝴蝶也有红的、紫的、白的、蓝的。

蝴蝶是飞舞的花朵，花朵是静止的蝴蝶。

素星的外婆病倒了，在仓仓的印象里，她是一个很精神的老人，怎么说倒下就倒下了。素星的眼圈越发红肿了，眼圈下是浓得化不开的黑色。仓仓有些难过，他想起自己之前经常故意路过素星外婆的门口，在门前或忙碌或打盹的老人，只要见到他，便笑着叫住他，递给他一根芝麻糖棍，那糖棍似是早早就已经备在那里的。他欢天喜地地接过，却又舍不得一下吃完，只一下一下舔得认真，素星外婆这时便会唤出素星再给仓仓一根。

如果外婆不在了，那么素星便要离开静水村了，而仓仓不想让素星离开静水村。

仓仓听说过一个美丽的魔法：只要将装满蝴蝶的瓶子在病人的床前放一晚上，第二天放飞蝴蝶的时候，蝴蝶就会带着病痛一齐飞走。

仓仓告诉了素星这个魔法。

"可……静水村的蝴蝶，都在你的花园里啊！"素星已经开始摇头了，"这样会毁掉你的花园的！"

"没有关系！那是我的花园！"仓仓说得倔强，却已经有泪水在眼眶里打转。他再次走上那条熟悉的通往花园的小路，心里有说不出的滋味。

"没有关系吗？弄坏你的花园。"素星再一次向仓仓确认，语气里是满满的不忍。

"没事！尽管捉吧！"仓仓扯起袖子飞快地抹了一把眼泪，大声地说。

一瓶蝴蝶放在了素星外婆的病榻前，蝴蝶静静地落在玻璃瓶的瓶壁上，有红色、紫色、白色、蓝色四种颜色。素星外婆费力地睁开眼睛，笑着对仓仓说:"仓仓把花园带来了吗?"

素星外婆的病真的好些了,仓仓以为那是蝴蝶的魔法,他细细整理好一片狼藉的花园,告诉自己花还会有的。然而秋天的花却不似以往繁盛了。花终于在冬天到来之际接二连三地枯萎,素星外婆也在滑了一跤之后重新缠绵病榻,不久就病危了。

冬天是没有蝴蝶的。

办完丧事的那天,素星的父母来接她,素星在一地白雪中认真地对仓仓说:"明年这个时候,我一定回来找你!"

仓仓重重地点了点头。

后来仓仓才知道那些花叫大岩桐,又名落雪泥。

当大雪又一次纷扬飘落的时候,素星却没有回来。

写　信

王瑞雄

2013级汉语言文学专业（创意写作）

　　腊月二十七的凌晨，很冷，外面又在下雪了，爷爷还没有醒来，桑桑悄悄地下了炕，轻手轻脚地，尽量不发出声响。他来到窗边，坐在桌子前，腿微微抖动着，接着搓了搓手，侧耳能听到屋外簌簌的落雪声。

　　桑桑回头看了一眼炕上的爷爷，天还不大亮，屋里很昏暗，看不清爷爷的脸。他缓缓地拉动抽屉，害怕这破旧的木桌发出哪怕一点尖利的吱呀声。抽屉被拉开了，他轻轻地把墨水瓶放在桌上，又取出一支钢笔，铺开一张发黄的纸，揉平了。他将抽屉推回，用力过猛，发出了声响，他吃了一惊，想回头又不敢回头，小心翼翼地慢慢转过视线，发现想象中爷爷站在身后笑眯眯地看着自己的场景并没有出现时，这才长舒了一口气。

　　他要给爸爸写一封信，以前他并不偷偷写，但爷爷却要偷偷看，他并不想让爷爷看到自己写了什么。

　　他没有立刻动笔。爸爸在前线打仗，这一年只写过三次回信，信写得比以前潦草多了，爸爸一定很忙。自己要写得简单些，要先想想写些什么。

　　他想写爷爷，爸爸已经很久没有听到爷爷的消息了。爷爷是个瘦小的老人，头发和胡子都白白的，像雪挂在老树上一样。爷爷的咳嗽越来越严重了，就算是睡熟了的半夜里，也经常因咳嗽醒来。他的眼神也不行了，年前就老看不清东西，眼睛时刻都眯成一条缝，看人就像在睡觉。日子越来越难捱，爷爷每顿饭只喝小半碗粥，自己怎么说他也不听，告诉爸爸，让爸爸写回信时劝劝爷爷……

　　嗯……不行不行，爸爸在前线打仗那么危险，怎么有空管这些呢，自己已经长大了，照顾爷爷的事情就由自己做吧！桑桑想了想，听隔壁的老王叔叔说,要报喜不报忧,那就写点高兴的事,没准爸爸在无聊的打仗中也能乐一乐。

那就写看戏。前几天,是腊月二十三,小年,乡里来了唱大戏的,演的是《三调芭蕉扇》。那个孙猴儿演得太假了,它往桌子底下一滚,就假装钻到铁扇公主的肚子里去了,铁扇公主肚子都没大,里面怎么可能有猴子。

嗯……桑桑还是没有动笔,他想了很多,但是一拿起这支红色的钢笔,他又犹豫了,他有点害怕自己写不好,他又害怕正在打仗的爸爸并不想听他说这个……算了,还得再想想。

要不写今年新交的好朋友。隔壁婶婶的大儿子叫轩轩,听说那些城里的孩子都起这个名字,洋气。轩轩不是城里的孩子,但是他的妈妈想让他洋气。桑桑是在拾野菜的时候认识轩轩的。轩轩能分清田垄上的小根蒜、马齿草、刺儿菜、苦菜、毛妮菜和面条菜,可厉害了!不过他不识字,桑桑教他写名字,他特别高兴,还要请桑桑吃面片呢,不过最后他被他妈妈揪着耳朵拎回去了……

桑桑正在苦想着要写什么,突然不知道谁家的公鸡叫了一声,他被吓了一大跳,天已经亮了。

他回头看了眼爷爷还在睡觉,沉默了一下,在纸上写了一行字:

"爸爸,我们都很好,在等你回来。桑桑"

他把写好的信折起来,从抽屉的缝隙塞进去,将墨水瓶和钢笔收好,轻轻地站起来,小心地四处看了看,确保无误,才离开了桌子。桑桑假装自己就好像刚从被窝里爬起来似的,怠懒地走到门口,故意猛地拉开屋门,发出巨大的声响,去雪地上撒了尿。

早上喝了碗粥,桑桑偷偷揣起信纸,大声说:"爷爷,我去找轩轩玩啦!"说完就大步跑出家门。

"下雪着,小心点,早些回来,别去马路上。"爷爷坐在炕沿,看着桑桑的背影,又看了一眼放在桌上的墨水瓶和钢笔,叹了口气。

爷爷从草席底下取出一张泛黄的白纸,眼神浑浊,自言自语道:"这两眼真的是昏了,信是写不成了,前些日子还能瞧见清清的……算了,瞒不住的,桑桑也长大了,应该告诉他了,这孩子,命苦啊……"

泛黄的白纸上写着"前线阵亡人员名单",看底下的日期,已经是一年前了。

拜月亮的孩子

史美垚

2013级汉语言文学专业（创意写作）

（一）

"让我们荡起双桨,小船儿……小白菜,地里黄,只有爹,没有娘;小白菜,鼻涕长,不知羞,臭屁响——"

刚出学校门,石头村小学的孩子们排队回家唱的儿歌突然变了调儿,一群孩子开始围着白海笑闹。只有个头最小站在最前面的青青,在队伍散开之后,回过头来看了人群中的白海一眼。看着那些笑闹的人,青青的嘴巴动了动,却没有发出任何声音。

看着眼前熟悉的画面,白海咬了咬牙,抿紧嘴唇又握了握拳头,然后继续向着家里的方向走去。

白海不想动手,因为上一次打过人之后,奶奶就被老师叫到学校去了,晚上回家抱着他哭了一夜。白海不想让奶奶伤心,爸爸一两年才回来一次,妈妈自他记事起他就没见过。白海一直和奶奶住在一起,奶奶很爱白海,所以他不希望因自己不懂事惹得奶奶难过,所以他要忍着,哪怕心里再不服气,也要忍着。

白海继续往前走,人潮围着他一起走,小浪花们拍打着地面,继续唱着那些让他们欢快的歌,愉快地看着白海用越来越红的面色和脖子上梗起的青筋,无声地表达着自己的愤怒。

路过短桥时,白海顿住了脚。

众人满怀期待地等着他先动手,然后再一起揍他一顿,这样老师就不会说他们欺负同学了。

但是很遗憾,白海深吸了一口气,又自顾自地往回走。孩子们失望地"切"了一声,又开始哼唱,这时候传来一声清脆的带着薄怒的声音:

"你们再欺负白海,我就去告诉老师!"

孩子们回头,这才留意到个头小小的青青。不知从什么时候开始,青青的脸已经和白海一样红,垂在身侧的拳头也已经攥了起来。青青恶狠狠地看着这些人,毫不示弱。那些人又发出了"切"的一声,最终散开了。

过了一会儿,短桥上只剩下白海和青青两个人。白海抬起头来看了一眼青青,吞吐着说了声谢谢,然后又往家的方向走去。

短桥是分界点,桥东是青青家,桥西是白海家。

白海依旧看着地面,安静地往前走。只是原本握着的拳头松了开来,面上的红色也开始慢慢淡去。没多久,他的身后传来一阵急促的脚步声,白海正准备让开道,却听到一声喊:"白海!你等等!"

"有什么事吗?"白海回过身来,看着一蹦一跳向自己跑来的青青,问道。

"你想妈妈吗?"青青看着白海,认真地问道。

"你想干什么?"白海握了握拳头,像一头易暴躁的小兽,刚顺下去的毛又被捋了起来。尽管是刚才帮了自己的青青。

"我可以帮你找到妈妈。"青青眨了眨眼睛,没有注意到白海的变化,"你知道的,你们之前也笑话我没有爸爸妈妈。"

白海愣了愣。

他知道。因为青青一直和爷爷生活在一起,她从出生起就没见过爸爸妈妈。不像自己,爸爸每年都会回来。那个时候,他们都嘲笑青青是没人要的孩子,就连白海也一样。可是就在半年前,青青的爸爸妈妈回来了,还给村里的孩子们带了好多礼物,让他们又是羡慕又是嫉妒。

"你真的愿意帮我吗?"白海想起以前的事情,脸蛋又红了红。

"嗯!"青青狠狠地点了点头,似乎怕白海不相信,她还伸出了小拇指,"来,拉钩。"

(二)

晚上很快就到了。青青抱着两只小白兔出门的时候,妈妈在她后面喊着问:"这么晚了你去哪儿? 一会就要吃月饼啦!"

"妈妈,我很快就回来!"转了个弯,青青的身影很快消失在小路上。

"对不起,我迟到了。"青青抱着小白兔,喘着气儿对白海说道。

"是我来早了。"白海抿了抿嘴唇,有些不好意思。如果这样真的可以见到妈妈,"你说,这样真的可以吗?"

"你就放心吧! 去年我就是这样做的,然后我的爸爸妈妈就回来了。"

"走吧。"

青青带着白海往前走,在前面的小河边找到一块空旷平坦的地方。月光下的河水波光粼粼,像一池会发光的宝石。

"就这里吧!"青青把兔子放在地上,然后开始从口袋里拿出从家里带出来的月饼和水果。白海也一样,认真地往地上放了两个月饼。

"快许愿,让兔子们和天上的玉兔打声招呼,嫦娥姐姐会更容易留意到你的愿望。这样她就会提醒你妈妈你在想她,让她快回来见你。"

圆圆的月亮挂在天空,温柔地洒下它的光辉,一旁的青蛙"呱呱"地叫着,青青带来的两只小白兔好像也被他们打动了,安静地坐在一旁看着那轮月盘。

"你说,嫦娥姐姐真的会听到吗? 妈妈真的会回来吗?"看着天上的月亮,白海开口问道。月亮中间隐隐的灰色真的好像传说中的月宫。

"会的,肯定会的。"青青坐在另一边,也看着天空肯定地回答。

月亮和白兔一定会带着白海的愿望,飞到高高的天上,飞到那座美丽的月宫,然后嫦娥姐姐会想办法,带白海的妈妈回来看他。

青青相信,白海也相信。

爷爷睡着了

王 雅

2016级汉语言文学专业（创意写作）

"一个，两个，三个，哎，不对，爷爷，我刚才明明看到你抓了四个。"穿着绿褂子的天天一脸认真地数完白胡子老人手中的石子，一脸疑惑地问着，旁边的小伙伴们也满脸惊奇。"哈哈哈，怎么样，神奇吧，想学吗？"白胡子老人抬起下巴洋洋自得地说，随着他嘴巴的张合，那两撇白胡子也跟着跃上跃下。"想学想学，爷爷，您要是能把您这一身的本事都教给我就好了。"天天的眼神里闪着期待的光芒。"对啊，对啊，都教给我们吧。"旁边的小伙伴们应和着。白胡子老人一下子从孩子堆中跳出来，站到旁边更高的石阶上，蹲下用警惕的目光看着孩子们，"那可不行，教给你们，你们就不跟我这老头子玩了，我就没有毛毛家的油饼吃，没有翠翠家的米酒喝……最重要的是，我就没有天天妈妈做的桂花糕吃了，不行不行，一点都不划算。"老人一边说着一边把头摇得跟拨浪鼓似的。

"天天，天天……"

"毛毛，毛毛，快回来……"

"翠翠，回来吃饭了。"

……

村子里几户大人的喊叫声此起彼伏，天天和他的小伙伴们告别了白胡子老爷爷，挥挥手，撒开腿，一溜烟儿地往各自家中跑去，而老人站起来看着孩子们跑远的身影，笑着拍拍身上的灰，拿着他的小马扎慢悠悠地朝自己家中走去。天天与他的小伙伴们每天最大的乐趣就是在村口大树的石台下看这个白胡子老爷爷变戏法，他每天都能给天天他们变着不同又新奇的戏法。老爷爷一个人住在村子里，儿女都在城里，逢年过节才回来一趟，而天天他们会在看戏法的时候给老爷爷带着家里做的好吃的。

　　第二天又如往常一般，天天一群人早早地就来到了石台下，过了好久才见远处老人摇摇摆摆地向他们走来。"爷爷您可算来了啊，我们都等了好久了，还以为您不来了。"翠翠看见老人就跑着扑上去喊叫着。"傻闺女，答应你们的，爷爷怎么会不来呢。""爷爷，爷爷，今天又有什么有趣的啊？"天天凑上前去双眼放光地看着老人。"今天啊，今天爷爷带你们去看个好玩的东西！跟我走。"老人故弄玄虚地说道。老爷爷牵着天天，和孩子们拐过几条小巷来到了村子里最大的那颗槐树下，不过今天的槐树与往日又有些不同。"哇，是秋千！"跑在最前面的毛毛激动地大声喊道。"秋千？"天天听到这两个字，松开老人的手，飞一般地跑过去，槐树伸出的枝干上挂着两根粗壮的麻绳，麻绳的下端系着一块平滑的木板，天天迫不及待地一屁股坐上去。"爷爷，快来推我，快来推我。"天天喊道。"来了来了，小崽子们，喜不喜欢爷爷的礼物啊？"白胡子老人站在后面用力地推着，天天荡得越来越高，笑声挂在树梢上。"喜欢，喜欢。"孩子们异口同声地回答着。"爷爷，明天是我的生日，你也来啊，我们在石台下面摆席。"咯咯的笑声里传出一句话来。"好好好，有你妈做的桂花糕没？"老人咽了咽口水问道。"有呢，还有我家的油饼，翠翠家的米酒，牛牛家的大葡萄……"秋千下的毛毛一件一件如数家珍。"好好好，好得很，明天我一定早早去。"

　　生日这天，老爷爷一早起来一阵晕眩，不得不躺在床上休息。到了下午约好的时间，天天他们早早就将桌椅摆好，却不见老爷爷来，一行人跑到老爷爷的家中，见老爷爷躺在床上。"爷爷，您怎么了，说好的今天一起吃席呢。"天天趴在床边急切地问道。"吃呢吃呢，我睡过了，在哪呢，来扶我起来，我可不想错过这样的好事。"老爷爷掀起被子，被天天他们扶起来，穿上鞋子，翠翠和天天拉着老爷爷入席。席上，老爷爷又给大家表演了他最拿手的变手绢的戏法。老爷爷说着，席间哄笑一团。"爷爷啊，今天我生日，有什么更好玩的戏法吗？"天天问着。"更好玩的啊，我想想，哎呀，今天出来的急，没带家伙，明天，明天爷爷给你补上。""好，那我们明天继续。"约定就这样达成了。

　　第二天，老爷爷没来。

第三天,老爷爷还没来。但是天天的妈妈告诉他以后不用再去村口的石台下了,孩子们都很迷惑一向守信的爷爷为什么这次却没来,天天和毛毛偷偷地跑到爷爷的家里,在那个只有爷爷一个人住的地方,这天就连院子里都站满了人,门上还挂着些白条子,人们都在哭,天天却不知道发生了什么。看着满院子不认识的人,天天也不敢进去,只能偷偷地跑回家中问妈妈,老爷爷怎么不见了。妈妈告诉他说爷爷死了。死了?天天伤心极了,死了是什么意思,死了是怎么回事,爷爷是因为死了所以才不能来给我们变戏法了吗?

"妈妈,爷爷死了是什么意思啊?"天天揣着不能解答的问题只能来求助妈妈。"死了,死了就是你再也不能见到爷爷了,爷爷再也不能说话了,再也不能跟你们玩了,再也不能给你们变戏法,再也不能吃妈妈做的桂花糕,再也不能牵着你们去下河,再也不能推你们荡秋千了。"妈妈耐心地对天天说着。"我不,我不要,那我不要爷爷死了,妈妈,你让爷爷不要死好不好!"听完妈妈的话,天天的心里充满了恐惧,放声大哭起来。"天天,你哭是因为你喜欢爷爷,你不想没有爷爷,但是死亡是很正常的事情,爷爷陪你度过了那么多开心的时候,你永远会记得他的,他还活在你的心里,你的记忆里,那么他就不算是真的死了。而且爷爷也希望天天能天天开心啊!"妈妈安慰着天天。"那,妈妈你也会死吗?"天天泪眼蒙眬地抬起头问着。"会,妈妈也会死,但是妈妈会陪着你长大,会很久以后。好了,别哭了……"妈妈摸摸天天的头说着。

毛毛还经常去石台下,一天,他碰到了天天。"天天,我妈妈说爷爷睡着了,可是爷爷怎么睡了这么久还不醒来啊?"毛毛问。"爷爷不是睡着了,爷爷是死了,我们没有爷爷了。"天天一本正经地回答着,毛毛根本听不懂天天的话,只听到说没有爷爷了,就大哭起来,"毛毛,别哭了,但是你是不是也记得爷爷?我妈妈说了,只要我们记得爷爷,他就还活在我们心里。"天天拍拍毛毛的肩膀,照搬着妈妈的话安慰毛毛。"可是我妈妈说爷爷是睡着了,你却说爷爷死了,天天,我也每天都睡觉,我也会睡着睡着就死了吗?也就没有我了吗?"毛毛听不进去天天的话,只在原地大哭。

这一晚,毛毛躺在床上迟迟不敢入睡。

老牛亦是知音者，横笛声中缓步行

党 玥

2016级汉语言文学专业（创意写作）

春生的爷爷走了，现在这个家里只剩下春生和院子草棚里的那头老黄牛了。

春生每天喂完那头老黄牛后便会拿着爷爷过去时常吹的竹笛坐在土炕边的小木椅上发愣。爷爷不在了，他身后的土炕上再也不会传来爷爷粗重的呼吸声，手中的那支竹笛也沉寂了下来。春生心里空落落的，他到底还没有习惯这样的日子。

这一天，春生的家里突然来了好多人，他们把春生和爷爷的那间小房子挤得满满当当。

那群人气势汹汹地踏过了门槛，在春生的家里站成了泾渭分明的两派。没有人和春生打招呼，更没有人向春生解释些什么，因为带着两排人马进门的是他的两个姑姑。她们虽然在爷爷在的时候从未踏进过这间房子一步，但这并不代表她们没有权利吆喝众人在这里进进出出。

春生已经被人挤到了炕上，之前坐着的那张小木椅也已经被人踢翻了，那根小小的竹笛却一直紧紧地攥在他手上。

他不仅害怕他的两个姑姑，也害怕这黑压压的人群。自从爷爷走了之后，他们便会隔三岔五地聚在一起，先是大吵特吵一架，之后那个吵赢了的姑姑就会拿走一样爷爷留下的东西。第一次他们拿走了爷爷的田，紧接着他们拿走了爷爷耕田的锄头和铁犁，下一次就是爷爷养的鸡，之后他们又翻出了爷爷用油布包起来的几张大票子……现在，除了待在草棚里的老黄牛，他手上那根不值钱的竹笛和这间老房子外，爷爷留下的东西差不多都被他们拿走了。

春生不是没有扑上去抢过、骂过,每回有人真要动他爷爷的东西时,他就会对那群人发出低沉的怒吼,想用自己刚长成的尖牙和利爪来保护自己珍视的东西。可是每回也都会有好多双手把他牢牢地钳住,让他一动都不能动。等他的姑姑拿到了她们想要的东西后,他又会被人扔回原地,一个人对着空落落的家呜呜咽咽地哭着。

被她们抢剩下的这间老房子是他爷爷一砖一瓦盖起来的;那只老黄牛在春生没来到这个家之前就已经陪了爷爷快二十年,爷爷说老房子是春生的家,老黄牛是春生的长辈,它也算得上他的半个"亲人"。

家和"亲人",这是春生决不让人抢走的东西。可是有人就要把它们从他手上夺走了。

春生在房子里不被人注意的地方,从缝隙中打量着这些霸占着他家的人,他们都是他两个姑姑带过来撑场面的人,这些人有春生认识的也有不认识的。春生把爷爷的竹笛放在手里握紧,他咬紧了牙关,目光里不自觉地露出了一个少年直白的狠戾。

可是这种狠戾还没显露多久,春生脑海里翻滚着的恨意就被打断。

一只胖乎乎的小手拽住了他的衣袖,他惊了一跳。原来是一个虎头虎脑的小孩不知道什么时候爬到了他坐着的炕上。

春生正烦,这小孩也不知道是这屋里哪个来帮她姑姑忙的村妇领过来的,居然凑到了他身边,他一点儿都不想搭理他。可是小孩才看不懂春生的闪躲,他见春生半天也没理他,便伸出了两只藕节一般的胳膊抱住了春生握着竹笛的那只手。

这确实让春生不得不理他。小男孩睁着黑亮圆溜的眼睛看着春生,一动不动地抱着春生的手和笛子。一旦春生试图挣扎,小男孩就皱起鼻子作势要哭。

春生心想着这一看就是被父母给宠坏了的小孩,自己才不会在外人面前哭鼻子。

可是想归想,春生看见那小孩要哭了,还是会忙不迭地想把他哄开心。

春生连做了几个鬼脸,看小孩终于笑了,春生却也不再敢对他发凶了,只能尽量好声好气地问道为什么要一直抱着他的手不放。

小孩一听他问了自己,竟一下子变成了一个小大人,他昂起了头对着春生说:"这笛子不是你的,是一个老爷爷的。"他虽然这样说,但听起来却不是在指责春生。

春生被他这一派认真的样子给逗笑了,便又接着问他:"你怎么知道这笛子不是我的?"

那小孩一听马上就说道,"我见过!"他皱起了小小的眉头,"我见过好几回,那个老爷爷骑在一头牛上吹笛子,吹得可好了。"

小孩说得没错,忙完农活后,爷爷确实喜欢骑着牛在回家路上吹一曲,想到这儿春生心头一酸——不过现在这个村子里能记得住爷爷吹笛子时的样子的人恐怕也只有他和这个小男孩了吧!

春生再也高兴不起来了。可是小男孩望着他的眼神又清又亮,逼得春生再难受也不能把他晾在一边。"那个吹笛子的老爷爷已经走了,他把笛子送给我了。"

"啊——"小孩拖了长长的一个音来表达他的失望,他还不懂"走了"是什么意思。

他不放弃似的接着又问:"那哥哥你会吹笛子吗?哥哥也能坐在牛背上吹笛子吗?"

春生会吹笛子,春生很小的时候爷爷就教过他吹笛子。他也曾经学着爷爷的样子爬到牛背上吹笛子。可是现在,教他吹笛子的人已经不在了,那头老黄牛也要被人牵走了……

小孩见春生一直没有回话,便又催促道:"哥哥,咱们去吹笛子好不好?"他黑白分明的眼睛又滴溜溜地转了一圈,一看就是个在出鬼点子的小顽童。"哥哥,咱们别在这里待了,这里全是大人,一点意思都没有,咱们把院子里的那头老黄牛牵走去吹笛子好不好?"

春生看着眼前的这个小孩,他觉得他说对了些什么,但自己又捉摸不透。最终春生吐出了一个极轻却极坚定的"好"。

春天的堤岸边,远山如黛,杨柳如烟。老牛驮着两个男孩在笛声中远去。

童言呓语

神奇的鼻子

鲁冰清

2013 级汉语言文学专业(创意写作)

我全身上下最神奇的地方就是鼻子
它认识世界上所有的气味

阳光是花蜜清甜的气味
裙子是随微风荡漾的气味
乐曲是大树哗啦哗啦的气味

书籍的气味从时光隧道里走来
月亮的气味将想念散发
北极熊打着哈欠把冬天的气味传达

梦醒了
我神奇的鼻子
现在只认识香粽的气味

儿 童 诗

左 晨

2013级汉语言文学专业(创意写作)

风吹拂柳枝的声音
河水拍打河岸的声音
小草抽节拔枝的声音
牧童倚在牛背吹笛的声音

牛蹄嗒嗒地踏在石板上
它听懂了声音,放慢了脚步

那是慢慢长大的声音

夏　夜

邓　茜

2016 级汉语言文学专业（创意写作）

夏天

我在野地里奔跑

等到晚上

会有凉爽的风帮我洗澡

天空也会亮起很多小灯笼

它们来接我回家

我伸手

想帮摇摆的灯笼挡风

我猜一定是风吹晃了火苗

可是我不小心

居然戳破了薄薄的云朵

光洒下来

让人发现了我在逃跑

婚

胡雅洁

2016 级汉语言文学专业（创意写作）

红礼帽，
黄盖头，
红花别身上。

弟弟闹，
姐姐笑，
妹妹办好妆。

喜迎婚，
藏哭闹，
一幅好景象。

无人晓，
盖头下，
为何泪湿裳。

爸爸带我骑摩托

杜 舟

2016级汉语言文学专业（创意写作）

我坐婴儿车

爸爸带我骑摩托

我被颠得大哭　他停下来哄

我们慢慢骑到公园

爸爸教我学走路　摩托停在一边

我骑单车

爸爸带我骑摩托

怕我翻车　他停下来回头

我们慢慢骑到公园

爸爸带我放风筝　摩托停在一边

我骑机车

爸爸带我骑摩托

他骑得慢了　我停下来等

我们慢慢骑到公园

爸爸看我滑旱冰　摩托停在一边

我开轿车

爸爸带我骑摩托

开到一半　我停下来说爸爸

您上车吧

我们慢慢开到公园

我陪爸爸看日落　摩托停在一边

秋　叶

杜昭月

2015 级汉语言文学专业（创意写作）

妈妈的洗脚盆

藏着一整个秋天

湛蓝蓝的天

暖融融的波

璧上的翠色花纹

围成连绵的山峦和丛林

妈妈的脚掌心

踏着一片一片

干枯的叶

棉外套没拉住

我转身就跑

急匆匆地

我要留下最爱的时光

我跑得很快

李冰音

2015 级汉语言文学专业（创意写作）

烈日下的溪水悄悄流淌
让我亲亲雪白的面庞
凉凉的
甜蜜
正适合冻成冰棒

秋风中的银杏偷偷换了衣裳
让我摸摸散落的芬芳
闪闪的
金色
正是书签的模样

把书签好好珍藏
让溪水融入心脏
睡梦中
我又品尝了最爱的时光

丁　零

李　靖

2015 级汉语言文学专业（创意写作）

丁零零，上课了
收好弹珠坐端正
腰挺直，手背后
上课不能只说嗯

看黑板，听讲话
一定不要盯秒针
头抬起，往前看
眼珠转动别发愣

手勤快，笔不停
做好笔记多发问
脑转动，多思考
不许偷懒把头枕

丁零零，下课了
双眼放光往出奔
放小心，别着急
千万不要把门碰

苹 果 树

孙妙玮

2015 级汉语言文学专业(创意写作)

难过的时候怎么办呢?
妈妈不知道,爸爸不知道,
但是
门外那棵苹果树知道。
它不拍我的肩膀,
不揉我的脑袋,也不
抹掉我的眼泪叫我"小捣蛋鬼"。
它举着好多苹果,
——它举给我吃哇!
吃苹果的时候,
我就知道了,这难过
是甜的。

秋　天

王清洋

2015级汉语言文学专业（创意写作）

叶落的那天
我和最好的朋友吵架了
放学时
她从路口走过
我站在梧桐树下
向马路对面扔石子
咚,咚

金黄的叶子铺了一地
她瞥了我一眼
却不肯停下

晚上,我在梦里扔石子
路上没有一个人
只听见
咚,咚

蝌蚪在脚印里走丢

吴英林

2015级汉语言文学专业（创意写作）

旧祠里，银杏下起黄金雨
我拾起一滴，走下田埂
放入蝌蚪走失的脚印里
祖父的脚印在夏天长大
秋天，长成两把唢呐
黄了一把，白了一把
我曾问妈妈，蝌蚪去了哪里
妈妈说，在银杏树下

别 有 洞 天

壮壮奇遇记

李 璐

2013级汉语言文学专业（创意写作）

壮壮是小集小学五年级的学生，从小就很调皮，是家里的小霸王，家里没人能管得住他。

周一早晨，壮壮像往常一样来到学校门口。

"喂！跛子李，往那边挪挪，你挡住我的路了。"壮壮踢了一脚坐在小学围墙边的流浪汉——跛子李。

跛子李大概有60岁了，10年前他出现在小镇上，在小集小学的围墙边定居了下来，一个薄木板搭的简易屋子就成了他的家。

跛子李只是左脚跛了，精神完全没问题。起初有不少好心人给他介绍工作，他都拒绝了，后来大家伙儿索性不管了。跛子李每天最爱干的事就是提着袋子在小学附近捡垃圾，以及站在学校门口看学生们在操场玩耍。

壮壮从小就看不起跛子李，上了小学之后甚至带着同班小朋友航航、阿雄一起欺负他。他们朝跛子李扔石头、吐口水，抢他卖垃圾换来的零钱，最常做的就是骂他没文化。跛子李从来不还口，更没有动过手，甚至有时候还会买零食给这些欺负他的小朋友。

壮壮到了教室，看见班长萌萌提着一篮子苹果。

壮壮凑上前去，"萌萌班长，这些苹果真是又大又红，哪儿来的呀？"

萌萌挪挪身体，离壮壮远了一点。"是学校门口的李爷爷给的，让我分给咱们班同学吃。"

"李爷爷？哪个李爷爷？我怎么不知道咱们学校门口还有个姓李的爷爷？"壮壮坏笑着问。

萌萌生气地说:"就是你口里那个'跛子李'。你满意了吧?!"

萌萌转身想走,壮壮一把拉住她,从篮子里拿了两个苹果。

"每人一个!"萌萌想抢回来,但壮壮早已跑远了。

壮壮去水池边搓了搓苹果,坐在操场上几口就吃掉了。

午后,微风和阳光正好,壮壮心满意足地躺在操场上,不由自主地眯上了眼睛。

"哎!跛子李!你醒醒!你怎么跑到学校里面来了!快出去!"壮壮被来人的吼声吓醒了,睁开眼,发现是小集小学的门卫大黑。"大黑哥哥,我不小心睡着了,这就回去上课。"壮壮忙起身往教室走。"跛子李,你喊我啥?大黑哥哥?七老八十了还喊我哥。"大黑拉住壮壮,"你怎么还敢往学校里面跑,滚出去!"无论壮壮怎么哀嚎,大黑都无动于衷。就这样,壮壮还没搞清楚状况,就被赶出了学校。

走出校门壮壮才发现,自己的身体竟然变成了跛子李的。人们看他的眼神,无疑是在看一个流浪汉。恐惧和不知所措充斥着壮壮的心,他不知道该去哪儿,不由自主地走到了跛子李的木板屋。门口放着跛子李平时捡垃圾用的袋子,屋里黑漆漆的,散发着浓烈的馊臭味,壮壮不敢进去,坐在围墙边上思考这到底是怎么回事。

学校放学铃声响了,一群一群的小朋友从大门口涌出来。壮壮仔细地盯着人群,想找航航和阿雄求助。"壮壮,晚上去我家吧,我妈给我新买了一个游戏机。"是阿雄的声音。

壮壮激动地看向声源,却愣住了,有另一个一模一样的壮壮,和航航、阿雄搭着肩膀边笑边闹。

原来是跛子李和他互换了身份,壮壮正打算冲上去叫住他,却被一个身影挡住了路,"跛子李,今大怎么没去捡垃圾?听说你给小学部那些娃买苹果吃了?有钱买苹果,没钱交保护费?还想不想在这儿混了!"镇上的混混老大,带着五六个小弟。壮壮被吓得连忙逃跑,慌乱中逃进了跛子李的小黑屋。壮壮在屋里大口喘气,门外传来粗野的喊声,"跛子李,我再给你三天时间,交不上钱有你好看的。"

壮壮慢慢平静下来,开始打量着跛子李的小黑屋。屋里极其简陋,只有一张老旧的薄毯子,已经发黑了。壮壮忍着臭味,躺在毯子上,想着刚才可怕的一幕,原来跛子李的生活这么惨……壮壮想得入神,突然感觉背部被什么东西硌了一下,他从毯子下摸出来一个厚实的本子,打开一看,大吃一惊,竟然是跛子李的日记本。

里面夹着跛子李年轻时和学生的各种合照。

原来跛子李当年是小学教师,"文革"时期,小学被毁了,他开始了流浪汉的生活,但他始终无法舍弃那种热爱,终日徘徊在小学门口。

此时跛子李种种怪异的举动,都得到了解释。

壮壮正看得入神,门被打开了,露出来那张小朋友"壮壮"的脸,真是熟悉又陌生。

"壮壮,你没事吧?来,我送你回家。"跛子李关切地问道。

"可是我现在是你的样子,回去爸爸妈妈也不认识我。"壮壮越想越慌乱,差点哭了起来。

跛子李递给他一个苹果,说:"吃完这个,你就可以变回去了。"果然吃完苹果,不一会儿壮壮和跛子李就换回了身份。

跛子李背着壮壮走在回家的路上,月色把两个人的身影拉得很长。

"跛子李……李爷爷,以后我来保护你。"

跛子李的嘴角挂起了一丝微笑,"壮壮,以后一定要懂得尊老爱幼哦!"

鲸　鱼

柴　琴

2014级汉语言文学专业（创意写作）

"斯内普公司研发的鲸鱼机器人自研发投产以来取得了巨大的成效，为地球岌岌可危的生态环境提供了新的出路，政府与科研人员正积极商讨它的可行性，未来有望有更多的灭绝动物以新的面貌重新出现在众人面前……"

"哼，机器代替，亏他们想得出来。"

全息影像前的白发老人阿淑不屑地摆了摆手，想要将眼前聒噪虚伪的影像关闭，可是她又失败了。

"阿逸，阿逸！快过来把这破玩意儿关了！"

"哎，就来！妈，你又忘记怎么关全息影像了啊，我给你说你只要闭三秒眼睛它就自动关了，你要是实在记不住，你也去安一个记忆储存器。"

阿逸看着自己的妈妈记性越来越差，心里有些焦虑。

"我才不要安什么机器在脑袋里呢，我把这些记在我的本上，就算忘了也不怕。"

老人倔强地拒绝着女儿的提议，拿出自己贴身装着的笔记本记下全息影像的关法。

"我的乖乖小孙女呢？"

"在房间里呢，我去叫她出来。"

"不用不用，我去找她。"

老人说着便向小孙女的房间走去。阿逸看着母亲佝偻的背影心里有些难受，决定无论如何都要再劝母亲去做个身体改造，她简直没法想象没有母亲的日子。

"小香,你在干什么,姥姥来找你玩了。"

老人阿淑一见到自己的孙女,内心立马就化成一滩水,语气都不觉轻了些。

"姥姥,你看,这是妈妈给我买的小鲸鱼挂饰,好看吧!"

"好看好看!小香喜欢鲸鱼啊?"

"嗯!我觉得它们特别可爱,而且我们老师说了,它们是科学家们最伟大的发明。"

"科学家?!发明?!小香别听你们老师乱说,鲸鱼才不是他们发明的呢!"

"咦,那是谁发明的啊,它可真聪明!"

"鲸鱼啊,是大自然发明的,它是世界上最聪明、最神奇的。小香啊,姥姥告诉你,鲸鱼可不是你看到的那种冷冰冰、硬邦邦的机器,它曾是海洋里最美丽的一道风景。"

"姥姥,你见过它们吗?它们长什么样?会说话吗……"

"呵呵,小丫头,别着急,姥姥慢慢给你说,"老人眯了眯眼回忆起一段遥远的记忆。

"姥姥那时候跟你现在一样大,同自己的爸爸妈妈住在海边,那时候鲸鱼已经很少了,但还是可以在远远的海面上望见一两只。它们通常都很大,拥有光滑的皮肤,长得有些像鱼,但却是哺乳类,它们有着娇憨可爱的长相,看着永远都像是在微笑。在鲸鱼的种类中有一种鲸鱼叫海豚,它们是天生的救生员,它们常常帮助溺水的人和动物,十分友好,但是这也成为人类杀害它们的主要方法……"

"小香啊,你学琴的时间到了,我刚才都看到你的同学阿锦出门了。"

"可是,可是,姥姥还没给我讲完呢……"

"不行,今天的课很重要,不能迟到。"

小香眨着眼睛,向妈妈撒起娇来,可这次妈妈的态度很坚决,小香只好向姥姥道别,并再三强调等她上课回来一定要让姥姥讲完。

阿逸将女儿送走后,回到家看着沙发上有些落寞的母亲,心里有些难受,但想想自己的女儿又忍不住开了口。

"妈,我知道你是想让小香多了解这个世界,但是这鲸鱼灭绝已经成为既定事实了,你把这些告诉她不但于事无补,还让那么喜欢鲸鱼的她白白伤心,她还那么小……"

"不,我就要告诉她真相!我不能让我的宝贝外孙女被你们这些大人欺骗……"老人因为情绪激动而咳嗽起来,阿逸不敢多言,赶紧将情绪激动的母亲扶到房间,照看起来。

老人还是将全部事实都告诉了小香,小香并没有像她妈妈预料的那样大哭,只是沉默了许久。老人望着这样的小香有些欣慰又有些难过,她没有开口,只是把小香抱在了怀里。

"姥姥,我想去你小时候的那片海去看看……"

"好啊,小香想去姥姥就带你去。不过姥姥可得好好想想。"

"太好了。"小香终于露出了笑容,老人看看笑容可爱的外孙女,那最后一点担心也消失了。

凭借自己模糊的记忆,老人带着自己的女儿和外孙女终于来到了那片熟悉而又陌生的地方,意外的是这里好像被人遗忘了。这里没有繁多嘈杂的机器人,没有虚假乏味的音像投影,虽然感觉有些荒凉,但是却显得那样自然。

这一片被人遗忘地方,给了她们从未有过的感受。

"妈,或许你是对的,小香应当知道这些,感受一些真的东西……"

阿逸拢了拢耳边的碎发,望着此刻正在海边为鲸鱼祈祷的小香说道。

"其实这也是你的选择,就像小香的爸爸……"

"对啊,尽管他们能根据小香爸爸平时的社交表现模仿出相似度达到98%的模拟人物,但那毕竟不是真的他,我一想到我要用一个机器人代替他和我和小香一起生活,我就……"

"阿逸!小香不见了!"

阿淑只是一走神就发现原本在海边沙滩上玩耍的小香不见了,她拉着女儿慌忙起身向海边跑去。

"小香！小香！……"

两人拼命地四处寻找,可是回应她们的只有呼啸的风声。

"妈,妈！你说我该怎么办?！小香！小香她……"阿逸泣不成声。

"阿逸,阿逸……我,我……"

老人绝望地望着面前的海面,泪水溢满了眼眶,恍惚间她仿佛看见小香那条红色的花裙……

"不,不是幻觉！是小香！"

阿淑使劲地摇了摇绝望的女儿,让她看向海面。

"是小香！太好了,这里有鲸鱼机器人！"

阿逸迫不及待地冲入海里向自己的女儿游去。那是条有着深蓝色脊背的海豚,正如小香无数次梦见的那样,有着可爱的"微笑",温暖湿润的触感,它远远看见有人靠近,便慢慢将背上的小香浮于海面,直到看见阿逸抱起小香才离开。

"姥姥,那是,那是……"

小香声线颤抖,紧紧抓着姥姥的手。

"对,那是鲸鱼机器人。"

老人笑笑,轻轻对小香眨了眨眼。

"是,那是鲸鱼机器人。"

……

"就这样,那一次我第一次也是最后一次见到它。好了,你要的故事也讲完了,该睡了。"

小香抚了抚耳后的记忆储存器,将其关闭,将自己的孩子拥入怀中,枕边是那个早就老旧的鲸鱼挂饰……

绝对理性原则

程靖婷

2014 级汉语言文学专业（创意写作）

公元 2378 年。

机器人与人类第二次大规模战争结束的第十年。

从漫长的岁月中一路走来，机器人不再只是人类的附庸，它们的自我意识渐渐觉醒，渐渐地具有了独立思考的能力，有了对爱与温暖的渴望，同时也渐渐地有了对于自由与权利的诉求。

在一部分率先觉醒的机器人的带领之下，机器人与人类以终极领导权的归属问题为导火线，开始了长达十五年的战争。最终，在付出了惨重的代价之后，人类终于以微弱的优势获胜。

为了避免因为机器人自我意识以及集体意识的觉醒再次引发两个种族之间的战争，又为了避免赶尽杀绝所激发的大规模反抗，人类制定了以下规定：

一、原额定生存时间不断减少，机器人需要通过体力劳动赚取自己的生存时间。

二、机器人不可以通过任何方式表达自己的情感。

三、流露出情感的机器人会被监控系统瞬间识别，在十秒后失去所有剩余生存时间。

这三条规定因为完全剥夺了机器人的感性权利，于是又被称为"绝对理性原则"。

C 城的某一间小餐厅里，机器人罗尼机械僵硬地在大堂里沿着固定的轨迹来回传递着盛满食物的餐盘。

每天都是重复的工作，每天都是重复的面孔，罗尼的心中其实已经对现有的生活厌恶至极，但是它什么都不能表露出来，只能这样做着乏味的工作,都是因为那些绝对理性原则,以及最近盛行的剩余生存时间剥夺事件。

听说最近出现了一群不知是从哪里冒出来的家伙,总是以各种方式刺激机器人表露自己的情感,然后趁着机器人即将被监控设施销毁的最后十秒,以一种先进的科技剥夺它所有的剩余生存时间。

世界这么乱,简单重复毫无新意的工作虽然无趣,可总归还算是安全的。

罗尼抬起手腕看了看自己的剩余生存时间表,鲜红刺目的"25:06"还在一点一点不断地减少,它麻木地放下手臂,却在看到出现在自己面前的人的时候眼前一亮。

面前是一个明艳的少女,她笑着对它说:"嗨,麻烦帮忙点一个菠萝派。"罗尼已经好多年没有听过人类和它打招呼了,它平时日常听到的话语永远都是"汉堡包""红豆饼""抹茶蛋糕"这样简洁明了不带任何情感特征的名词。突然听到了一个明艳的少女在和自己打招呼,它那并不存在的心突然像是跳了一下,它的嘴角忍不住扬了一扬。

"好……好的……"与它结结巴巴的声音一同响起来的是来自手腕上剩余生存时间表"滴滴滴"的警报声。

罗尼连忙收拾好自己的情绪,换上了公式化的服务笑容:"好的,请坐,请稍等。"

接下来的一段时间里,少女每天都会来到罗尼所在的这家店,每天都会在向它热情地打个招呼之后再点餐。罗尼每天都在盼望着早点看到那个已然熟记于心的身影。

"哎,对啦,都这么久了还不知道你的名字是什么呢?"一天的点餐之后女孩突然说道。

"罗尼。"罗尼有些小心地回答,直到确定周围没有响起刺耳的警报器才默默地松了一口气。

"好的,罗尼,我是赛丽。很久之前我就一直想要问你一个问题。"女孩托着腮,表情天真无邪,"这样无趣的工作真的能够令你满意吗?"

罗尼一时不知道该如何回答,呆呆地愣在了原地。

"你先去工作吧,"女孩看到餐厅经理走了过来连忙对着罗尼眨了一下眼睛,"今天下午六点,你下班之后,我在后巷口等你,带你去个好地方。"

下午六点,罗尼心中满是激动,脸上却波澜不惊,它正在大步地走向后巷口,却看到一个穿着诡异的男人正紧紧地将他日思夜想的女孩按在墙上,而那个女孩,正在苦苦地挣扎。"罗尼!罗尼!"她的呼喊声中充满了苦痛。

它飞快地冲了过去,却在冲上去的瞬间被那个穿着诡异的男人用不知名的液体泼了一身。

"……滋滋……滋啦啦……"原本可以隔离一切液体的机器身体突然发出了崩坏的声响。

"罗尼!"赛丽不知怎么突然从诡异男人的束缚之中挣脱了出来,扑到了它身边,"你怎么样?还可以吗?"

"没关系,不用担心,"听着自己崩坏的声响,罗尼努力地扯出了一个微笑,"赛丽,你知道吗?其实这个时候我还很感谢那个绝对理性原则,也是它,让我在最后的时间里敢对你说,我爱你,从第一眼开始……"

"滴、滴、滴、滴滴滴滴……"

突然响起的一连串的警报声越来越急,在这警报声里,罗尼本以为赛丽会告诉自己她也爱它,可是事实上,它只看到了她的脸上闪过了一丝诡秘的微笑,从身后掏出了一个看起来十分精巧的仪器,然后它便陷入了永远的黑暗。

"它说得对,这个时候是要感谢绝对理性原则。"女孩回头,笑着对那个穿着诡异的男人说。

男人摘下帽子,抬手时手腕处露出了鲜红刺目的数字"12:36",他刚想说话,却被女孩捂住了嘴:"嘘,你不要有任何情绪,这种事情交给我就好了,毕竟不是总有这种傻瓜把自己的时间白送给我们的。"她带着些嫌恶地瞥了一眼倒在地上的罗尼。

"走吧,里奥,我们回家吧。"她挽起身边男人的手欢快地向前走去。

他们的背后,一具机器人残骸静静地躺在那里,眼角似乎还挂着一颗晶莹的水珠。

它从未如此感谢绝对理性原则——不过,这与上次却是截然不同的理由。

小小奇遇记

陈 丹

2016级汉语言文学专业（创意写作）

小小是一颗蒲公英种子。一天早上，妈妈告诉他："小小你长大了，要去看看外面的世界了。"很快一阵风吹来，小小头晕目眩，他就这么离开了妈妈。

小小醒过来的时候，觉得嗓子好像在冒烟，他看了看四周只有沙子，一粒一粒，一片一片，看得他眼睛都疼了。"这是哪里？为什么没有其他植物，只有讨厌的沙子？我要去哪里才能找到爸爸呢？"小小觉得自己快要飘起来了，他的身体里最后一点水分也要被太阳爷爷抢去了，他口渴，甚至喊不出来救命……

等他再醒过来的时候，他看到了绿色，又顺着绿色往上看，就看到密密麻麻的刺。"你是什么东西？"小小吓到了，他觉得这东西有些像从前家门口讨厌的毛毛虫。

"我是仙人球啊，傻孩子，你怎么到这里来了？"仙人球伯伯用手去摸小小的头，小小被扎得叫了出来，"啊！你骗人！妈妈说过仙人球很善良的，会给沙漠里的人提供水源，怎么会像你这样刺得我头痛，你一定是每年春天出现在我家附近的毛毛虫，夏天你就躲到这里来了！"

"难道我不善良吗？如果没有我，你恐怕早就被晒死了，现在说不定要变成一粒沙了。但也不是所有的仙人球都是善良的，你看看她，"小小顺着仙人球指的方向看去，不远处有一个很漂亮的阿姨，头上戴着朵红花，很好看。"她就不把水给任何人，总是说着什么'仙人球是水做的'这一套，她的好朋友美美，就是听了她的话，不把水给沙漠里的人才丧生的。上个月有一群武士经过，其中一个长得很英俊，美美看到他就爱上了他，只因美美不肯把水给他,那武士竟然狠心地杀了她,喝干了她储藏的水。人都是这样冷漠的东西,武士能忠于他的主人却不能忠于他的爱人,真叫人可惜!"仙人球伯伯说得伤心,流出了眼泪,但这眼泪竟然也被太阳爷爷抢走了。

"等等,你在说什么?你说了这么多,就想证明你是个好人?"小小心中牢记妈妈在家对他的嘱咐——那些习惯说起自己伤心事证明自己善良的人很危险。

"我是个善良的人,无论你相不相信,都是我救了你。"仙人球说。

"好吧。那你能告诉我怎么离开沙漠吗?"小小有点儿着急,毕竟对他来说,找爸爸这件事有点难,他得多花点时间。

"你得先告诉我你是怎么到这里来的,我才能告诉你怎么离开这里。"

"我,我也不知道,是风婆婆受妈妈的委托把我带到这里的。"小小有点开心地叫着。

"都怪风,她总是蛮不讲理,如今你想离开也只能等她下次经过这里了。"

小小听了很难过,"爸爸,你一定要等我找到你呀!"小小在心里想。"我们现在该做点什么呢?"小小问仙人球伯伯。

"等。"仙人球很平静地回复小小。

太阳爷爷越来越暴躁,小小小心地离仙人球近一些,这样他就凉快一些,也没有那么渴。小小和仙人球就在这看不见头的等待和沙漠中过了几个小时,他不知不觉又睡着了。

"好心的仙人球,如果你能给我一点水,我会用我最贵重的东西当作礼物报答你。"小小被吵醒了,他看到一个巨大的铁块,"你又是什么东西?"小小的声音有点小,那个铁块没有理他。"你是谁?"小小大声喊。这下铁块可听到了,他看着脚下的小小说:"小东西,你太不礼貌了,连'你好'都不会说,我从前在实验室的时候……"铁块喋喋不休,似乎已经忘记了刚刚在口渴求水。

"它是机器人,小小。"仙人球伯伯告诉小小,"每天都会有很多机器人被抛弃在沙漠里……"

"胡说!我才不是被抛弃的!他们只是……只是忘了带我回家。"机器人开始变得垂头丧气,更记不起从前实验室的故事了。

"其实你没有爸爸。"机器人突然对着小小说道。

"不可能的!小朋友说,每个人都有爸爸!"小小急了。

"'人'有爸爸,但你没有,你是蒲公英。从前在实验室里我听人说过,说的那个人是个大科学家,他说蒲公英是自花授粉,那我想你的爸爸应该就是你的妈妈……"

"不是这样的,你这个机器人,自花授粉哪里是这样,你一点也不懂我们植物。"仙人球说,"如果蒲公英是自花授粉,小小,你的爸爸应该在家里呀!"

"可是我没见过爸爸,妈妈说爸爸去了很远的地方。"小小快哭了,"为什么妈妈要骗我呢?"小小哭了出来。

机器人连忙安慰小小:"我送你一个礼物吧,你别哭了,求求你了。"小小完全不理他,仍然伤心地哭着。

这时一阵风吹过来,小小还来不及擦眼泪,他在风婆婆的安慰声中又晕了过去,等待他的下一个地方是哪里呢……

变 色 龙

刘正龙

2016级汉语言文学专业(创意写作)

整个大陆,都没有人真正见过变色龙。

小明的爸爸是猎人,爸爸的爸爸也是猎人。他们家生活在广袤的大森林里,祖祖辈辈靠着打猎为生,很少与外面的世界交流。偶尔小明的爸爸才会带着他去往不远处的一所村寨,用珍贵的猎物换取一些生活必需品。

每次去村子的时候,小明都特别开心。那是因为爸爸会在那里的小酒馆稍作停留,用换来的钱买上一桶麦芽酒,坐着与酒保聊聊外面的世界。

当然,爸爸还会给他买一杯果汁,陪着他喝完。虽然小明很喜欢这种香甜的果汁,但是他对小酒馆里顾客的谈话更感兴趣。

这里的人似乎都来自天南海北,带来了无数令小明想都不敢想的奇妙故事。

他的听力很棒,可以很真切地听到小酒馆里最角落的那桌客人的谈话。而他们的对话立刻吸引了小明。

那是一个身材高大,肌肉结实的中年男人在对着一个老头说话,中年男人穿着一件黑色的皮背心,大方露出的胳膊比小明的大腿还要粗壮。但是令人意想不到的是,他的声音却十分轻柔,似乎怕酒馆里的其他人听到他们的对话。

除了他对面的老人,就只有小明才能隐约听到些什么。

"喂,你听说了吗?它的皮能卖个好价钱,国王正在找它。前两天,还在城堡的高墙上张贴了一张硕大的通告,说是谁能抓到变色龙,就奖赏子爵的爵位,还会划出两座城给他。"高大男人的表情十分狡黠。

"这可真难得一见！那种什么，变色龙，想必很难抓到吧！它的皮有什么珍贵的呢？"枯瘦的老人眼神中也闪过了一丝光芒。

"那当然了，传说它一身都是宝，尤其是那身坚不可摧、水火不侵的外皮，倘若能杀死它……"

"那么你为什么不去呢，我的勇士？"老人打趣地说道，"荣华富贵可就在眼前啊！"

"这你就有所不知了，所有的青年男人都想去啊，但是据说那变色龙是一种极为凶残的生物。虽然身形比不过大象，但是绝对比寻常的豺狼虎豹要大上许多。满身巨刺，獠牙染血，锋锐的爪子能够瞬间贯穿河马的身躯，所谓的森林之王，也只是它食谱上的一员。"

"这么厉害？那怎么之前从未有人见过它呢？况且听你说来，脆弱的人类还不够它填牙缝，怎么也没听说有人被它杀死呢？"老人有些疑惑地问道。

"它太聪明了！比我们还要聪明。它深深地知道人类的奸诈与心机。传说它曾经试图靠近过人类的城市和村寨，但在见到人类使用工具和陷阱毫不费力地捕杀那些无辜的动物时，它就对人类产生了深深的警惕。从此，就再也没有人见过它的踪迹了。它就这样成了一个传说。但就在前几天，有一队人声称他们在最北边的城市里见到了变色龙，而等他们想一探究竟的时候，明明就在眼前的变色龙竟然在原地消失了！"

"什么！"听到这里的老人忍不住惊呼出声，酒馆里所有人都停下手里的动作，望向了这个小角落。

"你的妻子已经生了？男孩还是女孩？"老人随口编了一个谎言骗过了众人，酒馆重新恢复了它应有的嘈杂。

"接着说，变色龙怎么会消失？"老人压低了声音重新问道。

"说来也怪，据说当时变色龙正在湖边喝水，整个森林静谧得像冬天寒冷的夜，周围没有一个动物出现。队伍中的一个人先前走散了，意外发现了这片隐秘的湖泊，看到了不远处的它。于是此人强压心中的震动，缓缓从树后探出头来，准备好好看看这种传说中的生物，就在这时，他看到了令人惊异的一幕：那只变色龙，身上竟然流动起了五色斑斓的光，变化莫测。那人不禁惊叹到：这就是叫它变色龙的原因吗？它可真好看啊！"男人脸上露出了向往的光。

"这么美,那它哪里恐怖了,它的巨刺、獠牙呢?"老人疑惑地问道。

"接着听我说,"男人的神色变得凝重起来,"那只不过是它放松时的样子,当它发起怒来,即便是天神都会害怕。"

"那群人找到了走散的同伴,寻着他的背影走了过来,一眼就看到了那只五彩斑斓的变色龙,一时间,所有的人都惊呆了,立在原地无法行动。不知是谁不经意间压断了一根树枝,发出了'吱呀'的一声。变色龙立即回首,身上的彩色瞬间消失,眼神变得冰冷无比,在看到了这群人手中的武器后,它回忆起之前的所见所闻,冷静了下来,放弃了杀死他们的想法。就这样,它面对着这群人类,一步一步地向后退去,每退去一步,它身上的颜色便暗淡一分。在众人的目瞪口呆中,它就这样在森林中消失了!"

"太神奇了!"老人无比震惊,即便到了他这样的年岁,经历了太多神奇的际遇,也从未听闻这样的事情。

"就这样,一传十,十传百,最终被有心人传到了国王那里。国王身边的宠臣告诉王后,极北之境有一种生物,用它的毛皮做成的衣服能够变幻色彩,五色斑斓,绚丽至极。穿上它,甚至还可以隐身,前往任何你想去的地方。王后听到这里,双眸中绽放出奇异的光芒,她立刻来到国王身前,将这个消息告诉了国王。国王抵不住王后的软磨硬泡,就连他也想看看这传说中的神奇生物究竟是什么样子。于是,他便向整个大陆下令,许下了丰厚的报酬,要求能有人带回来活着的变色龙……"小明觉得男子的声音越来越小,他开始沉浸在美好的幻想之中,不为变色龙的毛皮,单纯只是想见见这个奇妙的动物。

"是吗?那我也加入吧!约定好时间,通知我……小明,我们走。"不知道爸爸在和酒保聊些什么,小明跟着爸爸回家去了。

晚上,爸爸做了一桌不错的饭菜,在吃饭的时候,小明压抑不住心头的激动,对着爸爸说道:"爸爸,你知道变色龙的事吗?"

面对儿子的提问,小明的爸爸一下子紧张了起来:"你是怎么知道这件事的?!"

"今天酒馆里的两个人说的呀,说它的皮很漂亮,还会隐身呢!"小明还是很开心的样子。

爸爸明显松了口气,紧接着说道:"好吧,儿子,爸爸可能要出门几天,我在家里留了吃的和一点钱,你照顾好自己,等我回来。"

"爸爸,你要去哪里啊?"小明有些好奇。

"小孩子不要管那么多。"威严的爸爸不再说话,只是沉默地低头吃起了饭。

第二天一大早,小明的爸爸就收拾好了行囊,没有叫醒还在熟睡中的小明,在他额头上轻轻地吻了一下,便上路了。

只是这一去,他就再也没有回来。

小明自己长大了,长成了一个大小伙子。只不过和家里祖祖辈辈不一样的是,他不再当猎人了。他不再猎杀动物,并且会时常与它们交流玩耍。小明身上有股神奇的亲和力,不论是最胆小的还是最生猛的动物,都能和小明和谐相处,甚至有时候他都怀疑自己能够听懂动物所说的话。

就这样,小明搬到了村子最边缘的地带,在那里没有世俗的纷纷扰扰,没有传说中的变色龙,没有为了利益赌上性命的人,也没有争执后的自相残杀。一切都静谧安好。

直到有一天,阳光明媚的午后,热爱自然并且视力极好的小明在森林中散步,在浓密的树丛中他发现了一只绿色的小生物,它不算可爱但却古灵精怪,有着柔软的皮肤和怯生生的大眼睛。比较神奇的是,在太阳的照射下,还反射出了不同的光彩。

小明俯下身子和它玩耍,不一会儿,他们就混熟了,小动物告诉小明,它就是令人惊惧的变色龙。

小明很惊讶,问它:"你就是变色龙?可为什么你不向人类解释呢?大家都在说你是一种很可怕的生物。"

变色龙说:"因为你们人类才是最可怕的生物,我宁愿让人类害怕,也不想受你们的欺负。"

我和玩偶伙伴们

师 阳

2014级汉语言文学专业（创意写作）

小林是城关小学二年级一班的学生，他的小伙伴还有同班的小红和小明，三个人平时一起上学放学，一起回家。可是，在周五上学的时候，小林和小明突然争吵了起来，小红连忙劝架。但是也抵不住两人高涨的情绪和沸腾的血液，两人甚至动起手来，小林脸上挂了彩，小明嘴角也紫了一块。当老师赶来询问情况的时候，两人都默契地保持着沉默，闭口不谈事情缘由，身为旁观者的小红，也迷茫地看着老师，无奈之下，两人便回家反思。

小林回到家中，空洞洞的房子静得可怕，父母都不在家。小林看见客厅茶几上有一张便条，上面写着：小林，爸爸妈妈因为工作要出差几天，桌子上留有零用钱，自己出去买饭吃或者去外婆家吃饭。落款是妈妈。小林看了看纸条，又看了看桌子上的钱，什么也没有说，去厨房给自己倒了一杯水后，便躺在床上想着今天发生的事情，不知不觉睡着了。

天渐渐黑了。整个房间都安安静静的，挂在客厅的时钟"咚"的指向十二点，一些细碎的脚步声突然响了起来，一阵接着一阵，其间又夹杂着一些窃窃私语，小林在半梦半醒中听到房间里有些和平常不太一样的动静，便克服着内心的恐惧，又渴望新鲜的东西出现。小林从卧室出来，关上门，蹑手蹑脚地向有声响的地方探去，走到平时放玩具的房间时，里面有些许欢笑声传来，小林在门外听得真切，当小林快速打开房间门想要看看里面到底是谁弄出声响的时候，却发现房间一片寂静。房间里除了以往摆放的玩具，什么也没有。小林奇怪地摇了摇头，心里暗想着不对劲，却没有发现任何不对劲的东西。小林转过头，关上房间门，装作要离开的模样，继而又迅速打开门，正好发现一个玩偶熊正迈开一条腿，小林看到的情形便是这样不可思议，明明放得规规矩矩的玩偶熊在一瞬间竟然动了起来,小林眨巴眨巴眼睛,再捏捏自己的脸,会痛,这不是梦。小林壮着胆子上前,走到玩偶熊身边,拿起它,然后动了动它的四肢,玩偶熊一动不动,而小林不死心地又捏捏熊,突然令小林惊奇的事情发生了,熊竟然说话了!

"把我放下,不要动来动去的,毛都要被捏乱了。"

小林还是第一次见玩具会说话,听见它说的话,立刻将玩偶熊摆正放好。"你是妈妈送给我的六岁生日礼物玩偶熊吗?"得到肯定的答复之后,小林依旧怀疑着,"你该不会是放了一盘磁带或者早就被设置好的答复机吧?你真的自己能思考能动?"

玩偶熊看小林不亲眼看见它会动会说话是不会相信这件事情的,于是在柜子边缘像耍杂技一般走来走去,边走边说着:"你叫小林,是城关小学二年级一班的学生,你的爸爸妈妈这周因为工作出差,所以家里只剩你一个人……这样,你总该相信我了吧?"

小林连忙点点头:"难道只有你一个会动会说话吗?"

"并不是的,这个房间里所有的玩偶都能动,并且会说话,但是这都是有时间限制的,每晚凌晨到第二天早上六点是我们的自由活动时间。我们总是在这里开联欢会,一起唱歌、跳舞,交流自己的来历和见闻。还有很重要的一点,我们只会被小孩子看见,你的爸爸妈妈是看不见我们走动的,听不见我们说话的。"

"那我看不到你们的时间界限是多少岁呢?"小林问道。

"12岁,当你过完12岁生日,你就再也看不见会走会说话的我们了。"

"12岁,还有5年呢,时间还很多。"小林掰着指头算着时间。

"正好,我们今天在开联欢会,快来和我们玩吧!"

小林听到玩偶熊话音刚落,房间里所有的玩偶都动了起来,叽叽喳喳地说个不停,不一会儿,小型联欢会会场被布置得有模有样,小林跟着所有的玩偶一起欢歌热舞,玩得不亦乐乎,所有的烦恼都抛到了脑后。小林也从游戏中知道了大家的名字:玩偶熊叫爱尔,兔子叫小雪,狗狗叫小杨,蛇叫阿姆……时间过得很快,六点钟的钟声响起,天渐渐亮了,所有的玩偶都回归到了原位,保持着静静的模样,小林看着这一切,仿佛昨晚的狂欢只是错觉一般。

　　新鲜的事物总是勾起人的无限激情与关注,小林喜欢和这群玩偶朋友玩耍,小林每天都盼望着夜晚早点到来,同时,还有一件烦心事萦绕在小林心头,那便是和小明吵架,甚至大打出手。这件事情,小林在事后便后悔不已,自己不该那么冲动,但是小明也有一半责任,谁让他不好好说话,要触碰自己的底线,而且他怎么不先和我道歉?明明都有错,为什么是我主动?小林想着想着不知何时睡了过去,当他醒来的时候,爱尔便坐在小林身边,为他盖上了一个小被子。虽然那个小被子盖在他身上也显得小了点。即使如此,小林也十分感谢爱尔的好意,便忍不住将心中的苦闷告诉了爱尔和别的小伙伴们,希望它们能够解决自己的心头难题。大家都围着小林坐了一个圈,认真听小林讲完了事情并发表了自己对事情的看法和建议,大家认真的模样让小林心里十分欣喜,因为平时他想给爸爸妈妈诉说内心的想法和征求他们意见的时候,总是找不见人,他也知道爸爸妈妈忙,没有时间陪伴他,也能谅解,但是心里却总是空荡荡的,而眼前的这些小伙伴,却将小林心中的空填满了。

　　小林听着小伙伴们的劝说,周一去学校主动和小明认错道歉,两个人又和好如初,三个小伙伴又一起高高兴兴上学去,开开心心放学回家。自从和小明和好后,小林脸上的笑颜也多了起来。小林不得不承认这群玩偶小伙伴们十分有策略和方法,小林倔强任性的想法都在它们的劝导中发生了改变。

　　时间一天一天过去,小林和玩偶小伙伴们也一年又一年地玩耍和嬉戏。玩偶们教会了小林处理与朋友相处时的各种情况,使小林在与朋友相处时更受人喜爱。而今年,小林马上就要过 12 岁生日了,生日的前一天,小林再一次跟玩偶伙伴们聚在一起,离别之际,心中感伤无限,想着之后自己再也见不到它们,便红了眼眶,但玩偶们却安慰着小林,"别伤心,就算你以后看不见我们,不能与我们交流,但是曾经互相陪伴的时光不会消失。而我们,也会一直注视着你,一直陪伴着你。"

　　小林和伙伴们说完最后告别的话语之后,十二点的钟声响起,小林 12 岁了,小林再也看不见会动会说话会为自己解决难题的伙伴们,但是曾经的记忆却一直留在小林脑海中。

　　我在给六岁的女儿讲完这个故事之后,女儿用稚嫩的声音问我:"这件事情是真的吗?玩偶真的会动会说话吗?爸爸,小林是谁啊?"

　　"事情都是真的,我就是小林。"我回答。

镜幻空间

王 华

2017级汉语言文学专业(创意写作)

爸爸走了,临走时,留下了一面十分精致小巧的镜子,像古时候宫廷里的铜镜一般。爸爸临走时说,他一定可以治好妈妈的眼睛,他会让妈妈重新看到光明,看到世界,这样妈妈就能照镜子了。南南相信爸爸,他说的话,一定可以实现。

妈妈失明了,她是不会照镜子的。爸爸说这是一面像白雪公主继母的魔镜一般神奇的镜子,它有魔法。南南对着镜子说话,爸爸都能听到。于是,南南想爸爸时,就拿出镜子来看一看,仿佛就像看到了爸爸一样,爸爸离开后的这两年,南南天天对着镜子看。

一天晚上,南南又拿出了镜子,他对镜子说了好一会儿话。住在南南家对面的是个小女孩,她的爸爸妈妈都在,爷爷奶奶也在,她家里装潢得很漂亮。原先,南南的家也是很美的,现在这个家,却只有最简单的家具。小女孩的房间里有很多连环画和玩具,她的爷爷奶奶还不时地给她端来饼干和糖果。这些,南南统统都没有。

南南看看对面的小女孩,再看看墙上穿衣镜里的自己,觉得好难过,便往穿衣镜上一靠,"扑通"一声,他掉下去了,摔在地上。天哪,南南很吃惊,他赶紧站起来,镜子里,依然是自己,背景是对面的小女孩和她的漂亮房间。南南摸摸镜子,哇,那并不是一个镜面,南南的手伸进镜子里去了,好神奇啊!于是,南南往前走了一步,是真的,他进入了镜子的空间,在这个空间里,就是镜子照到的东西。自己的房间,还有对面小女孩的房间,以及他们两个家中间隔着的那条小路。

南南拿起自己的书,现实空间里,那本书也被举起,浮在半空。南南拿起铅笔,在树上画了个圆圈,现实空间里,那本书和笔都浮在半空,书上真的多了一个圆圈。看到这些,南南兴奋不已,第一次,他觉得自己的家一点都不小,反而还挺大。和现实空间里一样,现在南南的背后,就是房间的窗子,外面,是那条小路和对面小女孩家。于是,南南就在镜子空间里,爬出自己房间的窗子,这时,小女孩已经离开自己的房间不知去哪里了,南南爬进她的房间,吃起了她的饼干和糖果,翻看她的连环画。这时,小女孩进来了,南南吓得站起来,可是,小女孩并没有反应,径直走向写字台。南南明白了,这是在镜子空间,这些他能看到,能摸到的东西,都是镜子里的影子,这个小女孩也是影子,真正的小女孩是在镜子的那一边的,影子是不会自己做出反应的。

　　南南在小女孩身后晃来晃去,还趴到她的旁边扮鬼脸,小女孩一点反应都没有。原来,在镜子空间里,镜子里的人是看不到南南的存在的。南南开始放心大胆地吃小女孩的饼干,还玩她的玩具。吃饼干发出了声音。现实里的小女孩听到了声音,转过头来,看到自己的饼干少了,当然,这时,镜子空间里的小女孩也回过头来,南南以为小女孩看到自己了,吓得动都不敢动了,可是,小女孩只是很疑惑地走过来,跪在地毯上,小手拨了拨盘子里的饼干,看到旁边的连环画也翻开了,小女孩更疑惑了。不过,没一会儿她就以为那是风吹开了连环画,可是饼干呢?她想了想说:"可能是奶奶或者爸爸进来吃了"。她又埋头去写作业了。

　　南南意识到了,他在这里吃东西,看连环画,现实空间里的东西会相应地做出反应,饼干被吃掉没有了,连环画被翻开,等等。但是他实在是太想看这些连环画了,那些玩具也太吸引他了,于是,他趁小女孩埋头写作业的时候,怀揣着两本连环画和乐高积木爬出了她的房间。

　　衣服里鼓鼓囊囊地装着积木和连环画的南南想要穿过镜子,来到现实空间里。可是镜子却成了真的镜子,南南进不到现实空间里。南南转身,看到爸爸给他的镜子落在小女孩的房间里了,他把那镜子视为珍宝,又返回去取回了镜子。

　　这时,他家的穿衣镜不再是镜子了,就像是一个空间通往另一个空间的隐形门,南南一下子就回到了现实中自己的房间里。原来,爸爸送给自己的那面镜子真的是魔镜,一个可以进入镜子空间的魔镜。这时他的衣服里还装着积木和连环画,看来,他能从镜子的虚幻空间里拿到真实的物品回到现实。他高兴坏了,觉得自己从此什么都不缺了。

这时,他趴在窗台上看对面的小女孩,小女孩还在写作业。过了一会儿,她站起来,好像是要去洗手间。这下,她更加吃惊了,连环画不见了,乐高不见了。她开始哭了起来,摔门跑出房间。叫来了爸爸,爸爸来后,也说不清积木和连环画为什么不见了,他开始在小女孩的房间里上上下下地找。

小女孩一直哭,后来,哭着睡着了,南南看到后很不忍心。第二天,南南趁小女孩刚起床去洗手间洗脸刷牙的工夫,想从穿衣镜空间里将连环画和积木还回去,可是,那是一面真正的镜子,南南撞到镜子上,头上起了大包。他想起来了,他忘了带爸爸送给他和妈妈的那面精致的小镜子,他带上小镜子,进入穿衣镜空间,放下积木和连环画后,又立刻返回来。看到东西失而复得小女孩兴奋地笑了。

南南好久都没吃到水果了,一天放学后,他路过一个果园,里面栽满了各种果树,有苹果树、杏树,还有桃树和梨树,边上还有一排葡萄架,他不敢进果园,怕园主人打他。突然,他看到果园旁边的砖墙上立着一块废弃的烤漆玻璃,上面能清晰地映出自己的影子。他怀揣小镜子,居然也进去了,只不过,在这个空间里,什么东西都是淡黑色的,就像自己戴着爸爸的墨镜看到的世界一样,没办法啊,谁让这不是平常的镜子,而是烤漆玻璃呢。不过,水果的滋味还是那样香甜可口。

南南吃了苹果和桃子,还想吃杏和梨,可是烤漆玻璃没有映到那里。(镜幻空间也是有限的哦。)于是,南南走出烤漆玻璃的镜子空间,将烤漆玻璃挪了一下地方,使它能映照到杏树、梨树和葡萄架,然后,他又进去了,吃完后,还摘了些水果,给妈妈带回去。妈妈问他,水果是从哪里来的,南南撒谎说是同学给他的,妈妈开心地吃了。回到房间后,南南拿出镜子来,发现镜子好像变小了一点。

南南想吃零食,但是他发现小商店里没有大镜子,都是小小的梳妆镜,这么小的镜子,南南一米多的身高是进不去的,况且小商店人少,就算有大镜子,他进去了,很容易就被老板发现了,那他岂不是要挨打。

所以,聪明的南南选择了去超市吃小零食。离家不远有个超市,整个天花板就是一面巨大的镜子。可是太高了,足足有四五米高,怎么进去呢?南南在超市里转了一圈,发现那些柱子的四个面就是镜子,他趁没人注意的时候,进到柱子镜子的镜面空间里去了,在柱子镜面所能映照的货架上,先吃自己喜欢的零食,然后又把柱子镜面的四个面都进了一遍,再换下一个柱子。打扫卫生的阿姨,发现地上时不时地会有一些拆开的食品包装,感到很奇怪,但是,没人发现南南。因为没人往镜面里看,现实中,人们只能看到食品少了,看不到是南南在吃。

慢慢地,南南在镜幻空间的帮助下,吃到了很多自己想吃的东西,他开始长个子了,变得强壮起来。衣服也不能穿了,于是南南又想到了爸爸送的小魔镜。他带着魔镜去了服装场,专挑人多的商店进,挤在人群里,别人就不会注意到他。穿过试衣镜的镜幻空间,南南又有了很多漂亮的新衣服。用这样的办法,南南有了零食、水果、玩具、连环画和衣服。时间长了,南南注意到,那精致的小魔镜真的是一点一点地变小了。好像它的法力是有限的,用一次,就会少一点,少一点,镜子就会小一点。

不过,这种什么都有的日子是让人着迷的。南南没钱去参加学校组织的夏令营活动,可是他十分想去。这次的夏令营是去海边沙滩。南南没有交费,但是,也乘车去了海边沙滩,令他兴奋的是,海边沙滩边的洗浴房的门上正好就装着镜子。镜子里映照着美丽的蓝天和大海。他悄悄地进去了,在那镜子里的海边沙滩上玩得十分尽兴。

就这样,南南尝到了属于童年的所有快乐。

南南十分想知道飞的感觉,他想,如果把镜子放在地上,镜子里就会倒映着蓝天白云,那么,这时,他再进入镜子空间,那就是在天空中翱翔了。于是,他卸下房间里的穿衣镜,搬到草地上,镜子平躺在地上。南南拿出小魔镜,这时,小魔镜已经很小了,可是,南南什么都有了,唯独还想尝试一下飞翔的滋味。于是,他拿着小魔镜进入镜子空间了。可是,仿佛那是一个悬崖,是一口井,镜子的边框就如同悬崖边,如同井口沿一样,没做任何准备的南南就掉下去了。像掉进无穷的宇宙一样,一直往下掉,一直往下掉……

腾的一下,南南坐起来了,原来,这只是一场梦。看看周围,还是自己的房间,怀里,是那面小镜子,没有变小,跟爸爸送给自己时一样大。

外面,天已经大亮了。爸爸打电话了,说他在美国找到一家医院,医生有把握治愈妈妈的眼睛。于是,南南和妈妈去了美国。经过检查后,医生说手术后,妈妈只有三成的希望复明,可是如果手术失败,很可能会致命。爸爸犹豫了,可是妈妈坚持要做手术。于是,妈妈被推进了手术室。手术很成功,妈妈却一直没有醒过来。医生说,能不能醒过来,这要看病人的意志和身体状况了。

南南捧出那面镜子许愿,愿妈妈能醒过来。爸爸喃喃地说:"要是能进去摸摸妈妈,和她说说话就好了。"可是,医生不让别人进去。他们只能透过诊室门上的小窗子,看到里面躺在病床上的妈妈。南南想起了自己的梦,虽然知道那是梦,可是看到诊室门对面消防窗旁,有个仪容镜。南南捧着小镜子朝仪容镜撞去,结果真的进去了。爸爸看着这一幕,惊讶得说不出话来。南南在镜子里招呼爸爸也进去,爸爸摸着镜子,却进不去。南南出来了,牵着爸爸的手,一起进到镜子空间里。可是,他们还是没有进诊室,因为诊室的门关着。

一会儿,医生来了,他并没有注意到仪容镜有什么异常,他打开门进入时,镜幻空间里的南南和爸爸随他一起进入了诊室。医生看不见他们。他们对着妈妈的耳朵小声地说:"妈妈,快起来!快起来!"

就这样,他们在镜子里跟随医生进出病房。也许,妈妈听到了他们的呼唤,三天后,她睁开了眼睛。这时,南南和爸爸已经累得在长椅上睡着了。妈妈复明了,而且眼睛特别亮,像镜子般发出亮亮的光。南南和爸爸醒了,南南正准备告诉妈妈,爸爸的镜子是魔镜,可是,当他拿出镜子时,却发现镜面没了,只剩下底托,那是古铜色的精致的镂空花纹并镶嵌了宝石。爸爸说:"镜子化成妈妈的眼睛了,所以才会那么亮。"

青　森　林

林振阳

2016 级汉语言文学专业（创意写作）

"小狸，该出发了。"

当清晨第一缕阳光穿过城市的上空晒在小狸微胖的小脸上时，爸爸的声音就从门外传了进来。

"知道啦，真烦！"小狸不耐烦地回应了一声，随后又翻了个身打算再睡一会儿。

"我进来啦！"在爸爸声音刚落的时候，小狸耳边就响起了爸爸的脚步声，"快起床，奶奶在等着小狸呢。迟到了奶奶会伤心呦。"

"嗯……"小狸极不情愿地回答着，然后缓缓地睁开眼睛，两只胖胖的小手使劲地揉了揉惺忪的眼皮。

"快点，赶紧下床吃早餐！"门外又响起妈妈严厉的催促声。

小狸的爸爸妈妈担心自己无法在暑假期间陪伴小狸，也不愿意将小狸托管在外面的学校和培训班里，就打算把小狸送回乡下的奶奶家里，让奶奶在暑假期间照顾小狸，顺便也让小狸回家陪陪奶奶。自从小狸的爷爷去世后，奶奶便一个人生活在老家的房子里，小狸的爸爸妈妈因为工作的缘故很少回家，小狸也很久没有见过奶奶了。听闻要回乡下陪奶奶，小狸足足高兴了一整天，并告知了所有认识的同学。

"小狸已经十岁了，回家后要乖，听奶奶的话……"吃早餐期间，妈妈反复地告诫着小狸。

"知道啦——我会的。"小狸忍着妈妈的唠叨快速吃完了早餐，又匆匆换了衣服，背着妈妈给准备的行李急忙和爸爸出了门。"我要见到奶奶啦！"小狸一出门便欢呼起来。

"要听奶奶的话。"门口妈妈的声音又响了起来。

小狸赶紧拉着爸爸的手往楼底下跑去,在楼梯转角才像想起了什么,"妈妈再见!"小狸回头做了个鬼脸对妈妈说道。爸爸摇了摇头,和妈妈苦笑着对视了一眼,随即被小狸拉着往楼下跑去。

车很快从城市巨大的长方形条块街道上穿了出来,绕出环城公路后便一路向乡下的奶奶家飞驰而去。小狸眨着大大的眼睛好奇地看着窗外,由于长期住在城市里,小狸每次陪爸爸妈妈出城都分外高兴。小狸也很喜欢乡下的奶奶,因为奶奶知道很多小狸不知道的事物,能告诉小狸每只小虫的名字,能带着小狸去看很多她从未见过的小花,路边的野菊花、金银花、蒲公英花。很多又香又美丽的花儿,是平日里小狸只能从画册上看见的。她也很喜欢吹蒲公英的种子小球,喜欢看一只只白白的小伞样的种子随着干净的风飞走的样子,还喜欢奶奶养的那只懒懒的大黑猫,每次回去为了抓这只大黑猫保准弄得满身泥土,每次都不免被妈妈呵斥,而这次既要回奶奶家,妈妈又不在,小狸别提有多开心了。

车很快从公路上进入乡间小道,两旁的树木渐渐多了起来,前方不远处山峦柔和的线条起起伏伏,森林葱郁的面容也在眼前显现了出来。离奶奶家还有近半个小时的路程,小狸高兴得几乎快喊了出来。她要来了爸爸的手机通知奶奶她马上就要到了。

车渐渐驶入山峦之中,阳光透过路旁繁密的叶隙,仿佛被染上了一层青色的光芒,使夏日的阳光也柔和了起来。小狸伸出头深深地吸了一口,感觉身体里都塞满了生长的气味,不觉把久处在城市里的那点不愉快都忘得一干二净了。

车终于驶进了奶奶的院子,小狸一下车就扑进了奶奶怀里,小小的身体刚好填补了奶奶因为年迈佝偻而显得空缺的胸膛,奶奶微张着干枯的嘴唇笑着,抚摸着小狸柔顺的头发。

"妈,我下午单位还有事,就不多陪你了,过几天我们再回来看你和小狸。"小狸爸爸看着面前的祖孙俩人,轻轻地说。

"吃了饭再说,再忙也得吃饭。"小狸奶奶托起了小狸的头,认真地打量着小狸,想看看小狸胖了没有。仿佛觉得小狸有些瘦了,奶奶脸上现出疼爱的神色。"小狸都瘦了,走,小狸,奶奶给你做了好多好吃的。"

"好呀好呀。"小狸最喜欢奶奶做的吃的了,认为不论什么都是奶奶做的更好吃一些。

小狸爸爸也只得跟上。

饭后,奶奶给小狸爸爸准备了许多自己种的青菜和花生,小狸爸爸喜欢吃花生,每次回家奶奶总会给小狸爸爸准备一些让他带回去。小狸爸爸很多次要奶奶搬到城市里居住,但奶奶都拒绝了。小狸奶奶喜欢住在这一家几代都居住的山峦里,喜欢房子背后的青山和村口的小溪,喜欢春天总是最先到奶奶家屋檐下的燕子,喜欢许多小动物叽叽喳喳的,也喜欢周围不多但都很善良淳朴的邻居们,喜欢自己种一些青菜和粮食,尽管老了,但可以找一些同村的人帮帮忙,每年自己吃总是够的,剩下的还能给小狸爸爸家一些。小狸奶奶很爱小狸,因此总是希望小狸爸爸能把小狸多带回家,这一次听说小狸要陪她住两个月,小狸奶奶前两天就赶紧收拾屋子、晒被子和准备好吃的,嘴上一直乐呵呵地笑个不停。

"那我走了,妈,你注意身体,好好管管小狸。"小狸爸爸走的时候嘱咐着,"小狸听奶奶话啊。"

"嗯,你们也注意身体,路上注意安全,小狸最乖了。"奶奶笑着对小狸爸爸说。

"我最乖了。"小狸在奶奶旁边使劲地晃着小手。

"你呀,乖就好。我走了,小狸要照顾好奶奶哟。"爸爸说完就上了车,转眼便消失在了路口。

"耶!奶奶我要出去玩,大黑呢?"小狸看见爸爸走了就大声地欢呼着出来了,忍不住就要出去玩。大黑是奶奶家的那只大黑猫。

"去后山了吧,每次你回来都要抓它,它估计是看你回来了,赶紧躲到后山去了。"奶奶摸着小狸的小脑袋笑呵呵地说道。

"我要去把它抓回来!"小狸捏了捏自己的小拳头。

"去吧去吧,别跑太远啊,碰见爷爷奶奶们了打个招呼,告诉他们小狸回来了。"奶奶整理了一下小狸的衣服,"别把衣服弄脏了,要不然妈妈会说小狸的。"

"嗯嗯,我去啦。"话音刚落,小狸就已经窜到屋后去了。

奶奶家的屋后不到五十米便是一个长满小树苗、小草和竹子的小山坡,山坡微微倾斜,小狸手脚并用,在树苗和竹叶里窜来窜去,不一会儿就爬上了山坡,早就把奶奶不要弄脏衣服的告诫忘掉了,身后两个小小的马尾上也沾了些碎叶子,要是衣服再蒙上些泥土,人们绝对会把她当作一个山里的小孩。

山坡后有一条小路,小路的前面有一片庄稼地,是奶奶隔壁李爷爷家的。当小狸从山坡上爬到小路上时,李爷爷正在地里给庄稼除草,听见窸窸窣窣的响声时,李爷爷本来想那应该是一只什么小动物。当看见一个小孩的小小的身体窜出来时,李爷爷还吃了一惊,定睛一看,才发现原来是隔壁张奶奶家的小孙女小狸,村中外来人不多,因此李爷爷对小狸记得熟,并且小狸的爸爸也是李爷爷从小看着长大的,彼此都很亲近。

"小狸啊,什么时候回来的?"李爷爷向小狸打招呼。

"李爷爷好,我和爸爸才回奶奶家,我要在奶奶家待两个月。"小狸向李爷爷礼貌地回应,眼神却向四面八方瞟来瞟去。

"那你不陪奶奶,到这里干啥啊?"李爷爷继续问道。

"我在找大黑!奶奶说它来树林里了。"小狸始终想着找大黑。"爷爷您看见它了吗?"小狸追问道。

"我早上还在院子里看见了,对,好像就是往后山里跑去了。"李爷爷确定地说。

"谢谢爷爷,晚上去看您。"听到大黑的下落,小狸又开心地往后山里跑。"我会把大黑抱回来的。"仿佛是给李爷爷保证,小狸小小的身影传来了最后的声音。

李爷爷笑了笑,继续细心地锄着庄稼地里的草。

很快就两三点了,小狸在后山也绕了大半圈,夏天的太阳本来应该很毒辣,但在茂密的树叶的过滤下树林里反而十分清凉,一些树枝上已经有了蝉鸣,鸟儿的叫声也很好听,一丝丝凉风从一棵棵大树干间穿过,小狸踩着一块块透过树叶间隙的光斑,小嘴不开心地嘟着,她觉得大黑是在躲着她。而且,她也有些瞌睡了。

"喵呜,"忽然一声猫叫传进了小狸的耳朵里。

"大黑!"小狸惊喜地叫了出来,忙向四周望去。

在小狸头上不远处一个不知什么动物打出的洞口旁,胖胖的大黑猫威严地蹲在那儿,盯着小狸。

"大黑别跑,我回来啦,我来找你玩儿。"小狸大叫着,迅速向上方爬去,穿的衣服又脏了许多。

"喵呜,"大黑看见小狸跑向自己,叫了一声,一转身跑进了身旁黑黝黝的洞里。

"大黑别跑!"

小狸使劲爬到洞口,脸凑过去看了看,里面隐隐有一两点光,但仍是什么都看不清,又用手摸了摸,摸到的除了泥土什么都没有。

小狸有点委屈,还有点儿生气,小手在洞穴里使劲地扒来扒去。突然,小狸感觉大拇指上被什么扎了一下,然后感觉到一阵剧烈的眩晕感,一下子掉进了洞里。

过了好一会儿,小狸才睁开眼睛。"嘶——"摔了一跤的小狸一动就感觉到小手臂上有一些细微的擦伤。

"吓!"突然,小狸看见面前有一只巨大的黑猫,仿佛巨大的黑毛老虎,小狸吓坏了。

"别怕,我是大黑。"小狸突然看见这只黑色的"猫"嘴唇动了动,随后听见了从这只"猫"的嘴里传出了声音。

小狸更害怕了,眼眶里已经有眼泪在打转,嘴唇瘪了瘪,似乎马上就要大哭。

"别哭,你被守门精灵施了魔法,身体变小了掉了下来,这里是地下世界。"大黑"猫"迅速地解释着已经发生的一切,可是小狸的眼眶里已经有一颗大大的眼泪掉了下来,喉咙里隐约已经传出了"呜呜……"声。"奶奶有危险,咱们得去救奶奶。"大黑"猫"见小狸马上就要哭出来,赶紧说道。

"奶……奶?"听到面前的大黑"猫"说奶奶有危险,小狸愣了愣,最终还是鼓起了勇气询问面前的"妖怪"。因为奶奶给她说了,会说话的植物和动物都是妖怪,而且妖怪还会吃人。想起这,小狸往后缩了缩身子。

"呼……是的,奶奶有危险,奶奶快死了。"看见小狸终于没有了大哭的兆头,大黑"猫"明显松了一口气,而后又似乎想起了什么,语气充满了哀伤。

"你骗人,奶奶还好好的呢,我刚刚还看见了。"小狸听见大黑"猫"说自己的奶奶快死了,气愤掩盖了害怕,大声地说。

"我没骗你,这里是地下王国,地下精灵的文明历史悠久,它们的知识也很丰富,不仅会使用魔法,还能预测你们人类的寿命。"大黑"猫"用低沉的声音给小狸解释。"你就是被洞口的守门精灵施了魔法,身体变小了,不信你抬头看看你掉进来时的洞口。"

小狸听后抬起了头,果果,她的头顶上有一个比她现在的身体不知道大多少倍的白茫茫的大洞,洞外隐隐约约还能看见一些巨大无比的树干,可是小狸分明记得在洞口只有几株不大的小树。小狸有些相信大黑"猫"的话了。

"那你真的是大黑?"小狸的害怕渐渐消失了,揉了揉眼睛,向面前的这只大黑"猫"问道。

"没错,我们动物可以自由穿梭于人类世界和地下世界。"大黑显然因为小狸认可了自己的身份而高兴不已,"来,我带你先去地下世界走走。"说完就伏下了身躯,示意让小狸坐到它的背上去。

大黑背上的绒毛十分柔软,小狸一上去就被深深地埋在了长长的黑毛里,奇怪的是小狸感觉大黑的背上很平坦,打个滚也不会掉下去。洞穴深处尽管没有太阳,但穴壁上整齐地镶嵌着许多大大小小的水晶,连成一条条附着穴壁的光的线条,一直延伸到洞穴深处。不仅如此,那些大大小小的水晶还散着令人舒服的热量,迷蒙的光线和舒适的温度令小狸不由闭上了眼睛,在大黑的背上睡着了,甚至都不知道大黑正在飞快地奔跑着。

"小狸,小狸……醒来了,咱们到了。"不知过了多久,小狸耳边传来了一阵阵嘈杂声,好像是有许多人在交谈。终于,大黑的呼唤声叫醒了小狸。

"唔……知道了。"小狸显然还不是很清醒。"呀,咱们到哪儿了?"小狸看见周围深深的黑毛突然想到她还在大黑的背上,而她们还在地下世界。

"你出来看看就知道了。"大黑卖了一个关子。

于是小狸悄悄地拨开了大黑的长毛,偷偷地向嘈杂的地方看了一眼。

"吓!"小狸看见了许多像站着的白蚁一样的"东西"在说话,不过它们的嘴和人一样,里面有舌头,还有双手双脚,只不过皮肤很白,眼睛在暗处会发出七彩的光来,背后也有一对白色的翅膀,像绅士的燕尾服。最引人注目的是它们的头上都有两根柔软晃动的触须。小狸看了一眼赶紧缩回大黑的长毛里,显然被吓坏了。

"别怕,它们都是地下世界的精灵,除了一些被驱逐出地下世界的黑精灵,白精灵们都很温柔善良,而且它们还是所有世界里最富有知识的种族哟。"大黑在一旁安抚着小狸。"出来和它们打个招呼吧。"大黑鼓励道。

"嗯……可是我还是害怕,我不敢。"小狸畏惧这些精灵。

"没事的,它们都会很爱小狸的,而且它们还知道奶奶的事情。"大黑继续劝道,提起奶奶,大黑的语气不觉低了下去。

"奶奶……嗯!"小狸听到大黑说起奶奶,想起了先前大黑说的奶奶快离世了的话,心中不觉充满了勇气。

"大……大家好。"小狸走出了大黑长长的毛发,轻声地向精灵们打了个招呼。很明显,大家并没听见她礼貌的招呼,也没有看见她。

"喵——呜,"大黑很不满大家没有注意到小狸,大声地叫了一声,一瞬间,周围就安静了下来。

"大……大家好,我是小狸。"这一次,大家显然都听见了小狸的话,也看到了这个陌生的身影,不由把目光都聚集到了她的身上。"我想问一下我奶奶的事。"小狸鼓起勇气再一次开口说道。

"小狸?"其中一位高个子的精灵显然很疑惑,把脸转向了大黑,"她是你的朋友吗?大黑。"高个子精灵温和地问大黑。

"她是我主人的小孙女,被守门的精灵们恶作剧施了魔法,碰巧遇见了我。她很想知道她奶奶的事。"大黑向高个子精灵点了点头,缓缓地说道。

"她的奶奶……唔,我们精灵虽然有办法预测人的寿命,但是只有确定的事物才能够预测,这是无法更改的……"高个子精灵旁边的一个胖胖圆脸的精灵说。

"我的奶奶到底怎么了?"小狸急切地问精灵们,语气里已经带了一丝哭腔。

"这……"许多精灵露出不忍的神色,纷纷避过了小狸的目光。"你的奶奶只有两个月的寿命了。"一个洪亮的声音从众精灵后方传来。

小狸向说话的声音望去,只见一个魁梧洁白的精灵从大厅后一个洞穴里走了出来。众精灵看见了它纷纷行礼。

"这是精灵们推举出来的首领。"大黑也向那位魁梧的精灵弯了弯腿,算是行礼。

"啊,您好。"小狸也赶紧打了声招呼。"请问为什么说我的奶奶只有两个月的寿命呢?我奶奶的身体还挺好的。"小狸更加焦急了,急忙追问道。

"请和我来吧。"精灵首领做出了一个邀请的姿势,"我们有记录人类寿命的书,上面记载着每一个人的寿命。但是自己却不能看见自己的。"精灵首领解释说。

大黑听了首领的话载着小狸向首领所引的洞穴走去。"真是幸运啊……"小狸听见了身后许多精灵在议论。

很快,大黑跟着精灵首领走进了另外一个宽敞的大厅。在大厅的中央有一株小小的树苗,树苗被一层绿蒙蒙的光芒遮住了,看不清楚。小狸将好奇的目光转向精灵首领。

"这是地底世界的一棵超过万年的大树,正是它们支撑着地底世界的光明和温暖,那些水晶都是它们身上掉落的叶子和树皮。它的叶子上记载着它周围广阔土地上的生灵的样貌和寿命。因为人类的寿命相对长久些,所以也显得格外清晰,而其他动物的就很模糊了。"精灵首领向小狸解释道。

"好神奇,可是……一万年的树为什么这么小呢?"小狸知道一棵百年的树就已经很大了,十分不解为什么这一棵一万年的树还和小树苗似的。

"哈哈哈……"小狸身下的大黑听完笑了起来。"这个我知道,我来给你解释吧,小狸。"大黑笑完继续说,"因为人类的砍伐和城市扩建,现在活着的超过五六千年的树都很少了,更不用说活着的一万年的树木了。其实在树生长过万年之后,它的躯干早已经腐朽了,所以它会把它所有的生命力集中到木心来,然后在木心处再长出一棵小树苗,但是因为它的生机非常旺盛,所以就会发生一些十分神奇的变化,例如可以脱离阳光呀,在树梢上形成一层绿色的光,显现出其他生灵的寿命,等等,就像这棵树一样。"大黑得意地说道。

"好神奇!"小狸用闪着亮光的大眼睛看着那棵"大"树。"大黑也好棒!"小狸又用崇拜的眼神看着身下的大黑。

"嘿嘿,其实我只是和精灵们聊天的时候听它们说的。"大黑有些不好意思起来,如果脸上没有黑乎乎的毛的话,说不定还能看见大黑的脸已经红了呢。

"哈哈哈,大黑说得没错,它可是我们这里的常客,万年的大树也的确如此,人类……"精灵首领的声音最后低了下去,小狸有些不解。

"那我的奶奶……"小狸又想起了奶奶,心中又焦急了起来。

"来吧,你奶奶的寿命也在这棵树上呢。"精灵首领往"大"树走去,拨开了绿蒙蒙的光,小狸发现这棵树的树叶十分繁密,整棵树看起来仿佛只有树叶。"让我找找。"精灵首领拿起旁边一个厚厚的放大镜,仔细地搜寻着一片又一片的叶子。

"哈,找到了!"过了不知道多久,反正在小狸感觉自己又困了的时候,小狸听见精灵首领高兴的声音,首领头上的两只触角也开心地摆动着。"嗯……奶奶的寿命还剩两个月零六天,胃癌晚期。"精灵首领看着小狸轻轻地说道。

"其实奶奶的身体一直不好,她只是不想让小狸和小狸的爸爸妈妈担心,每次感觉不好的时候都只是吃两片普通的感冒消炎药或止疼药,从来没有对小狸的爸爸妈妈说过,她知道爸爸妈妈忙……"大黑低沉的声音在身下响起。

大颗大颗的眼泪从小狸的眼眶里掉了下来,小狸悲伤极了。"哇——"小狸忍不住大声哭了出来,"我不想奶奶死。"小狸一边抽搐着一边说,她知道人一死就永远见不到了。小狸的哭声越来越大,嗓子都快哑了,泪水打湿了大黑一大片的绒毛。这时,许多精灵听到小狸的哭声都从洞外走了进来,脸上都露出慈爱和不忍的神色。

"小狸,其实——还有一个办法。"这时,走进来的一位年迈的精灵对小狸说。

"嗯?"小狸突然抬起头,"什么办法,爷爷,我一定要救奶奶。呜呜……"小狸急切地边哭边问这位年长的精灵。

"我年轻的时候听一位老人说过,在地下世界的最深处,有一株仙草,它身上凝结的露水能治疗百病,它的叶子可以救活死亡的生灵,它的根须可以让生灵长出残肢,它的果实可以延长寿命几百年,而如果有生灵把它整株都吃下去便可以长生不老。"老精灵缓缓地说着,认真地从记忆中搜寻着有关仙草的内容。"我年轻的时候也曾经去寻找过,但是往下太黑太深了,我因为害怕退回来了。"老精灵的语气明显有些失落。

"那只是一个传说罢了,从来没有记载有生灵找到过仙草。"精灵首领显然不愿小狸去冒险。

"不!我要去!我要救奶奶。"小狸停止了哭泣,睁着大大的眼睛对精灵首领大声地说道。

"请问爷爷你知道怎么走吗?"小狸转头问精灵老爷爷。

"要一直往更深处走,出了精灵的洞穴一直往北走,在北极的地底,北极点的最下方。"老爷爷对小狸说。"沿途没有光亮,有一些未知的生灵,还有一些游荡的邪恶的精灵,你确定要去吗?"老爷爷认真地看着小狸。

"嗯,我要去!"小狸坚定地说。

"我陪小狸去。"大黑的声音跟着响起。

"嗯……那我就放心多了。"老爷爷看了看大黑,在自己的衣服口袋里翻了翻,拿出了一卷不大的羊皮纸。"这是我年轻时画的地图,上面是我走过的路线,虽然几百年过去了,但我想应该没有什么变化。"说着又拿出了一片精灵手掌大的穴壁水晶来,这种东西虽然在墙壁上很多,但精灵们却是被禁止私自收藏的,穴壁上如果丢掉一块水晶,精灵世界就将不得安宁,以往敢偷盗叶片水晶的精灵都被赶出了精灵洞穴,谁也不知道这位老爷爷是如何获得这块水晶的。

"我曾经参加过与地底暗黑部落的战役,这是我的奖赏。"精灵老者的脸上出现了一抹骄傲的神气,说完将这两件东西递给大黑,大黑将它们藏在了自己的皮毛里。

一众精灵们都十分惊愕地看着精灵老者,因为地下世界的居民都知道,地底暗黑部落早已在一千年前就衰落消亡了,虽然精灵们的寿命都十分长久,但超过一千年的精灵仍是异常少见。

"怎么了呀?"小狸对大家伙儿的神情很是疑惑。

"没怎么,这位老爷爷很了不起,说不定还是位英雄呢。"大黑向小狸解释。经常来往于地下世界和人类世界的大黑显然也知道关于地底暗黑部落的事。

"好了,你们快点出发吧。"精灵老者显然不愿再提及自己的身份,反而督促小狸和大黑赶紧出发。"记住,你们在沿途会遇到各种各样的生灵,四周虽然幽暗,但你们尽管举起你们手中的光明,不要惧怕,只要你们心怀善良,就总会有其他的善良给你们回应的,要听从自己的内心,勇敢地走下去,我相信你们可以找到仙草,救回奶奶。"老爷爷给小狸和大黑打气。

"嗯!"小狸和大黑同时重重地回答,眼神里充满了坚定。

"那我们就出发了,各位再见。"大黑环顾四周,与精灵们道别。

"精灵们再见。"小狸也向这些身材比自己稍微大一些的精灵们道别,她站在大黑背上刚好可以看见所有的精灵,就使劲地对精灵们挥手。

"再见,我们将给予你们祝福。"精灵们说完便有一缕缕七彩的光线从每一位精灵身上延伸出来,七彩的光刹那间笼罩了大黑和小狸。

"谢谢。"小狸向精灵们鞠了一个躬。"我们走了。"大黑的声音传来,话音刚落便载着小狸向洞穴北方的另一个出口跑去。

小狸伸出头久久地回望着身后,看着精灵们越来越小,直至在一个拐弯处再也看不见后才又缩回大黑长长的黑毛里。小小的身体蜷缩在大黑的背上,轻轻地啜泣,小狸有些想奶奶了。

"大黑,你说咱们出来这么久,奶奶会不会担心我们呀?"小狸轻轻地问道。

"没事,地底世界是有魔法保护的,这儿的时间会过得很慢,说不定咱们出去奶奶会当我们才跑出来呢。"仿佛害怕小狸不相信,大黑继续说,"我有时候在地下世界玩很多天,甚至几个月,回去奶奶也当我才出来了一会儿,别担心,咱们一定会很快找到仙草的。"

"嗯!"小狸重重地点了一下头。

大黑长长的毛把小狸遮得严严实实的,平稳的脚步也使小狸感受不到一点儿颠簸。由于跑得太快,身侧的水晶光斑都连成了一条线,但却没有一点风声或者其他的声音,脚下不知名的黑色石板不仅平整也很光滑,映着大黑的身体,仿佛有两个大黑在一上一下的两条洞穴里奔跑着,看得久了,仿佛画面是被定格住了一般,只有大黑的腿在前后循环似的摆动着。小狸在大黑的背上不知不觉又睡着了,睡着后小狸做了一个梦,梦见爸爸妈妈带着小狸回家和奶奶、大黑一起住,小狸整天在青色的森林里玩耍,爸爸妈妈照顾着奶奶,晚上大家坐在一起看电视谈天,最后小狸、奶奶和大黑一起睡,爸爸妈妈一起睡,第二天爸爸妈妈也不会早早起来留小狸一个人在家里。偶尔,小狸还能去招惹一下地下世界的守门精灵,让它们把她变小,去地下世界陪精灵们玩儿……

大黑跑得很快,不一会儿就走出了精灵的洞穴。"小狸,快醒醒,快看。"走出洞穴后大黑赶紧叫醒小狸。

"怎么了?"小狸爬起来,问大黑。

"看!"大黑示意小狸看前面。

小狸揉了揉眼睛,拨开大黑的毛向外面望去。

"哇……好美呀!"小狸抓着大黑的毛,立在大黑的肩膀上,眼前的景象令她震惊地张大了小嘴。

在小狸和大黑的身前,许多五彩斑斓的光点随意地分布在平原似的地下世界的地面上。由于没有太阳,四野里一片黑暗,显得那些光点分外明亮,每颗光点照亮的区域也十分辽阔。而且那些光点并不是如城市里的霓虹灯那般刺眼,都很柔和,偶尔还闪烁一下。从小狸脚下的山坡一直延伸到非常远的地方,仿佛一片脚下的星空。

"这应该就是地下世界的部落平原了。"大黑听精灵们说起过精灵洞穴外的事。"这里的每一个光点就是一个部落,由于没有足够的万年古树脱落下的晶石碎片,这里的每一个部落在之前都是一个部落只有一块晶石碎片的,部落里的生灵以此来获得温暖和光明。由于晶石是古树自然脱落的,所以每脱落一块碎片,大的部落里就会自觉分裂出一个小部落,部落拥有的晶石照耀的区域就是这个部落的领土,部落的人们就在晶石照亮的区域里生活。在长达几十万年的时间里,这片平原上的生灵都遵循着这条古老的规定,谁也不违背。因此,这一片平原上从前曾有上百棵万年古树,部落更是密集得无法形容,虽然会有争斗,但在古老的公平的规则下,从来没有大规模的战争发生。但在大约一万年前,这片平原上出现了一个名为'暗黑'的部落,这个部落的首领在一次争斗中获得了一枚晶石碎片,就召集了一群地下生灵擅自建立了一个部落。由于部落首领本来就是残酷暴虐的人,所以它召集的人也大都一样,部落成立两年后,它们就开始向周围的部落发动侵袭。由于它们的行为太过残暴,它们很快被其他部落的联合军队打败。但它们从未消失过。五千年前左右,这个部落偷偷袭击了一个保护着一株万年古树的部落,并在之后丧心病狂地砍倒了古树,将古树的身体偷走。"说到这,大黑的声音不觉大了起来,语气充满了愤怒。"对地底世界的生灵而言,万年古树就仿佛人类的太阳一样,是地下世界共同的母亲,可是暗黑部落杀掉了自己的母亲。"

"坏蛋!"小狸捏着小拳头骂道,虽然妈妈比较烦,但小狸心里可是非常爱妈妈的。

"不仅如此,暗黑部落偷走古树的身体后,还将古树的身体锯成了几截,通过一种非常残忍的魔法将古树的身体变成了晶石。因为这样的晶石亮度更大,往往能照亮十个自然脱落的晶石所能照亮的区域,但代价却是古树的生命。依靠这个办法,暗黑部落迅速壮大了起来",大黑语气异常低沉。"最可恶的是,暗黑部落还将这种魔法公布出来,虽然每使用一次就要付出古树和许多生灵的生命,但面对巨大的利益,许多部落仍铤而走险,大量古树被砍倒,大规模的战争频频爆发,平原上的光点几乎每一天都在移动,在近四千年的时光里,战争使平原上的古树全部消失,平原上的生灵少了九成还多,直至一千年前,精灵世界、树须族、蚁族与平原上渴望恢复秩序的正义部落联手,才将暗黑部落彻底打垮,而如今平原上的光点都是那一战后重新分配的古树晶石,其中大部分还是万年古树的身体碎片。"说完大黑忍不住轻轻地叹了口气。

"好可怕!"虽然小狸不是很明白大黑说的这些话,但她仍能感受到暗黑部落的可怕和可恶。

"以后小狸可不要像暗黑部落的人一样哦。"仿佛是为了缓和一下气氛,大黑转头望着小狸开玩笑似的说道。

"嗯!"小狸重重地点了一下头。

"多亏精灵老爷爷给的古树晶石,咱们才可以穿过这片平原上的黑暗地带,如果没有晶石,会有好多怪物出来吃掉咱们。"大黑说着向山坡下走去。"但是一些部落里会有十分邪恶的黑精灵,它们长着黑色的皮肤,能闻出来我们是白精灵的朋友,如果万一被它们发现就糟了。"

"小狸可要藏好哦。"大黑说完告诫小狸。

"嗯!"小狸赶紧藏到大黑背上长长的毛里去了。

大黑敏捷地跳下了山坡,绕着每个部落的边缘悄悄地迅速向前奔跑着。小狸扒开大黑的长毛偷偷地看着外面,看见每一个不大的部落中心都建着一座高高的木塔,塔上一个透明的石台上放着一块精灵头颅般大小的发光晶体,小狸知道那就是古树晶体,它们都散发着柔和的多彩的光芒,有的是白色的,有的是黄色的,有的是蓝色的……大黑在其中穿梭,就像从一盏又一盏的多彩灯光下走过一样,美丽极了。小狸被一阵一阵的光打着,微张着嘴看着眼前的一切,觉得四野里的光就像童话世界里一样,大大的眼睛里闪着各色的光芒,小脸上也红扑扑的。偶尔路过一个部落时,小狸还能看见许多像松鼠和胡萝卜一样的生灵,都有着小小的身体,和现在的小狸一模一样。但小狸发现这里的生灵非常少,她很久才发现了几个在光圈内小屋子外的生灵。

"大黑,我发现这儿的小动物好少。"小狸小声地对正在飞快奔跑的大黑说,由于不知道它们都叫什么,小狸就把它们都当作了小动物。

"这都是战争带来的。"大黑低声地回应道。"而且地下世界的生灵生育率本来就很低,有的生灵一辈子都没有后代。"大黑继续补充。

"那它们是不是就没有子女了呀?好可怜。"小狸有些伤心地说。

"对啊,这里年迈的生灵在古时都会在死后将自己的身体埋在古树底下,让自己死后变成古树的一部分。可是这里的古树都已经被杀害了,所以现在很多年迈的生灵既没有子女也没有归葬地。许多年迈的生命在最后都会去黑暗的地方了却自己的生命……"

"啊!"小狸惊得捂住了小嘴,眼中有泪在莹莹地闪着光。

小狸就用闪着莹莹的光的大眼睛静静地看着外面寥寥落落的绚烂多彩的部落。时间不知不觉又过去了很久,小狸的眼睛看得都有些酸涩了。

"咱们快到了吗?"小狸揉了揉眼睛问大黑。

"快了,马上就要走出地底平原了。"大黑抬头看了看前方模糊的光圈边缘回答道,"小狸困了可以躺下睡觉。"

"嗯。"小狸回应了一声。突然,小狸的脚被脚下大黑的绒毛绊了一下,一个跟头从大黑背上栽了下来,泪水一下子就从小狸的脸上流了下来。

"哇……"小狸的胳膊摔在了地上,摔得可疼了,忍不住哭了出来。

"小狸摔哪儿了?"大黑赶紧蹲下来用两只脚掌扶起小狸,紧张地看着小狸。

"胳膊疼,哇……"小狸因为离开奶奶太久了加上手臂上的痛楚,忍不住大哭了起来,声音传出去很远。不久,就有许多形态各异的小生灵从远方聚了过来。它们有的像长满胡须的胡萝卜,有的像爬着的蚂蚁,还有的像蠕动的鼻涕虫一样的东西,相同的是它们的眼睛都很明亮,显然都能和人类一样思考。它们在蒙蒙的光亮中打量着大黑和小狸。小狸更害怕了,哭声也更大了。

"这是……人类?"其中一只拿着长矛的蚂蚁卫兵疑惑又带着点恐惧地问道。

"人类……人……好可怕。"周围的生灵听到蚂蚁卫兵的话后仿佛炸开了锅。它们尽管有的并没有出过地下世界,但都知道人类的可怕,因为它们都听年迈的长者们说人类巨大无比,可以一只手抓起几百只蚂蚁,捏死上千只鼻涕虫,有的时候还会引发地震……许多生灵都抓起了防身的武器。

"可是……她好小,人类不会和我一般大呀。"蚂蚁卫兵显然见过人类,无法将眼前正在哭泣的小小的身体和记忆中的庞然大物联系起来,她们只是身形很像罢了。蚂蚁卫兵挠了挠头,有点不知所措。

"她怎么可能是人类,实话给你们说吧,她是精灵洞穴里的一名畸形精灵,被精灵们认为是血统不纯,有可能是凶兆,便打算将她送到黑暗地带去,以免引发一些对地底世界不好的事。但精灵们不方便走出地底洞穴,便让我将她带去黑暗的遗弃地带。"大黑见形势不妙赶紧用低沉的声音编了一个谎言,哗然的平原生灵都安静了下来,用亮亮的眼睛盯着大黑。

"而且精灵族的长老说了,谁碰了她就会厄运加身,整个部落都将不再安宁,我是因为无拘无束才敢答应精灵们的请求的。"大黑低沉着继续说,四周安静了下来,大家都露出了惊恐的眼神,显然都被吓住了。"赶紧让我过去吧,要不然等厄运传到这片土地上就糟了。"大黑看生灵们都被吓唬住了,想赶紧溜。

"哭什么哭,赶紧走!你这个肮脏的东西!"大黑转身对还在滴着眼泪的小狸大声叫道,一边使劲地对小狸眨着眼睛。

小狸这才注意到身边聚集了许多奇奇怪怪的小"动物",又不是很懂大黑为什么那么大声,吓得小嘴又瘪了起来,眼看又要哭了出来。看见小狸这架势,大黑赶紧用嘴巴将小狸叼起放在自己的背上,"抓紧了。"大黑对小狸说,转过身又对着平原生灵使劲地呸了呸嘴巴,仿佛小狸真的是个肮脏的"精灵"。

一众地底平原生灵刚刚被大黑的话吓住,又见大黑的动作,都不自觉地给小狸让开了一条道路。"再见。"大黑对平原生灵们点点头,一副严肃的神气,仿佛一位即将出征的将军。然后一溜烟地窜出了被生灵们围着的地方,很快消失在了部落房子的后面。

"小狸没事吧?"跑了很远之后,大黑放慢了速度,轻声地询问小狸。

"我没事。"小狸已经不哭了,紧紧地抓着大黑的绒毛趴在大黑的背上。小脸上已经是一副坚强的神情。小狸捏着小拳头,"我们要救奶奶。"小狸心中仍牵挂着奶奶。

嗖——

大黑刚想鼓励小狸,突然,一支锋利的箭从大黑的脸旁划过。大黑看见自己脸上被箭尖划断的毛发,瞬间紧张了起来,背后的长毛都立了起来。

小狸也惊得立马爬了起来,想拨开长毛看看身后。

"小狸别出来,应该是黑精灵,鼻子真灵。"大黑显然知道身后是黑精灵追了过来。"抓紧了!"大黑也知道得尽快走出平原,谁也无法保证可以在精灵的箭雨下保全性命。

嗖嗖嗖——又有许多箭从身后射了过来,大黑左右跳窜地躲避着,仔细地保护着背上的小狸。身后房顶上已经可以看见一些跳跃的黑色的小点，边跳边向大黑和小狸射着利箭，不时还向大黑和小狸喊着一些听不清的话。

大黑利用部落的房子灵活地躲避着，不时就有一根闪着寒光的箭从大黑的身边飞过去，小狸紧张地盯着外面，突然，一支利箭从后面快速地接近，大黑刚躲过另一面的箭无法再躲过这支箭，紧急关头只能跳了起来，但是由于箭实在太快太近了，还是扎进了大黑腿上的毛发里，又从另一面飞了出来，带起了一道血光。在落地的那一瞬间，大黑因为疼痛打了个趔趄，差点摔了下去。

"大黑……"小狸知道大黑是受伤了，眼中又有泪水流了出来。

"只是擦伤了皮，没事的，小狸抓稳了。"说完大黑蹿进了一旁更密集的房子里，并迅速跑过街道，甩掉了身后的黑精灵，不远处，部落的光芒已经全部消失了，那里就是许多地下生灵都不敢接近的黑暗地带，有许多可怕的怪兽和被地底光明世界流放的罪恶之徒在里面艰难地存活着。大黑咬咬牙，一下子跳了进去。

小狸尽管已经知道黑暗世界会十分可怕，但仍被眼前伸手不见五指的状况吓得不轻。身后部落的光芒仿佛也一下子消失了一样，小狸和大黑好像进入了另一个世界。小狸感觉身下的大黑也被惊了一跳，因为大黑一动也不动地站着，大黑的眼睛里也失去了所有光明。突然，小狸听见了远处有"呜——呜"的长嗥声，声音越来越大，好像离小狸和大黑越来越近，一片黑暗中许多猩红的眼睛跳跃逼近着。小狸的身体开始微微颤抖了起来，身下大黑的身体也开始微微地晃动。

小狸心里害怕极了，但感到大黑也十分害怕时，小狸心里突然涌出了一股勇气，"我是小狸，我可是大黑的小主人。我不能害怕……"小狸努力地给自己打气。

小狸用双手轻轻地抚摸着大黑背上的绒毛，"大黑，别怕，咱们一定会成功的！"小狸安慰大黑。

"喵——"大黑叫着回应了一声，摆了摆身子，但因为腿上的伤口差点倒了下去。"小狸，快把我脖子上的袋子取下来。"突然，大黑像想起了什么，急忙向小狸说道。

"好！"小狸往大黑的脖子上爬了过去，扒开大黑厚厚的毛，才发现原来大黑的脖子上吊着一个小小的袋子，小狸赶紧抓住了袋子。

"精灵爷爷给的古树晶石在里面，快取出来！"大黑已经闻到那些猩红色眼睛动物口中的腐臭气味。

小狸赶紧拉开袋子的口在里面看见了一块放着光的晶石，小狸一把把晶石掏了出来，一瞬间，一股温暖柔和的白光驱散了四周的寒冷和黑暗，小小的石头放出的光芒不仅可以将小狸和大黑包围，还向黑暗的地方延伸出了好远。那些已经扑到大黑和小狸面前的动物被晶石的光芒一照，身体仿佛被火烧了一样，一些黑色的液体溅在了脚下黑色的岩石上，小狸也趁机看清了它们的样子，原来是一群像狼一样的东西，只不过通体都是黑色的，只有眼睛泛着血红的凶光，十分可怕。

掏出晶石后，那些狼一样的动物显然不敢再攻击大黑和小狸了，小狸和大黑都深深地出了一口气，但视野尽头的黑暗里，一闪一闪的红光还是让大黑和小狸深感不安。小狸的手仍紧紧地抓着大黑脖子上的毛，抓的大黑都有些疼了。

"小狸我们暂时没事了。"大黑安慰着小狸，"把精灵爷爷送的地图给我吧。"在一片黑暗中大黑并不知道该如何到达更深的地底。

"嗯！"小狸仿佛也在给自己打气，大声地回应道。说完就将袋子里的地图扔给了大黑。忽然，小狸看见大黑的一只腿上流着血，已经把身下的岩石染红了一大片，小狸的眼泪又流了出来。"大黑，你没事吧？"小狸的语气中已经有了一丝哭腔。

"小狸别哭，我没事，把袋子给我。"大黑安慰着小狸，要过了袋子，在里面找出了一瓶药膏模样的东西涂在了伤口上，伤口顿时就不再流血了。"还好有精灵们的祝福才没有沾上黑精灵的魔法。"大黑有些庆幸，在和精灵的聊天中大黑了解到黑精灵的魔法就像毒药一样可怕。

"大黑，我也要看。"小狸有些担心大黑，也想帮助大黑。

大黑听了小狸的话，仔细地环顾了四周，看见那些黑"狼"都已经走远了之后，轻轻地将小狸放了下来，小狸在一旁安静地看着地图，可是小狸发现她完全看不懂，精灵的语言她在课本上可从来没有接触过。

"这里是精灵世界,这里是地底平原,这里是咱们待的地方,黑暗世界的边缘。"大黑向小狸解释着。

大黑看完地图站着仔细地感受了一下,又看了一眼地图,心中对前方遥远的路途有了一丝丝迷茫。但看了看小狸明亮的大眼睛后,大黑点了点头,更加坚定了。

"好了,小狸,我们该出发了,等咱们过了树须族就快到了。"大黑催着面前仍努力看地图的小狸。

"嗯,好。"小狸显然没有看明白这张地图上的线条说了什么。听到大黑的话就重新爬到了大黑的背上。

等小狸在大黑背上站好,大黑甩了甩尾巴,就继续出发了。由于腿上的伤口还没有愈合,大黑跑得慢了很多,也有点颠簸。小狸在大黑背上举着古树晶石,认真地给大黑照着前方的路。站在大黑的背上,小狸看见在晶石光芒的外边,一群又一群的黑"狼"闪着猩红的眼睛跟在她们身后,一阵又一阵的嗥叫声划过小狸的耳边,不由让小狸缩了缩身子。过了一会儿,小狸发现身后的黑"狼"都消失了,四周一片寂静,偶尔有一股地底的岩浆冒出来在岩石上流着。突然,一声巨大的像牛一样的叫声在头顶响起,小狸和大黑赶紧抬起头,只看见一道非常大的流星似的红光划过头顶,其后隐约有一个和巨鸟一样身躯的黑影煽动着翅膀,一阵阵狂风让大黑和小狸都摇晃了起来。但没过一分钟,头上的黑影就消失得无影无踪了。不久,身后又响起不知道是什么的恐惧和反抗的嘶鸣。

"原来,地底世界真的有龙存在啊。"大黑站在那儿一动也不动,显然被吓得不轻。

小狸显然也被吓住了。

一人一猫站了一会儿,直到远处的嘶吼平息了下去。大黑才猛的一个激灵,"小狸,抓紧了。"大黑突然想起来她们也会成为巨龙的目标。

大黑载着小狸又奋力地跑了起来,但没过十分钟,大黑敏锐的耳朵就已经听到身后响起了风的呼呼声和动物的喘息声。大黑回头看了一眼,只见两颗像磨盘大的猩红色的眼睛正在它和小狸身后的不远处,隐隐还能看见巨龙翅膀带起的风刮起的石头。

"小狸趴下,别让巨龙看见你。"大黑提醒被巨龙吓得一动也不敢动的小狸。小狸听见大黑的喊声赶快趴在了大黑的背上,四肢牢牢地抓住了大黑的毛发。

没过一分钟,小狸已经可以感受到黑龙腥臭的呼吸了,侧过头,小狸看见一只长着尖锐的牙齿,脑袋上方有着两道高高突起的头骨,身体和翅膀上都长着细密的鳞片,眼睛血红,相貌狰狞的西方巨龙在古树晶石的光圈外盘旋着,巨龙不时用映着红光的利爪划过晶石所形成的光圈,但每一次都会燃起一股青烟,巨龙也会因为疼痛嘶吼一声,吼声都快震破小狸的耳朵了。但这一次小狸没有再哭,她知道这个时候哭泣不会让巨龙从身后消失,还会让大黑担忧,因此小脸上露出坚强的神色,紧紧地抓着大黑。

大黑不知道跑了多久,腿上的伤口再一次裂开,血滴在了脚下的岩石上,让巨龙更加兴奋起来。

长时间的奔跑和流血让大黑的视线模糊了起来,速度也慢慢降了下来,小狸因为长时间抓着大黑的长毛,手臂也麻了。而巨龙仿佛是为了戏弄她们,在后面时不时地叫一声,爪子也偶尔挥两下,让大黑和小狸心里升起一阵又一阵的紧张感。

突然,大黑模糊的视线里发现了一块没有被晶石照亮的区域——一个圆圆的黑斑,大概有三个大黑的身体那般大。大黑强打起精神,摇了摇头,仔细一看,原来是一个洞口,但是洞里黑黝黝的一片,让大黑有些恐惧。正在这时,身后的巨龙察觉到大黑的速度忽然慢了很多,大声地吼叫了起来,从高空一下子扑了下来,巨龙还在半空,地面上就有一些碎石子飞了起来,砸在了大黑和小狸的身上。

大黑看巨龙的眼睛越挨越近,咬了咬牙,一下子扑进了洞里。大黑和小狸只感觉到一阵急速坠落的眩晕感,听见身后一声巨龙愤怒的嘶吼后便失去了知觉。

坠落了不知多久,小狸和大黑感觉到自己好像被一层网给接住了,之后就再次昏睡了过去。

"唔……"不知道昏迷了多久,小狸终于醒了过来。小狸发现自己躺在一张由树的根须编成的吊床上,大黑在旁边一张更大的吊床上。四周全是由树的根须编成的东西,树须上长着一些圆圆的会发光的颗粒,像树上的果子,把整个空间都照得非常明亮。小狸旁边还有一些柱子和几间小小的房屋,不过这里的房子看起来并不是建在地面上,而是由许多树须吊起来组成了一个立体的城市,前后左右和头上脚下都充满了大大小小的房子和吊床,还有一些由大的树根做成的道路。

小狸环顾一周,发现四周都很安静,旁边只有大黑的呼吸声。小狸揉了揉眼睛,爬了起来,记起之前被巨龙追赶掉下洞口的事,但并没有发现身上有伤口,而且大黑腿上的伤口似乎也愈合了。

小狸并不放心,她在吊床上站了起来,看了看脚下,发现脚底似乎全是一些纵横交错的树的根须,小狸知道掉下去很可能又是一次惊心动魄的下坠。小狸小心翼翼地将手伸出去抓住大黑吊床的边缘,将自己大半个身子探过去使劲一跳,稳稳地落在了大黑的身边,又绕着大黑爬到了大黑的伤口那边,仔细地察看大黑受伤的部位,可是小狸却没有发现丝毫受伤的痕迹,哪怕伤口恢复后的疤痕都没有。小狸有些疑惑,想把大黑叫起来问一问,但看见大黑睡得那么熟,便没有叫它,自己也蜷在大黑的肚子旁边睡了过去。

大概又过了几个小时,突然,一些长着长长的像树须一样的胡子的"树人"走了过来,它们的身体就像是树木一样,上面布满了裂痕和新生的枝丫,每一个都和小狸差不多大小。

"大黑,快醒醒,有东西过来了。"小狸看它们一个个从树根道路上稳稳地跨上吊桥向小狸和大黑所在位置走过来,忙叫着大黑。

"喵——"大黑显得十分困倦,不过还是醒了过来,用爪子挠了挠脸之后向四周望了望,对一切也很新奇。大黑顺着小狸指的方向看去,对走过来的"东西"显然也充满了警惕,翻了个身站了起来,用嘴巴将小狸放到了自己的背上。

"亲爱的客人,你们好。"一众"树人"前面的一位走到大黑面前大声打招呼。"你们从上方掉了下来,正好落在了我们的国度里,我的国民救了你们。"这位"树人"的脸上明显泛起了一个"微笑"。

"你们好,谢谢你们。请问你们是?"大黑仍对面前的"树人"心怀提防。

"我们是生活在地下'母亲'怀中的树人一族。我是族长布鲁。"族长布鲁向大黑和小狸介绍道。

"母亲?"大黑显然对布鲁的介绍心存疑惑。

"我们的母亲就是我们赖以生存的每一棵大树,我们的生命和知识都是由它赋予。"布鲁的语气里充满了恭敬,脸上也挂着谦和的微笑。

"那么亲爱的客人,请随我们一起用餐吧,想必你们也饿了。"布鲁做出了一个邀请的姿势,对大黑和小狸说。

"嗯,小狸我们去吧。"大黑的戒备少了些。

"嗯。"小狸对眼前这些奇特但很礼貌的生灵充满了兴趣。

走下吊床没几步,大黑和小狸就随一众"树人"走进了一个巨大的宫殿式的房间,墙壁和地板都是打磨得十分光滑的木板,天花板上镶嵌着许多外面树根上结的发光的果子,整个宫殿都散发着一股浓浓的树木的清香,小狸深深地吸了一口香气,觉得舒服极了。

布鲁走上大殿最高处的十分华丽的椅子处坐下,并邀请大黑和小狸坐在它的身侧,布鲁显得十分开心,让侍从们端上了许多"美食"和"美酒"。

"你们为何会到这里来呢?"喝了一些木汁酿的"酒",布鲁问大黑和小狸。

"我们想救奶奶。"小狸在一旁咬着一颗发光的果子,原来这也是一种能吃的水果,是树根结出的果实,十分香甜。听到布鲁问起行程缘由,小狸连忙说。

"救奶奶?"布鲁很疑惑,它自然不知道救奶奶和来地底深处的关系。

"是这样的,小狸奶奶生了非常严重的病,需要地底世界的仙草医治。"大黑声音低沉地说。

"仙草?"布鲁吃了一惊。

"你知道仙草在哪儿吗? 布鲁。"小狸用大大的眼睛望着布鲁。

"哈哈哈,没有人比我们树人一族更了解仙草了。我们可是仙草的守护者啊。"布鲁对小狸眨了眨眼睛。

"那你能告诉我如何才能获得仙草吗?"小狸急忙追问。大黑也紧紧地盯着布鲁,仿佛害怕布鲁突然消失了一样。

"可以……"

"咳哼……"就在布鲁刚想告诉小狸的时候,大厅中另一名树人突然咳嗽了一声。

"亲爱的客人,你们好,我是树人一族的瓦恩。仙草是我们树人一族世代守护的灵物,祖先规定我们必须好好看守,不能随意示人。"树人瓦恩显得很谨慎,并不像布鲁那样大大咧咧。

"嗯……也是。"布鲁有些犹豫了。

"不过看在救人的份上我们可以将仙草给你们,但是你们也必须留下报酬。"瓦恩的对面,另一位树人高声说道。

"报酬……"小狸想来想去也没有发现自己有什么东西可以作为报酬给予树人一族。

"我们掉下来的时候,身上的东西都丢失了。"大黑有些无奈。"对了,我们还有一块万年古树的碎片。"大黑突然想起那块碎片还在自己的身上,忙将碎片取了出来。

"这……"布鲁看了看,有些不好意思地说:"不瞒你说,我们的'母亲'就是一棵超过五万年寿命的大树,这种碎片的价值还没有小狸刚刚吃下去的果子大。"

"啊?"大黑和小狸都很惊奇,看了看盘子里发光的果子。

"这种果子具有很强的生命力,任何生灵吃下它,都能恢复身体上的任何伤势。"布鲁继续解释道,"你们掉下来后的伤口就是我们喂你们吃这种果子治好的,我们叫它'乳果'。"

大黑和小狸都呆呆地看着盘子里的"乳果",但又想到自己仅有的东西不能换取到仙草,不禁有些沮丧。

"不过,如果你们能帮我们一个忙的话,我们就将仙草送给你们。"布鲁突然说。

"什么忙?"大黑听完又赶紧望向布鲁,小狸也再次看着布鲁。

"我们树人一族自诞生起就一直生活在'母亲'的怀抱里,没有什么天敌。但是,在许多年前,一支蚂蚁族群突然出现在了我们的视线之内,由于这里其他地方没有它们需要的食物,它们就一次又一次地向我们的'母亲'发动攻击,企图蚕食'母亲'的根须和果实。经过我们树人一族的抵御,'母亲'在蚁群的侵蚀下所受到的损伤并不算太大,但一次又一次的侵略,我们的领土已经只有最开始时的一半大了,许多树人都不得不离开家人去边疆常年驻守,有时候还会有生命危机……"布鲁缓缓地讲述着树人一族和蚁群冲突的历史,大黑和小狸在旁边认真地听着,才发现这位乐观开朗的族长也有着如此大的忧虑。

"所以,我们想请你们帮助我们赶走蚁群。"布鲁说完严肃地看着大黑和小狸。

"可是,我们怎样才能赶走它们呢?"小狸有些不解。

"用火。"布鲁对大黑和小狸说,"这是我们的'母亲'告诉我们的,可是当我们用石块击打出火焰的时候我们自己也会被烧死。每次在蚁群大举入侵的时候都会有族人为了击退蚁群而点燃自己。"布鲁有些伤心,木缝里的眼睛也似乎有泪光在闪烁。

小狸走过去用手轻轻抚摸着布鲁。

"所以,我想请你们用火赶走蚁群,我们会在后方支援你们。"布鲁用恳求的语气对大黑和小狸说。

"大黑,我们帮帮它们吧。"小狸为树人们感到伤心。

"嗯,好。不过赶走蚁群后,你们要将仙草送给我们。"大黑看了看小狸,对布鲁说。

"好!"布鲁重新笑了起来。

"那我们就出发吧。"大黑心里也担心着奶奶。

于是,大黑背着小狸和布鲁一行人向外走去。走出门口,大黑发现原来它们居住在一根硕大的树根里。布鲁往前走了几步,将手上的一枚戒指对着树根一处凹槽按了下去,一刹那,在小狸一行人面前突然出现了一道像漩涡一样的门。

"这是'母亲'的能力,我们称为'国度传送',就是当我打开这扇门时,我们可以立马去我的国度的任何地方。"布鲁骄傲地对大黑和小狸解释道。"进去之后不可说话,因为里面的通道其实就是在'母亲'的'体内'。"布鲁又严肃地告诫大黑和小狸。

说完一行人就接连走进了"国度传送"的漩涡里,大黑和小狸觉得刚走进去不到一分钟就立刻走了出来,布鲁告诉小狸和大黑她们已经跨越了将近几十万里的距离,这着实把她们吓了一跳。

"你们看,那就是蚁群的巢穴。"布鲁指着高高的石墙外的一处幽深的黑洞对大黑和小狸说。大黑和小狸看向了洞口,发现那洞口在树人城墙上的光芒的照耀下显得十分幽暗,十分可怕。洞穴中还有许多黑色的蚂蚁在匆忙地走动着。

"很多年以来,蚁群已经繁衍出了七个巢穴,都围在我们树人的国度边,我们只有建起高高的城墙来被动防御。"布鲁望着那幽深的洞穴说道。

"我们需要怎么做?"大黑问布鲁。

"我会给你们点火的工具,你们需要在城墙内点燃火把,出城迅速将火把投进洞穴,千万不能让蚁群围住你们。"布鲁此时俨然一副大将军的神气。

"可是,万一要是点不燃洞穴怎么办?"小狸想了想,难得不迷糊了一次。

"这你们放心,地底的温度本来就比较高,而且蚁群的身上都附有地底的易燃物。我们是因为身体太小,每一次还没冲到洞口就被蚁群击倒了。"布鲁看着大黑和小狸说。

"好,把点火工具给我吧。"大黑希望能尽早结束这一切。

布鲁差人将点火用的两块石头和一根蘸了木胶的木棍递给小狸,小狸在大黑的指导下引燃了木棍,熊熊的火光映得小狸的脸蛋红扑扑的。

"小狸抓紧了!到了就使劲把木棍扔到洞穴里。"大黑说完就冲出了城门。

前方的蚁群看见大黑背上的小狸擎着的火把,都纷纷聚成一块又一块的阵形,企图拦住大黑。但大黑对它们来说实在太大了,东窜西跳地就接近了蚁群的洞穴。

"扔!"

听到大黑的声音,小狸使劲把火把扔进了洞穴。

"轰!"大黑才窜出去几步,就听见身后响起了火焰燃烧的轰鸣声。身边许多黑色的蚂蚁看见蚁穴被点燃了,都纷纷四散逃窜了。

就这样,在传送门的帮助下,大黑和小狸在一个小时内将七处蚁群的洞穴都点燃了,身上的一些小伤口也在吃了几颗乳果后消失得无影无踪了。

"哈哈,真是太感谢你们了。"最后,大家又回到大宫殿里,布鲁十分高兴。

"那可以将仙草给我们了吗?"小狸望着布鲁,"我担心奶奶。"

"当然可以,对,奶奶重要。"布鲁说完就又将戒指按在了自己的椅子上的一个凹槽处,"轰隆隆",布鲁的椅子下露出了一个和椅子差不多大的洞口。

"去吧,仙草就在下面。"布鲁对大黑和小狸说,"但是得提醒你们,只有心无邪念的生灵才能采摘到仙草,而且仙草在地底的最下面,采到仙草后还必须从岩浆上的桥上返回地面。如果你们此时放弃,我可以直接将你们送回地面。"

大黑和小狸互相看了一眼,同时点了点头。

"我们必须救奶奶!"小狸坚定地对布鲁说。

"对,谢谢你的好意。再见了。"大黑说完,就又将小狸放到背上,对布鲁和树人们点了点头,从洞口上跳了下去。

经过一阵长长的滑行,小狸和大黑感觉四周越来越温暖,不禁睡了过去。不知过了多久,小狸和大黑晃悠悠地醒来,发现自己正躺在一片草丛里,四周有许多跳跃的小动物。它们都在草丛里自由自在地玩耍着。突然,一位正常人类大小的仙女从草丛里走了出来。

"你们是谁呀?为什么要来这里?"仙女的声音就像小狸家里的风铃声一般好听。

"我是小狸,这是大黑。我的奶奶病了,我们想找仙草救我奶奶。"小狸看着仙女说道。

"你奶奶还好着呢,那我们先一起玩吧。"说完仙女就将小狸放在了一只小鹿的背上,拉着小狸一起玩了。小狸和小动物们跑了不知多久,天已经黑了,小狸和大黑在草地上又沉沉地睡了过去。

"小狸!"突然,大黑的惊呼声在小狸耳边响起。小狸慢慢地睁开了眼睛。"快看你手里。"小狸听见大黑的声音,连忙将手抬了起来。小狸发现手上正有一株还沾着几颗露水的小草,小草的叶片上发着微微的乳白色的光晕。

"这是……仙草?"小狸有些惊讶,小嘴都张开了。

"是的,和精灵们的记载一模一样,小狸你是怎么做到的?"大黑高兴得像要将小狸举起来。

"仙女……谢谢仙女!"小狸突然向四周喊了一声。

小狸抬头看见面前有一座一直上升的岩石桥,桥下鲜红的岩浆正在汩汩地流着。

"大黑,我们赶紧回吧,我在路上告诉你仙女的事。"小狸向大黑眨眨眼睛,说道。

"好吧,我们走,小狸抓稳了。"说完大黑就在石桥上奔跑了起来。

跑了不知多久,大黑已经可以看见地底平原和精灵世界的微光,突然一声巨响从大黑和小狸的头上传来。

"巨龙!"小狸抬头看见黑暗区域那只黑色的巨龙,鳞片在岩浆的光芒下泛着红光,显得更加狰狞了。

"小狸抓紧。"大黑也紧张了起来。速度再次加快,大黑知道只要进入古树晶石照耀的区域就安全了。小狸也赶紧掏出怀里抱着的晶石,巨龙又在她们的头顶上方盘旋着。

突然,一阵狂风从巨龙的翅膀下吹到了大黑身上,大黑一个趔趄差点翻下了石桥,小狸也差点被甩出去。但是在小狸伸手抓大黑的时候仙草却一下子从手中丢了出去,飘到了岩浆里面。

"仙草!"小狸急得泪水一下子涌了出来,差点掉了下去。

"小狸!"大黑也急得不知如何是好,只是担心地叫着小狸。

突然,大黑看见小狸的手指上有一滴晶莹的露水,"小狸,你手上还有仙草的露水,奶奶还有救!"大黑连忙对小狸说。

"啊?"小狸赶紧看了一下手上,果然在手指间还有一滴晶莹的露水。

"我的袋子里有一个小瓶子,快把露水装在里面。"大黑对小狸说道。

"好。"小狸小心地找到了瓶子,将手指间的露水滴进了瓶子里,露水并没有像普通的水一样溅开,仍保持着露珠的模样,小小的瓶子里一颗露水滴溜溜地滚着。

不一会儿,小狸和大黑就远远地看见了精灵们在平原的山丘上举着古树晶石呼唤着小狸,大黑和小狸开心得眼泪都流了下来。

进入了精灵世界,小狸向精灵们展示了露珠,并承诺下次再给精灵们讲这一次的行程后就直奔来时的洞口。小狸的心里对奶奶担心极了。

走到洞口,大黑背着小狸一下子跳了上去,小狸看见在洞口的一旁有一座小小的木房子,房子门外有两位精灵在对小狸挥手微笑。小狸知道那就是对她施魔法的精灵了。才刚出洞口,小狸就发现大黑变小了,而且在自己的身下"喵呜喵呜"地叫着,小狸赶紧抱起大黑向山下跑去。

下山后,小狸看见邻居李爷爷还在地里锄着草,边跑边问李爷爷:"爷爷,我上山去了多久了?"

李爷爷听见急急忙忙的小狸上气不接下气地问自己,笑了笑,以为小狸在森林里睡了一觉。"早着呢,才过去一个小时,慢点跑。"李爷爷笑呵呵地回答。

"谢谢爷爷,晚上去看您!"

小狸惊喜地答了一声,仍是急匆匆地跑下山坡去了。